FELIX KUCHER

Malcontenta

Manches, wovon im Roman die Rede ist, hat tatsächlich stattgefunden, vieles ist erfunden. Der Roman zeigt, was möglich war, er zeigt nicht, wie es wirklich war.
Es ist ein Roman, keine Dokumentation.

Gedruckt nach der Richtlinie des
Österreichischen Umweltzeichens
„Druckerzeugnisse",
Druckerei Theiss GmbH, Nr. 869

FSC
www.fsc.org
MIX
Papier aus verantwortungsvollen Quellen
FSC® C012536

2. Auflage 2016

Grafische Gestaltung: Dorothea Löcker, Wien
Umschlagabbildung: IMAGNO/Österreichisches Volkshochschularchiv
Druck und Verarbeitung:
Christian Theiss GmbH, St. Stefan im Lavanttal
ISBN 978-3-7117-2041-2

Informationen über das aktuelle Programm
des Picus Verlags und Veranstaltungen unter
www.picus.at

FELIX KUCHER

Malcontenta

ROMAN

PICUS VERLAG WIEN

Prolog

Am Silvesterabend 1938 saß ein Mann im Halbdunkel eines kreuzförmigen Saales. Die Stimme Beniamino Giglis quoll aus dem Trichter des Grammofons, das auf dem Tisch neben ihm stand. »Nessun dorma.« Zwei Kandelaber zu je acht Kerzen ließen die Fresken an den Wänden und Gewölben immer wieder kurz aufflackern. Der Mann beachtete die Wände nicht. Er starrte auf das Fresko in der Lünette über der Tür, die ihm gegenüberlag. Das Bild zeigte die Götter Zeus und Hermes, die seelenruhig zusahen, wie ein Wanderer überfallen wurde. Niemand wusste, warum der Maler diese Szene gemalt hatte. Sie fand sich in keiner Quelle, die die Geschichte von Philemon und Baucis erzählte, die von den beiden Göttern besucht wurden und denen der Zyklus gewidmet war. So viele Gelehrte hatte er befragt in den letzten achtzehn Jahren. Er würde es jetzt zurücklassen, ohne hinter sein Geheimnis gekommen zu sein. Er würde das Haus zurücklassen und sein bisheriges Leben.

Das abschließende »Vincerò« verklang – »ich werde siegen«, die Nadel kratzte auf dem Schellack. Dem Mann floss eine Träne über die linke Wange. Er lauschte dem Knirschen, als wartete er auf etwas. »Vincerò«, murmelte er.

EINS
Said und Bertie

I

2012, Al-Dschauf, Oase von Koufra, Libyen

»Chan hat's geschafft. Er hat mich gestern angerufen.«

Said zuckte zusammen und starrte Bey an. Er hatte mit seinem Onkel gerade eine Kiste aus dem Pick-up gehoben, die Griffe schnitten in die Hände ein. Bisher hatten sie kaum ein Wort gesprochen, die Arbeit war Routine.

»Chan? Wo ist er? Warum sagst du das erst jetzt?«

»Jetzt lass bloß nicht die Kiste fallen! Ich wollte nicht, dass die anderen es hören. Ja, auch mein Zweiter hat's geschafft. Er wird jetzt zusehen, dass er nach Marseille kommt, zu den Verwandten.«

Sie trugen die Kiste zum anderen Pick-up und luden sie auf. Sie schwiegen, während sie an den anderen Trägern vorbeikamen, die zurückgingen, um neue Kisten zu holen. Said schloss seine Jacke und versuchte, seine Gedanken zu ordnen.

»Ich dachte schon, er kommt wieder zurück. Nach der Katastrophe beim ersten Mal …«, murmelte er. Er dachte an die Nachricht, die ihm Bey vor zwei Wochen überbracht hatte: Das Boot war nach wenigen Kilometern zerbrochen, die Insassen retteten sich schwimmend zurück. Niemand sprach davon, wie viele es nicht geschafft hatten. Chan hatte überlebt.

»Und du kannst dich noch immer nicht entscheiden?«

Said konnte nicht sagen, ob in Beys Stimme Bedauern oder ein Vorwurf lag.

Er blickte zu Boden. »Ich weiß nicht …«

Er hatte Angst. Er wusste, dass Bey wusste, dass er Angst hatte. Angst, wegzugehen. Angst, zu ertrinken. Angst, zusammengepfercht in einem Lager dahinzuvegetieren. Angst, ein Haus, einen Beruf aufzugeben. Angst, in ein Land zu gehen, dessen Sprache er nicht sprach.

»Komm, zwei, drei Kisten noch!«

Sie schlichen zum Pick-up zurück, der in fünf Minuten wieder in der Wüste verschwinden würde.

Vor zwei Monaten war es Cheik gewesen, Chans älterer Bruder. Und jetzt Chan. Gemeinsam hatten sie Sandkuchen gebacken, Lehrer geneckt, Wettrennen auf Schrottmofas veranstaltet und den Bau des großen Lagers beobachtet, das die EU in diesem gottverlassenen Winkel Libyens errichten ließ, um die Flüchtlinge zurückzuhalten, deren Strom aus Zentralafrika nie zu versiegen schien. Sie kannten jeden Winkel in Al-Dschauf, waren unzertrennlich, sogar die Schule schmissen sie gemeinsam. Chan trat einen Job als Lkw-Fahrer an und kreuzte in der Oase nur noch alle vierzehn Tage mit irgendeiner dubiosen Fracht auf. Sie hatten sich in letzter Zeit nicht mehr oft gesehen.

Als Said seine Mechanikerlehre machte, hörte er fürchterliche Geschichten über das Flüchtlingslager. Immer wieder flohen ausgemergelte Sudanesen aus dem stacheldrahtumzäunten Gelände. Verdammte Flüchtlinge. Früher waren sie Arbeiter, Lehrer, sogar Ärzte und Architekten gewesen, jetzt nur noch Bettler und winselnde Streuner. Nie würde er fliehen, nie so leben wollen wie diese schattenhaften Gestalten, die manchmal in der Siedlung auftauchten und wieder verschwanden. Und jetzt Chan.

Der eigene Pick-up war vollgeladen, der andere schon außer Hörweite. Said und Bey stiegen ein. Während der Fahrt gab ihnen der Beifahrer zwei Scheine. Bei den ersten Häusern von Al-Dschauf stiegen sie aus und verabschiedeten sich voneinander. Said hatte noch drei Gassen bis zur Wohnung seiner Eltern.

Es war immer dieselbe Liste an Argumenten. Der Verdienst als Mechaniker reichte schon lange nicht mehr. Dabei hatte er sich spezialisiert und konnte nicht über zu wenig Arbeit klagen. Seitdem das Kombinat die kreisrunden Felder mitten in der Wüste angelegt hatte, gab es ständig einen Traktor oder eines der selbstfahrenden Bewässerungsgestelle zu reparieren. Das konnte nicht jeder. Er sah meist auf den ersten Blick, wo es haperte: ein lecker Hydraulikschlauch, zu wenig Öldruck, eine schlecht geschweißte Bruchstelle. Er wurde gebraucht. Doch es war zu wenig Geld, viel zu wenig. Es reichte nicht für das tägliche Essen, nicht für die Medikamente seiner Mutter. Das Geld, das er zugesteckt bekam, wenn er hin und wieder nach Dienstschluss einen Zahnriemen wechselte oder einen Holm schweißte, benutzte er, um sein Konto zu sanieren, oft war er haarscharf an der Sperre. Einzig das Geld aus der Nachtarbeit sparte er eisern. Weiß Gott, was die Kisten so schwer machte. Sicher keine Hilfsgüter.

Said huschte die Treppe hinauf und öffnete leise die Tür der Wohnung. Er lauschte und schlich dann an den abgewetzten Fauteuils vorbei. Ein Dieselmotor nagelte unten vorbei. Dann wieder Stille. Er passierte die Tür zum Elternzimmer. Sein Vater schnarchte nicht mehr seit seiner Operation vor einem Jahr, auch die hatte er mitfinanziert. Er tappte weiter in sein Zimmer, legte die Kleider ab und ging ins Bad. Geräuschlos wusch er sich und legte sich schlafen. Auch hier machte ihn die kühle Luft frösteln. In vier Stunden begann seine Schicht. Er sollte schlafen. Wie immer war er hellwach.

Er dachte an die Kisten. Wahrscheinlich Waffen, was sonst. Sie kamen da her, wo die Flüchtlinge auch herkamen, aus dem Süden. Seit einem Jahr machte er den Job jetzt, manchmal luden sie die ganze Nacht. Verdammt, er sollte schlafen!

Auch heute Nacht waren sie wieder gefallen, die Namen der Orte: Lampedusa. Sizilien. Ceuta. Gibraltar. Sie klangen magisch, es war eine andere Sprache, wie Zaubersprüche. Wenn du dort bist, hast du es geschafft, sagten sie. Bis Lampedusa eine Woche Überfahrt ab Libyen. Wenn du mehr Geld hast, kannst du es ab Tunesien in drei Tagen schaffen oder sogar in einem. Und dann kann dir nicht mehr viel passieren. Entweder du haust gleich ab, in dem überfüllten Lager hat sowieso niemand die Übersicht. Oder du lässt dich ordentlich in ein anderes Lager überstellen und verschwindest dann auf der Fahrt. Das einzige Problem ist der Hunger und ein Dach überm Kopf. Sonst bist du denen egal, ein Problem weniger, wenn du weg bist.

Ein Problem weniger. Ein Problem weniger. Said schlief ein.

2

1913, Paris

Am 5. Mai 1913 ritt ein junger Mann durch den Bois de Boulogne. Ein Spaziergänger hätte ihm beim ersten Hinsehen vielleicht vierzehn Jahre gegeben, dabei war er fast zehn Jahre älter. Die schlaksige Gestalt steckte in einem maßgeschneiderten weißen Anzug, ein zu groß wirkender Borsalino beschattete das glatte Knabengesicht. Trotz des Hutes sah man, dass er die Haare zurückgekämmt trug, wodurch sein hoher Haaransatz betont wurde, vielleicht wollte er älter wirken. Die vollen Lippen und die zarten Gesichtszüge, in denen sich nichts Hartes und Kantiges fand, gaben dem jungen Mann eine androgyne Note. Er hielt das Pferd an. Aus einem Pavillon tönte Musik, ein paar Streicher spielten einen Walzer. Er lauschte. Wahrscheinlich Émile Waldteufel, ein gefälliges Stück. Er schüttelte tadelnd den Kopf. Warum spielten sie statt dieser Walzerseligkeit nichts Zeitgenössisches? Rimski-Korsakow oder Prokofjew? Die Zeit dieser Musik war doch vorbei!

Er trieb sein Pferd wieder an. Der Stallbesitzer würde schon warten und er musste in diese verhasste Bank, wo ihn niemand brauchte. Er ritt an einer Gruppe Damen mit gerüschten Sonnenschirmen vorbei und beschloss, die Abkürzung durch ein kleines Wäldchen zu nehmen. Die Sonne war für Mai schon sehr heiß. Das Knallen des Schusses kam wie ein Blitz, es war ohrenbetäubend. Er merkte noch, wie seine Stiefel sich aus den Steigbügeln lösten und er nach hinten fiel. Dann wurde alles schwarz.

3

Er nahm zuerst das schmerzhafte Pochen im Kopf wahr, dann in den Gliedmaßen. Er bewegte Finger und Zehen. Alles noch dran. Er öffnete langsam die Augen. Mit dunklem Holz vertäfelte Wände. Dicke dunkelrote Brokatvorhänge, ein offener Kamin. Umrisse von Ohrensesseln. Er stützte sich auf den linken Ellenbogen. Das Pochen wandelte sich in ein Prickeln, absteigend vom Kopf über die Wirbelsäule und langsam bis in die Fingerspitzen und Zehen. Wie war er hierhergekommen? Langsam, Bertie. Er setzte sich in Zeitlupe auf. Das taube Hintergrundgefühl war Kopfschmerz, der erst jetzt wehtat. Gehörte es zu ihm? Ruhig atmen. Ein Erinnerungsfetzen: Das Pferd … er war geritten, und dann? Er schloss die Augen und atmete aus. Langsam wieder ein. Immer mehr Fragmente blitzten auf: Bois de Boulogne, die Sonne, er musste das Pferd zurückbringen … Ein Schuss, genau, ein Knall war es gewesen, die Stute hatte gescheut und sich aufgebäumt. Er war gefallen, offensichtlich war er bewusstlos geworden. Aber wie kam er hierher? Das war ein Privathaus, keine Klinik oder Arztpraxis. Andererseits schien nichts gebrochen zu sein. Dann eine weitere Empfindung: Es ist noch jemand hier.

»Ist der junge Herr aufgewacht?« Eine tiefe Stimme, Französisch mit englischem Akzent, sonor, aber ein wenig nervös.

Bertie richtete sich langsam auf. Er keuchte, der Schmerz schoss ein, als er den Kopf hob. Jetzt sah er den Mann im Lehnstuhl, er saß völlig im Schatten der Kandelaber.

»Haben Sie noch Schmerzen?«

Bertie versuchte, sich ganz aufzusetzen und suchte nach französischen Worten, doch sie kamen nicht. Begriffe schwirrten herum … Welcher zuerst …? Er beherrschte diese Sprache doch! Der Mann stand auf, machte ein paar Schritte auf ihn zu und verneigte sich. »Verzeihen Sie, dass ich mich nicht vorgestellt habe. Rodocanachi. Paul Rodocanachi. Sie sind hier in meinem Haus.« Er nickte kurz zur Begrüßung.

Bertie wollte antworten, aber die französischen Worte brauchten noch immer zu lange. Er versuchte es auf Englisch: »Vielen Dank für Ihre Gastfreundschaft. Ich denke, Sie sprechen Englisch.« Mehr als ein Krächzen war das nicht.

»Was für ein wunderbarer Akzent!« Der Fremde schien dankbar, dass Bertie das Idiom gewechselt hatte.

»Oxford?«

Bertie versuchte den Kopf zu schütteln. »Nein, Cambridge. Au, mein Schädel … Trinity Hall. Vorher Harrow.«

Er setzte sich ganz auf, versuchte aufzustehen, gab es gleich wieder auf.

»Sie verzeihen, ich kann noch nicht … Gestatten: Landsberg. Albert Clinton Landsberg.« Bertie streckte seine Hand im Sitzen aus, Rodocanachi schüttelte sie.

»Verzeihen Sie, ich glaube, ich kann noch nicht aufstehen. Übrigens, meine Freunde nennen mich Bertie. Aber sagen Sie, bitte, was ist passiert?«

Er blickte seinen Gastgeber an, der jetzt im Licht vor ihm stand. Scharf geschnittenes ovales Gesicht, auf Millimeter getrimmter Schnurrbart, der sich am Ende ein wenig zwirbelte, glattes, akkurat gekämmtes Haar. Rodocanachis Gesicht wirkte orientalisch, aber nicht wie das eines Türken. Dünne Lippen, die sich jetzt ein wenig verzogen: »Ein Deutscher aus Oxford, ähm, ich meine Cambridge, in Paris? Klingt interessant. Sie sind ... nun ja ... vom Pferd gefallen. Ich bin ausgeritten und kam gerade vorbei, als ein Schuss fiel. Keine Ahnung, wer geschossen hat. Ich habe eine Kutsche gerufen und Sie in mein Haus bringen lassen.« Er zuckte mit den Mundwinkeln. »Ich fürchtete schon das Schlimmste, Sie haben sich nicht gerührt. Der Kutscher hat Ihnen den Puls gefühlt und gemeint, das werde schon wieder. Er hat mir geholfen, Sie hier hereinzuschaffen. Nun, da liegen Sie jetzt noch keine Stunde. Wenn Sie es wünschen, rufen wir selbstverständlich einen Arzt. Ihrem Pferd geht es gut, es steht draußen in meinem Pferdestall.«

Bertie rieb sich den Hinterkopf und lächelte schwach. »Ich danke Ihnen. Ich stehe in Ihrer Schuld.«

Offenbar war er auf einer Art Gutshof gelandet. Er stand mit einem Ruck auf, es wurde ihm wieder dunkel vor den Augen. »Ich glaube, ich bin noch etwas benommen.« Er sah sein Gegenüber an. »Ich bin übrigens kein Deutscher, aber egal. Warum hat da jemand geschossen? Wollte mich jemand treffen? Hat man den Täter gefunden?«

Paul hob die Augenbrauen. »Sie haben ja keine Ahnung, wie viele Leute im Bois de Boulogne einfach herumschießen. Auf Vögel, Steine, Büchsen, alles Mögliche. Ich glaube nicht, dass es jemand auf Sie abgesehen hatte.«

Bertie wurde blass. »Das ist ja ein Skandal, gibt es denn keine Polizei in der Nähe?«

Paul sah ihn amüsiert an. »Ich fürchte, Sie sind noch nicht lange in Paris. Hier lebt man ein wenig freier als in England.

Aber bitte, gehen wir zu den Lehnstühlen, ich werde John bitten, einen Tee zu machen.«

Er drückte auf einen Knopf an der Wand, irgendwo schrillte zweimal eine Klingel.

4

2012, Al-Dschauf, Oase von Koufra, Libyen

Sie standen vor dem dreistöckigen Wohnblock, in dem Said mit seinen Eltern wohnte. Bey rauchte. Feierabend.

»Überleg es dir. Ich weiß auch schon, wo ich fürs Erste arbeiten kann. Rosarno heißt der Ort. Tomatenplantagen.« Er deutete auf sein Handy. »Das hier behalte ich, solange ich kann. Sobald ich eine italienische Nummer habe, schicke ich sie dir.«

»Ich weiß noch immer nicht, ob ich meine Eltern alleinlassen kann, ich …«

»Sie wären froh, wenn es wenigstens einem gut ginge, verdammt noch mal. Wie oft haben wir das schon durchgespielt. Hör auf deinen alten Onkel.« Bey sagte das oft, obwohl er erst zweiundvierzig war. Er spuckte aus.

»Was willst du denn noch hier? Warten, bis dich jemand als Künstler entdeckt? Glaubst du, irgendjemanden interessieren die Sprühereien?«

Said zuckte mit den Schultern.

»Mir gefällt's. Und die Farbe würde sonst eintrocknen. Ich verwerte die Dosen wenigstens irgendwie.«

Said dachte an die Graffitis, die er auf Kartons und Autoschrott mit dem Airbrush nach Dienstschluss gemacht hatte. Sein Chef hatte ihn sogar dazu ermutigt, wahrscheinlich witterte er ein Geschäft. Viele Pick-ups hier hatten martialische Airbrush-Bilder auf den Motorhauben. Das war etwas, das Said nicht verstand: Die meisten Leute waren bitterarm, aber um ihre Rostschüssel aufzumotzen, kratzten sie den letzten Dirham zusammen.

Bey nahm einen Zug und legte den Kopf zur Seite. An den Schläfen zeichneten sich graue Strähnen ab.

»Egal. Überleg's dir nicht zu lange. Das Meer ist jetzt so ruhig wie das ganze Jahr nicht.«

Er drückte Said einen Zettel mit einer Handynummer in die Hand.

»Das ist der neue Mann. Vielleicht brauchst du sie ja. Ich gehe jetzt noch rein, deine Eltern ...« Er umarmte ihn und löste sich schnell. Said blickte ihm nach. Er war so anders als sein Vater, mehr wie ein älterer Bruder. Sein Vater würde nie mehr weggehen, nicht in seinem Alter.

Seine Kunstwerke.

Da war dieser Fremde eines Tages in der Werkstätte gewesen, ein Schweizer. Said wusste nicht genau, wo die Schweiz lag, er suchte es später im Internet in Suzy's Café. Der Fremde sah die Graffitis und redete etwas von einem Kunstprojekt, Said solle sich melden. Er schrieb ihm Webadresse und Telefonnummer auf einen Zettel, *Swiss Libyan Art Project*. Der Zettel hing noch immer an der Korkpinnwand in Saids Zimmer.

Ein Grollen im Hintergrund ließ ihn aufhorchen. Granatendonner. Vor einem Monat war er nur sporadisch zu hören gewesen, in der Nacht. Inzwischen schossen sie auch am Tag. Der Kampf zwischen Suwaja und Toubou näherte sich der Stadt. Die Stammesfehde hatte sich zum Bürgerkrieg ausgewachsen und die künstlichen Felder und der Flughafen von Al-Dschauf würden bald umkämpft sein. Dahinter waren die Dschihadisten im Anrollen, die die Suwaja vor sich her trieben. Sein Vater sprach von nichts anderem mehr. Wenn die Gotteskrieger kommen, sind wir geliefert. Dazu kamen jeden

Tag mehr bettelnde Sudanesen. Jeden Tag weniger Einheimische. Aus jedem Wohnblock seiner Siedlung war schon jemand abgehauen. Manchmal hörte er Helikoptergeräusche in der Nacht. Die Frontex.

Er beschloss, noch ein wenig durch sein Viertel zu schlendern. Zu Hause würde er nicht wissen, was er sagen sollte. Sein Blick fiel auf das Schild des Supermarkts. Keine Butter mehr seit einer Woche. Vor der Kneipe, in der er mit Chan früher alkoholfreies Bier getrunken hatte, lungerten Bettler, Sudanesen wahrscheinlich. Sie sahen nicht auf, als er vorüberging, einer von ihnen sang unverständliche Silben. Said wich einem stinkenden Müllberg aus. Es roch nach totem Tier. Der nächste Granatendonner. Verdammt, er musste hier weg. Weg! Aber er hatte einen sicheren Job hier und würde wohl kaum arbeitslos werden, auch wenn es eine andere Regierung gäbe. Traktoren und Bewässerungsanlagen würden immer kaputtgehen. Aber das Problem waren die Suwaja. Wenn sie die Oase übernähmen, wäre er als Toubou ein Mensch zweiter Klasse. Seine Eltern waren als Kinder noch Nomaden gewesen und waren in Al-Dschauf sesshaft geworden. Toubou galten als rückständig, er war mit Diskriminierungen aufgewachsen. Aber dieser Hass, der sich jetzt gegen seinen Stamm entlud, war ihm neu. Er dachte, diese Zuordnungen wären längst überwunden gewesen, aber die Verhältnisse in der Stadt, wo bisher eher zwischen Arm und Reich unterschieden wurde, hatten sich verändert. Jeder wurde nun zugeordnet. Und er blieb ein Toubou, schwärzer als die anderen Schwarzen, eindeutig erkennbar.

Er beschloss, wieder umzukehren. Ein Paar kam ihm entgegen, die Frau ein schwarzes Gespenst. Die sah man jetzt immer öfter.

Nicht auszudenken, wenn die Gotteskrieger kämen. Unmöglich war es nicht. Terror, Steinigungen, Folter.

Er beschleunigte seinen Schritt. Seine Eltern standen mit Bey auf der Straße. Sie umarmten einander sicher schon zum hundertsten Mal. Er umarmte Bey ein letztes Mal, entschuldigte sich, er müsse ausschlafen. Er ging auf sein Zimmer, wusch sich, legte sich ins duftende Bett. Mutter hatte es frisch überzogen. Er blickte auf die Zimmerdecke, bis ihn die Augen schmerzten.

5

1913, Paris

Paul zog eine kleine Dose hervor und entnahm ihr einen Fingernagel voll Schnupftabak. Er zog ihn ein, wartete, nieste und putzte sich dann die Nase. »Verzeihen Sie, ein Laster. Sie haben sich sicher schon gefragt, wo Sie hier gelandet sind. Ich glaube, ich muss da einiges erklären. Mein Name klingt etwas eigenartig, meine Vorfahren kommen aus Griechenland. Wenn Sie es nicht schon vergessen haben, ich heiße Rodocanachi. Aber nennen Sie mich einfach Paul. Ich bin ebenfalls Jude, wie auch Sie, nehme ich an. Unsere Geschichte ist eine von Vertreibungen. Aber ich rede zu viel. Wie geht es Ihrem Kopf?«
Bertie lächelte. »Ich glaube, es ist nicht so schlimm. Ich werde leicht ohnmächtig. Sie sehen ja, ich bin nicht der Kräftigste.«

»Dann ist es gut.« Paul suchte einen Spucknapf und spuckte hinein. Er warf Bertie einen entschuldigenden Blick zu.

Bertie fühlte einen kleinen Stich im Kopf und lehnte sich in die Pölster des Sofas. »Sie … Sie sagten, Sie sind vertrieben worden? Oder Ihre Vorfahren?«

»Sie sollten sich jetzt schonen«, sagte Paul.

»Sie können mir ruhig erzählen. Ich kann ohnehin nur daliegen und in die Luft starren. Wenn Sie nichts dagegen haben, natürlich.«

Wieder dieses Zucken der Mundwinkel. »Sie haben schon gemerkt, dass ich gerne erzähle. Aber ich warne Sie, ich bin schwer zu bremsen«, sagte Paul und grinste.

Bertie lauschte seinem Gastgeber, als dieser weit ausholte. Pauls warme Stimme kontrastierte eigenartig mit seinem strengen Habitus. Er erzählte, wie seine Vorfahren in den 1820ern von der Insel Chios emigriert waren, gerade noch rechtzeitig, bevor der osmanische Feldherr Kara Ali allen Bewohnern zunächst die Köpfe und von diesen dann die Ohren separat abschneiden ließ. Er schickte alles zusammen an den Sultan, der Köpfe und Ohren dann vor dem Serail aufgespießt zur Schau stellte. Pauls Familie ließ sich in London nieder, wo sie aufgrund der guten Kontakte zu ihrer ehemaligen Heimat ein Import-Export-Unternehmen aufbaute.

»Haben Sie das Bild von Delacroix im Louvre gesehen? Es heißt genau so, das Massaker von Chios. Mein Vater hat es in Auftrag gegeben. Der bärtige Mann, der im Vordergrund liegt, trägt seine Züge …«

Bertie antwortete nicht gleich, vor seinem inneren Auge wirbelten noch blutige Ohren und Türkensäbel durcheinander.

»Ich bedaure«, stotterte er endlich und merkte im selben Moment, dass er niemanden zu bedauern hatte, da Pauls Familie davongekommen war.

Paul räusperte sich. »Ich will Sie nicht langweilen. Wie ich schon sagte, Sie müssen mich bremsen.«

Bertie merkte, wie er errötete.

»Sie werden jetzt sicher nach Hause wollen.«

»Ja, danke, ich denke, es wird schon gehen.« Er stand auf, es schwindelte ihn, er hielt sich an der Armlehne des Sofas fest.

»Was ist mit Ihnen?«, fragte Paul.

»Geht schon, danke. Ich brauche wohl noch ein wenig Zeit. Und ich müsste später telefonieren … mein Hotel …

das Pferd. Und in der Bank muss ich Bescheid geben. Aber sonst fühle ich mich, offen gesagt, sehr wohl hier. Für meinen Brummschädel können Sie ja nichts.«

Paul runzelte die Stirn. »Ich möchte nicht aufdringlich sein, aber vielleicht brauchen Sie noch ein, zwei Tage Erholung. Sie können auch gerne in meinem Haus bleiben. Ich habe mehrere Gästezimmer. Das Telefon ist im Flur.«

Bertie hörte sich selbst das Angebot annehmen und fragte sich, ob es er war, der da redete. Machte er nicht einen Fehler? Er kannte diesen Mann nicht, doch der Raum und die warme Stimme hatten in ihm eine Heimeligkeit aufkommen lassen, die ihm nicht geheuer war und gegen die er sich wehrte. War er schwach und durch luxuriöse Umgebungen leicht verführbar? Wie auch immer, es war in seinem Zustand vernünftig, hierzubleiben und sich eine Nacht auszuschlafen. Jeder würde das tun. Er dürfe nicht immer gleich eine Schwäche wittern. »Im Flur, sagten Sie?«

6

2012, Al-Dschauf, Oase von Koufra, Libyen

Erst als sein Wecker ihn um zwei aus dem Schlaf piepste, stellte er fest, dass er eingeschlafen sein musste. Das Hemd klebte ihm am Brustkorb, sein Atem stank. Die nächsten Kisten warteten irgendwo in der Wüste. Er schälte sich aus dem Bett, wusch sich das Gesicht mit kaltem Wasser und schlich die Treppe hinunter. Kein Laut im Haus, keiner draußen. Doch, leiser Donner. Kämpfe. Er trabte ein paar Kreuzungen weiter und hörte schon den Dieselmotor. Ein Hilux blubberte um die Ecke.

Bey reichte ihm die Hand und er stieg auf. Der Pick-up steuerte in die pechschwarze Nacht hinaus, dem Grollen entgegen, das immer lauter wurde. Jetzt sah Said auch das Wetterleuchten des Mündungsfeuers der Geschütze. Der Fahrer hielt geradewegs auf die Blitze zu. Said schluckte. Waren die Suwaja schon so nah? Sie fuhren eine halbe Stunde, die Geschütze feuerten immer lauter, das Wetterleuchten wurde immer gespenstischer. Der Wagen hielt plötzlich, ohne dass eine Wegmarke sichtbar war. Said fragte sich immer wieder, wonach sich die Fahrer orientierten. Nach ein paar Minuten hörten sie das vertraute Brummen des anderen Pick-ups. Als er über die Kuppe fuhr, die durch die Blitze für Zehntelsekunden sichtbar wurde, ertönte mit einem Mal ein scharfes Pfeifen. Ein Feuerball grollte auf, wo eben noch das Auto gewesen war, gefolgt von einer noch größeren Explosion, in die sich knatternde Funken mischten. Der Feuerschein flackerte über die Gesichter von Saids Mithelfern.

Er starrte in Richtung Explosion, es schien ihm wie ein Film zu sein. Es knatterte wie aus einem Maschinengewehr. Die Ladung Waffen und Patronen, die sie in Empfang hätten nehmen sollen.

Er spürte das Anlassen des Motors mehr als er es hörte und hielt sich gerade noch rechtzeitig an dem Holm hinter der Fahrerkabine fest. Der Fahrer trat das Gaspedal durch, sodass ein anderer Helfer auf Bey purzelte, der dies mit einem Fluch quittierte. Hinter ihnen wirbelte der Sand in die Höhe, von Blitzen erhellt, als ob jemand fotografierte. Die Reifen verloren kurz den Grip, der Fahrer ging vom Gas und lenkte scharf links ein. Bey krachte gegen Said, der sich noch immer festklammerte, ein Dritter hatte sich auch gefangen, der Vierte fiel auf seinen Hintern und bekam Beys Bein zu fassen. Der Fahrer stieg wieder aufs Gas und trieb das Auto durch die Nacht zurück. Nach zehn Minuten erstarb der Donner mit einem Mal und sie fuhren durch pechschwarze Nacht. Der Vierte – Said kannte die Namen der beiden nicht – wimmerte. Niemand sagte ein Wort.

Am nächsten Tag nahm sich Said nachmittags frei, er hatte noch Überstunden gut und momentan gab es in der Werkstatt nicht viel zu tun. Die herannahenden Kämpfe hatten technische Gebrechen in den Hintergrund treten lassen. Wahrscheinlich würde der Chef selbst am Nachmittag zusperren.

Said rief die Nummer von Beys Zettel an, behob sein Erspartes bis auf hundert Dinar und teilte seinen Eltern die Entscheidung mit. Seine Mutter weinte, sein Vater umarmte ihn. In zwei Tagen sollte ein Platz auf einer Ladefläche für ihn frei sein.

7

1913, Paris

»Wenn Sie wollen, können wir gleich beginnen.« Er saß mit Paul am Frühstückstisch auf der Terrasse und hatte gerade den letzten Schluck des türkischen Kaffees ausgetrunken. Die Kopfschmerzen, die ihn in der Nacht gequält hatten, waren am Morgen wie weggeblasen gewesen. Sein Blick fiel auf den kleinen barocken Garten, der von den zwei Flügeln des Palais flankiert wurde. Die Sonne stand schon hoch, Bertie glaubte eine Lerche singen zu hören. Er sog die Luft durch seine Nase. Es war das Paradies hier, am Rande der Großstadt. Paul fragte ihn nach dem Frühstück, ob er eine Führung durchs Haus geben dürfe.

Bertie bedankte sich. »Ich habe schon bemerkt, Sie haben ihr Heim exquisit ausgestattet. Aber … ich will Sie nicht inkommodieren. Müssen Sie nicht ins Büro? Sie sagten doch, Sie hätten eine Import-Export-Firma.«

Paul lachte. »Nein, nein, mein Vater hatte die. Jetzt betreiben sie meine Cousins. Ich habe dort nie gearbeitet. Ach, verzeihen Sie, Sie wissen ja noch immer nichts von mir. Sehen Sie … ich bin mit achtzehn nach Paris gegangen, um Architektur zu studieren.« Er hob den rechten Zeigefinger und deutete auf die Skizze eines Hauses, die gerahmt an der Wand hing. »Eine Studienarbeit. Ich lege aber Wert darauf zu sagen, dass ich dieses Studium nicht beendet habe. Ich habe es nicht geschafft, die Sache abzuschließen.«

Noch ein Privatier, dachte Bertie. In Paris gab es offenbar noch mehr Leute, die nicht arbeiteten, als in London.

Paul griff sich an das Ende seines Schnurrbartes und zwirbelte herum. »Wie soll ich sagen … die Vorstellung, fertig zu sein, einen bürgerlichen Beruf zu haben, auf *ein* Metier, *eine* Profession festgelegt zu sein, sich alles andere zu versagen, die anderen Wege zuzuschütten … es war für mich, je länger ich studierte, immer unmöglicher. Ich habe einfach beschlossen, Dilettant zu bleiben. Ich weiß nicht, ob Sie das verstehen. Ich wäre vielleicht nicht der schlechteste Planer geworden.« Er stand auf und ging voraus, Bertie folgte. Er deutete auf die fünf großformatigen Skizzen im Flur, die gerahmt auf der mit Seidentapeten überzogenen Wand hingen: ein Grund- und ein Aufriss eines bizarren Gebäudes, ein Schnitt des Pantheons in Rom, ein Entwurf für einen Garten und für etwas, das aussah wie ein Tafelservice.

Bertie starrte auf die Bilder. »Diese Skizzen … von Ihnen?« Die Zeichnungen waren akkurat. Er zeigte auf die zwei Skizzen. »Dieses Gebäude hier …?«

»Es existiert nicht, keine Angst.« Paul lachte, indem er ausatmete. »Eine Laune, frei nach Bernini.«

»Und das Service?«

Paul lachte jetzt gelöst. »Nur das Pantheon existiert, wenn

es inzwischen nicht zusammengerumpelt ist. Ja, ich habe mich auch mit Gärten und Haushaltsgeräten beschäftigt, vielleicht findet sich einmal ein Gärtner, der so einen Garten anlegt.«

»Ich darf Ihnen ein großes Kompliment machen wie auch mein Bedauern darüber ausdrücken, dass Sie nicht in dieser Profession tätig sind. Das ist großartig.«

Paul winkte ab. »Danke, schön gesagt. Brechen wir auf! Darf ich bitten?«

Paul ging voran und öffnete die Türen, Bertie folgte und kam aus dem Staunen nicht heraus. Hatte er zuerst gedacht, in einem exquisiten, aber langweiligen Louis-quinze-Haus zu sein, merkte er beim Gang durch die Zimmer, die kein Ende zu nehmen schienen, dass jeder noch so kleine Raum in diesem Gebäude exquisit ausgestattet war und einen völlig anderen Charakter aufwies als die übrigen. Die Stimmung in den Räumen ergab sich nicht durch die Stilepochen, aus denen die Kunstwerke stammten, sondern aus den eigenartigen Kombinationen: Bertie sah groteske Tapeten, die mit englischen Blumenmustern korrespondierten, dunkle Winkel, in denen er Regale mit chinesischen Figuren zu erkennen glaubte, dann wieder wandhohe Fensterfronten, die an ein Gewächshaus erinnerten, daneben Butzenscheiben, indische Zapfendecken und Kreuzgewölbe, Empire-Stühle und Art-nouveau-Tischchen, südamerikanische Teppiche und kubistische Ölgemälde. Trotz der offenkundigen Brüche fügten sich die einzelnen Elemente in eins, nichts wirkte geschmacklos oder übertrieben, obwohl ein Mann mit weniger Geschmack in der Kombination derselben Dinge nur zu leicht hätte danebengreifen können. Das Badezimmer wirkte wie ein Salon, erst durch Wegklappen von Tischplatten und Abdeckungen kamen die Becken und Ablagen zum Vorschein. Es gab verschiebbare Bücherregale, Geheimtüren und verborgene Durchreichen.

Paul sprach ohne Punkt und Komma. Er erzählte, wie er das Haus gekauft und erweitern hatte lassen, wie ruhig es hier in Neuilly-sur-Seine sei und was ihm das Leben zwischen Kunstwerken bedeute. Er erzählte von präkolumbianischen Kulturen und zog eine Verbindung zu den surrealistischen Künstlern, er pries die Vorzüge des schwarzfigurigen Stils antiker Vasen und verdammte im nächsten Moment barocken Nippes. Bertie sog die Worte auf wie ein Durstiger, der nicht geahnt hatte, wie groß sein Durst war. Er schwitzte. Er fühlte, dass er schon rot angelaufen sein musste, das Hemd klebte am Leib. Das ist es!, schoss ihm durch den Kopf. So leben! Umgeben von erlesenen Dingen, den Blick auf die Geschichte, aber zugleich auf die Kunst der Gegenwart gerichtet. Keine Ablenkungen durch angebliche Experten. Keine billigen Kompromisse mit künstlerischen Moden. Ein solches Haus einrichten! Genau so! Er blickte aus dem Fenster, einen Kloß im Hals.

»Haben Sie etwas gesagt? Genau so?«

Bertie erschrak. Hatte er den letzten Gedanken laut ausgesprochen?

»Es ist nur … so möchte ich auch leben«, stammelte er und kam sich wieder unendlich dumm vor.

»Und warum leben Sie nicht so?«

8

2012, Al-Dschauf, Oase von Koufra, Libyen

»Nimmst du dein Handy nicht mit? Es liegt noch unten.« Aus dem Gesicht seines Vaters funkelten zwei dunkle Augen. Er wirkte schlaff. Er altert jetzt so schnell, dachte Said. »Nein, ich nehme das alte. Das neue nehmen sie mir sofort ab. Die Akkus halten auch länger.«

»Ach ja, das Essen ist fertig. Mutter wartet.« Der Vater drehte sich auf der Schwelle um und ging Stufe um Stufe hinunter. Said zögerte. Mein letztes Essen hier, schoss ihm durch den Kopf. Er kämpfte die Tränen, oder zumindest den Anflug davon, nieder. Das Handy würde er brauchen, um Chan oder Bey zu kontaktieren. Er war am Nachmittag in Suzy's Café gewesen und seinen Facebook-Account gecheckt. Es war keine Nachricht von Chan oder Bey dabei gewesen, der eine war vielleicht noch in einem Auffanglager, der andere vielleicht noch in Afrika.

Er ging die Betontreppe hinunter in den Hauptraum und spürte die Blicke seiner Eltern und seiner beiden jüngeren Brüder Achmed und Paulos, die schon um den Tisch saßen. Das Schweigen bedrückte ihn. Er versuchte zu lächeln. Die Mutter hatte das Huhn mit Reis gemacht, das ihm so gut schmeckte. Er setzte sich, der Vater murmelte ein Gebet zu den Ahnen. Während des Essens tauschten sie belanglose Neuigkeiten aus. In den Nachrichten war wieder von Gotteskriegern die Rede gewesen. Und wieder war ein Boot im Hafen von Tripolis abgefangen worden. Nach dem Essen holte der Vater die versilberten Becher aus dem mit Schnitzereien verzierten Mangoholzschrank und schenkte allen einen Schluck ein. Sie blickten einander an. Said löste sich und stürzte den Becher hinunter, wie es der Brauch wollte. Der Vater nahm die Flasche, stand auf und ging zur Tür. Er drehte sie um und ließ die Neige, die noch darin war, auf die Schwelle laufen. Die Flüssigkeit versickerte in den breiten, porösen Fugen des Fliesenbodens und färbte sie braunrot. »Die Tür steht dir immer offen.«

Said merkte, dass sein Blick verschwamm. Einige Male hatte er den Brauch schon miterlebt, nun betraf er ihn. Er fühlte den Kloß im Hals und brachte nur ein glucksendes »Ich werde jetzt schlafen gehen, ich muss früh raus« hervor. Wie er es auch an gewöhnlichen Tagen sagte. Er legte sein Gewand für den nächsten Morgen auf dem Sessel zurecht. Er würde den Anorak nehmen, in Europa konnte es am Tag so kalt sein wie hier nachts. An Schlaf war wieder kaum zu denken.

Als er die Ladefläche des Pick-ups bestieg, war es noch dunkel. Geld bar auf die Hand, dann rauf. Er war jetzt schon froh, dass er warm angezogen war. Wer weiß, wie viele Nächte sie unterwegs sein würden. Auf der Ladefläche kauerten drei Menschenbündel, eingehüllt in Plastikplanen. Sie rührten sich nicht. Er stellte seine Tasche auf die Ladefläche und setzte sich zu ihnen. Der Fahrer wartete mit laufendem Motor und fluchte. Nach zwanzig Minuten keuchten zwei Männer um die Ecke, auch sie eingepackt in dicke Jacken. Überdimensionale Rucksäcke schienen sie zu erdrücken. Der Fahrer zischte sie an, Said verstand die Worte nicht. Sie durften erst aufsteigen, nachdem sie Strafgeld gezahlt hatten.

Der Wagen fuhr an. Die vertraute Wüstenkälte. Ein paar letzte Sterne blinkten am grauen Himmel. Sie fuhren nach Norden, es war die einzige Straße, die aus der Oase wegführte. Said war sie nicht oft gefahren. Eine Woche Fahrt war vereinbart, aber wer konnte das mit Sicherheit sagen? Der Pick-up rumpelte über ein Schlagloch. Er hörte die beiden Jungen, vielleicht Anfang zwanzig, neben sich stöhnen. Wahrscheinlich Leute aus dem Niger. Der dritte schlief offenbar noch. Said sprach sie auf Französisch an.

Sein Nebenmann räusperte sich und spuckte über die Bordwand.

»Ja, Niger. Viel erlebt, da kannst du sicher sein.«

Said versicherte, dass dieser Fahrer ein guter Tipp war.

»Na hoffentlich«, meinte der andere. »Wir hatten schon einen Typen, der uns mitten in der Wüste ausgelassen hat. Kein Witz. Du gehst stundenlang, dann tauchen endlich Leute auf, aber es sind Banditen, die dich so lange verprügeln, bis sie dein Geld finden, auch wenn du es in die Unterhose eingenäht hast.«

Said schluckte. Er hatte schon viele Geschichten gehört, aber keine aus erster Hand. Er würde sich darauf einstellen müssen, viel Unangenehmes erzählt zu bekommen.

»Wie lange seid ihr schon unterwegs?«

Der Junge musterte ihn mit alten Augen. »Du bist von hier. Hast verdammtes Glück, nur eine Grenze. Du hast ja keine Ahnung. Du hast keine Ahnung.« Sein Kopf sackte nach unten.

Der Pick-up bockte, der Fahrer hatte sich wohl verschaltet.

Said dachte eben, dass der Junge nichts mehr sagen würde, als er wieder zu sprechen begann. Er schien nach jedem Wort zu suchen.

»Wir sind schon einen Monat unterwegs, quer durch die Wüste, und fast das ganze Geld ist weg. Immer passieren solche Sachen. Es gibt sogar Polizisten, die sagen, sie wollen dich kontrollieren. Du musst absteigen, dann lassen sie dich für ein paar Dollar laufen. Mitten in der Wüste. Das Auto ist natürlich weg.«

Der Junge lachte auf. Auch sein Lachen klang alt. »Du verlierst den Anschluss an die Gruppe, verstehst du? Der Polizist steigt in seinen Jeep und fährt weg. Du stehst mitten auf der Landstraße oder in einem Dorf und weißt nicht, wie es weitergeht. Wir sind wenigstens zusammengeblieben.«

Er atmete laut aus und deutete auf seinen Nebenmann.

»Seyni, mein Bruder. Ich bin Mahmadou. Den anderen kenne ich auch nicht.«

Said stellte sich vor. Seyni fiel ihm ins Wort.

»Zweimal sind wir so gestrandet. Verdammte Scheiße, du musst dann alles wieder von vorne organisieren, verstehst du?« Alte Augen.

Said nickte. Was ging ihn das an? Dieser Seyni drückte seine Stimmung und fütterte seine Ängste.

»Zuletzt waren wir drei Tage auf einem Pick-up ohne hintere Bordwand, du kannst jederzeit runterfallen. Jeden Tag eine Panne, mitten in der Wüste. Wasser rationiert auf zwanzig Liter pro Person. Der Fahrer musste dauernd Vollgas geben, damit er nicht einsackt. Ist aber trotzdem passiert. Dann kannst du schieben und du weißt, es gibt heute kein Wasser mehr ...«

Es schien, als ob er noch etwas sagen wollte. Er blickte ein paar Sekunden vor sich hin und drehte sich dann zu seinem Bruder. Die anderen schienen zu schlafen.

Said schloss die Augen und kauerte sich zusammen. Er erinnerte sich an die Bedingungen, die der Mann am Telefon genannt hatte: acht Tage Fahrt, Übernachtung auf der Pritsche in Schlafsäcken, Verpflegung durch Fastfood. WC und Waschgelegenheit in der Natur oder an einer Tankstelle. All-inclusive-Preis.

Ich werde es schaffen, dachte Said, ich bin erst gestartet. Ich habe noch Kraft. Die tunesische Grenze ist das letzte wirkliche Hindernis. Dann gibt es nur noch das Meer.

Der Pick-up fuhr durch eine Siedlung, die Staubwolke war hier kleiner. Die Sonne würde bald aufgehen.

9

1913, Paris

»Also: Warum nicht?«

»Bitte?«

»Warum leben Sie nicht so?«

Sie saßen inzwischen wieder im Salon bei einem Aperitif. Bertie merkte, wie ihm der Alkohol sofort zu Kopf stieg.

»Mein Vater«, entfuhr es ihm. Er stoppte. Er war dabei, einem wildfremden Menschen private Dinge zu erzählen.

Paul lächelte. »Lassen Sie mich raten. Ihr Vater will, dass Sie etwas Ordentliches machen. Bankgeschäfte wahrscheinlich. Sie haben gestern in einer Bank angerufen.«

Bertie ärgerte sich, wie leicht er zu durchschauen war.

»Mein Vater … ja, er hat eine Bank, eigentlich eine Vermögensverwaltung. In London und auch hier in Paris.«

Paul hob die Augenbrauen. »Hört sich interessant an. Ein deutscher Jude aus Brasilien, der eine Bank in London besitzt.«

»Ach, Brasilien. Ich habe Ihnen schon gesagt, ich bin nur dort geboren. Und mein Vater war auch nur ein paar Jahre dort. Ich kenne das Land eigentlich gar nicht, obwohl ich einige Sommerferien dort verbracht habe. Brasilien … das ist doch kein Land, keine Nation. Niemand fühlt sich dort als Brasilianer. Die Deutschen haben ihre eigenen Stadtviertel oder sogar Städte, ihre Vereine, und die Italiener oder Portugiesen ebenso. Die eigene Kultur dort ist die der Indianer.«

Paul schenkte ins leere Sherryglas nach. Bertie blickte das Glas an. Er musste langsamer trinken.

»Erzählen Sie doch ein wenig von sich. Ich möchte nicht indiskret sein, aber warum ist Ihr Vater überhaupt ausgewandert, wenn er doch wieder in Europa ist?«

Bertie räusperte sich. Er spürte, wie der Alkohol gerade dabei war, seine Zunge zu lösen.

»Hm. Mein Vater … ich denke, der konnte dort schneller Geld machen. Er ist von Deutschland so enttäuscht gewesen.«

Bertie dachte an das handkolorierte Bild, das seinen Vater in grauer Uniform der preußischen Ulanen auf einem Pferd zeigte, einen kurzen, krummen Säbel in der Hand, ein schwarz-weißer Wimpel wehte von einer Rute, die irgendwie im Sattel steckte.

Sein Vater. Was wusste er schon von seinem Vater?

10

2012, Al-Mahdiyah, Tunesien

Die Boxershorts drückten am Bund, als er sich hinlegte. Die Hundert-Euro-Scheine waren noch da, wo er sie selbst mit ein paar Stichen eingenäht hatte. Das Nachtasten war ihm zur Routinebewegung geworden, bevor er sich in Unterwäsche schlafen legte. Für seine Flucht hatte er seine gesamten Ersparnisse aufgewendet und genau kalkuliert, zwei, drei Notgroschen mit eingerechnet. Die eiserne Reserve steckte in den Schuhen, im Gürtel und in den Boxershorts, das andere Geld trug er wie die anderen in einem Lederfutteral um den Hals. Das All-inclusive-Angebot hatte sich bald als Lüge herausgestellt. Seit drei Wochen saßen sie hier fest und jeden Tag kassierte der Kapo die Tagesmiete für das Quartier, wer weiß, wie lange das Warten noch dauern würde. Wenn die Überfahrt scheiterte, würde es zusätzlich kosten. Schließlich würde er ein neues Handy oder wenigstens eine SIM-Karte brauchen. Gott sei Dank konnte er hier wenigstens laden.

Er drehte sich auf die Seite und blickte in den Raum. Obwohl die Jalousie geschlossen war, strahlte durch die Löcher der Fadenperforation das Licht der Hafenanlagen herein. Die anderen waren noch nicht da, rauchten wahrscheinlich noch vor der Tür und starrten auf das Meer. Eigentlich sollte er ihre Stimmen hören, aber irgendein Transformator brummte hinter dem Gebäude, der zum Dauergeräusch geworden war. Er fragte sich, warum er sich niedergelegt hatte. Die Müdigkeit war weg. Er umfasste mit seiner Rechten das Stahlrohr des Stockbetts und spürte der Kühle nach. Wenigstens ein stabiles Bett in einem richtigen Zimmer. Es war ursprünglich wohl ein Dreibettzimmer gewesen, jetzt standen hier vier Stockbetten, dazwischen ein paar zerbeulte Blechspinde. Im Haus gab es vier solche Räume. Er deckte sich ab, setzte sich auf und ließ die Beine baumeln. Lichtpunkte fielen auf das Bettgestell gegenüber. Die Besetzung des Zimmers wechselte fast jeden Tag. Mal sehen. Mohammed, darunter Ben, dann Kimberley mit der Narbe auf der Wange, darunter Lansana, dann Charles und Ensor. Den Namen des Senegalesen, der unter ihm lag und immer erst kurz vor Mitternacht zurückkehrte, hatte er nie erfahren. Sie redeten nicht viel. Und trotzdem hatten die drei Wochen gereicht, um immer wieder dieselben Geschichten zu hören. Ben und Kimberley kamen aus dem Kongo und hatten in jedem Land, durch das sie reisten, einen anderen Pass auftreiben müssen, ohne Pass gab es nicht einmal eine Fahrkarte am Bahnschalter. Mohammed war in Camps verprügelt und ausgeraubt worden. Er erzählte von Ghettopräsidenten, wie er sie nannte, die in diesen Lagern wie Könige regierten. Andere erzählten von Minen, in denen sie Zwangsarbeit hatten leisten müssen und Landstrichen, in denen Banden herrschten.

Said erzählte nichts. Was waren fünf Nächte auf der Pritsche des Pick-ups, drei Nächte im Palmenwald und eine auf der Müllhalde gegen diese monatelangen Qualen. Er glaubte, eine leise Verachtung der anderen dafür zu spüren, dass er bisher so verschont worden war.

Er sprang vom Bett und zog sich Hose, T-Shirt und Schuhe an.

Vor der Tür stand zu seiner Überraschung niemand, sie mussten woanders rauchen. Er blickte die Küste entlang. Links glommen die Lichter von Al-Mahdiyah. Sie waren bei der Ankunft schnell durchgefahren. Said hatte noch nie so gepflegte Häuser und ordentliche Straßen gesehen, weiter im Norden zeichneten sich die Konturen von Hotelburgen ab. Ihm wurde mit einem Mal bewusst, was für ein wohlhabendes Land Tunesien war.

Auch die Grenze war kein Hindernis gewesen. Sie überschritten sie am helllichten Tag an einem offiziellen Grenzübergang. Der Beamte bekam einen Umschlag, mit dessen Inhalt er sehr zufrieden war.

Er blickte in die andere Richtung, aus der er Stimmen hörte. Hier musste einmal ein Hafen gewesen sein. Weiter unten standen Bagger und Lkw. Bald würden auch hier Hotels stehen. Das Haus, in dem sie jetzt untergebracht waren, würde bald weggeschoben werden. Die Gruppe näherte sich, sie sprachen gedämpft. Said blickte ihnen entgegen, sie nickten ihm nur zu und gingen an ihm vorbei.

Sein Blick blieb an Kimberleys Narbe hängen. Er dachte an zu Hause. Ob der Krieg inzwischen die Oase erreicht hatte? Ob es Verwundete, Tote gab?

Er ging ins Haus zurück, zog sich aus und kletterte die Leiter hoch. Wieder tastete er seine Geldverstecke ab. Alles noch da. Schön, wenn jemand es schafft, so schnell einzuschlafen. Ensor gegenüber schnarchte.

War es feig gewesen wegzulaufen? Ob die Eltern wohlauf waren? Er würde sie morgen kurz anrufen, auch wenn jede Minute wieder Geld kostete.

Er atmete tief durch.

Ich habe das Richtige getan, dachte er sich, während er die Decke über sich zog. Er schlief bald ein. Das Rumpeln mitten in der Nacht hörte er nicht.

II

»Ich bin Cheik. Seltsam, dass wir uns in Al-Dschauf nie getroffen haben. Wie lange bist du schon hier?«

Said musterte den kleinen Mann mit seinem gelb-blauen Hemd, der in der Früh aus dem Bett gegenüber stieg, in das sich Mohammed am Vorabend gelegt hatte. Said hatte schon einmal in den drei Wochen erlebt, dass in der Nacht Leute verschwunden waren. Waren sie abgehauen? Oder bevorzugt worden? Nur nicht nachdenken.

»Said. Einer meiner Cousins heißt auch Cheik. Er … er hat's schon hinter sich.«

Cheik sah ihn fragend an.

»Er ist schon in Europa. Vor einem Monat aufgebrochen. Frankreich.«

Cheik nickte und bleckte die Zähne.

»Wir werden es auch schaffen, du wirst sehen!«

Sie gingen in den Waschraum und putzten sich die Zähne.

Dann standen sie vor dem Haus. Aus dem Waschraum hörte man das Murmeln einiger Männer, dann das Plätschern des Wassers. Der Transformator war seltsamerweise still.

»Drei Wochen.«

»Bitte?«

»Du hast vorher gefragt, wie lange ich schon da bin. Zuerst hieß es ein paar Tage. Und jeder Tag kostet.«

Said lehnte sich an die bröckelnde Mauer, Cheik setzte sich auf einen erodierten Betonbrocken, der vielleicht einmal das Fundament für einen Kran gewesen war.

»Niemand weiß, wann er dran ist. Aber Maurice ist ein guter Chairman. Er hat noch alle hinübergebracht, sagen sie. Angeblich keine Ausfälle.«

Said versuchte, routiniert zu wirken, so als wüsste er noch viel mehr, würde sich aber aufs Notwendigste beschränken. Doch er hatte schon alles gesagt, was er wusste. Informationen waren rar, sie sollten warten, hieß es jeden Tag.

Auf der anderen Seite des Hauses grummelte ein Dieselmotor und erstarb. Stimmen bellten Befehle. Cheik sprang auf. Said machte eine beschwichtigende Geste.

»Das hört sich nach Neuen an. Jeden zweiten Tag kommt eine neue Ladung. Ich weiß nicht, wo die alle schlafen werden.« Er stieß sich von der Mauer ab und deutete Cheik an, mitzukommen. »Du solltest dich auf dein Bett setzen oder legen, sonst bist du es los.« Sie kamen ins Zimmer, in dem fast jeder schon auf seinem Bett saß. Einer fehlte. Cheik legte sich auf das Bett, über das er in der Nacht zuvor seinen Schlafsack gebreitet hatte.

Said blickte zu ihm hinüber, beide im ersten Stock. Die Stimmen wurden lauter. Fremde Wörter wurden gerufen.

»Ich habe hier in drei Wochen so viele Sprachen gehört wie in meinem gesamten bisherigen Leben noch nicht«, sagte Said zu Cheik hinüber. In diesem Moment war ihm egal, was die anderen dachten. Cheik grunzte nur.

Charles, der Algerier mit dem schiefen Mund, der seit zwei Tagen über Ensor schlief, stürzte herein und wuchtete sich aufs Bett. Er fluchte.

Der Lärm draußen legte sich. Ein Kapo lugte herein und sah sie auf ihren Betten sitzen. »Alles voll hier«, brummte er und ging weiter.

Sie hörten, wie die Neuankömmlinge wieder auf den Pickup verladen wurden und abfuhren. Sie würden zum nächsten Quartier fahren, die Ruine eines Lagerhauses weiter unten am Strand.

Die Stimmung entspannte sich.

»Was ist los mit dir, Charles?«

Das war Ensor unter ihm.

»Jemand hat das gesamte Klo vollgekotzt. Wieder einmal wischt das niemand auf.« Er blickte auf Cheik. »Warst du das? Verdammte Nomaden, ihr seid hier nicht in der Wüste.«

Er sprang vom Bett herunter und sah zu Cheik hinauf, was unfreiwillig komisch aussah, da er versuchte, wie ein Anführer zu wirken. Er grinste verzerrt. »Hat dir Said schon die Regeln erklärt? Erste Regel: Der zuletzt kommt, ist auch der Letzte hier, der was zu sagen hat. Du bist heute gekommen, also bist du das. Regel zwei: keine Tricks. Keiner von uns ist abgehauen, weil es ihm so gut ging. Wer hier klaut, kommt nie nach Europa. Regel drei: Wasser ist beschränkt, also spare es. Wer früher aufsteht, hat warmes Wasser.«

Das ist meist nur einer, dachte Said.

»Regel vier: Pass auf die Schwulen im Bad auf, sonst hast du einen Schwanz im Arsch.«

Die anderen lachten, Charles machte kehrt und verließ wie ein Feldwebel das Zimmer. Das Lachen erinnerte Said an das Japsen eines Hunderudels.

Er blickte zu Cheik. »Du musst nicht alles ernst nehmen. Du wirst ihn noch kennenlernen.«

Cheik nickte.

Nach und nach setzten sich alle um den Tisch.

»Habt ihr gehört?«, fragte Ben. »Gestern ist wieder ein Boot von hier nach Lampedusa durchgekommen. Hab's vorhin aufgeschnappt.«

Ensor sprang auf und lief hinaus.

»Na, der hat's aber eilig.« Ben rekelte sich im Sitzen. Said stand auf und stellte sich ans Fenster. Das Meer glitzerte, einige Fischerboote standen reglos vor dem Horizont. Hinter ihm sprachen die anderen durcheinander.

Lampedusa. Dieses Wort war in den letzten Wochen so oft gefallen und trotz der vielen Geschichten von gekenterten Booten klang es noch immer unverwüstlich nach Freiheit, nach Neuanfang, nach Chance.

Die Insel war von hier hundertdreißig Kilometer entfernt. Hundertdreißig Kilometer nach Europa. Für jemanden, der die Wüste kannte, ein Katzensprung.

Said drehte sich um und hörte seinen Zimmergenossen zu.

Alles Erfolgsgeschichten. Bens Bekannter hatte es geschafft und lebte jetzt in einer europäischen Stadt. Andere verkauften in Rimini Handtücher oder in Neapel Gürtel. Kimberley kannte einen, der jetzt in Marseille in einem Möbellager arbeitete.

Über die missglückten Überfahrten wurde kaum gesprochen, trotzdem kam jeder zu den Informationen. Ein Flüstern am Abend. Eine Bemerkung beim Essen. Eine Andeutung beim abendlichen Mancala-Spiel im Sand.

Said hatte die meisten Geschichten mit kleinen Abweichungen schon in Al-Dschauf gehört, manche Motive wanderten wohl. Menschen, die inmitten von lauter Wasser verdursteten, die eine Nacht lang vergeblich um ihr Leben schwammen, ganze Boote, die spurlos verschwanden.

Die Erfolgsgeschichten wiederholten sich ebenfalls, aber laut, als gälte es, die bösen Geister zu bannen.

Cheik trat ins Zimmer. »Frühstück, hat der Kapo gesagt.« Die Gespräche erstarben. Er lächelte Said an. »Der hat gleich einen von den neuen zum Kloputzen abkommandiert.«

Said grinste zurück. Vielleicht würde Cheik ein Freund werden. Er schloss seinen Gürtel, tastete nach den Geldverstecken.

Im Speisesaal saßen etwa zwanzig Leute, nach und nach trafen auch die Insassen der anderen Zimmer ein. Manche starrten vor sich hin und reagierten auf keine Ansprache, einige hatten böse Narben, einige erschienen nie zum Frühstück. Said wusste inzwischen, dass alle, die hier waren, trotzdem eine Art Elite waren. Sie hatten mehr investiert als die, die es von Libyen aus versuchten. Von Tripolis waren es fast dreihundert Kilometer bis Lampedusa. Die Leute verbrachten bis zu zehn Tage auf See, manchmal ging am fünften Tag das Wasser aus. Sechzig Prozent Überlebenschance, angeblich. Sicher war, dass jede Woche in Tripolis Leichen an Land gespült oder von Fischkuttern aufgelesen wurden. Leute, die umsonst investiert hatten. Von Tunesien aus konnte man es theoretisch in einer Nacht schaffen, realistisch in eineinhalb oder zwei Tagen.

Er setzte sich zu Cheik und aß seine Bohnen mit Weißbrot, ein Vorgeschmack auf Europa.

12

1885, Berlin

Wilhelm Landsberg kochte vor Wut. Er sprang auf, ging zum Fenster und öffnete es. Baustellenlärm tönte von der Friedrichstraße herauf. Er wandte sich ab. Warum nahmen ihn diese aufgeblasenen Greise nicht ernst? Sicher, sie lobten ihn, wenn er jede Woche auf die richtigen Aktien setzte, wenig gewinnbringende Papiere abstieß und ihnen davon berichtete. Sie ermunterten ihn sogar, weiter zu spekulieren. Doch sie belächelten seine Hinweise, dass sich da und dort ein neuer Trend abzeichnete, sahen ihn wohlwollend an, wenn er von Kaffee- und Baumwollboom redete und verweigerten dann die Zustimmung. Der junge Landsberg, so hitzig, wie wir auch mal waren, er wird sich die Hörner schon abstoßen.

Das Telefon klingelte. Er hob ab. Er hörte das Knacken der Vermittlung, dann eine vertraute Stimme. »Ah, Sie sind es. Die Kredite für das Tunnelprojekt. Wie besprochen, ja … Ja, eine sichere Sache … Ja. Bleibt es bei drei Uhr? Schön, ich freue mich! Ja … Ja. Auf Wiedersehen!« Er knallte den Hörer auf die Gabel. Das nächste Projekt, das ihm Gewinn bringen würde. Überall in den Alpen wurden jetzt Eisenbahntunnels gebohrt, die Gesellschaften brauchten Kredite. Langfristiges, aber sicheres Geld. Er schnaubte. Diese Idioten. Sein Blick fiel auf die handkolorierte Fotografie auf seinem Schreibtisch.

Gleich nach dem Militärdienst bei den preußischen Ulanen war er in die Bank seines Vaters eingestiegen und hatte sein Portfolio innerhalb von zwei Jahren verdreifacht. Sicher, er war erst fünfundzwanzig, na und? Der Erfolg sprach doch für ihn!

Er sah auf die Uhr. Noch eine Stunde Zeit bis zur Besprechung. Für einen Kaffee und die Lektüre der *Financial Times* hätte er noch Zeit.

Er kniff die Augen zusammen, als er ins Café Bauer eintrat. Das neue elektrische Licht fand er übertrieben. Die Leute würden sich die Augen verderben. Er würde trotzdem Elektrizitätsaktien kaufen, das Netz wuchs jeden Tag. Er bestellte einen Wiener Einspänner und schlug die *Financial Times* auf. Nach wenigen Minuten Lektüre ließ er sie sinken. Der Ärger stieg wieder hoch. Die Engländer, die verstanden, was sich derzeit abspielte. Er raffte den *Berliner Börsen-Courier*, der neben ihm lag, an sich und blätterte ihn durch. Es war zum Davonlaufen. In Deutschland waren im öffentlichen Bereich noch inkompetentere Leute am Werk als in der Bank. Aus jedem Bericht in der Zeitung sprang ihn diese Erkenntnis an. Warum sah das niemand? Die Leute waren blind für die gewaltigen Entwicklungen, die sich überall ankündigten.

Er blätterte um. Ein Foto des Kaisers. Er schüttelte den Kopf. Ein achtundachtzigjähriger Herrscher, der nicht einmal seine lächerlichen Kleinkriege finanzieren konnte. Er schlug das Papier zusammen und legte es weg. Sein Blick verfing sich in den Mustern der Wandvertäfelung.

Aus. Er würde es nicht mehr mit ansehen. Sein Freund Albert Strauss war schon in Brasilien, mehrte jeden Tag sein Vermögen mit Kaffee und Tabak. Was hielt ihn noch hier? Wilhelm setzte sich auf. Morgen würde er seine Sachen packen, Albert telegrafieren, seine Aktien transferieren und einen Zug nach Marseille besteigen. Vielleicht gab es noch einen Platz auf einem Transatlantik-Liner, sonst würde er einige Tage in Südfrankreich verbringen.

Er nahm die Zeitung wieder an sich. Auf der letzten Seite fand er zufällig die Meldung, dass die Einwohnerzahl von Rio de Janeiro soeben die von Rom überstiegen hatte.

13

1885-1889, Petrópolis-London

In der Neuen Welt ging alles noch schneller, als er es sich vorgestellt hatte. Nach einem Monat – Wilhelm war inzwischen an zwei Kaffeeunternehmen beteiligt – lernte er Lucy kennen. Sie stammte aus Massachusetts und hatte ein Engagement an der Oper in Rio als Rosina in Rossinis »Barbier von Sevilla«. Dreißig Tage später machte er ihr einen Heiratsantrag, drei Monate später war Lucy schwanger. Er kaufte eine Villa in Petrópolis und eine Kaffeeplantage in Minas Gerais. Eines Tages wurden zwei Beamte in bunter Uniform vorstellig und fragten ihn, ob er nicht Interesse hätte, seine Majestät den Kaiser von Brasilien zu beraten. Wilhelm glaubte zuerst an einen Scherz.

Der Kaiser empfing ihn in seinem Sommerpalast. Wilhelm hatte bis dahin nicht gewusst, dass dieser im Sommer in Petrópolis residierte, nicht weit weg von seinem eigenen Haus. Die nächste Überraschung: Pedro II. sprach wegen seiner österreichischen Mutter fließend Deutsch, mit einem exotischen Wiener Akzent. Pedro kam schnell zur Sache.

»Ich traue keinem brasilianischen Bankier.«

»Und was wünschen Majestät von mir?«

»Lassen Sie das Majestät, ich bin ein Auslaufmodell. Ich will keine langen Umschweife machen. Ihr Ruf eilt Ihnen voraus, Sie sollen ja ein Hellseher sein, was die Entwicklung der Wirtschaft betrifft.« Er machte eine Pause. »Könnten Sie sich vorstellen, für mich eine größere Summe zu veranlagen?«

Nach einer Viertelstunde war Wilhelm mit der Veranlagung des gesamten kaiserlichen Privatvermögens betraut. Er durfte jederzeit vorgelassen werden, wenn er den Kaiser aufsuchte. Wilhelm merkte schnell, dass sein Auftraggeber wenig von Finanzen verstand und lieber in seinem Observatorium Sterne beobachtete oder sich von Agenten über die Ausgrabungen Schliemanns informieren ließ, die er mitfinanzierte. Pedro war zuckerkrank und bekam täglich eine Spritze. Für Wirtschaft hatte er einfach keine Zeit.

Nach drei Jahren war Wilhelm einer der reichsten Männer des Landes. Die Villa hatte einen prächtigen Garten bekommen, Lucy hatte ihm zwei Töchter und einen Sohn geboren. Er investierte jetzt immer mehr in Straßen, Schienen und Telegrafenverbindungen, die in Windeseile kreuz und quer durch das riesige Land gezogen wurden.

Im Frühling 1888 reiste Pedro nach Europa, diesmal aber nicht, um die Bayreuther Festspiele oder Schliemann in Troja zu besuchen. Sein Diabetes war schlimmer geworden, er hoffte auf Pariser Ärzte, die angeblich ein neues Mittel gefunden hatten. In seiner Abwesenheit unterschrieb Prinzessin Isabel das Gesetz, mit dem alle siebenhunderttausend Sklaven für frei erklärt wurden. Als Pedro am Ende des Sommers zurückkehrte, jubelten ihm die Tagelöhner mit Tausenden Fähnchen zu, für ein Gesetz, das er nie unterschrieben hätte.

Wilhelm spürte den Umschwung und das Ende des Kaisers heraufziehen. Für ihn war die Freilassung der Sklaven ein wirtschaftlicher Unsinn. Wer sollte die Arbeit machen? Die Agrarprodukte würden viel teurer werden. Das Volk würde revoltieren. Was, wenn es Krieg und Zerstörung gäbe? So oder so, die Tage des Kaisers waren gezählt, es war eine Frage von Monaten, vielleicht Wochen. Wilhelm hatte Angst. Was, wenn sich der Volkszorn auch gegen die Günstlinge des Kaisers entladen würde? Er musste seine Familie in Sicherheit bringen!

Im Januar 1889 begann Wilhelm seine Rückkehr nach Europa vorzubereiten. Er würde in London leben, dem bedeutendsten Finanzplatz des alten Kontinents. Im März merkte Lucy, dass sie schon wieder schwanger war, das Kind würde im Oktober kommen. Er hoffte, die Überfahrt noch vor der Geburt zu schaffen. Im Mai ließ er über einen Agenten ein Haus in Lancaster Gate südlich des Hyde Parks kaufen und einrichten. Doch Lucy war schwach und nicht reisefähig, ab August verbrachte sie die meiste Zeit im Bett. Wilhelm lief im Kreis, auf der Straße wurde der Ton immer rauer, aber es half nichts: Er musste die Reise verschieben. Am 12. Oktober schenkte Lucy seinem Sohn Albert Clinton das Leben. Einen Monat später riefen die Revolutionäre die Republik aus. Kaiser Pedro reiste zwei Tage später mit seiner Familie Richtung Paris. Wilhelm staunte, wie ruhig sich der Übergang zur Republik gestaltete. War der Ruhe zu trauen? Sollte er doch bleiben? Nein, er würde gehen. Aber er musste warten, bis Lucy sich erholt hatte.

Zu Weihnachten 1889 kam die Familie Landsberg schließlich in London an und bezog die Villa in Lancaster Gate. Die vier Kinder sollten in den nächsten Jahren noch drei weitere Geschwister bekommen und die besten Schulen in Harrow und Cambridge besuchen. Niemand von ihnen würde arbeiten müssen. Der kleine, schmächtige Bertie am allerwenigsten.

14

1913. Paris

»Er hat mir diese Sachen so oft erzählt.«

»Ging mir genauso«, nickte Paul, der immer wieder aus

seiner konzentrierten Haltung ausbrach und Anzeichen von Begeisterung zeigte, die er, so schien es Bertie, mit großer Anstrengung unter ständiger Kontrolle hielt. »Was glauben Sie, wie oft ich die Geschichte von Chios gehört habe! Aber Familien werden durch solche Geschichten zusammengehalten. Das ist wichtig.«

Eine Glocke bimmelte.

»Es ist Zeit fürs Essen. Kommen Sie!« Sie standen auf und Paul legte ihm die rechte Hand aufs Schulterblatt. Sie gingen zum Speisezimmer, wo sie, so schien es Bertie, gerade eben erst gefrühstückt hatten. Paul bat ihn, Platz zu nehmen. »Erzählen Sie doch weiter!«

Bertie breitete die vor ihm aufragende Stoffserviette aus. Wo war er stehen geblieben? Er hätte weniger trinken sollen.

Er erzählte, wie er eigentlich mit den anderen Kindern zusammen hatte lernen wollen, während der Vater auf Privatlehrer bestand. Wie er als Zehnjähriger neben Deutsch schon Englisch und Französisch beherrschte. Wie er Dichter oder Komponist hatte werden wollen und mit zwölf vom Vater aufs Internat geschickt wurde, dann Ökonomie studieren sollte, sich aber für Kunstgeschichte einschrieb.

Das Donnerwetter und der Kompromiss mit dem Vater, dass er nach dem Studium trotzdem in die Bank einsteigen und sich um Investitionen in Kunstwerke kümmern werde.

Bertie nahm noch ein Glas Sherry und erzählte immer unzusammenhängender. Er sprach von seinen Studien der Kunstgeschichte, von seiner Liebe zur modernen Musik, von Tiroler Knödeln und Bierfesten in Petrópolis und Reisen nach Italien. Schließlich gestand er Paul auch, dass er sich zu einem Studienkollegen besonders hingezogen gefühlt hatte und dass er manchmal daran denke, dass es doch nicht schlecht wäre, in die Synagoge zu gehen.

»Dann hat uns das Schicksal hier zusammengeführt«, lachte Paul, »ein Aschkenase und ein Sepharde, zwei ...«

»Nein«, fiel ihm Bertie ins Wort, wie ernüchtert. »Verzeihen Sie, wenn ich unterbreche, aber mein Vater würde sich nicht als Jude bezeichnen. Er fühlt sich durch und durch als Deutscher. Und ich bin ... Europäer!«

»Das ist hier in Frankreich den meisten egal, glauben Sie mir. Jude ist Jude, da hat sich seit Dreyfus nicht viel verändert.«

Bertie stürzte den Sherry hinunter.

15

2012, Al-Mahdiyah, Tunesien

»Aufstehen! Packt eure Sachen!« Said versuchte die Augen zu öffnen, das grelle Licht tat weh. Wie spät war es? War er nicht gerade erst eingeschlafen? Er tastete nach dem Geld und blickte auf sein Handy: halb vier. Ein Ächzen erfüllte den Raum, die anderen wanden sich aus ihren Betten. Es kam träges Leben ins Zimmer. Langsam und bestimmt, als ob er den Ablauf Handgriff für Handgriff geübt hätte, steckte er das Ladegerät aus, kletterte mit der Tasche vom Bett herunter und raffte seine Sachen aus dem Spind zusammen. Mit Ben, Kimberley und Cheik suchte er den Waschraum auf, wusch sich und putzte den schlechten Atem weg. Er fühlte sich leer und leicht. Ensor und Charles torkelten ihm entgegen, als er auf den Flur trat. Alle wirkten noch zerknittert und torkelten auf den Ausgang zu. Endlich, endlich, endlich. Er summte die Worte vor sich her.

Er trat vors Haus, wo ein weißer Hilux wartete. Ein Helfer des Kapos, den Said noch nie gesehen hatte, stand davor und kassierte von jedem, der auf die Pritsche stieg, die letzte Rate. Tausendfünfhundert Euro, wie vereinbart. Kein Warterabatt.

Said kauerte sich neben Cheik, nach ihm kam Ben. Ein Schreiduell, wer war das? Kimberley hatte offenbar nicht mehr so viel Geld übrig und machte Radau. Dann hörte Said einen Schlag, noch einen. Ein zweiter Kapo lief um den Pick-up herum. Schläge, dumpfe Laute. Sie droschen auf ihn ein. Wo war Ben? Said kamen die Tränen hoch, aber er wollte nichts riskieren, wie auch keiner der anderen. Jeder Tritt ließ ihn zusammenzucken. Kimberley lag wimmernd auf dem Boden, Blut aus der Nase, er würgte, als würde er sich gleich erbrechen. Said wandte den Blick ab, Charles stieg auf, dann die anderen. Der Wagen fuhr los. Said sah den zusammengekrümmten Kimberley immer kleiner werden. Niemand sprach, irgendwer wimmerte. Sie fuhren zu einem abgelegenen Teil des Hafens, wo sich Müllberge türmten. Dahinter erschien eine Lagerhalle, davor waren einige ramponierte Container gestapelt. Am Pier vor der Halle glommen ein paar schwache Scheinwerfer. Sie hielten an. Ein Kapo stieg aus und verschwand im Gebäude. Dann stieg auch der zweite aus und befahl ihnen abzusteigen. Said mühte sich herunter. Er hielt den Riemen der Tragetasche fest. Er fragte sich, wem von den Gefährten er trauen konnte. Der Pick-up verschwand, nachdem der Fahrer ihnen eingeschärft hatte, genau hier zu warten. Wo war der andere?

Sie setzten sich in den Sand, der voller Zigarettenkippen war. Nach zehn Minuten hörten sie ein Motorengeräusch, ein Auto fuhr auf der anderen Seite des Gebäudes weg. Der Kapo erschien, sie sprangen auf. »Es geht los. Da drin gibt's noch Wasserflaschen zu kaufen, wer eine braucht.« Er grinste. Said konnte die Wut seiner Gefährten spüren. Wieder Geld. Der Kapo wartete. »Nun gut, dann nicht. Ihr bekommt jetzt eure neuen Namen. Drin könnt ihr warten.« Er ging von Mann zu Mann und drückte jedem einen Zettel in die Hand. Charles zückte seinen Pass. »Nein, erst später. Beim Einsteigen. Und keine Tricks.« Er stellte sich vor die Männer hin. Ein schwarzer, dicklicher Che Guevara. »Lernt die Namen und die Geburtsdaten auswendig und werft den Zettel dann weg. Wenn es Tag ist, kenne ich euch nicht mehr. Ich habe euch nie gesehen.«

16

»Der kritische Punkt ist die Küste«, erklärte der Kapo, der Kimberley in den Bauch getreten hatte und aus dem Nichts wieder in der Halle aufgetaucht war.

Sie standen in der Halle, inzwischen war eine weitere Gruppe von fünf Passagieren eingetroffen. Said spürte die Spannung, mit einem Mal schwebte eine Art Konkurrenz im Raum.

»Vielleicht habt ihr euch gefragt, warum ihr jetzt aufbrecht. Die meisten stechen in der Dämmerung in See oder wenn es ganz dunkel ist, damit man sie nicht ablegen sieht.«

Er schüttelte den Kopf.

»Dabei ist in der Früh das größte Gewimmel an Schiffen und Fischerbooten, da wird nicht kontrolliert und da fallt ihr nicht auf. Die Frontex schwärmt mit ihren Booten erst am Abend aus, da seid ihr schon hundert Kilometer weiter. In der Nacht habt ihr außerdem eine ruhige See.«

Said verstand immer noch nicht ganz, aber der Schläger schien zu wissen, wovon er sprach. Der Mann zückte sein Handy und nickte. »Das Boot ist da!«

Sie traten aus der Lagerhalle hinaus Richtung Pier, der mit Müll und Wrackteilen von Booten übersät war, die Said in der Dunkelheit nicht gesehen hatte. Das Schwarz des Himmels war fahl geworden, die ersten Sterne verblassten. Er fühlte ein unbestimmtes Drücken in der Magengegend. Weit und breit kein Boot zu sehen. Die kleine Gruppe trabte dem Kapo nach, der an einem Müllberg vorbeiging. Dahinter erschien ein Steg, an dem einige Planken fehlten. Said biss die Zähne zusammen. Das Boot war ein unförmiges schwarzes Etwas, ein aus alten PVC-Teilen zu zwei Wulsten zusammenvulkanisiertes Ungetüm. Said vermeinte, die aufsteigende Wut der anderen zu spüren. Dafür hatten sie gezahlt. Er wusste nicht, ob er losbrüllen oder weinen sollte. Am Beginn des Stegs standen einige Leute mit schwarzen Müllsäcken und Plastiktaschen. Der Kapo sprach mit ihnen und drückte ihnen ein paar Scheine in die Hand. Said blickte auf das Wulstgebilde. Menschen. Der improvisierte Kahn war schon fast voll. Eine stille Masse, wie ein einziger Organismus, hockte auf den Wülsten und blickte auf die Ankömmlinge. Wieder dieses Gefühl. Konkurrenz. Angst. Neid. Er wandte den Kopf. Ein Motorengeräusch, ein Van rollte leise heran. Die Schiebetür öffnete sich und ließ sechs Menschen heraustorkeln. Sie sahen abgemagert aus, zwei wurden von den anderen gestützt. Der Lenker stieg aus und führte sie im Gänsemarsch Richtung Steg, auf dem seine Gruppe wartete. Said spuckte durch die Lücke der Planken. Für die neuen würde kein Platz mehr sein. »He, willst du mit oder nicht?« Ein muskulöser Typ, der Said an einen Rapper erinnerte, hatte sich vor ihm aufgebaut. »Ja, ja, natürlich«, stotterte er. »Passkontrolle«, sagte der Riese. Er grinste. Said fischte seinen Pass aus der Tasche und gab ihn dem Rapper, der ihn wortlos in die Plastiktüte warf, die neben ihm am Boden stand. So war das also. Wahrscheinlich bin ich der Einzige, der seinen richtigen Pass abgibt, dachte er. Er memorierte seinen neuen Namen. Jemand stieß ihn in die Nierengegend, Cheik war auch noch da. Er sprang an Bord, das Boot zitterte. Er war drin. Der Boden schwankte. Um ihn herum murmelten alle gedämpft. Er versuchte, zunächst vorsichtig, dann immer bestimmter, einen Platz in dem Gedränge zu finden. Seine Finger streiften die Ränder des Bootes. Die schwarzen Wülste fühlten sich noch räudiger an als sie auf den ersten Blick ausgesehen hatten; die Gummiteile waren schlampig vulkanisiert, an vielen Stellen geflickt und von Zigaretten markiert. Er richtete sich einen Platz hinter Cheik und zwischen zwei Senegalesen ein, die Voodoo-Halsketten aus Holzstücken und Federn trugen, Glücksbringer. Von hinten drückte der Nächste, er hockte auf seiner Tasche. Weitere Passagiere betraten das Boot. Sie blieben stehen, es gab keinen Sitzplatz mehr. Immer mehr rückten weiter, suchten eine Trittfläche zwischen den aneinandergedrängten Körpern. Said hob den Kopf, vor und hinter ihm waren nur noch die Gesäße der Stehenden. Die letzten Sterne verschwanden. Eine ganze Flotte von Fischerbooten hatte sich inzwischen in die Bucht vor Al-Mahdiyah geschoben. Das Boot schwankte stärker. Said kauerte sich zusammen. Hundertdreißig Kilometer Luftlinie bis Lampedusa waren durchaus zu schaffen, aber mit dieser Masse an Menschen und falls schlechtes Wetter aufkäme, würde es schwierig werden.

»Die haben uns beschissen. Es gibt keinen Kapitän.« Der Somalier neben ihm schimpfte. »Was ist?«, fragte Said. »Der Steuermann ist einer von uns. Die haben ihm eine Seekarte und ein GPS-Gerät in die Hand gedrückt. Scheiße nochmal. Aber wir müssen los.« Said hatte nichts anderes erwartet. Einige waren offenbar wirklich so naiv gewesen zu glauben, ein Schlepper würde mitfahren.

Endlich warf jemand den Motor an, der Rapper löste die Seile und das Gebilde legte langsam ab. Niemand sprach. Der Motor mühte sich ab, das Boot vom Ufer wegzubringen. Said blickte reihum. Ungefähr achtzig Leute, früher oder später würden sie mit den Stehenden tauschen. Das Boot bockte, schwankte, der Motor lief auf Hochtouren. Dann sank der

Lärmpegel und wider Erwarten setzte sich der Koloss in Bewegung. Linker Hand flimmerten die Lichter der Stadt, von der sich ein Gewimmel an Fischkuttern näherte. Niemand kümmerte sich um das Boot, das erstaunlich stabil im Wasser lag und Fahrt machte. Die Küste wich zurück, mit jeder Minute wurde es heller. Die kollektive Aggression, die Said zuvor gespürt hatte, war einer lähmenden Müdigkeit gewichen. Auch er konnte kaum die Augen offen halten, obwohl sich jetzt die Sonne vor ihnen abzeichnete. Sie fuhren nach Osten, klar. Einige Passagiere fielen in einen Singsang, andere beteten leise, andere schliefen aneinandergelehnt.

Um die Mittagszeit war die Hitze trotz Schirmkappe unerträglich. In Saids Kopf hämmerte es, seine Zunge war trocken und er fühlte den Drang zu pissen. Die Halbliter-Wasserflasche hatte er am Vormittag ausgetrunken. Wie weit waren sie gekommen? Hundertdreißig Kilometer konnten noch lang sein. Wie würde das gehen, wenn jemand aufs Klo musste? Vielleicht wäre es besser, nicht der Erste zu sein. Wieder dieser Druck.

Schließlich stellte sich der Erste an den Wulst und pisste ins Meer. Wieder eine Erniedrigung, dachte Said. Später stand auch er auf und erleichterte sich. Wenig später schissen die Ersten über die Bordkante. Wie durch ein Wunder hatte jemand vorgesorgt, es gab Küchenrolle zum Abwischen. Bei den Frauen – etwa zehn waren an Bord – wandten sich alle ab.

Tiere, wir sind wie Tiere. Vielleicht ersaufen wir auch wie Tiere. Said schauderte. Wenn es jetzt schiefginge, wäre alles umsonst gewesen.

Papiersäcke mit kalten Burgern und Sardinendosen machten die Runde. Said teilte sich einen Burger mit Cheik. Einige verkauften ihren Wasservorrat. Said beschloss, durchzuhalten. Die Ersten erbrachen sich.

Cheik erzählte von Al-Dschauf, er hatte in einem kleinen Supermarkt gearbeitet und mit einem Mofa-Anhänger Einkäufe zugestellt. Sein Vater war gestorben, die Mutter war zur Familie ihrer Schwester gezogen. Einer seiner Freunde sei inzwischen in Paris. Das Leben dort sei zwar nicht leicht, aber es gebe viele Libyer dort. Cheiks Vater war ein Tuareg, aber er fühlte sich als Libyer, wie er versicherte. Er fragte nach Saids Plänen.

Said wusste nicht, was er antworten sollte. Er hatte seit drei Wochen weder von seinem Onkel Bey noch von Chan eine Nachricht empfangen, obwohl er beiden Mails und SMS geschrieben hatte.

»Ich weiß nicht, wo meine Leute derzeit sind. Bey wollte an einen Ort namens Rosarno, das ist im Süden Italiens. Mal sehen.«

Cheik sah ihn einen Moment an, als wartete er auf etwas. Said zuckte mit den Schultern. Sie tauchten wieder ab ins Dösen, jeder allein mit seinen Gedanken. Er brauchte ein Ziel. Nur weg, das war zu wenig. Was, wenn Bey und Chan inzwischen etwas zugestoßen war? Wenn sie weiter nicht erreichbar wären? Würde er wieder umkehren? Sich abschieben lassen?

Gegen Abend kaufte er einen halben Liter Wasser um den Preis seines ehemaligen Tageslohns. Die murmelnden Gespräche des Tages gingen mehr und mehr in singendes Jammern über. Der Wind blies kühler. Einigen hatte die Sonne zugesetzt. Said brannte die Haut im Nacken, das Kopfweh hatte nicht aufgehört.

Er war erstaunt, dass der Kahn trotz seiner Unförmigkeit noch immer so ruhige Fahrt machte. Das Ungetüm tuckerte jetzt schon mehr als zwölf Stunden behäbig dahin, getankt wurde bei laufendem Motor. Der Steuermann machte seinen Job, das GPS funktionierte. Trotzdem war Said angespannt.

Wenn nur kein Wind aufkommt, sagte er sich immer wieder vor. Wir können es bis morgen Früh schaffen, es ist die ruhigste Zeit im Jahr. Die Sonne ging unter. Auf dem Boot wurde es gespenstisch still. Gesprochen wurde nur im Flüsterton, die meisten waren eingenickt oder dösten vor sich hin. Dennoch schien niemand wirklich zu schlafen. Said wechselte den Akku seines Handys. Kein Signal. Er versuchte zu schlafen, Rücken und Beine schmerzten.

Als der Motor um zwei Uhr vierzig kurz hustete und abstarb, waren mit einem Mal alle Augen offen. Doch es war nur der Diesel ausgegangen, nach kurzem Tanken startete der Steuermann den Motor wieder.

17

1913, Paris

Bertie und Paul redeten während des Mittagessens weiter. Sie erzählten einander abwechselnd von ihren Familien, von ihren Visionen, ihrer derzeitigen Lektüre. Sie waren inzwischen zum Du übergegangen, das aber nur Anwendung fand, wenn sie hin und wieder ins Französische wechselten.

»Was hast du jetzt genau studiert?«

Bertie hatte allmählich Kopfweh bekommen vom Alkohol, diese Frage ließ ihn zusammenzucken, als ob sie den Schmerz vergrößerte. Er hatte gerade die Zwiebelsuppe aufgegessen, die seine leichte Übelkeit nicht vertrieben hatte. Was sollte er antworten? Sicher, er hatte Philosophie und Kunstgeschichte studiert, aber nicht wie die anderen, denen es nur um den Abschluss ging. Er verlas sich oft stundenlang in den Bibliotheken, wie sich andere in einem Gassengewirr verlaufen. An den Wochenenden besuchte er die Museen und Galerien der

Stadt oder verlor sich in entlegenen Themen. Manchmal las er einen ganzen Tag Gedichte und schrieb dann selbst welche, von denen er wusste, wie schlecht sie waren. Er stieß auf die Schriften Wilhelm von Humboldts, der Bildung als Weg zur Selbstbestimmung sah, und begeisterte sich dafür. Er steigerte sich in Humboldts Konzept von Weltbürgertum hinein und sah sich selbst als Verkörperung des idealen Weltbürgers, der *so viel Welt als möglich in die eigene Person verwandelt*. Bertie hatte sich diesen Satz herausgeschrieben. Bei seinen Mitstudenten erntete er dafür nur Verständnislosigkeit. Sie mussten auf einen Abschluss hin studieren.

Und jetzt sollte er antworten.

»Ja, Kunstgeschichte, aber ich ... muss gestehen, ich habe es auch nicht abgeschlossen. So wie du Architektur. Ich denke, Sie ... du weißt, wie das ist ... Ich fand es so ... so despektierlich, wenn meine Kommilitonen nur an ihre zukünftigen Berufe dachten. So ... gewöhnlich. Ich weiß nicht, ob du mich verstehst. Ich hatte mir vorgenommen, zu studieren, um die Kunst besser zu verstehen und, hm, studiere in diesem Sinne immer noch.«

»Ich verstehe das nur zu gut.« Paul hatte glasige Augen und stand auf, als ob er ablenken wollte. Er nahm eine Karaffe und schenkte, ohne Bertie zu fragen, zwei Gläser Sancerre ein, von denen er ihm eines reichte. Sie prosteten einander schweigend zu und tranken. John brachte den Hauptgang, Ente mit Gemüse und Kartoffeln. Bertie hatte keinen großen Hunger mehr.

»Sieh mal ...«, Bertie zögerte. »Es klingt vielleicht verrückt oder großspurig, ich bin ja erst dreiundzwanzig, aber ... ich versuche, mein Leben nach ästhetischen Richtlinien zu gestalten, und deswegen fühle ich mich hier so wohl. Nur bin ich darin noch nicht so weit wie du. Weißt du ... es gibt so viel

Niedriges, Vulgäres. Immer mehr Dinge werden in Massen hergestellt. Nachrichten und Stimmen werden durch Kabel geschickt. Alles wird schneller, jeden Tag gibt es mehr Automobile auf der Straße. Es gibt Leute, die fragen, wozu noch malen, wenn es Fotografie gibt. Ich weiß nicht, wohin das führen wird. Bitte lach jetzt nicht, ich weiß nicht, ob ich mich klar ausdrücke. Wahrscheinlich wirst du denken, ich bin naiv oder verrückt.« Bertie bereute seine ungeordnet hervorgesprudelten Worte bereits. *Schnell Themenwechsel.* »Egal. Hast du Bergson gelesen?« Hoffentlich kannte Paul Bergsons Überlegungen zu Intuition und Ästhetik als Rechtfertigung für ein Leben, das der Muße gewidmet ist. Er nahm einen Bissen von der Ente.

»Bergson! Du versuchst die Kurve jetzt elegant zu kratzen! Aber über die Ästhetik können wir ja ein andermal philosophieren. Ja, ich weiß, was du meinst. Ich kenne seine Überlegungen zum Schöpferischen und zur Ästhetik der Existenz. Aber hab keine Angst bezüglich deiner Äußerungen. Ich verstehe dich ja. Ich habe Bergson übrigens selbst gehört. Er hat ja hier in Paris gelesen. War ein paar Mal bei seinen Vorlesungen auf der Sorbonne.«

»Bergson bezieht dieses Schöpferische nicht nur auf die Kunst«, murmelte Bertie, seinen Blick starr auf das Glas vor sich gerichtet, aber schon etwas sicherer. Es reflektierte das Licht der Kandelaber.

»Er spricht von einer Erschaffung seiner selbst durch sich«, sagte er zum Glas. Es klang wie ein Zauberspruch.

»Jeder ist dazu berufen, sich selbst zu erschaffen. Jeder ist ein Künstler, der sich als sein Werk schafft. Jeder von uns. Weißt du, es ist dieses Leben-zur-Kunst-Machen, das mich nicht loslässt. Ich weiß nicht, ob du mich verstehst.«

Paul nickte langsam. »Sehr. Oscar Wilde hat darüber geschrieben, wie du sicher weißt.« Er grinste plötzlich, Bertie verstand nicht warum. »Mein zweiter Butler heißt übrigens auch Oscar. John kennst du ja schon. Du siehst, auch ich assoziiere oft ziemlich wild. Ich werde ihm jetzt läuten, dir scheint das Essen ja nicht zu schmecken. Vielleicht noch ein wenig Käse, das beruhigt deinen Magen. Und danach … Ich denke, wir haben lange geredet. Ich würde mir wünschen, dass du länger bleibst.« Er nahm noch einen Schluck Wein, Bertie tat es ihm nach. Paul musterte seinen Gast durch das Weinglas. »Das Leben zur Kunst machen … Bergson … Ach Gott, wie oft habe ich darüber nachgedacht. Und hier, mit diesem Haus, in dem ich jetzt schon fast zehn Jahre Kunstwerke zusammentrage, versuche ich das ja irgendwie. Hm.« Paul stand auf, trat einen Schritt zur Seite und griff nach einer Marmorstatuette, die neben dem Esstisch auf einem Postament stand. Er sah Bertie wieder an. »Weißt du, dass er auch davon spricht, dass jeder von uns mehrere Menschen ist? Auch wenn das jetzt sehr banal klingt, aber sieh doch: Ich bin Jude, Grieche, Engländer, Franzose, du bist Jude, Deutscher, Brasilianer, Engländer … was weiß ich. Bergson hätte seine Freude mit uns. Was ich aber sagen will: Du weißt, was der Nationalismus zurzeit anrichtet. Jedes Volk will heute seinen eigenen Staat. Ich finde, Menschen wie wir sind prädestiniert dafür, einer universalen Kultur zum Durchbruch zu verhelfen, auch wenn das jetzt fürchterlich großspurig klingt. Humboldt sagt das ja auch so ähnlich.« Paul stellte die Statue wieder ab. Er ging zu Bertie, der noch am Tisch saß und legte seine Hand auf dessen Schulter.

»Bitte bleib noch.« Seine Stimme klang weich. Er neigte sich zu ihm. Bertie konnte Pauls warmen Atem spüren, spürte die Wärme seiner Wange, spürte, dass hier etwas Neues, Unumkehrbares begann.

18

2012, Mittelmeer

Sternklarer Himmel, keine Wolke in Sicht, der Kahn schien es wirklich zu schaffen. Sie hatten verdammtes Glück mit dem Meer, nur kleine Wellen klatschten an die Wülste. Das GPS funktionierte allem Anschein nach auch. Es war sehr still geworden, das Tuckern des Außenborders wurde immer wieder von Würgegeräuschen unterbrochen. Es roch nach Erbrochenem. Zwischendurch blendete sich langsam ein Wimmern ein und wieder aus, als ob jemand einen Lautstärkeregler betätigte. Said wusste nicht, wie lange er gedöst hatte, die Schmerzen hatten den gesamten Körper erfüllt. Kurz nach vier Uhr stieß jemand einen kurzen Laut aus, oder war es ein Wort in einer anderen Sprache? Es löste ein Murmeln im Boot aus. Jemand hatte am Horizont einen zweiten Kahn mit demselben Kurs entdeckt, Konkurrenten mit parallelem Kurs. Jetzt sah auch er es. Musste ein ehemaliger Fischkutter sein, er war langsam. Said fühlte wieder, wie die Wut der Bootsinsassen aufglomm. Er hatte den Eindruck, dass einige am liebsten ein Loch in den Rumpf des anderen Bootes hacken würden. Der Kutter fiel zurück und war wieder unsichtbar. Vier Uhr dreißig. Said war jetzt wach. Mit jeder Minute wurde es heller. Während in der Dunkelheit angespannte Stille geherrscht hatte, begannen nun immer mehr Leute laut zu sprechen. Der Gestank wurde immer penetranter. Jemand hatte offenbar ins Boot gepisst oder sich in die Hose gemacht. Said blickte kurz auf die Zeitanzeige seines Handys. Die Zeit wollte nicht vergehen. Wieder Aufregung, die nächste Sichtung: zwei Boote mit stotternden Außenbordern, ebenso völlig überfüllt. Sie strebten offenbar alle sternförmig zum selben Ziel und mussten daher einander immer näher kommen. Er fühlte, wie mit jeder Sichtung

Verzweiflung, Ohnmacht und Futterneid unter den Insassen anwuchs. Drei Boote waren es jetzt, die von Tunesien aus gestartet sein mussten. Nicht auszudenken, wenn da noch die libyschen Boote dazukämen. Einige rutschten herum, das Boot schwankte.

Der Steuermann bellte in die Menge. Wenn sie überleben wollten, sollten sie sich ruhig verhalten. In zwei Stunden seien sie vielleicht da.

Das Schwanken hörte auf, ins Gemurmel mischten sich Rufe. Said blickte auf. Das rechte Boot war so nahe gekommen, dass er schon einzelne Gestalten der anderen Insassen unterscheiden konnte. Wahrscheinlich starrten die anderen mit demselben Hass zurück. Konkurrenten um die Freiheit. Wenn ihr absauft, sind unsere Chancen größer.

Said glaubte die Missgunst, die von dem anderen Boot abstrahlte, zu spüren. Vielleicht kentern sie ja doch noch. Dann drehte das andere Boot ab, blieb aber in Sichtweite. Hatten die ein besseres GPS? Ein Wettrennen, dachte Said.

»Schon gehört?« Said schreckte hoch. Sein Sitznachbar, ein Somalier, der sich eben mit seinem Nebenmann unterhalten hatte, stieß ihn an. »Ein anderes Boot hat's erwischt, ein paar Meilen von hier. Die können nur hoffen, dass die Küstenwache schnell genug ist.«

Said sah ihn ratlos an.

»Woher weißt du das?«

»Angeblich waren zwei Boote unterwegs. Eines dürfte das da drüben sein. Wenn es das ist, dann sitzt da ein Bekannter von dem Typen da vorne.«

Er wies in die Mitte des Bootes, Said wusste nicht, wer gemeint war.

»Die sind einfach weitergefahren. Einer von dort hat ihm eine SMS geschickt, die ist tatsächlich angekommen. Es kann nicht mehr weit sein.« Er sah in Fahrtrichtung. »Was weiß ich. Wenn's stimmt und die Küstenwache jetzt zu tun hat, haben wir hier wenigstens reine Luft.«

Said hob an, etwas zu sagen, schwieg dann aber. Der Somalier hatte sich schon seinem Hintermann zugewandt und erzählte seine Geschichte noch einmal. Said sah auf den Nebel, hinter dem sich der Sonnenaufgang ankündigte. Keine Küstenwache, kein Patrouillenboot, kein Helikopter. War das gut oder schlecht? Was sollte er von den Menschen im anderen Boot halten? Bisher hatte er sie als Leidensgenossen gesehen.

Er warf einen Blick übers Boot. Auch auf diesem Boot würde jeder nach der Ankunft ein Konkurrent sein. Er klopfte Cheik auf die Schulter, der drehte sich langsam zu Said um. Ihre Augen trafen sich. Auch er hatte die Worte des Somaliers gehört.

19

1913, Paris

»Roger wird dir gefallen! Er liegt altersmäßig genau zwischen uns.« Bertie wusste nicht, was das eine mit dem anderen zu tun hatte, aber mittlerweile war er an die Gedankensprünge Pauls gewöhnt. Seit einer Woche lebte er im Gästezimmer, das ihm Paul angeboten hatte. Ursprünglich hatte er nur ein paar Tage in Paris bleiben wollen! Nach zwei Tagen hatte er seine Suite im Hotel Orsay gekündigt und sich in der Rue du Centre einquartiert. Er hatte seine Sachen zu Paul gebracht und die Bank nicht mehr aufgesucht. Die Leute dort brauchten ihn sowieso nicht, lachten schon hinter vorgehaltener Hand, wenn er so tat, als sähe er im Betrieb seines Vaters nach dem Rechten.

Bertie war so fasziniert von Paul und seinem wunderlichen Haus, dass er zwischendurch selbst über seine Hingabe erschrak. Er stand mit Paul auf, ging mit Paul schlafen, besuchte mit ihm Vernissagen, Konzerte und Salons. Paul sagte Worte, die so ähnlich aber diffus immer in ihm gewesen waren und die er nicht zu artikulieren vermocht hatte.

Jetzt saß er in einem Ohrensessel im Salon und las Bergsons »Die philosophische Intuition«, als Paul in Reiterhosen hereingestürmt kam. Er hatte ihn erst am Nachmittag erwartet.

»Du wirst sehen, wir werden uns gut ergänzen.« »Es ziemte sich mir trotzdem abzureisen«, sagte Bertie vorsichtig, legte das Buch aus der Hand und stand auf. »Ich beanspruche deine Gastfreundschaft schon zu lange.«

»Ist das dein Ernst?« Paul fixierte ihn streng. Bertie zuckte mit dem rechten Mundwinkel. Er spürte die Schwäche in sich aufsteigen wie eine warme Flüssigkeit. »Nicht wirklich«, sagte er Richtung Fenster.

Paul legte ihm den Arm um die Schultern. »Mit ihm kannst du auch Deutsch reden, das du ja schon so vermisst. Er hat in Deutschland bei einem russischen Juden namens Knorr studiert.« Nur keinen Engländer, der Deutsch sprach, dachte Bertie, das ist einfach nur peinlich.

Bertie setzte sich auf. »Wollten wir nicht die Ballets Russes ansehen? Das könnte ich dann alleine machen, wenn du einen Gast hast«, versuchte er eine Ausflucht. Er hatte ja von diesem Roger Quilter noch keine Vorstellung. Wenn er jetzt ginge, wäre der Kokon der letzten Tage, in dem er sich so wohlfühlte, zerbrochen, das wäre vielleicht ganz gut. Er hatte ohnehin zu viel Zeit mit Paul verbracht. Stundenlang streiften sie durchs Haus und philosophierten über alte Maltechniken, über die Umwertung der Werte bei Nietzsche und die Hasstiraden Schopenhauers, über das revolutionäre Ballett Sergei Djagilews und seiner Compagnie, über eine Ästhetik der Existenz und über deren Pervertierung, über die Vorzüge des russischen vor dem europäischen Kaviar, über Adelige und Prostituierte und über solche, die beides waren und noch vieles mehr. Nie hatte sich Bertie so verstanden gefühlt. Aber vielleicht brauchte er doch auch Abstand.

»Das kommt überhaupt nicht infrage. Ich denke, Roger wird sich das auch ansehen wollen. Zumal es einen Skandal geben soll.«

Widerstand zwecklos, dachte Bertie.

»Einen Skandal? Das weißt du jetzt schon?«

Paul schmunzelte. »Du wirst Sergei noch kennenlernen. Ein Skandal ist die beste Werbung, die musikalische Qualität ist Nebensache. Er hat jetzt diesen Russen angeschleppt, Strawinsky, und hat ihn dazu vergattert, wieder ein Ballett für ihn zu komponieren. Das letzte war schon sehr, hm, expressiv. Sponsoren hat er ja genug.«

Und Paul holte aus und erzählte über die Comtesse Greffulhe, die den Impresario finanzierte und ein Verhältnis mit ihrem Cousin unterhielt, über Misia Sert, die sich Prinzessin Yourbeletieff nannte, und über andere Gönner, bis Bertie der Kopf vor lauter Namen schwirrte. Er war beglückt. Wie konnte er da gehen!

Zwei Stunden später schellte die Türglocke. Quilter war da.

20

»Ich bin sogar wegen der Ballets Russes hergekommen«, sagte Roger in seinem seltsamen Englisch, in dem Bertie einerseits den alten Adel zu hören glaubte, andererseits bei einigen Konsonanten einen Deutschen. »Mein Freund hier soll mich endlich Djagilew vorstellen! Vielleicht kann ich dann meine paar Brocken Russisch anbringen.«

Sie saßen zu dritt im Salon, Bertie und Roger fläzten mit Strickjacke und Pantoffeln in Ohrensesseln, Paul hockte in Reiterhosen und Stiefeln halb am Schreibtisch. Bald würde zum Abendessen geklingelt werden.

Bertie sah zu Roger, der vor einer Stunde eingetroffen war. Rogers Nasenflügel schienen zu flattern. Bertie konnte nicht ergründen, ob er es ernst meinte oder doch eine Prise Ironie mitschwang.

Roger war einen Kopf größer als er. Auf einem kurzen Hals saß ein längliches Gesicht mit tiefliegenden Augen unter einer niedrigen Stirn. Maßanzug, distinguierte Erscheinung. »Jede einzelne Aufführung soll ganz außerordentlich sein.« Bertie schürzte seine Lippen. »Ich habe leider selbst noch keine gesehen, aber Paul hat ja Gott sei Dank für übermorgen Karten besorgt.«

»Ja, ich habe von dieser Premiere sogar in London gehört. Bin neugierig, was sich hinter diesem ›Frühlingsopfer‹ verbirgt. Das Gehüpfe interessiert mich nicht so sehr wie die Musik. Von mir aus brauchte ich gar keine Tänzer. Was kostet die Karte?«

»Es wird mir eine Ehre sein, euch einzuladen«, meinte Paul. »Ich habe übrigens schon das Plakat gesehen. Sehr … eigenwillig. Verstehe ich sowieso nicht. Sergei brauchte überhaupt keine Plakate drucken zu lassen. Die Leute kommen ohnehin.«

»Ich habe gehört, dass dieser Spanier Picasso das Plakat gemacht haben soll«, warf Roger ein.

»Ja, er schafft es, alle so lange zu bereden, bis sie ihm ein Plakat machen. Braque, Picasso und was weiß ich wen. Diese jungen Hungerleider brauchen auch jeden Centime!«, rief Paul und lachte.

»Für mich ist dieser Djagilew, mit Verlaub, ein Schaumschläger«, konterte Bertie etwas müde. »Vermag er das, was die

Plakate versprechen, zu erfüllen? Worin besteht denn schon die Provokation? Sie tanzen ein bisschen wilder, die Musik ist wahrscheinlich rhythmischer und expressiver, na und? Jedenfalls nicht das große Gesamtkunstwerk, das seit Wagner alle suchen.« Bertie blickte sich nach seinem Whisky um.

»Du kennst das Pariser Publikum immer noch nicht«, sagte Paul. »Obwohl hier die modernsten Künstler und die exzentrischsten Mäzene leben, ist das Konzertpublikum das konservativste und verbohrteste der Welt. Kein Vergleich zu London oder gar zur Neuen Welt.« Paul goss beiden Whisky nach. »Und was die Musik betrifft … ihr habt beide noch nichts von diesem Strawinsky gehört, nehme ich an. Sicher, auf den ersten Blick, wenn man das überhaupt so sagen kann, wirkt die Musik primitiv und vielleicht wie amerikanischer Jazz. Unkultiviert, roh. Aber ich denke, man muss genauer hinhören. Es steckt mehr darin. Ich bin ja auf euer Urteil gespannt.«

21

2012, Lampedusa

Aufgeregte Stimmen schreckten ihn auf. Ein rostiger Fischkutter war aufgetaucht, der trotz seines desolaten Zustands ihr Boot überholte. Die Menschen saßen an der Reling und ließen die Beine übers Wasser hängen. Das Boot mit dem parallelen Kurs war wieder näher gekommen, das andere verschwunden, nun waren sie zu dritt. Wann war das passiert? Said wischte sich den Schlafsand aus den Augen und schlug seine Kapuze zurück. Gott, da vorne, hinter dem Dunst, da war schon die Insel. Er hatte sie sich wie einen sanften Hügel vorgestellt. Was er sah, war ein rechteckiger Riegel – Steilküsten. Ein Boot mit roten und blauen Scheinwerfern kam aus dem Dunst, wahrscheinlich Küstenwache. Es näherte sich dem Kutter, der vorgeprescht war. Anweisungen erklangen über Megafon.

Said fühlte, wie die Anspannung an Bord stieg. Die Stimmen wurden leiser, die Gespräche zugleich nervöser. Der Steuermann nahm etwas Gas weg, der Bootsmotor tuckerte untertourig. Einige standen auf und bewegten sich, das Boot schwankte wieder. Der Steuermann schrie etwas von Ruhe. Sie zogen an dem Kutter vorbei und erreichten die Höhe der Insel.

Cheik drehte sich zu Said. »He, wir haben es gleich geschafft. Jetzt noch die Insel entlang.«

Said wusste nicht, was er meinte.

»Die Insel ...?«

»Ja, Mann, hast du nicht zugehört früher? Das ist erst die Westspitze. Der Hafen ist weiter vorne, wir müssen die Küste entlangfahren. Wurde ja durchgegeben zur allgemeinen Beruhigung.«

Sie passierten das Kap. Said starrte auf die Küste. Hohe Klippen und Geländeabrisse, die die einzelnen Kalkschichten erkennen ließen, unterbrochen von kleinen, abgeschnittenen Buchten mit weißem Sand. Oben auf der Geländekante leuchteten einige Häuser im orangen Morgenlicht. Das war also Europa.

Sie fuhren fast eine Stunde die Insel entlang, und allmählich verlor der Geländeabriss an Höhe, die Häuser wurden zahlreicher. Ein Boot der Küstenwache hatte inzwischen von hinten aufgeschlossen, tat aber nichts weiter. Wahrscheinlich sehen sie, dass wir es alleine schaffen, dachte Said. Endlich eine große Bucht, Leuchtsignale – die Hafeneinfahrt.

Sie passierten einen Wellenbrecherdamm. Der Steuermann steuerte auf eine Mole zu, auf der eine Statue stand. Rechts lagen einige Boote in einer Marina. Said erschien die Szenerie wie eine Puppenstube, die Gebäude, der Hafen, die Boote, alles bunt und niedlich zurechtgemacht.

Sie hatten es geschafft. Einige johlten mit gepressten Stimmen auf. Das Boot begann zu schwanken. »Ruhe!« Der Steuermann drehte sich um. Mit einem Mal war es still. »Niemand springt herum. Jeder bleibt, wo er ist. Sonst saufen wir noch hier im Hafenbecken ab.« Einige Sekunden lang hörte man nur das Tuckern des Dieselmotors. Dann wieder Gemurmel. Einer nach dem anderen erhob sich und blickte zum Ufer. Wie bei einer Beerdigung, dachte sich Said, als das Wulstboot im Schritttempo Richtung Mole glitt. Er versuchte die Tränen dadurch niederzukämpfen, dass er »Die Reise ist noch nicht zu Ende« wiederholte.

Am Ende des Kais wartete ein Kordon von Polizisten und Sanitätern, dahinter Zelte und Rettungswagen. Said fragte sich, ob das hier jeden Tag so zuging. Die Männer vom Roten Kreuz trugen rot-weiße Kleidung, Mundschutz und Latex-Handschuhe, als ob es verseuchte Tiere zu versorgen gäbe. Etwas weiter rechts torkelten die letzten Insassen eines anderen Bootes auf den Pier, andere wurden von Rotkreuzmännern hinaufgehoben. Von einem Boot hinter ihnen, dem offenbar der Sprit ausgegangen war, sprangen Menschen ins Wasser und schwammen Richtung Ufer.

Der Steuermann schaltete den Motor aus, das Boot trieb die letzten Meter zur Mole. Ein Polizist warf ihnen ein Tau zu. Said dachte an das Abkommen, wonach alle Migranten aus Libyen und Tunesien von Italien unverzüglich zurück abgeschoben werden mussten. Er schloss die Augen und memorierte seine neue Identität, die auf dem Zettel gestanden war. Er würde sie nur bei der Erstregistrierung angeben. Wenn sie ihn in ein anderes Lager brächten, würde er sich irgendwo verlieren. So hatten es alle gesagt. Du musst versuchen verloren zu gehen. Je eher, desto besser. Dann würde er seinen richtigen Namen benutzen.

Die Sonne war jetzt aufgegangen und färbte die Häuser blassorange.

Ein Megafon krächzte auf. »Einer nach dem anderen! Nicht das Gewicht verlagern! Ein paar hierher!«

22

1913, Paris

Im Foyer des Theaters herrschte eine elektrisierte Atmosphäre, von der Bertie sofort angesteckt wurde. Viele Frauen waren in extravaganten orientalischen Kostümen erschienen, die, so wusste Paul, an die Ausstattung der letzten Aufführung angelehnt waren. Einige Damen hatten sogar ihre Haut gefärbt und sahen wie Afrikanerinnen aus. Bertie merkte, dass er aufgeregt war wie bei einer Schulaufführung vor vielen Jahren, wo er den Puck spielen sollte und einfach nicht lustig hatte sein können. Er war noch während der Proben ersetzt worden. Dabei konnte er doch diesmal im Publikum sitzen! Der Gong ertönte. Bertie, Paul und Roger nahmen ihre Plätze ein, eine Oboe setzte ein. Paul flüsterte Bertie zu, dass ein deutscher Maler namens Macke diesmal für das Bühnenbild, das Bertie etwas fad erschien, verantwortlich war. Eine zweite Oboe gesellte sich dazu, das Publikum begann zu tuscheln, einige lachten verächtlich.

Endlich ging der Vorhang unter dem »Aah!« des Publikums auf. Die Tänzer waren bereits in Aktion. Nijinsky, der künstlerische Leiter und Solist (und Geliebte Djagilews, wie Paul anmerkte), hatte der Compagnie seltsam geometrisch-abgehackte Bewegungen verordnet, die an Figuren in einem Stummfilm erinnerten, wie sie jetzt Mode waren und in denen das Leben in der Zukunft dargestellt wurde. Die Figuren steckten in albernen russischen Kostümen und schienen wie Roboter Blumen zu pflücken, dazwischen wirbelten zwei Gestalten wie verrückt umher. Die ersten Pfiffe ertönten zugleich mit den Einsätzen der Streicher. Links und rechts von ihnen redeten einige Besucher laut. Bertie fand den Kontrast dieser Roboter-Choreografie mit den orientalischen Wirbelwinden originell. Natürlich passten Bühnenbild, Kostüme und Bewegungen nicht zusammen, doch genau daraus, so resümierte er für sich, bezog die Aufführung ihren Reiz. Die Musik konnte er nicht einordnen.

Die erste Szene löste die erwarteten Reaktionen aus. Einige ältere Herren riefen nach wenigen Minuten »Skandal!« und verließen die Vorstellung. Der Komponist Strawinsky, der in der ersten Reihe saß, wurde immer kleiner. Als das Gemurmel immer lauter wurde und sogar jemand miaute, rief ein Herr aus der ersten Reihe »Gebt ihr bald Ruhe, ihr Nutten aus dem Sechzehnten?« »Dort stehen die meisten Villen«, klärte Paul Bertie auf und kicherte.

Die ganze Vorstellung ging es so hin und her. Bertie genoss es. Hier war er am Puls der Zeit, hier war das Neue. Die Musik wurde immer lauter, und ebenso das Reden, das Lachen, das Klatschen, während die Tänzer immer wilder herumwirbelten. Das Stück endete im Fortissimo.

Das Publikum tobte, die »Skandal!«-Rufer waren offenbar verschwunden. »Genial!« »Ein Triumph der Moderne!« »Bravo!« Der ganze Saal erhob sich, einige kostümierte Damen klatschten und seufzten. Bertie lächelte. Die ganze Vorstellung war ein provokant inszenierter Effekt, ob es große Kunst gewesen war, daran zweifelte Bertie, als er in dem hinausdrängenden Pulk eingezwängt war. Es würde sich in jedem Fall gut verkaufen. Bertie blickte auf seine Taschenuhr. Es war nicht einmal eine Stunde vergangen. »Bertie!« Paul steckte hinter ihm fest. »Wir gehen noch zu Nijinsky.«

23

»Darf ich vorstellen, Catherine Baronesse d'Erlanger. Herr Albert Clinton Landsberg.« Bertie, Paul und Roger waren nicht die Einzigen gewesen, die Djagilew und Nijinsky in den Garderoben aufsuchen wollten. Eine Frau in einem silbrig glitzernden spätbarocken Kostüm in Begleitung einer deutlich zurückhaltender gekleideten älteren Dame hatte sich ebenso mit kleinen Scheinen Zutritt verschafft. Paul kannte sie natürlich und küsste ihnen als Erster die Hand. Bertie musterte die beiden: Catherine mochte etwa zehn Jahre älter sein als er, das Kostüm kaschierte etwas unbeholfen ihre untersetzte Statur. Unter zwei ständig erhobenen dünnen Brauen blitzten wache taubengraue Augen hervor. Die untere Hälfte des Gesichts war etwas massig und wenig vorteilhaft. Catherine d'Erlanger also. Wer immer sie sein mochte, sie stand an derselben Schwelle, hinter der der Star des Abends sich offenbar abschminkte. Immer wieder winkte Paul einem hin und her huschendem Assistenten mit einem Geldschein, doch ohne Chance. Herr Nijinsky brauchte Ruhe, hieß es. Paul tröstete die Gesellschaft mit der Aussicht auf ein Abendessen mit dem Tänzer und seinem Impresario.

»He, Léon!« Paul winkte einem unauffälligen Mann, der durch den Garderobengang huschte.

Der Mann antwortete nicht, er sah nur kurz auf.

»Léon! Weißt du, wo Sergei und Nijinsky sind?«

Der Mann blickte auf. Er sah müde aus.

»Die wollen keinen sehen, nicht nach dem Reinfall. Alle sind total am Boden. Wir nehmen uns jetzt eine Kutsche. Wir brauchen frische Luft.«

Er drehte sich auf dem Absatz um und stakste davon. Mit einem Mal war die Spannung verflogen, Bertie fühlte sich wie zu einem falschen Rendezvous bestellt.

Catherine schlug die Augen zum Abschied nieder, die aufgeklebten Wimpern wirkten auf Bertie unpassend für diese stämmige Matrone. »Ich würde mich freuen, Sie wiederzusehen, Herr Landsberg.«

24

2012, Lampedusa

»Welcher Tag ist heute?« Der Fremde, der in dem Bett neben seinem lag, röchelte mehr als er sprach. »Ich weiß es nicht«, sagte Said. Er richtete sich auf. Waren es zwei oder drei Tage gewesen? Jeder Tag auf der Krankenstation sah gleich aus, bald hatte er auch das Gefühl für Tag und Nacht verloren. Der andere wandte sich wieder ab.

Der Pfleger erschien.

»Geht es schon besser?«

Said nickte.

»Besuch ist da.«

In der Tür erschien ein grinsender Cheik und schwenkte einen Schokoriegel.

»Hallo, alter Junge, wieder unter den Lebenden? Hab dir eine Stärkung mitgebracht.«

Said lächelte matt. Cheik hatte sich offenbar gut erholt.

»Geht schon wieder. Kann spätestens morgen raus. Wie geht es den anderen?«

Cheik schnalzte mit der Zunge und setzte sich auf den Hocker neben dem Bett.

»Du hast ja keine Ahnung. Kaum jemand mehr da von unseren Bootskollegen.«

Er erzählte von der Bestimmung, dass jeder Flüchtling binnen achtundvierzig Stunden Lampedusa zu verlassen hatte.

Aber sie schafften es nicht, die Leute wegzubringen, obwohl Boote, Lkws und Flugzeuge eingesetzt wurden.

»Die kommen nicht mal mit der Erstregistrierung nach. Jeden Tag kommen neue an, das hätte ich nie gedacht. Habe übrigens dein Handy aufgeladen, da.«

»Danke!« Said schaltete das Telefon ein und wartete. Keine Nachricht, kein Anruf.

»Sind es wirklich so viele? Du weißt, ich hab das nicht mehr ganz mitbekommen.«

»Alle wollen sie raus aus diesem Scheiß-Afrika. Du musst schauen, dass du schnell gesund wirst. Vielleicht können wir zusammenbleiben. Charles ist auch noch da, du weißt.«

Said erinnerte sich an den Zimmergenossen von Al-Mahdiyah.

Der Nebenmann drehte sich geräuschvoll auf den Rücken und begann zu röcheln. Said drückte den Summer. Ein Pfleger kam, entriegelte die Rollen, schob das Bett aus dem Zimmer und schloss die Tür. Said war allein. Er schloss die Augen. Er hatte das Zuschlagen der Tür wahrgenommen, als er hier eingeliefert wurde. Nach der Ankunft war er zur Desinfektion gegangen. Er zog sich aus und wartete nackt einige Minuten auf neue Kleidung, irgendein Engpass. Er bibberte und brach plötzlich zusammen. Er bekam Fieber, irgendeine Infektion, sagte der Arzt, ob er nichts bemerkt habe. Der erste Fiebertag war fürchterlich gewesen. Die Antibiotika hatten zuerst nicht gewirkt, er hatte kaum geschlafen. Fünf Leute hatte er in diesen zwei Tagen sterben sehen, die meisten entkräftet, einer mit vergifteten Wunden, die auf dem Boot tagelang nicht versorgt worden waren. Dann die Pfleger, Stimmen, eine angenehme weibliche Stimme, die er wahrscheinlich geträumt hatte. Am nächsten Tag war das Laken klitschnass. Er wurde gewaschen, bekam einen neuen Schlafanzug, neue Bettwäsche.

Die Krankenstation schien Said im Vergleich zu der tunesischen Pension oder zu seinem Zimmer bei den Eltern ein Luxushotel zu sein. Es gab saubere Toiletten mit Sitz und Waschbecken mit Warm- und Kaltwasser in jedem Zimmer. Alles wurde ständig abgewischt und gereinigt, nirgendwo türmten sich Müllsäcke.

»Ich geh dann mal, du sagst ja nichts mehr. Ich bin im Block C, Zimmer 5. Melde dich!«

Cheik erhob sich und ging mit wiegendem Schritt aus dem Raum.

Durch die offene Tür trat der Pfleger ein. Er schwenkte ein Fieberthermometer und steckte es Said in die Achselhöhle. Said ahnte, was kommen würde. Er hatte kein Fieber mehr. Entlassung heute. Dann Erstregistrierung morgen. Er wiederholte seinen neuen Namen. Er würde ihn noch eine Woche brauchen.

25

1913, Paris

»Weißt du, wer das war?« Sie saßen in der Kutsche Richtung Neuilly-sur-Seine. Bertie, der schon fast eingeschlafen war, richtete sich auf und sah Paul an.

»Dieser Léon? Was weiß ich, irgendein Künstler oder ein Möchtegern.«

»Nein, nicht Léon. Der hat die Kostüme gemacht. Ich meine die Frau.«

»Natürlich, du hast sie mir ja vorgestellt.«

»Die Frau von Émile Beaumont, Baron d'Erlanger.«

Bertie blinzelte und neigte seinen Kopf an das Verdeck der Kutsche. »Und? Sollte man sie kennen? Geschmackloses Kostüm, wenn du mich fragst. Aber durchaus charmant.«

»Ach … Sagt dir der Name wirklich nichts? Émile Erlanger?«

Bertie musste passen, es war ihm auch egal. Eine dieser aufgedonnerten Pariser Damen, wie es sie dutzendfach gab. Doch Paul schien eine willkommene Gelegenheit zu wittern, um wieder einmal dozieren zu können: Er begann bei Émiles Großvater, Raphael Erlanger, der im Revolutionsjahr 1848 in Frankfurt das Bankhaus Erlanger gegründet hatte. Sein Sohn Friedrich, ein Bankier aus Frankfurt, hatte schon in jungen Jahren ein Vermögen gemacht, war nach Paris gegangen und hatte in seinem Haus an der Seine eine immense Kunstsammlung angehäuft, aus der er immer wieder Stücke an Museen verschenkte. Vor dreißig Jahren kaufte er das Wohnhaus Francisco Goyas in Madrid und ließ dessen fast zerstörte Fresken, die »schwarzen Bilder«, abnehmen und restaurieren. Nachdem er sie in der Weltausstellung 1878 im Pavillon seiner Bank gezeigt hatte, schenkte er sie einfach dem Prado.

»Stell dir das einmal vor!«, rief Paul. »Geschenkt!«

»Dein Vater hat doch auch das Bild mit Delacroix …«, versuchte Bertie schläfrig.

»Das war etwas anderes«, sagte Paul, blickte beleidigt und fuhr unbeirrt fort:

Natürlich seien die Erlangers auch Juden, aber das habe den österreichischen Kaiser nicht daran gehindert, sie in den Adelsstand zu erheben.

Bertie blickte durch halb geöffnete Lider. Warum interessierten Paul alle diese Geschichten? Wer brauchte einen Baron-Titel? Ihm gingen immer noch die Bilder der Aufführung durch den Kopf. Die ekstatische Musik. Die »Skandal!« brüllenden älteren Herren. Aber vielleicht wollte Paul ihm etwas anderes sagen. Wie plump. »Du willst wahrscheinlich zeigen, dass wir eine ähnliche Geschichte haben, wie? Vater Bankier, wandert aus, macht ein Vermögen … Aber von Frankfurt nach Paris zu ziehen ist doch nicht wirklich auswandern. Und ich werde nie Bankier, auch wenn mein Vater das noch immer nicht verstanden hat.«

Paul tat, als hätte er ihn nicht gehört. »Wie gesagt, Frédéric hat in wenigen Jahren sehr, sehr viel Geld gemacht, ... die Simplon-Tunnels oder das Transatlantikkabel wurden durch seine Gesellschaften finanziert ... aber dann hat er viel Geld wieder vernichtet, weil er die Konföderierten in Amerika unterstützt hat. Mich wundert wirklich, dass du von dieser Familie noch nichts gehört hast.«

Bertie zuckte mit den Achseln. Er wollte nur noch schlafen.

Paul schüttelte den Kopf und zog die Stirn in Falten. »Wo war ich? Ach ja, Amerika. Egal. Emil oder Émile ist sein Sohn. Der Mann von Catherine. Hast du ihn nie getroffen?«

»Du vergisst, ich war die meiste Zeit in London, nicht in Paris«, sagte Bertie schwach.

»Ja, aber die beiden wohnen doch dort! Die Londoner Filiale der Bank Erlanger ist inzwischen größer als das Stammhaus in Paris.«

»Was willst du damit sagen?« Bertie war endgültig verstimmt. Zuerst dieser Sermon und jetzt ein latenter Vorwurf. »Du klingst wie mein Vater. Was glaubst du, warum ich nicht nach London zurückwill? Ich bin kein Bankier. Die Pariser Filiale braucht mich nicht. Und solange es für mich so geht ...«

Paul grunzte. »Sei doch nicht gleich so empfindlich, daran habe ich überhaupt nicht gedacht. Aber zurück zu Émile, nur noch eines. Catherine, eine geborene de Rochegude, war nämlich seine Eislaufbekanntschaft. Die Hochzeit war in allen Zeitungen. Sie wohnen auf irgendeinem Schloss im Süden von London. Drei Kinder, die älteste, Baba, ist entzückend und kommt ganz nach der Mutter.«

Bertie grummelte nur. Warum musste Paul immer Adelslexikon spielen? In der letzten Woche hatte er bei jeder Person gleich eine Kurzbiografie dazugeliefert, die auch den letzten Tratsch enthielt. »Sie macht trotzdem nicht den Eindruck, als verstünde sie etwas von Kunst.«

»Unterschätze sie nicht. Sie liest sehr viel, vor allem die romantischen Dichter. Ihr Mann hat ihr sogar, weil sie so für Byrons Dichtungen schwärmte und weil sich zufällig die Gelegenheit ergab, ein Haus in der Nähe des Piccadilly Circus gekauft, in dem Byron eine Zeit lang gewohnt hatte. Angeblich hat sie das Haus wie zur Zeit Byrons einrichten lassen und ist selbst auf Flohmärkte gegangen, um den ganzen Ramsch zusammenzutragen.«

Beim letzten Satz musste Bertie schmunzeln. Eine Ramschsammlerin, wie so viele Adelige.

»Und sie kommt immer wieder nach Paris?«

»Sie ist vernarrt in die Ballets Russes. Djagilew könnte längst zusperren, wenn er nicht Frauen wie sie hätte. Habe ich dir ohnehin schon erzählt. Der Mann ist ständig pleite.«

Die Kutsche bog in die Rue du Centre ein.

Bertie kicherte. »Und ihr Mann hat wahrscheinlich schrecklich viel zu tun?«

»Ihr Mann, ihr Mann … Ehrlich gesagt führen beide schon seit Jahren eigene Leben. Émile pendelt ständig zwischen Paris, Frankfurt und London und hält sich zwischendurch für einen Komponisten. Er schreibt wirklich Lieder mit Klavierbegleitung. Fürchterlich. Ich habe ihn nur einmal bei einer Soirée hier in Paris getroffen. Die Sorte Mensch, die glaubt, man könne alles kaufen, auch Beifall. Musste unweigerlich an Kaiser Nero denken.«

Bertie war wieder munter. »Na, hoffentlich zündet er keine Stadt an, um inspiriert zu werden.«

Die Kutsche war an Pauls Haus angelangt. Paul bezahlte, sie gaben Oscar die Garderobe. Paul bestand noch auf einem

Whisky, während er noch den Rest seines Wissens über Catherine d'Erlanger loswerden musste. Er erzählte, wie sie in London einen Zirkel von Dichtern und Malern um sich scharte, ständig Partys, Wohltätigkeitslotterien, Matineen und Soiréen gab, die zwar viel kosteten, aber kaum wirkliche Talente anzogen. Und von ihrer Sammelleidenschaft.

Bertie stand auf. »Ich gehe schlafen. Warum erzählst du mir den ganzen Klatsch? Das mit dem Tand hast du mir doch schon erzählt. So oberflächliche Leute interessieren mich nicht. Gute Nacht!«

Und dann lag er doch noch eine Zeit lang wach, Pauls Worte gingen ihm im Kopf herum. Diese Frau war so lächerlich, das Gegenteil von ihm. Ihm ging es um Originalität, Echtheit, Kennerschaft. Sie schien unruhig und ungebildet Neues und Altes, Kunst und Kitsch gleichermaßen in sich hineinzusaugen. Sie hatte Geld, aber keinen Kunstsinn. Fürchterlich, solche Existenzen. Und doch auf eine seltsame Weise interessant. Ob er sie noch einmal treffen würde?

26

2012, Lampedusa

Sein Blick schweifte durch den Speisesaal. Wo war Cheik? Bei den Männern war nichts mehr frei, aber hier saßen sowieso alle durcheinander. Es war Europa. Er würde sich daran gewöhnen müssen.

»Du bist Said. Du kannst dich zu uns setzen.«

Eine junge Frau in einem roten Umhang mit schwarzem Shayla-Schal stand neben ihm, ebenfalls mit Tablett.

Angesprochen werden von einer Frau. Europa. Er wollte sich keine Blöße geben und folgte ihr. Das hier war nicht Afrika.

Sie beschleunigte den Schritt, als bereute sie es schon, mit ihm geredet zu haben. Sie setzten sich an einen Tisch zu zwei anderen Frauen, die stumm nickten. Sie aßen gerade die letzten Bissen von ihrem Teller. Die junge Frau setzte sich ihm gegenüber. Er blickte sie an, sie wich seinem Blick aus. Sehr dunkel, schlanker Hals, wahrscheinlich lange Haare unter dem Schal. Sie senkte den Kopf. »Du solltest essen. Du brauchst Kraft.«

Wer war sie? Woher kannte sie ihn?

»Sie ist auch eine Toubou!«, schoss es ihm durch den Kopf. Der Akzent, die bekannten Gesten, die fast schwarze Hautfarbe.

Zu Hause hätte die Frau ihn nie angesprochen, aber hier aßen Männer mit Frauen zusammen, es gab am Nachmittag gemeinsame Zeiten im Hof, bevor es wieder in die getrennten Schlafsäle ging. Er konnte hier mit ihr anders sprechen als zu Hause. Offenbar war sie den neuen Ton schon gewohnt.

»Woher kennen wir uns?«

Sie hielt den Blick gesenkt. »Du hast es vergessen. Aber ich verstehe das. Du bist umgekippt, direkt vor mir.« Ein scheues Aufblicken für einen Moment, genug, um ihre schmalen Brauen zu sehen. Sie begann ihre Suppe zu löffeln und sprach dazwischen hastig. »Alle Männer hatten es eilig oder es war ihnen egal, so habe ich den Arzt geholt und bin dann zurück zu dir. Du bist aufgewacht, hast mich starr angeblickt und warst gleich wieder weg. Dann war der Arzt endlich da.« Sie schien noch etwas sagen zu wollen, löffelte aber weiter.

Said war verwirrt. »Danke. Ich meine … danke, wirklich.«

Sie blickte nicht auf und löffelte verbissen den Teller aus. Ihre Stimme klang gepresst.

»Ich musste am nächsten Tag dann auf die Krankenstation, etwas abholen. Da habe ich dich zufällig gesehen. Du hast aber geschlafen.«

Said wusste nicht, was er darauf sagen sollte. Was wollte diese Frau von ihm? Sie hatte ihn angesprochen, ihre Offenheit rührte ihn. Andererseits wirkte sie im nächsten Moment wieder verschreckt und schüchtern, so als könnte sie sich nicht entscheiden.

Die beiden anderen Frauen standen auf. Sie warfen Said einen unfreundlichen Blick zu und gingen weg.

Er begann zu essen. Ein Bohnengericht. Ein Festessen nach den Wochen des Wartens.

»Du bist auch eine Toubou, nicht wahr? Wie heißt du?«

Ein Speiserest klebte in ihrem linken Mundwinkel. Sie nahm die Papierserviette und wischte ihn weg. Ihr Blick blitzte wieder kurz auf.

»Nala. Ich bin Nala.«

»Nala. Ich bin Said, aber das weißt du ja. Ich komme aus Koufra, wo die großen runden Felder sind.«

Nala nickte. »Meine Familie lebte in Sabha, weiter im Westen.«

Said erinnerte sich an Bilder von Kämpfen im Fernsehen, zerstörte Häuser, aufgerissene Straßen, Berge von Müllsäcken.

Nala zuckte ein wenig zusammen, als hätte sie einen Stromstoß bekommen.

»Entschuldige, dass ich dich angesprochen habe. Das gehört sich nicht. Du hast nur so verloren ausgesehen mit dem Tablett vorher.«

Said schüttelte den Kopf. »Es braucht dir nicht peinlich zu sein. Wir sind jetzt in Europa.«

Er wischte sich den Mund ab. Nala fasste ihr Tablett und wollte aufstehen.

»Sehe ich dich heute Abend? Areal B? Dann können wir ja ein bisschen reden. Mein Freund, Cheik, ist verschwunden, jetzt kenne ich niemanden mehr hier.«

Sie starrte auf den leeren Teller auf dem Tablett. »Alle verschwinden früher oder später. So wie wir aus Afrika verschwunden sind. Ich habe dir gesagt, ich bin aus Sabha, ich weiß nicht, ob die Stadt noch steht.«

Sie blickte auf. Diese Augen! »Wo möchtest du hin?«

Said zuckte mit den Achseln.

»Ein Verwandter von mir arbeitet in Rosarno. Vielleicht gehe ich aber auch in den Norden von Italien, da gibt es mehr Jobs. Oder nach Frankreich. Mal sehen.«

Nala nickte stumm und stand auf. Said jagten die Gedanken durch den Kopf: Er hatte von den Gefechten in Sabha gehört. Die Araber hatten ein Blutbad angerichtet. Issa Abdel Majid Mansur hatte protestiert, ob es etwas genützt hatte, hatte er nicht mehr mitgekriegt. Er fragte sich, was diese zittrige junge Frau, deren verhuschte Blicke sich mit selbstbewussten Gesten abwechselten, mitgemacht hatte. Lebte ihre Familie noch? Er richtete sich ebenfalls auf. Vielleicht suchte sie einen Beschützer. Toubou gab es nicht viele.

»Sehen wir uns jetzt später im Areal B?«

Nala fasste ihr Tablett und nickte kaum merklich.

»Ich gehe dann.«

Er brauchte nicht lange Ausschau nach ihr zu halten, sie lehnte mit gesenktem Kopf an einer Fahnenstange. Said fragte sich, wozu hier Fahnenstangen gebraucht wurden. Areal B erinnerte an einen Gefängnishof, überall standen Aufseher. Der Platz wurde begrenzt durch zwei Wohntrakte, an deren Fassaden durchgehende Balkone verliefen, von denen aus man in die Zimmer gelangte. Auf den Geländern hing Wäsche. In dem Hof herrschte großer Lärm, in einem Eck kickten einige Insassen einen Ball herum, überall wurde diskutiert und palavert. Niemand kümmerte sich darum, wer hier mit wem zusammenstand. Zu Hause wäre es anstößig gewesen, mit ihr alleine zu reden.

Said erfuhr, dass sie knapp zwei Jahre jünger war als er. Sie war am Tag nach ihm auf einem Boot angekommen, in dem die Insassen Wasser schöpfen mussten. Sie kannte niemanden hier.

Said erzählte, dass er ein Einzelkind war. Dass es ihm eigentlich nicht schlecht gegangen war als Mechaniker. Er schilderte das Erlebnis in der Wüste, die Explosionen. Und er sprach über seine Sprühereien, auf die Gefahr hin, dass sie ihn als Spinner ansehen würde. Sie reagierte mit einem Lächeln, das sofort wieder verschwand.

»Das ist schön. Ich habe in der Schule auch gerne gemalt.«

Sie erzählte, wie sie mit fünfzehn die Schule hatte abbrechen müssen, um ihrer Mutter im Laden zu helfen. Sie hatte in den Kämpfen vor drei Monaten ihre Eltern verloren, ihre Geschwister waren ebenfalls geflohen, vielleicht würde man sich in Paris wieder treffen, immerhin hatte sie ein Ziel. Die zwei Stunden waren schnell um. Sie verabschiedeten sich. Said sah ihr nach. Er fühlte sich leer. Sie hatten viele Fakten ausgetauscht. Biografische Fetzen. So vieles war nicht gesagt worden. Andererseits waren sie beide Toubou, daheim wäre er cooler aufgetreten, hätte noch weniger von sich erzählt. Schüttelten die Frauen hier in Europa so schnell ihre Unterwürfigkeit ab? Vielleicht lag es auch daran, dass Nala in der Stadt aufgewachsen war, da waren die Frauen anders.

Said dachte an Myriam, mit der er gerne zusammengekommen wäre. Er hätte sie heiraten müssen. Ob sie noch in Al-Dschauf war?

Said trabte zu seinem Block zurück und stieg die Außentreppe an seinem Block hinauf. Sein Trieb, wochenlang geknebelt, erwachte und er wusste nicht wohin damit. Er dachte an Myriam und an Nala. Er wusch sich und legte sich in sein Bett. Er war allein im Zimmer, auch hier standen vier Stockbetten. Die anderen palaverten wahrscheinlich noch unten, wo es Bänke und Tische gab. Seine Gedanken, die so lange ein Zentrum gesucht hatten, um das sie kreisen konnten, drehten sich um Nala. Er stellte sich ihren Hals vor, ihre Brüste, ihre Beine. Es überkam ihn heftig. Wie er es schon von anderen mitbekommen hatte, erleichterte er sich in ein Papiertaschentuch, knüllte es zusammen und hüllte sich in die Decke. Eine halbe Stunde später weckten ihn die in eine Wolke aus Zigarettenrauch eingehüllten Zimmergenossen.

27

1913, Paris

»Übrigens, da war vorher ein Telegrammbote. Ich hatte es total vergessen.«

»Ein Telegramm?« Bertie sah von der Zeitung auf. Er saß im Salon auf dem Armlehnstuhl und las die Tageszeitungen. Ein Telegramm verhieß nichts Gutes. Paul reichte ihm den Umschlag. Bertie zog den Streifen heraus, las und ließ die Hand sinken.

»Was ist?«

»Mein Vater.« Bertie hörte seine eigene Stimme wie von fern. »Er kommt nach Paris.« Er knüllte das Papier zusammen. »Verdammt, gerade jetzt!«

»Das ist doch schön, du hast ihn länger nicht gesehen.«

»Du hast ja keine Ahnung. Das bedeutet für mich Standpredigt, er wird wissen wollen, was ich tue, wird mir wieder ein schlechtes Gewissen machen. Er kommt am Montag.«

»Du wirst es schon überleben. Weißt du was, wir feiern dann

am besten auf Vorrat. Heute Abend ist ja diese Gesellschaft bei Gräfin Gramont. Es sind sicher auch Künstler dort, das wird bestimmt interessant für dich. Die Gramont finanziert ja nicht nur Sergei, sondern auch einige dieser neuen Maler. Und sie – sie liebt Männer und Frauen.«

Gramont. Salons. Paul hatte nur das schöne Leben im Kopf. Er hatte keinen Vater, der wie ein Albdruck auf dem Leben lastete.

Es entstand eine kurze Pause, in der sie einander ansahen, Bertie fühlte wieder, wie er rot wurde. Warum konnte er das nicht unterdrücken? War Pauls Blick wohlwollend oder spöttisch?

Paul berührte seine Hand, Bertie zog sie langsam zurück. »Ich bin diese Offenheit noch immer nicht gewohnt. Ach, Paul. Ich weiß nicht, was ich tun soll. Und das betrifft nicht nur meinen Beruf. Mein Vater ist sicher erbost, dass ich mich in der Filiale nicht blicken lasse. Dabei weiß er, dass ich dort ohnehin keine Aufgabe habe. Alles läuft dort bestens ohne mich. Ich werde nie ein Geldvermehrer sein, es ist ohnehin genug da, angelegt in Stiftungen, Aktien und Kunstwerken.«

Paul legte seine Hand in Berties Nacken. »Und die andere Unsicherheit …?« Bertie lehnte sich in Pauls Hand zurück. »Ich weiß nicht, ob es richtig ist. Du bist doch auch mit Roger … Paul, du bist …«

28

Am nächsten Tag stand er früh auf – Paul und Roger schliefen noch – und frühstückte hastig, während er einen Brief seiner Schwester Yvonne überflog, den sie ihm offenbar ohne Wissen des Vaters geschrieben hatte. Sie würde ihren Vater bei seinem

Parisbesuch begleiten und überlege sich, hier zu studieren. Bertie wusste nicht, was er davon halten sollte. Er freute sich, aber befürchtete zugleich Kontrolle – Yvonne als verlängerter Arm des Vaters. Er legte den Brief beiseite. Er hatte um acht einen Termin bei Matisse vereinbart, die Kutsche würde gleich da sein. Er beschloss, etwas früher hinauszugehen, um zu warten, doch der Fiaker stand schon bereit.

Als er den rechten Fuß auf das Trittbrett des Wagens setzte, kam ihm eine Idee, die er während der Fahrt durch den Bois de Boulogne bis zum Palais Dauphine weiterspann: Wie wäre es, wenn er Matisse gleich bitten würde, seine Schwester zu malen? Er hätte einen Grund für einen Besuch, er käme nicht bloß als neugieriger Störenfried, sondern als Auftraggeber. Matisse sollte Yvonne malen! Es würde teuer werden, sicher, er würde ziemlich sicher seine Eltern anpumpen müssen, denn von dem monatlichen Betrag, den ihm der Vater zukommen ließ, würde er sich das nicht leisten können, bei dem, was Matisse jetzt angeblich verlangte. Aber sein Vater würde sicher investieren, wenn er es auch als bloße Wertanlage sehen würde. Er musste! Und dann würde er auch sehen, wozu Berties Künstlerfreundschaften gut waren. Er würde finanziell davon profitieren und könnte Bertie nicht mehr vorwerfen, nicht im Sinne der Privatbank Landsberg zu handeln. Es war perfekt! Er würde mit Yvonne telefonieren – das ging schneller als schreiben – und ihr von dem Plan erzählen. Wenn sie noch so kunstbegeistert war, wie Bertie sie in Erinnerung hatte, dann würde sie zusagen.

Er pfiff eine Melodie vor sich hin, die er vor ein paar Tagen auf der Straße gehört hatte. Er stand vor der Tür von Matisse und drückte den Klingelknopf. Hinter der Tür schlurften Pantoffel. Gleich würde der Meister ihn einlassen. Er fühlte sich, als ob er einen Berg bezwungen hätte. Und es würde sicher weiter bergauf gehen! Wie froh war er, in einer Zeit zu leben, in der es so viele interessante neue Künstler gab! Was konnte jetzt noch dazwischenkommen?

29

2012, Lampedusa

»Ja, alle Insassen der Zimmer D bis H!«

Der Wachebeamte machte kehrt und verließ das Zimmer. Alle sprachen durcheinander.

»Na endlich!«

»Mit Flugzeug, ja!«

»Wo ist diese Emilia Romagna?«

»Wenn das nur kein Trick ist!«

»Ich glaube es erst, wenn ich von hier weg bin!«

Said schlüpfte aus dem Zimmer hinaus auf den Balkongang. Er musste Nala finden, vielleicht war sie unten im Hof und sie konnten durch den Zaun reden. Morgen in aller Frühe sollten sie zum Flughafen gebracht werden. Das Starten und Landen der Maschinen hörten sie bis hierher, es konnte nicht weit sein.

Er lief die Treppe hinunter.

Das Uhrwerk hatte sich in Gang gesetzt: Im anderen Lager würde die genaue Registrierung erfolgen, lange Sitzungen mit einem Dolmetscher, der sich in dem Herkunftsgebiet auskannte. Ihn würde er nicht täuschen können. Dann die Deportation Order, die besagte, dass er eigentlich nach Libyen zurückgebracht werden musste. Aber das war nur ein Papier, mit dem sich der italienische Staat absicherte. Abdul, ein Ghanaer, der immer am besten informiert zu sein schien, hatte erzählt, dass die »D.O.« sehr lax gehandhabt wurde. »Bruder, die haben keine Zeit, das zu überprüfen. Da kommen wieder neue nach und außerdem sind wir nur lästig, machen Arbeit und Papierkram. In den Lagern gibt's keine Zäune. Du gehst einfach raus, weg, ein Problem weniger.«

Nala stand bereits am Zaun. Sie hatte es auch erfahren, auch sie sollte morgen verlegt werden. Offenbar würde es ein größerer Transport werden. Er legte die Hand auf den Zaun, vielleicht würde sie ja ihre auch erheben. Nala nickte und senkte den Blick wieder, die Hände unter ihrem schwarzen Tuchkleid.

»Vielleicht fliegen wir ja mit derselben Maschine«, sagte sie.

Mehr als ein »Ja« bekam Said nicht heraus. Eine Frau rief Nalas Namen.

»Ich komme gleich!« Sie sah kurz auf. »Ich muss dann gehen. Bis morgen!«

»Nala, ich … Ich will dich nicht verlieren«, rutschte es ihm heraus. Sie hielt den Kopf gesenkt, drehte sich um und ging weg. Ein Signal ertönte, irgendein Feueralarm, wie fast jeden Tag einmal. Er schritt durch den Hof und sah auf seinem Handy nach. Keine Nachricht. Er wählte Beys Nummer. Sprachbox. Ob er noch lebte?

Er stieg die Treppe hinauf und sah hinüber zu dem Frauenblock. Er wollte Nala nicht verlieren, er hatte es ihr gesagt, verdammt, wie unmännlich. Sein alter Freund Chan würde ihn auslachen. Aber war er nicht die letzten zwei Tage schon ganz anders gewesen? Sie hatten sich in den letzten drei Tagen jeden Abend gesehen. Sie sprachen über Verwandte, Musik, amerikanische Sänger und Orte, an denen sie leben könnten. Saids Zunge löste sich und er erzählte Dinge, die er bisher nur für sich behalten hatte. Sie lachte manchmal auf, doch blieb ihr Lachen immer stecken, als schämte sie sich dafür.

In der Nacht war auf einmal Abdul im Zimmer, dessen zischendes »Aufwachen!« alle hochschrecken ließ. Er sprudelte los, Said hatte Mühe, seinem holprigen Arabisch zu folgen: Das mit Norditalien sei eine falsche Information gewesen.

»Sie haben uns belogen. Das Flugzeug fliegt morgen direkt nach Tunis, den Empfang könnt ihr euch vorstellen.«

Alle tuschelten. Das war gegen die neuen Asylbestimmungen, doch wozu Monate verschwenden, wenn das Ergebnis der Asylanträge – Abschiebung – ohnehin schon feststand. Wenn ein Transport sofort zurück in den Süden ging, wen kümmerte es in dem Chaos? Die Behörden beider Seiten spielten mit, ein Flugzeug war schnell entladen und gleich wieder auf dem Heimweg.

Das Flüstern ging in lautes Reden über, jemand machte Licht. Abdul gebot Ruhe, das Zischen erstarb. »Die anderen sind auch schon informiert. Einer von Zimmer H hat einen Deal mit Luigi, ihr wisst, der Dicke, der heute an der Pforte Dienst hat. Hundert Euro an mich bis morgen, dann seid ihr dabei. Wenn ihr nicht zahlt – Abdul findet euch.« Jemand lachte leise. Alle wussten, dass Abdul bluffte, indem er wie ein Schlepper redete. Ein armseliger, verzweifelter Versuch.

Er sprach weiter: Treffpunkt sollte in einer Stunde – um drei Uhr – unter dem Vordach der Krankenstation sein. »Was ist mit den Frauen?«, fragte Said Abdul. »Drüben ist dieselbe Aufregung wie hier. Dort betrifft es aber nur ein Zimmer. Fünf gehen angeblich mit, drei bleiben da.«

Said packte seine Sachen mit wenigen Handgriffen – das Handy war geladen – und wartete. Um drei gingen sie leise den Balkon entlang. Im Innenhof lagen einige Neuankömmlinge in Schlafsäcken.

30

1913, Paris

Drei Sachen kamen Bertie dazwischen: der Vater, Matisse und der Krieg.

Wilhelm Landsberg, dem immer alles zu langsam ging, steckte mittlerweile in seinen Fünfzigern. Die Vermögensverwaltung in London warf genügend ab, dass er sich längst zur Ruhe hätte setzen können. Doch jeden Tag saß er an seinem Schreibtisch und telefonierte, was ihm die beste Möglichkeit schien, schneller als andere zu sein, wenn es um den Abschluss eines Geschäfts ging. Dass er ein wenig von seinem ehemaligen Tempo eingebüßt hatte, hinderte ihn nicht daran, es von anderen einzufordern. Seine Wachheit und schnelle Auffassungsgabe waren ungebrochen, sein Gespür für Geldanlagen noch immer untrüglich.

Bertie betätigte den Summer an der Tür und wartete. Er war pünktlich, aber für seinen Vater würde es wieder zu spät sein. Wie er diese Bank hasste!

Er mochte sich nicht vorstellen, was Elsa, die im Vorzimmer saß, dachte, als er sich an ihr vorbeischlich. Sein Vater stand in der Mitte des Zimmers, die Umarmung fiel förmlich aus. Er roch nach Zigarre.

»Bitte, setz dich.«

Bertie gehorchte.

»Ich weiß, dass du kein Bankier bist, aber du weißt, wie das ist, wenn niemand von der Familie nach dem Rechten sieht. Ich habe dich um einen Gefallen gebeten, hier hin und wieder aufzutauchen, und ein bisschen was verstehst du ja doch davon.«

Bertie dachte an die Aktienpakete, mit denen ihn sein Vater hatte spekulieren lassen. Wider Erwarten hatten sie Gewinne abgeworfen, obwohl Bertie sich sicher war, dass er den Börsenbetrieb nie verstehen würde. Er schöpfte Hoffnung. War sein Vater zur Einsicht gekommen?

»Ich weiß, dass du andere Interessen hier in Paris hast, und sie seien dir gegönnt. Ich neide sie dir nicht. Ich hatte dich nur gebeten, vorbeizuschauen. Präsenz zu zeigen.«

Gewitterwolken zogen auf.

»Jeden Tag vielleicht nicht, aber jeden zweiten. Und was hast du gemacht? Ja, was hast du gemacht? Du hast dich einfach nicht mehr blicken lassen. Dein Hotel wusste nicht, wohin du verzogen warst, bis Mama erwähnte, sie habe mit dir ein Ferngespräch geführt und du wohntest jetzt privat bei diesem Rodocanachi, einem Kunstkritiker, richtig?«

Bertie hörte zum ersten Mal, dass Paul Kunstkritiker sein sollte. Er hatte einmal einen Artikel erwähnt, den er geschrieben hatte, vielleicht, nein, ganz sicher hatte sein Vater Erkundigungen eingezogen.

»Paul ist ein guter Freund, Vater, du musst ihn kennenlernen. Wir unternehmen sehr viel und ich habe Kontakt …«

»In welcher Welt lebst du eigentlich?« Wilhelm wurde laut. »Die halbe Stadt lacht über dich! Über dich, meinen Sohn, der sich von einem alternden homosexuellen Lebemann hat einlullen lassen und ihm überallhin wie ein Hund nachtrottet! Was ist in dich gefahren? Du hattest doch ein Mädchen auf der Universität! Dieser Grieche ist verkommen und reißt dich in den Abgrund! Ich werde da nicht zusehen!«

Bertie erstarrte. Man redete über Paul und ihn? Das hatte er nicht bedacht. Er tauchte ab. Vorbei flirrten die Abendgesellschaften und Konzerte, die Vernissagen, die Diskussionen mit Paul. Er hörte nicht die Suada über das Pariser Lotterleben, die Entartung der Kunst und den Untergang von Disziplin und Manneszucht, bei der sein Vater in Schleifen immer wieder zum Ausgangspunkt, den verzweifelten Vorwürfen, zurückkehrte. Er kam jetzt offenbar zum Ende, Bertie tauchte auf.

»Ich sehe mich daher gezwungen, meine Unterstützung einzustellen, solltest du nicht zur Vernunft kommen. Und das heißt für mich: Entweder du machst dein Studium fertig oder du bist ab sofort jeden Tag in der Bank. Oder ... du siehst selbst zu, wie du dein Geld verdienst.«

Bertie spürte seine tauben Gliedmaßen. Er wollte etwas sagen, doch die Stimme gehorchte ihm nicht. Er sah das rote Gesicht seines Vaters. Wilhelm japste nach Luft. Die Rede hatte ihm zugesetzt. Sein Atem beruhigte sich, während Bertie wartete. Er zündete sich eine Zigarre an, deren süßlicher Duft Bertie an zu Hause erinnerte.

Ein leichtes Beben lag noch in Wilhelms Stimme.

»Sieh mal, Bertie, du bist mein Sohn. Ich möchte dich nicht verstoßen, ich möchte das Beste für dich. Ich weiß nicht, wie intensiv die Freundschaft mit Rodocanachi ist, aber ich hoffe, sie geht vorüber. Wie auch immer: Du hast mir nicht einen Beweis geliefert, dass du etwas für das Unternehmen tust. Dabei habe ich dir ja den Bereich mit Kunst angeboten. Bilder von Pariser Künstlern sind eine gute Investition. Es ist ja auch deine Zukunft.«

»Ich habe mit Matisse gesprochen.« Bertie flüsterte fast. »Er würde Yvonne malen.«

»Wie? Wer? Wer ist dieser Matisse? Ich verstehe nicht.«

Bertie erklärte ihm sein Vorhaben. Matisse würde ein Porträt seiner Schwester malen.

Er ahnte nicht, dass Matisse, von dem er sich Rettung erhoffte, die zweite Sache war, die seinen Lebenswandel empfindlich treffen würde.

31

Der 18. August 1913 war ein heißer Tag. Die Schuhe klebten an dem Erdpech, mit dem die Fugen zwischen den Pflastersteinen auf der Place du Tertre verschmiert waren.

Bertie führte den kleinen Zug, der aus Yvonne und seinen Eltern bestand, die Treppen zu Henris Atelier hinauf.

Der Künstler öffnete ihnen. Bertie hätte ihn kaum wiedererkannt. Er hatte seine runde Brille aufgesetzt, seinen Bart gestutzt und steckte in einem Tweedanzug. Er erinnerte Bertie eher an einen Arzt als an den Bohemien im Malerkittel, den er kennengelernt hatte. In der Mitte des Raumes stand eine Staffelei, die von einem Leintuch bedeckt wurde. Die Familie nahm Aufstellung, Henri zog das Tuch mit einer theatralischen Geste herunter.

Yvonne stieß einen spitzen Schrei aus. Ein Schluchzen kämpfte sich ihre Kehle hoch, als sie die verzerrte Gestalt auf der Leinwand sah, die unter dem Tuch zum Vorschein gekommen war. »Porträt Yvonne Landsberg«, kommentierte der Maler trocken, er schien etwas zu kauen. Bertie glaubte zu sehen, was in Yvonnes Kopf vorging: Dieses hässliche, an afrikanische Fratzen erinnernde Gesicht war doch nie und nimmer sie! Aus ihrem Dekolleté, ihrem Rücken und ihren Handgelenken wuchsen lange, spitze Blätter wie die einer Yucca. Das gesamte Bild war in Brauntönen gehalten. Warum hatte dieser Maler sie so entstellt? War das der Lohn für so viele versessene Nachmittage? Während sie stockend in Tränen ausbrach, blickte Bertie zu seinem Vater, der ebenso bestürzt schien und zugleich unsicher, wie er reagieren sollte. Er wusste, dass sein Vater wusste, dass dieser Maler immer höhere Preise erzielte und diese Kunst eine gute Investition war, andererseits sah Bertie, dass ihm die Entrüstung immer deutlicher ins Gesicht geschrieben stand, je mehr Yvonnes Weinen in eine hysterische Anklage überging. Der Vater schwieg, während sein Blick bei allen Anwesenden Hilfe und Verständnis zu suchen schien. Schließlich ergriff seine Mutter das Wort: »Verehrter Herr Matisse, wir werden dieses Bild nicht bezahlen. Wir machen auch keine Rechte geltend. Das ist nicht unsere Tochter. Sie können das Bild verkaufen und den Erlös für sich behalten.« Sie machte eine Pause und schien zu erwarten, dass der Maler antwortete. Als dieser jedoch nur die Brauen hochzog und seine Stirn fast amüsiert runzelte, wandte sie sich an Bertie: »Ich bitte dich, das nächste Mal zu überprüfen, was entsteht, wenn du etwas in Auftrag gibst. Du hast doch auch einige Zeit hier verbracht, wie ich hörte.« Sie wandte sich ab und schickte sich zum Gehen an. Bertie wollte vieles sagen: Worin das Neue der kubistischen Kunst lag. Was er mit Paul und Henri diskutiert hatte. Wie die Europäer von den Afrikanern lernen konnten. Zugleich dachte er, wie rückständig seine Eltern trotz aller Bildung doch waren. Sein Vater hatte nur Geld im Kopf. Yvonne verstand nichts von moderner Kunst. Wie unterschied sie sich doch von den rauchenden Frauen mit Bubikopf, die er sonst traf!

Alles, was er hervorpresste, war endlich ein »Ja, Mama«.

Während er den Eltern mit Yvonne in den Mantel half, feixte er verzweifelt zu Henri, als wollte er sagen: Banausen. Das Einzige, wovon sie etwas verstehen, ist Geld. Wenn die wüssten, dass ich von dir schon nach einer Woche eine Skizze bekommen habe …

Sie stiegen die Treppe hinunter. Sein Vater sagte noch immer nichts. Bertie verabschiedete sich von seiner Familie vor dem Atelier, er wollte noch ein wenig flanieren. Er sah ihnen nach, wie sie eine Kutsche bestiegen, die ein paar Sekunden später um die Ecke bog.

In den nächsten Wochen sah Bertie zweimal in der Woche

im Bankhaus vorbei. Die Wohnung bei Paul gab er nicht auf. Er nahm zur Kenntnis, dass sein Vater ihm kein Geld mehr anwies.

Nach einer Durststrecke im September und Oktober langten mit erstem November wieder Zahlungen auf seinem Konto ein. Die stumme Art seines Vaters, Anerkennung zu zeigen.

Im Dezember weilte Wilhelm wieder in Paris und lud Bertie zum Abendessen ein, als wäre nie etwas gewesen. Während der Vorspeisen eröffnete er ihm, dass er zurück nach Brasilien gehen werde. In Europa würde es Krieg geben. Die Rüstungsindustrie in England laufe auf Hochtouren, das Deutsche Reich baue Dieselschiffe und sogar Unterseeboote. Er würde die Zentrale der Bank nach Rio de Janeiro verlegen und die Familienresidenz in Petrópolis reaktivieren. Wenn er wolle, könne er mitkommen.

Bertie lachte. Krieg? Sein Vater musste verrückt sein. Irgendwo am Balkan vielleicht, doch nicht mitten in Europa!

Bertie sollte recht behalten.

Das neue Jahr kam und von Krieg war keine Spur.

Bertie und Paul verbrachten den Frühling in Paris und den Juni gemeinsam mit Catherine am Lido von Venedig. Er schrieb eine Karte an seinen Vater: Hier gibt es nur Krieg um das bessere Outfit. Am selben Tag, als sie nach Paris zurückkehrten, feuerte der Student Gavrilo Princip in Sarajevo zwei Schüsse ab.

32

»Und du hast dich weichklopfen lassen?« Paul schnaubte. Bertie, der ihm gegenüberstand wie ein mittelloser Bittsteller vor einem Adeligen, stellte seine Tasse Tee klirrend ab.

»Hör mal, es ist nicht nur der Krieg, auf den alle gewartet haben und der jetzt endlich ausgebrochen ist. Du kannst mich einen Feigling nennen, aber ich ertrüge es nicht, wenn die Deutschen nach Paris marschierten oder die Franzosen Berlin niedermachten. Vernichtung von Kultur ist mir unerträglich. Und Krieg ist immer Barbarei.« Berties rechter Mundwinkel zuckte nervös. Paul sprach gedämpft, noch immer ein leiser Vorwurf in der Stimme.

»Wie hat er dich rumgekriegt? Du bist doch kein Bankier!«

»Nein. Aber ich habe Angst. Und ich habe endlich die Chance, ihm zu beweisen, dass ich nicht ohne Gegenleistung von seinem Vermögen lebe. Ich habe dir erzählt, es wird eine neue Regierung geben in Brasilien. Venceslau Brás wird mit Sicherheit gewählt und Lauro Strauss wird Minister. Ich habe als Kind auf seinem Schoß gesessen. Er hat meinen Vater nie vergessen.« Bertie wartete auf eine Reaktion, aber Paul blickte starr auf den Kristallglaspfropfen der Wasserkaraffe vor ihm.

»Du weißt nicht, wie das ist. Bei jedem Gespräch klingt mit: Ich bin enttäuscht von dir. Du lebst von meinem Geld. Was ist mit den vielen Jahren Studium? Und so weiter.« Bertie sprach gepresst. »Und du hättest ihn sehen sollen, als ich ihm zusagte. Er hat, glaube ich, gar nicht damit gerechnet. Verstehst du nicht, Paul, ich kann endlich zeigen, dass ich etwas tauge! Der Krieg ist in ein paar Monaten vorbei, vielleicht in einem Jahr. Einige Hundert Menschen werden sinnlos sterben, einige Städte werden sinnlos zerstört und geplündert sein. Ich will das nicht miterleben, wenn ich gleichzeitig die Möglichkeit habe, etwas Sinnvolles zu tun.«

»Die Kultur wird dir nicht abgehen?«

Bertie sog langsam die Luft durch die Nasenlöcher ein. Paul wusste, wo er ihn am besten treffen konnte.

»Was wird das für eine Kultur sein, wenn Europa im Krieg

ist? Kriegspropaganda, patriotischer Schwachsinn. Schau, was unsere großen Dichter jeden Tag in der Zeitung schreiben! In Deutschland dasselbe. Alles verroht hier, seitdem der Krieg ausgebrochen ist. Für Kultur wird es außerdem kein Geld geben, das geht in Kanonen.«

Paul strich sich über den Kopf und blickte in den Kamin. Er hatte in den letzten Monaten viele Haare verloren, alles erblich, wie er sagte.

»Du hast wahrscheinlich recht. Auch mir ist diese Barbarei verhasst. Die Sprache ist in so kurzer Zeit eine andere geworden. Aber ich werde hier bleiben. Du kennst mich ja, ich kann nicht anders. Bis Paris werden die Deutschen schon nicht kommen. Die werden froh sein, wenn sie Elsass-Lothringen halten können.«

Er richtete sich auf.

Bertie legte seinen Kopf schief. »Es ist ja nicht für lange. Alle sagen, es wird bald vorbei sein. Dann bin ich wieder da. Und Rio dürfte gar nicht so übel sein, da gibt es ein neues Opernhaus. Komm, Paul, nimm es mir nicht übel. Ich habe einfach Angst.«

Paul stand auf, auch Bertie erhob sich. Sie sahen einander in die Augen, Paul trat einen Schritt auf ihn zu und umarmte ihn langsam.

»Komm, gehen wir nach oben.«

33

2012, Lampedusa

Das Treffen unter dem Vordach der Krankenstation erinnerte Said an einen Film, den er einmal mit seinen Freunden im armseligen Kino von Al-Dschauf gesehen hatte. Der Ton war ausgefallen und nach einigen Minuten Stille hatten sie begonnen, sich Spaßdialoge auszudenken. Die Stille, während die Handlung weiterlief, hatte beiden Angst gemacht. Genauso unheimlich geräuschlos trafen die Zimmerinsassen ein. Der eine schien zu sagen: »Du auch?« Der andere: »Wohin geht es?« Ein dritter: »Ich habe Angst.« Trotzdem war die Stimmung eigenartig unaufgeregt. Der Hof war schwach erleuchtet, sie standen im Schatten. Abdul schlich im Schatten der Gebäude zum Maschendrahttor und machte es einfach langsam einen Spaltbreit auf. Es war nicht verschlossen gewesen, er musste das vorher organisiert haben. Es schien Said wie ein Märchen. Die anderen folgten, immer im Schatten. Noch immer sprach niemand. Hinter ihnen kamen die Frauen. Wo war Nala?

Einer nach dem anderen glitt durch den Spalt und damit durch einen kurzen Lichtstreifen, der Said blendete.

»Schnell, schnell!«, zischte Abdul. Said schüttelte den Kopf. Eigentlich konnte es egal sein. Die wissen sicher, dass wir türmen, dachte er. Es ist ihnen egal. Ein paar Probleme weniger. Wir hätten schon längst gehen können.

Wieder schubste jemand von hinten. Es kamen noch Leute nach. Er bat die Götter der Ahnen, dass Nala dabei war. Wenn nicht, würde er umkehren. Er musste weiter.

Vielleicht fünfzig Leute, fünfzig von fünftausend.

Jemand fasste ihn am Arm. Nala! Er wollte schon sprechen, aber sie legte ihm die Hand auf den Mund, mit der anderen zog sie ihn einfach weiter. Sie sammelten sich vor dem Tor, ratlos. Abdul schloss die Tür, als ob es das Selbstverständlichste auf der Welt wäre.

Abhauen unter den Augen aller. Oder besser: unter den geschlossenen Augen aller.

Die Gruppe setzte sich in Bewegung, fünfzig Menschen im Gänsemarsch in der Dunkelheit. Sie nahmen nicht die Straße, die in einem Bogen wegführte, sondern gingen im Dunklen querfeldein. Abdul schien sich zurechtzufinden. Zu Saids Überraschung sahen sie vorne rechts gleich Lichter, das musste eine Sportanlage sein. Geradeaus leuchtete die Stadt, dahinter streckte sich ein Turm in die Höhe. Ein Tower. Der Flughafen.

Sie mieden die windungsreiche Straße und bewegten sich querfeldein, wobei sie immer wieder niedrige Steinmauern übersteigen mussten. Hin und wieder zischte Abdul kurze Kommandos, die Said nicht verstand. Er achtete darauf, Nala nicht zu verlieren.

Eigentlich weiß niemand, wohin er will und wie es weitergeht, dachte er.

Vor ihnen tauchten die Lichter der Siedlung auf. Abdul ließ halten. Sie standen jetzt auf der Straße, die von Steinmäuerchen eingesäumt war. Vorne begann die Straßenbeleuchtung. Rechts stand ein Haus, das ihnen die fensterlose Fassade zuwandte, links ein eingezäunter Garten, vorne eine Weggabelung.

»Hier beginnt der Hauptort. Wie ihr seht, ist die Insel ziemlich klein. Da links geht es zum Flughafen, geradeaus zum Hafenbecken, wo wir angekommen sind. Ab jetzt muss jeder schauen, wie er selbst weiterkommt. Umgeht die Stadt nach Möglichkeit.« Er sprach jetzt halblaut. »Wenn ihr klug seid, versteckt ihr euch einmal bis zum Morgen, es gibt genug Bauruinen und verlassene Ferienhäuser. Vom Hafen gehen Fähren weg. Teilt euch auf, nie mehr als drei zusammen. Versucht dann, irgendwie überzusetzen, einige von euch haben ja noch Geld. Am leichtesten ist es, sich auf Lkws zu verstecken. Die meisten Fahrer merken es, aber es ist ihnen egal, wenn ihr nur wieder abspringt, sobald ihr in Sizilien seid. Wer Geld hat, kann ja legal fahren. Wir sind in Europa.«

Die Gruppe zerstreute sich. Trotz der Warnung Abduls zog es die meisten ins Zentrum der kleinen Stadt. Schritt um

Schritt tappten die Flüchtigen in die Gassen, die Helligkeit der Straßenlaternen war offensichtlich vielen nicht geheuer. Said blickte sich um. Nala sah ihn fragend an. Sie war bei ihm geblieben, ganz selbstverständlich. Sie erwartete Schutz. Er durfte jetzt nicht warten, bis etwas passierte. »Komm«, sagte er, »wir werden schon etwas finden. Die anderen sind alle in Richtung Hafen. Vielleicht ist das aber gar nicht so klug.« Er hatte zwar keine Ahnung, wo es sicher war und wo nicht, aber es klang zuversichtlich. Sie nahmen die rechte Straße. Die Häuser standen hier unverbunden, einstöckige Kuben, gleichförmig. Sie liefen weiter, hier war die Verbauung geschlossener. Die Straßen waren schachbrettförmig angelegt, ein Viertel sah aus wie das andere. »Via Dante Alighieri«, las Nala von einem Straßenschild ab. Sie kamen an kleinen Hotels und Pensionen vorbei und staunten, wie herausgeputzt und sauber die im Dämmerschlaf liegenden Häuser aussahen. Said hielt an.

»Hier wird es immer heller, es gibt immer mehr Geschäfte. Gehen wir zurück an den Stadtrand. Dort war ein Rohbau.«

Nala nickte nur. Sie kehrten um. Das Haus war ganz mit Beton geschalt, sogar der Balkon, und offenbar aufgegeben worden. Plastikplanen und Zementsäcke, die sicher schon steinhart waren, lagen herum.

»Hier wird uns niemand suchen.«

Nala folgte ihm durch das vermüllte Grundstück. Sie mussten aufpassen, nicht auf ein Armierungseisen zu treten, das von einer Matte abstand. Drinnen hatten Jugendliche offenbar schon Partys gefeiert, PET-Flaschen, Aludosen, Plastikverpackungen. Said suchte ein paar Bretter zusammen und bauschte eine Plastikplane zu einer Art Unterlage zusammen, um nicht auf dem bloßen Estrich zu sitzen. Sie setzten sich nebeneinander, Nala nickte und lehnte sich an ihn. Sie schlief sofort ein.

34

1919, Rio de Janeiro

Der Brief lag zwischen der Geschäftskorrespondenz und fiel ihm erst am Nachmittag auf. Die Sonne hatte sein Büro hinter dem Teatro Municipal in Rio aufgeheizt, obwohl er die venezianischen Jalousien schon morgens geschlossen hatte. Die warme Luft schlug ihm entgegen, als er vom Lunch zurückkehrte. Wie meistens, wenn nichts Besseres zu tun war, nahm er sich zur Überbrückung des Mittagslochs die unerledigte Korrespondenz vor, die ihm Miguel, sein Sekretär, als »nicht dringlich« in ein eigenes Fach vorsortiert hatte. Diese verdammte Hitze! Er stand wieder auf und ging zum Fenster, dessen innere Flügel geöffnet waren, und spähte durch die Lamellen. Kein Mensch auf der Straße. Die hintere Fassade des Theaters, sein kleines Paris in dieser Wildnis. Er dachte an die Silvestervorstellung vor einer Woche, Verdis »Ballo in maschera«. Die Sänger waren nicht schlecht gewesen, aber welches Publikum! Bauern und Großgrundbesitzer, die während der Vorstellung miteinander sprachen oder einschliefen. Vulgäre Bauernweiber, die sich für städtische Schönheiten hielten. Ihre Töchter, die sich wie Prostituierte kleideten. Er war bald ins Bett gegangen und hatte ins neue Jahr geschlafen. Das neue Jahr! Er hatte sich für 1919 tatsächlich Vorsätze gemacht. Es war notwendig, eine Notbremse. Tiefer hätte er nicht sinken dürfen. Jetzt war er seit einer Woche nicht mehr aus dem Haus gegangen, las wieder jeden Tag und hatte nach Jahren sogar wieder begonnen, Gedichte zu schreiben. Er wusste immer noch, dass sie schlecht waren. Aber immerhin. Ein neues Leben.

Er wandte sich vom Fenster ab und steuerte seinen Schreibtisch an. Seit zwei Monaten gab es keinen Krieg mehr in Europa, Deutschland war besiegt und Österreich-Ungarn existierte nicht mehr. Paris war verschont geblieben. Noch war es zu früh, aber irgendwann würde er wieder zurückkehren. Immer weiter hatte er in den letzten Jahren diesen Termin hinausgeschoben, ohnmächtig zusehend, wie der Krieg sich immer weiter fraß und Millionen Menschen sinnlos starben. Dazu das schwüle Klima hier, die Hitze in den Wintermonaten, unerträglich und widersinnig zugleich.

Dabei hatte er am Krieg nicht schlecht verdient. Die amerikanischen Kriegsanleihen, die sich sein Vater sofort nach dem Kriegseintritt der Staaten gesichert hatte, brachten dem Bankhaus Landsberg eine solide Basis für die weiteren Aktivitäten. Die Kaffeeproduktion war trotz des Krieges weiter gestiegen, wenn auch nicht in dem riesigen Ausmaß wie in den Jahren davor. Dazu hatte Wilhelm in den letzten Monaten einige Vermögen portugiesischer Emigranten zu verwalten bekommen, die vor dem politischen Chaos in ihrem Land geflohen waren. Doch Bertie war das egal. Er vermisste Paris. Jeden Tag dachte er an Paul, Catherine und die Gesellschaften, die er besucht hatte.

Nach einem Jahr hatte er begonnen zu trinken, zuerst nur am Wochenende, dann jeden Tag. Er begann die Bars und Lokale von Rio zu frequentieren, die von Monat zu Monat obskurer wurden. Dann die erste Prostituierte. Schneller Sex oft nur hinter einem Vorhang, hin und wieder ein Strichjunge. Bertie staunte, wie groß der Markt war. Manchmal, wenn ihn die Scham übermannte, brach er vor der nackten Frau einfach nur in Tränen aus und zahlte danach anstandslos. Und dann die Nächte beim Tätowierer. Zunächst eine spontane Idee, mit den Wochen und Monaten eine gut getarnte, peinvolle Sucht. Tagelange Schmerzen, gegenüber den Eltern als Erkältung kaschiert. Bis schließlich die gesamte Vorder- und Rückseite seines Rumpfes mit obszönen Motiven bedeckt war, die sie nie zu

Gesicht bekommen würden. Es schien ihm wie ein Albtraum, nicht real, und von Zeit zu Zeit öffnete er einen Hemdknopf und lugte auf seine Brust, wie um sich zu vergewissern. Und jetzt ein neues Jahr. Kein Krieg mehr.

Er setzte sich auf seinen Stuhl. Der neunte Tag ohne Alkohol in Folge, auch keine Frau und kein Mann. Abtötung. Wenn er zurück nach Europa wollte, brauchte er wieder Disziplin. Um Mitternacht ins Bett. Um neun im Büro. Lunch, Büro bis vier oder fünf. Der Vater verließ sich schließlich immer mehr auf ihn.

Er tastete nach der Post. Dieser dicke Brief … Das Thermometer zeigte über vierzig Grad, aber ihm lief es mit einem Mal kalt über den Rücken, als er Catherines Handschrift erkannte.

Der Brief traf ihn wie eine schallende Ohrfeige, die den letzten Rest des Nebels wegfegte und ihn völlig ernüchterte. Catherine hatte sich von ihrem Mann endgültig getrennt und bewohnte nun allein das ehemalige Haus von Lord Byron nahe dem Piccadilly Circus. Frédéric war dem Vernehmen nach unerträglich geworden, hielt sich für einen Dichter und hatte einen Kreis von bezahlten Verehrern um sich geschart. Sie hatte sich ihrerseits, wie Bertie ihrem Brief entnahm, mit jungen Talenten umgeben, mit denen sie Salon hielt, von denen Philipp Alexius de László, ein junger Maler, der eigentlich Fülöp Elek Laub hieß und Sohn eines jüdischen Schneiders aus Budapest war, wie sie süffisant schrieb, der hoffnungsvollste zu sein schien. Auch mit diesem widerlichen Antisemiten Paul Morand hatte sie offensichtlich Kontakt. Bertie erinnerte sich, ihn zweimal in London getroffen zu haben, sie waren einander sofort unsympathisch gewesen. Morand betonte bei jeder Gelegenheit seine adelige Abkunft und hatte für neureiche Emporkömmlinge nur Verachtung übrig.

Catherine schrieb, dass sie sich im letzten Kriegsjahr in ihrem

Haus eingeigelt habe und niemanden mehr hatte sehen wollen, aber dass sie jetzt, da der Krieg beendet sei, daran denke, ihren Salon wieder in Betrieb zu nehmen. Djagilew wollte in Paris auch wieder beginnen, es gab neue Ideen für Inszenierungen, es gab auch vielversprechende neue Autoren. Ob Bertie nicht Lust hätte, zurückzukommen? Was er überhaupt noch in Brasilien mache? Der Krieg sei doch vorbei, in Paris werde wieder gefeiert. Sie schrieb von Paul, von dem er seit einem halben Jahr nichts mehr gehört hatte, von den Künstlern, die jetzt mit ihren Bildern herausrückten, die sie während des Krieges gemalt hatten und nicht hatten ausstellen können, von den Theatern, die neue Stücke herausbringen würden.

Bertie legte den Brief weg, las ihn dann wieder und wieder. Sein Entschluss kam schließlich ganz leicht, ohne Anstrengung. Er musste es nur noch seinem Vater beibringen.

35

»Du erwartest sicher meinen Widerstand. Du denkst, ich werde dich jetzt überreden wollen zu bleiben. Ich werde entsetzt sein und dich undankbar nennen. Aber das werde ich nicht tun. Du hast dir Mühe gegeben.« Sein Vater war hinter seinem Schreibtisch aufgestanden und stützte sich auf seinen Gehstock. In der Rechten hielt er seine Zigarre. Mit einundsechzig Jahren war er schlohweiß, der streng geschnittene Vollbart umrahmte sein immer noch energisches Gesicht. Langsam kam er hinter der hölzernen Barriere hervor. Bertie schluckte. Er ärgerte sich, dass er sich mit fast dreißig vor seinem Vater immer noch wie ein kleiner Junge vorkam. »Sicher hast du dir schon über die Finanzen Gedanken gemacht.«

Bertie räusperte sich. »Ich dachte, ich nehme die Erträge aus dem Morgan-Fonds. Und dazu das Portefeuille von Santos, für den Anfang. Ich möchte mir in Paris ein eigenes Haus kaufen und nicht immer in Hotels wohnen. Ich würde den Fonds weiter verwalten, damit müsste ich auskommen.«

»Santos, ach … hm.« Sein Vater kniff die Augen zusammen, blickte einen Moment konzentriert auf einen Punkt weit hinter Bertie. Dann entspannte er sich und machte eine wegwerfende Handbewegung. Sicher hatte er die Finanzen in Sekundenbruchteilen überschlagen. »Wie ich schon sagte, ich werde dich nicht zurückhalten. Der Krieg ist vorbei und es war abzusehen. Ich habe nichts anderes erwartet.«

»Aber du bist doch nicht enttäuscht von mir? Ich habe versucht, dich zu unterstützen, wo es nur ging. Ich habe mich eingearbeitet in Fonds- und Stiftungsrecht, ich weiß, wann man Staatsanleihen und wann Kaffeeaktien kaufen muss. Ich war dir doch eine Hilfe?« Bertie hasste sich selbst für sein Winseln um Anerkennung.

Sein Vater lachte bitter auf. »Ja, du warst mir eine Hilfe. Du hast zumindest gezeigt, dass du willig bist. Aber ich weiß, dass dich die Angst vor dem Krieg hierhergebracht hat und nicht die Begeisterung fürs Geld. Was Ersteres betrifft, sind wir uns ja ähnlich.«

Was für ein plumper Versuch, eine Ähnlichkeit herzustellen, dachte Bertie. Wir werden uns nie ähnlich sein!

»Ich weiß hingegen nicht, was du nach Dienstschluss alles in den letzten Monaten getan hast und ich weiß auch nicht, wie viel von den Gerüchten wahr ist.« Bertie machte den Mund auf, aber sein Vater wurde lauter. »Es ist mir auch gleich, verstehst du? Du wirst dieses Jahr dreißig, was soll ich sagen. Vielleicht ist es auch besser, wenn du wegkommst von hier.«

Bertie schwieg. Er konnte nur verlieren, wenn er etwas sagte.

»Ich will nicht zusehen, wie du dich hier zugrunde richtest.

Es ist nun mal immer noch Wildnis hier, die europäische Kultur ist aufgepfropft und nicht gewachsen.«

»Vater, ich …«

»Kein Wort! Geh nach Europa, mach etwas Sinnvolles, fördere die Kunst. So tief wie hier kannst du dort nicht sinken.«

Bertie wollte abermals sprechen, aber sein Vater hob die Hand und schüttelte den Kopf. Er trat einen Schritt näher und legte ihm die Hand auf die Schulter.

»Wenn du etwas brauchst, weißt du, wo du mich findest. Ich gehe kein zweites Mal zurück.«

Bertie zögerte, gab aber der Umarmung seines Vaters nach, der ihm vorkam wie ein Stück Holz. Sie blickten einander an. Er nickte kurz, sein Vater erwiderte die Geste. Er wirkte auf Bertie alt und müde. Die Unterredung war zu Ende.

36

2012, Lampedusa

Augen auf und alles war wieder da. Abgehauen. Aus dem Lager, wo es ein warmes Bett gegeben hatte. Jetzt war es kalt, er war in einem Rohbau auf Lampedusa, Nala lehnte an ihm. Er hatte wild geträumt, Fetzen von der Überfahrt, Szenen aus dem Lager. Nala. Sein Arm war in ihrer Nierengegend eingeklemmt und taub. Vorsichtig versuchte er, sich herauszuwinden, ohne sie zu wecken, doch sie schlug sofort die Augen auf. Sie erschrak und rückte ab, als ob ihr die Nähe peinlich wäre.

Said versuchte ein Lächeln. »Ich werde sehen, ob ich etwas zu essen finde.«

Er blickte auf sein Handy. Der Akku hatte noch fünfundsiebzig Prozent, die italienische SIM-Karte, die er im Lager gekauft hatte, funktionierte.

»Sechs Uhr zwanzig. Der Ort schläft sicher noch. Bleib du hier und warte, bitte!« Nala wollte etwas sagen, winkte aber müde ab. Was blieb ihr schon übrig?

Er hatte Glück. Ein paar Häuser weiter gab es einen kleinen Supermarkt, in dessen Mülltonne er ein paar braune Bananen und abgelaufene Schokoriegel fand, dazu ein lauwarmes Joghurtgetränk. Niemand war auf der Straße, aus der Stadt hörte man aber das Schnarren von Zweitaktmotoren.

Beim gemeinsamen Essen fühlte Said ein wenig Vertrautheit. Fast, so schien es ihm, hätte sie seinen Versuch zu lächeln erwidert, ehe sie abrupt zu Boden blickte und hastig an einem Schokoriegel knabberte. Sie hatten fertig gegessen und waren aufgestanden, um zu gehen, als Said auf Nala zutrat und eine zaghafte Umarmung versuchte. Nala zuckte zurück, als hätte sie einen Stromschlag bekommen, und schüttelte kaum merklich den Kopf. »Bitte nicht. Entschuldige, ich kann nicht. Noch nicht. Später, ja?«

Said wusste nicht genau, wie er dies deuten sollte, fragte aber nicht nach. Wer weiß, welche Gräuel sie hinter sich hatte. Vielleicht, ganz sicher hatte sie Gewalt erfahren. War sie vergewaltigt worden? War sie gezwungen gewesen, sich zu prostituieren? War sie gefoltert worden? Er wandte sich ab und kauerte sich in eine Ecke. Nala setzte sich zu ihm und legte ihre Hand auf seinen Unterarm. »Es tut mir leid, ich …«

»Schon gut«, sagte Said.

Sie verbrachten zwei Tage im Versteck, die Mülltonnen des Supermarkts boten genug zum Überleben. Said fand das Ventil der Wasserzuleitung, und so hatten sie sogar Fließwasser aus einem Wasserhahn in dem verwilderten Garten hinter dem Haus, in dem weitere Bauabfälle herumlagen, Betonknollen, Verpackungen, Schotterhaufen. Nachts erkundete Said die benachbarten Straßen, wobei er immer wieder Lagerinsassen traf. Sie erzählten, dass die meisten inzwischen von der Polizei gefasst, dann aber wieder freigelassen worden waren. Er versuchte, Informationen über den Hafen, die Lkws zu sammeln. Nur nichts überstürzen.

In der dritten Nacht versuchte er wieder Nala zu umarmen. Zu seinem Erstaunen ließ sie ihn gewähren, er bemerkte jedoch die kleinen Zuckungen, die durch ihren Körper fuhren. »Ich weiß, dass du mir nichts Böses willst. Ich brauche nur noch etwas Zeit.« Sie schürzte die Lippen und küsste ihn kurz. Als er dasselbe tun wollte, wehrte sie ab. Sie schliefen diese Nacht eng beieinander.

Am dritten Tag hatte Said einen Lkw ausgekundschaftet, der irgendwelche Maschinen auf die Insel gebracht hatte. Er sollte am nächsten Tag wieder zurück, der Fahrer ließ sich angeblich immer auf der Insel volllaufen und schlief dann auf der Fähre. Punkt vier Uhr kletterten sie auf die Ladefläche, die nach Maschinenöl stank, und dösten im Sekundenschlaf dahin. Gegen sechs kam der Fahrer, der offensichtlich tatsächlich die Nacht durch getrunken hatte, setzte sich ans Steuer und fuhr den klapprigen Transporter auf die Fähre. Sie hörten das Anziehen der Bremse und dann nichts mehr, keine Tür, kein Absperren. Offenbar war er am Steuer eingeschlafen. Zwei Stimmen gingen außen an der Plane vorbei, sie sprachen Italienisch und lachten. Vielleicht zwei von der Fähre, die den Fahrer kannten. Said und Nala saßen kerzengerade an der Vorderwand der Ladefläche, die am Führerhaus lag. Die Stimmen entfernten sich. Dann quälende Minuten des Wartens, viele Geräusche. Signale. Motoren brüllten hochtourig auf und beruhigten sich wieder. Die Fähre hatte abgelegt.

37

1919, London

Bertie trommelte mit den Fingern einen nervösen Galopp. Warum ließ sie ihn warten? Er dachte, sie hätte ihn erwartet, und jetzt saß er im Salon, hingefläzt auf eine Chaiselongue, und versuchte, in Byrons »The Corsair« zu lesen, das er nach kurzem Überfliegen der Titel aus dem Bücherregal gezogen hatte.

Er würde Catherine gleich erzählen müssen, dass er auf der Überfahrt wieder Gedichte verfasst hatte. Als er den ersten Schritt auf dem gepflasterten Pier im Hafen von Portsmouth machte, stand sein Entschluss fest: Er würde einen Gedichtband veröffentlichen und so zeigen, dass er wieder da war! Niemand sollte von seinem Absturz in Rio wissen, es würde ihm gelingen, wieder hier Fuß zu fassen. Er könnte …

Die Tür flog mit einem Krachen auf, ihm wäre fast das Buch aus der Hand gefallen. Catherine trat ein, machte eine Art halbe Pirouette und kicherte dazu. Sie war dicker geworden, der Altersunterschied deutlicher. Eine Juno in einem indisch anmutenden Umhang. »Bertie! Verzeih! Meine Toilette!« Sie tänzelte auf ihn zu und umarmte ihn, der etwa die Hälfte ihrer Masse hatte, mit so großem Ungestüm, dass er fürchtete, das Gleichgewicht zu verlieren. »Du musst mir alles erzählen, was du gemacht hast! Du hast mir das letzte Jahr nie mehr geschrieben! Aber setz dich, Alice wird uns gleich Tee bringen.«

Bertie gehorchte, beide nahmen auf dem Sofa Platz.

Bertie erzählte knapp von seinem ereignislosen Bankerleben und der Oper in Rio. Seine nächtlichen Exzesse und die Zeichnung seines Körpers verschwieg er. Catherine konterte mit einem Monolog, der bei dem vor wenigen Tagen absolvierten ersten Transatlantikflug von Alcock und Brown – »Stell dir vor, sie sind aus Versehen in einem Sumpf gelandet – alles war kaputt!« – begann und beim letzten Klatsch aus Paris endete: »Ich habe dir ja geschrieben, Djagilew ist jetzt für ewig aus Russland verbannt als Musterbeispiel bürgerlicher Dekadenz, unser Sergei – der Schrecken der Kommunisten, ha! Na ja, er ist dann nach Rom und hat dort seinen nächsten Skandal ausgeheckt. Hat sich neue Musiker geholt. Der ganze Betrieb geht wieder los, sage ich dir. Ich habe ihm dann eine Wohnung in Paris vermittelt, und einen Monat später wurde der Skandal prompt geliefert. Die Musik ist von diesem Satie, du weißt, der auch Fahrradglocken und Schreibmaschinen für seine Kompositionen verwendet.«

Bertie hatte noch nie von Satie gehört. Vier Jahre weg und alles war wieder neu!

Obwohl ihn vieles von dem, was Catherine weiter erzählte, nicht interessierte, merkte er, wie ihm ihr flötender Singsang guttat. Sie berichtete lächerliche Dinge, vermischt mit Bedeutendem, aber selbst die banalsten Details hatten doch mit Kunst und Kultur zu tun, die am Puls der Zeit war. Nach Rio oder gar Petrópolis war nur ein kleines Rinnsal an Nachrichten vorgedrungen, oft mit tage- und monatelanger Verspätung, gefiltert durch Zeitungsredaktionen. Die Schnurren, die Catherine zum Besten gab, machten die Würze aus, die er in der Neuen Welt so vermisst hatte.

Er ließ sie immer weiter erzählen. Catherine sprang zwischendurch auf, gestikulierte mit Händen und Füßen, um ihre Geschichten zu illustrieren. Bertie war befremdet und genoss zugleich ihre Darbietung wie eine Theatervorstellung. Sie erzählte von Matisse, der aus Nizza zurück war und für Sergei ein Bühnenbild vorbereitete, von Picasso, der, stell dir vor, die Primaballerina aus Sergeis Ensemble geheiratet, von Braque, der sich nach seiner schweren Kopfwunde völlig zurückgezogen hatte und von de László, der wieder eine Ausstellung vorbereitete.

»Dieser de László …« Bertie versuchte verschwörerisch zu blicken, »… wie ernst ist es mit ihm?«

Catherine stockte, wollte etwas sagen. Bertie schürzte die Lippen.

»Ich kenne dich, auch wenn ich dich vier Jahre nicht mehr gesehen habe. Ich spürte schon daran, wie du von ihm im Brief sprachst, dass du … ihm nahestehst.«

Catherine blickte zur Seite, als sie sprach. »Philippe ist ein sehr einfühlsamer Mensch. Er ist in meinem Alter. Er lebt für die Kunst. Und ich bin eine Frau. Was sollte ich mit meinem Mann, der den Tag in Banken und Klubs verbrachte? Du wolltest doch auch für die Kunst leben, erinnerst du dich? Und dann bist du nach Brasilien abgehauen.«

»Ich verurteile dich nicht, das weißt du doch. Ein Künstler ist sicher nicht die schlechteste Wahl. Die Kunst … ja. Ich habe es nicht vergessen. Oder besser: Ich habe es fast vergessen. Ich habe drüben schon resigniert. Dieser Krieg wollte ja nicht aufhören. Und dann ist sogar Brasilien noch eingetreten, nur um jetzt auf Seiten der Siegermächte mitzuverhandeln. Völlig größenwahnsinnig, die Regierung.«

Catherine legte den Kopf zur Seite.

»Ach Bertie, du weißt, ich verstehe nichts von Politik. Aber sag mal … Was ist mit dir bezüglich Männer und Frauen?«

Der Ton war mit einem Mal schnippisch.

»Noch immer … mal so, mal so …?«

Bertie errötete.

Sie gluckste, erhob sich und nahm einen zusammengeklappten Fächer, der auf dem Tisch lag. Auch Bertie erhob sich. »Ich habe mich nicht geändert.« Seine Stimme klang unsicher. Catherine hob den Fächer und schob ihn Bertie unters Kinn. Beide begannen langsam zu grinsen. »Welch sinnlicher Annäherungsversuch, Baronesse.« Er fasste den Fächer und schob die Hand langsam weg. Er verdrehte die Augen. »Gibt es für mich noch Heilung? Haben Sie die Medizin dazu? Nebenbei, ich muss Ihnen etwas zeigen. Meine Haut ist ein Album geworden.«

38

2012, Sizilien

Die Überfahrt dauerte geschlagene elf Stunden. Elf Stunden Eintönigkeit, gleichförmiges Brummen, hin und wieder unterbrochen von einem »Klonk« irgendwelcher Metallteile. Trotz der Anspannung nickte Nala nach einiger Zeit ein. Ich habe zu viel Angst, dachte Said. Sie ist mutiger als ich.

Irgendwann hörte er die Fahrertür, der Fahrer war aufgewacht. Die Schritte entfernten sich. Dann wieder warten.

Irgendwann aßen und tranken sie. Die Wasserflasche, die er vor der Abfahrt organisiert hatte, war bald leer. Zur Notdurft kletterten sie kurz aus dem Wagen und erleichterten sich zwischen den Stoßstangen der Autos.

Dann wieder Halbschlaf, ihre Taschen als Kissen. Wie lang können elf Stunden sein?

Dann immer mehr Stimmen, Gepolter. Beide waren sofort wieder hellwach. Die Fähre stöhnte, Signale ertönten. Motoren wurden gestartet. Auf allen Seiten fielen Autotüren ins Schloss. Der Fahrer stieg ein und startete ebenfalls. Wieder gespanntes Warten. Said blickte aufs Handy. Fünfzehn Prozent, keine Nachricht, 18 Uhr 37. Der Fahrer stellte den Motor wieder ab, fluchte. Nach zwanzig Minuten, die Said wie eine Stunde vorkamen, fuhr der Wagen endlich an. »Porto Empedocle«, flüsterte Said. »Aber ich würde sagen, wir bleiben oben, bis er irgendwo im Landesinneren hält. Auch wenn er hier in der

Stadt stehen bleibt.« Nala nickte nur stumm. Sie schien halb zu schlafen.

»Je weiter wir kommen, desto besser. Wenn ich irgendwo mein Handy aufladen kann, könnte ich versuchen, Bey zu erreichen, du weißt schon, meinen Onkel. Vielleicht ging es ja nur auf der Insel nicht.«

Das Auto blieb mit einem Ruck stehen. Beide verloren das Gleichgewicht. Said prallte mit dem Kopf an eine Strebe, Nala rollte zur Seite. Der Schmerz kam eine Sekunde später. Er biss die Zähne zusammen. Keinen Laut. Die Fahrertür wurde geöffnet. Stimmen nahe der Plane, immer lauter. Ein Streit? Beide hielten den Atem an. Verdammter Schmerz. Nur nicht jetzt entdeckt werden! Der Fahrer stieg wieder ein. Anfahren – stehen – anfahren – stehen. Straßenlärm drang von draußen herein. Immer wieder blieb der Wagen stehen und fuhr wieder an. Dann zog er endlich durch, es musste eine Autobahn oder Schnellstraße sein. Said blickte auf Nala, die eingeschlafen war. Kurz darauf fiel auch sein Kopf vornüber.

Es war stockdunkel, als der Fahrer endlich anhielt. Seine Schritte entfernten sich. Said und Nala waren schon länger wach. Said taten alle Knochen weh, er wusste nicht mehr, wie er sitzen sollte. Sie hatten seit Stunden nicht gesprochen. Er griff durch die Lücke in der Plane hinaus und löste die Riemen. Er schlüpfte hinaus.

»Nimm meine Tasche!«, sagte er, obwohl es überflüssig war. Nala kroch über die Pritsche und ließ sich hinuntergleiten. Sie war etwas wackelig auf den Beinen und stützte sich auf Said.

Ein Parkplatz. Weiter vorne leuchtete eine Tankstelle mit Kneipe, dahinter die Straße, sonst nichts. Rundherum schwarz. Sie gingen an den abgestellten Lkws vorbei, aus der Kneipe tönte Musik. Said blickte sich nach einem Zeichen um, an dem er sich orientieren könnte. Auf einem Wegweiser stand

»SS 640«, es sagte ihm nichts. Er beschloss, an dem Rand des Parkplatzes entlangzugehen, der weniger beleuchtet war, und hinter die Kneipe zu kommen. Die Luft war ungewohnt kühl und feucht. Hinter der Kneipe war es dunkler. Er sah in einiger Entfernung ein paar Häuser, die durch Straßenlaternen beleuchtet wurden, dahinter eine Kirche. Ein kleines Dorf. Er deutete Nala, mitzukommen. Sie liefen den Weg von der Kneipe weg in einen dunklen Graben und auf die Siedlung zu. Nirgendwo war ein Zaun, das war keine Autobahn. Wie anders die Häuser hier waren. In Lampedusa hatte alles noch an Afrika erinnert. In den Fenstern hier deutete kaltes, blitzendes Licht an, dass die Bewohner vor dem Fernseher saßen.

An der Wand eines Hauses plätscherte ein dünner Strahl aus einem Rohr in ein gebrochenes Becken, es musste einmal ein Brunnen gewesen sein. Sie tranken und wuschen sich notdürftig. Said durchsuchte ein paar Mülltonnen und fand einen Salatkopf und Säckchen mit Mandelsplittern. Sie aßen mit bloßen Händen. Wozu Essen kaufen, wenn es volle Mülltonnen gibt. Er tastete nach seinem Geldbeutel, den er umgehängt hatte.

Dann saßen sie einfach da, an die Wand eines Schuppens gelehnt, und blickten hinüber zur Schnellstraße, wo hin und wieder ein Lkw hinter der Kneipe vorüberbrauste. Said wunderte sich über die Macchia, die sich zwischen dem Dorf und der Kneipe erstreckte.

»Diese vielen Büsche. Es ist zwar dunkel, aber ich glaube, ich habe noch nie so viele Büsche gesehen. Ob die bei Tag grün sind?«

Nala schwieg. Sie lehnte sich an ihn.

»Wie geht es weiter?«

Er zuckte mit den Schultern. »Wir sollten uns noch einen Lkw suchen, der nach Osten fährt. Wir sind auf der Insel Sizilien. Wir müssen aufs Festland. Und ich muss irgendwo mein Handy laden.«

»Du glaubst, Bey wartet auf dich?« Sie führten diese Unterhaltung nicht zum ersten Mal.

»Ja«, sagte Said und wusste selbst nicht, ob er es noch glauben sollte. »Rosarno ist vielleicht noch dreihundert oder vierhundert Kilometer entfernt. Das ist nichts! Es liegt irgendwo bald nach der Meerenge zwischen Sizilien und Italien, direkt an der Hauptstraße. Das müsste in einem oder zwei Tagen zu schaffen sein, wenn wir die richtigen Wagen erwischen. Verstehst du, da gibt es wenigstens Arbeit. Und viele von uns. Neue Dokumente. Ein erster Schritt.«

Nala schien etwas sagen zu wollen, doch sie hielt inne. Dann sprach sie leise.

»Ich will dir nicht zur Last fallen. Ich wollte eigentlich in den Norden, du weißt, eine Tante von mir lebt in Mestre. Ich habe keine Adresse. Aber ich kann vielleicht jemanden anrufen. Du lässt mich doch nicht allein?«

Said legte den Arm um sie. »Nein. Du weißt, ich … ich will, dass du bei mir bleibst. Und ich wollte … Aber lassen wir das. Komm! Suchen wir uns einen Lkw!«

Am Bahnhof von Catania fand Said am nächsten Tag ein Café, in dem er sein Handy aufladen konnte, während Nala duschte. Im SMS-Speicher war eine Nachricht von Bey mit einer italienischen Telefonnummer. Said wurde heiß. Bey lebte! Er hatte ihn nicht vergessen! Die Nachricht war nicht ganz eindeutig. Er wisse nicht, ob er in Rosarno bleiben werde. Im Norden lebten die Leute angeblich besser. Er solle sich beeilen. Said rief sofort an. Das Telefon läutete endlos.

39

1923. London-Paris-Venedig

Nach seiner Rückkehr hatte Bertie versucht, das alte Leben wieder aufzunehmen und war zum Pendler zwischen London und Paris geworden. Mit Paul und Catherine, die sich jeder auf seine Weise während des Krieges abgeschottet hatten, stürzte er sich wieder in Konzerte, Matineen, Vernissagen, Kostümfeste, Hausmusikabende und Salonlesungen, und überhaupt Salons ohne besonderen Zweck. Oft diskutierten sie die Nächte durch, dann schlossen sie sich wieder für Tage in Pauls Residenz in Neuilly ein, Catherine malte, Bertie versuchte Verse zu drechseln, Paul zeichnete Interieurs fiktiver Villen. Doch es war nicht mehr dasselbe: Eine neue Ernsthaftigkeit war da, die nächtelangen Partys waren allen dreien zu anstrengend geworden.

Sie lauschten dem Bariton Mark Raphael, Rogers neuem Geliebten, als er dessen Lieder vortrug, und rauchten an mehreren Abenden Opium im Atelier Picassos, dem Bertie ein naturalistisches Porträt abtrotzte, eine Skizze nur, für mehr hatte der Meister keine Zeit.

Bertie trug seine Gedichte zu Elkin Mathews' Verlag in London, einem alten Freund seines Vaters, der sie gegen gutes Geld verlegte. Die Publikation wurde von den Feuilletons völlig ignoriert. Bertie veranstaltete eine Rezitation in Pauls Salon, zu der außer Paul und Roger nur noch fünf weitere Bekannte Pauls kamen. Nicht einmal Catherine hatte Zeit, da sie in den Hochzeitsvorbereitungen für ihre Tochter Baba steckte, die einen echten französischen Prinzen heiratete, wie Paul zu berichten wusste.

Zwei Wochen später tauchte Catherine dann mit ihrer Tochter und ihrem neuen Schwiegersohn, dem Prinzen Faucigny-

Lucinge, im Schlepptau in Paris auf. Bertie und Paul besuchten mit ihnen die Premiere des neuen Cocteau-Stückes »Le Train Bleu«, zu dem Djagilew ein Ballett konzipiert, Picasso das Bühnenbild und eine verrückte junge Schneiderin, die alle nur Coco nannten, die Kostüme entworfen hatte. Sie amüsierten sich köstlich: Zur Musik eines gewissen Milhaud hüpften Tennisspieler und Gewichtheber durch das kubistische Bühnenbild. Die Aufführung endete in tosendem Applaus, den einige Besucher mit »Skandal!«-Rufen niederzuschreien versuchten. Ein Abend wie in alten Zeiten! Bertie und Catherine feierten bis tief in die Nacht mit Sergei, Coco und den jungen Eheleuten.

Am nächsten Nachmittag dämmerten die drei in Pauls Salon dahin.

»Ein Skandal ist das …«, murmelte Catherine zu sich selbst.

»Was? Heute wieder konservativ?« Bertie blickte von seinem Schreibblock auf. Paul schien im Lehnstuhl eingeschlafen zu sein.

»Nein, nicht das Stück, ach Bertie. Der Todestag von Byron.«

»Fängst du wieder damit an? Nein, es gibt keinen Festakt, auch seine Gedichte liest offenbar niemand mehr. Hundert Jahre sind eine lange Zeit.«

»Machen wir doch etwas!«

»Was meinst du? Eine Lesung?«

»Nein, ein Fest zu Ehren von Byron. Hundertster Todestag – wir könnten doch eine Kostümparty veranstalten – England 1824. Oder etwas Italienisches. Oder Griechisches. Ich weiß schon, wen ich einlade. Lady Colebrook kommt sicher gerne, Misia auch …« Sie setzte sich auf.

»Ach, Catherine!« Bertie gähnte. »Muss es denn immer eine Party sein? Wir könnten einander ja die Gedichte vorlesen, nur du, Paul und ich. Reicht das nicht? Meinetwegen ein paar Gäste, ein kleiner Salon.«

»Wir könnten das Fest auch in Venedig im Sommer machen, Byron war ja auch in Venedig.«

»Ja, und in Rom und in der Toskana und was weiß ich wo. Machen wir doch überall ein Fest. Und Frau Baronesse d'Erlanger organisiert und bezahlt.«

»Ach, Bertie!« Catherine sank wieder zurück in ihren Sessel.

Bertie war wach geworden. Er legte den Zeigefinger an seinen Mund. »Was meinst du, wir könnten doch im Sommer eine Reise auf Byrons Spuren machen.« Er schaute zu Catherine, keine Reaktion. »Wir schauen, ob wir in der Toskana noch Nachkommen von ihm finden, haha, nein im Ernst, wir könnten uns zunächst Rom und Florenz ansehen, dann so wie er durch die Pineta von Ravenna reiten und seinen Palazzo in Venedig besuchen.«

»Venedig! Das ist es!« Catherine war wieder munter.

Sie hatte offenbar die anderen Orte überhört und begann sofort über die Lagunenstadt zu sprechen. Sie erzählte von der verträumten Villa am Brenta-Kanal, in der Byron abgestiegen war, und von der Society, die sich jetzt jeden Sommer am Lido versammelte. Von den Palazzi, die immer öfter von Amerikanern gekauft wurden und von den wichtigen Leuten, die man dort treffen sollte. Und, ach ja, sie könnte Nachschau halten, was aus dem Haus geworden war, das ihr nach einer Erbschaft angeblich gehörte. Und Linda, ihre alte Freundin, lebe seit einem Jahr sogar ständig dort.

Bertie wurde stutzig: Ein Haus? Mitten in Venedig? Catherine war immer für Überraschungen gut. In so einem Haus ließe sich standesgemäß wohnen, dachte er. Hoffentlich kommt sie nicht auf die Idee, dort eine Party zu veranstalten.

Als Paul aufwachte, war die Italientour beschlossene Sache.

40

1924, Rom

»Was willst du denn noch alles sehen?«

Catherine setzte sich auf eine steinerne Bank am schattigen Rand des Platzes. Sie waren bis hierher, zur Piazza Farnese gelaufen, weil Bertie noch vor dem Mittagessen den angeblich berühmtesten römischen Palast besichtigen wollte. Und jetzt stand er im weißen Anzug mit Borsalino allein vor dem riesigen Kubus, die Fassade in jedem Stockwerk horizontal ebenmäßig, alles streng symmetrisch. Die Julisonne brannte auf die zwei einsamen Touristen nieder, ihre Sohlen klebten am Pflaster. Die Rom-Besichtigung dauerte schon drei Tage, danach sollten noch Florenz und Ravenna drankommen. Catherine tupfte sich die Stirn. Diese Affenhitze! Sie umklammerte den Griff ihres Sonnenschirms.

»Das Meisterwerk des großen Michelangelo, schau doch, Catherine, die perfekten Proportionen, das berühmte Traufgesims, hier beginnt die Renaissance!«, rief Bertie.

Catherine fächelte sich mit dem Blue Guide, den sie in der Linken hielt, Kühlung zu.

»Sangallo.«

»Bitte?«

»Der Palazzo da ist nicht von Michelangelo.« Sie fächelte weiter.

»Aber natürlich, eines seiner wichtigsten Werke, als er …«

»Im Reiseführer steht etwas anderes. Sangallo. Keine Ahnung, wer das war.«

»Was? Zeig her!«

Catherine legte ihren Fächer nieder. Bertie blätterte.

»Sangallo hat den Palazzo begonnen … ah, der starb dann. Dann hat Michelangelo weitergebaut …« Er las. »Das wusste ich nicht. Überall steht Michelangelo. Sangallo sagt mir jetzt sehr wenig, ich glaube, da gab's mehrere, die so hießen.«

»Das ist mir egal, ich brauche jetzt etwas zu essen und vor allem zu trinken. Der Palazzo hat ohnehin geschlossen, wie der letzte auch schon, kein Römer ist bei der Hitze auf der Straße oder bei der Arbeit.«

Sie stand auf.

»Ich gehe jetzt. Das hält ja niemand aus. Drüben am Corso Umberto habe ich einige Kutscher gesehen. Du kannst ja noch Kirchen besichtigen. Wir sehen uns im Hotel.«

Bertie wandte sich zu ihr.

»Nein, nein, ich komme schon. Ich bin hier ohnehin schon fertig. Ich wollte nur das Traufgesims …«

Eine Droschke ratterte durch die schmale Gasse vom Campo de' Fiori Richtung Platz. »Kutscher!«, rief Catherine so laut sie konnte. Der Kutscher hielt an und blickte müde auf. Er trug einen Strohhut, sein Gesicht wirkte steinalt.

»Zum Hotel Bernini!«

41

2012. Sizilien

»One moment! You wait!« Der Mann verschwand im hinteren Teil des Ladens. Er kam mit einem Schwarzen zurück, der ein breites Grinsen aufsetzte und sie auf Arabisch ansprach.

Said kratzte seine Arabischkenntnisse zusammen und machte ihm deutlich, dass sie Flüchtlinge seien und Kleidung benötigten. Hier im Caritas-Laden gäbe es doch Kleidung? Und … ihm fiel das Wort für »Ladegerät« nicht ein.

»Shahin«, sagte Nala und blickte kurz auf.

Said war irritiert. Sie hatte das Wort hochsprachlich betont.

Sicher, sie stammte aus der Stadt. Nala sprach weiter und fragte in fließendem Arabisch, ob sie auch Jeans probieren könnte.

Said wusste nicht, ob er sich mehr über ihr melodisches Arabisch oder über ihren plötzlichen Wunsch wundern sollte.

Der Schwarze lachte und wies ihnen die Richtung. Said suchte sich neue Jeans aus, die alten waren an der Unterseite zerrissen und ausgefranst, dazu einige T-Shirts. Unterwäsche hatten sie hier nicht, die würde er später bei einem Diskonter kaufen. Ein wenig Geld war noch da.

Nala verließ den Laden als andere Frau, Said konnte den Blick kaum von ihr wenden. Als sie in Pluderhosen und T-Shirt aus der Umkleidekabine kam, war er völlig euphorisch gewesen. Gefühlt hatte er ihre Formen unter dem Wickelkleid schon in den Nächten, als sie aneinander gelehnt schliefen, aber sie zu sehen war etwas anderes. Ihren Kopftuch-Schal hatte sie gegen ein im Nacken gebundenes Tuch getauscht, das ihren Hals und Teile ihres Haares freigab. Sie schien aufrechter zu stehen und schritt freier aus, als ob das Wickelkleid schwerer gewogen hätte.

Said fühlte neben der Freude auch Schmerz, er schoss in seine Euphorie hinein. Ihre Distanz war noch da, wie gerne wäre er ihr näher gewesen. Aber vielleicht war das ein Schritt gewesen, eine weitere Schranke abzulegen. Geduld.

Am Nachmittag lernten sie am Bahnhof Michael kennen, einen bulligen Kongolesen, der ebenfalls aufs Festland wollte. Sie stiegen am Abend in einen Lkw, der, wie Michael in Erfahrung gebracht hatte, nach Bologna unterwegs war. Er war voll mit leeren Holzkisten, die stark nach Imprägnierungsmittel stanken, wahrscheinlich frisch desinfiziert. Nach einer Stunde hatten alle drei Kopfweh.

Michael erzählte ihnen Horrorgeschichten von den Coltanminen, in denen er in Afrika Sklavenarbeit geleistet hatte. Said bat ihn aufzuhören, da Nala die Tränen in den Augen standen. Er lebte schon fast ein Jahr in einem Flüchtlingslager in der Nähe von Catania, das wie eine kleine Stadt funktionierte, mit eigenem Basar, Geschäften und Bordellen. Er versuchte, die trüben Geschichten durch einige Anekdoten aus diesem Lager wettzumachen.

An einigen Stellen mussten Said und Nala dann doch lachen.

Als der Lkw in Reggio auf die Fähre fuhr, erstarb die Stimmung.

Als ob die Angst langsam durch die Ritzen der Plane kröche.

»Was ist, wenn sie uns jetzt entdecken?«

»Nichts würde passieren.« Michael wandte den Kopf ab, räusperte den Schleim aus der Kehle und spuckte in eine Ecke. »Ein paar Stunden Verhör, dann würden sie uns einige Adressen geben und uns gehen lassen. Denen sind wir doch egal.«

Sie sprachen über Rosarno. Michael wusste noch nicht, ob er dorthin wollte oder nach Castel Volturno bei Neapel. Dort lebten angeblich schon zwanzigtausend Schwarze und hatten die halbe Stadt übernommen. Arbeit gebe es dort aber kaum.

»In Rosarno gibt es halt immer Arbeit. Haben sie gesagt. Riesige Plantagen. Sie bauen dort Tomaten und Oliven an. Es gibt immer etwas zu tun. Pflücken, kontrollieren, Gift spritzen. Zwar ein Drecksverdienst, aber für den Anfang geht's, bis du was Besseres gefunden hast. Sagt zumindest Maurice. Mein Cousin. Was weiß ich. Ich denke, ich werde trotzdem weiterfahren.«

Michael gab ihm noch einige Tipps für Rosarno – nicht zu del Fabro gehen – abhauen, wenn Jugendliche auf Motorrädern anrückten – ehe sie um fünf Uhr früh nach acht Stunden Fahrt an einer Autobahntankstelle von der Ladefläche kletterten. Michael wünschte ihnen Glück. Die sieben Kilometer nach Rosarno gingen sie zu Fuß.

42

1924, Venedig

Das Haus in Venedig gab es tatsächlich, und es war sogar bewohnbar. Der Bau lag am Rio di San Barnaba und schaute auf den belebten Platz vor der gleichnamigen Kirche. Catherine hatte über ihre Freundin fünf Albaner aufgetrieben, die drei Tage gearbeitet hatten. Sie entfernten Spinnweben, Staubschichten und Mäusekot, wischten, kehrten, schrubbten und polierten. Als Bertie, Catherine und Paul nach den römischen Hitzetagen in Venedig eintrafen, fanden sie ein blitzsauberes und nach Zitronenöl duftendes Haus vor, das zwar kein Palazzo war, aber genug Platz bot, dass sich jeder zurückziehen konnte. Nach den heißen Tagen wirkten die kühlen Räume wohltuend. Wenn Bertie aus seinem Zimmerfenster blickte, sah er auf den Platz und den Kanal dahinter.

Nach einem Nachmittag in apathischer Ruhe bei geschlossenen Fensterläden und einer traumlosen Nacht begann er am nächsten Tag die Räume zu erkunden. Alle Zimmer hatten Böden im Grès Veneziano, die Wände waren jeweils in einer anderen warmen Farbe gehalten. Obwohl er sofort eine Abneigung gegen die monströsen Möbel entwickelte, ohne die kein Raum auszukommen schien, fühlte er sich eigentümlich wohl. Die Räume vermittelten die Stimmung einer herrschaftlichen Residenz.

Als er am Nachmittag des zweiten Tages gerade dabei war, im Salon Byrons »Don Juan« zu rezitieren, öffnete sich die Tür zum Salon mit einem Knall. Bertie zuckte zusammen.

»... aber das ist eine Kleinigkeit. Und hier sind wir im Hauptraum, oh!«

Catherine war in Begleitung eines Paares: Beide sorgfältig gekleidet, sicher Amerikaner. Sie starrten ihn verwundert an.

Die Frau hatte ein ausgeprägtes Kinn und hielt die Augen zusammengekniffen, der Mann trug sorgfältig gescheiteltes Haar und grinste breit.

»Ich wusste nicht, dass du hier bist. Darf ich dir Linda und Cole vorstellen?«

Sie tauschten einige Höflichkeiten aus. Bertie erinnerte sich: Linda Thomas hatte sich einen Palazzo gekauft und diesen acht Jahre jüngeren Musiker geheiratet. Porter. Eine Verbindung, über die ganz Venedig klatschte. Beide hatten riesige Erbschaften gemacht.

»Sie sind der Jazzmusiker? Insofern dieser Ausdruck überhaupt angemessen ist.«

Cole lächelte. »Ich nehme an, Sie hatten noch keine Zeit, sich mit dieser Musik auseinanderzusetzen. Es wäre mir ein Vergnügen, Ihnen zu zeigen, wie sehr Jazz Musik ist. Danach spiele ich Ihnen gerne zur Versöhnung etwas von Beethoven.«

Catherine senkte den Blick und schüttelte leicht den Kopf. »Ach, Bertie, du bist wieder mal widerlich. Linda und Cole kommen zu unserer kleinen Party übermorgen. Stell dir vor, er bringt seine Combo mit!«

»Ich bin schon gespannt.« Bertie versuchte seine Überraschung zu verbergen. Catherine hatte bisher nur diffus von einer Party gesprochen und noch keinen Termin genannt.

»Cole freut sich schon, nicht?« Sie sah ihn an.

»Ja, hier werden die Leute auch zuhören. Wissen Sie, Bertie, die meisten Amerikaner hier laden mich eher als eine Art Gästeschreck ein. Am Anfang nehmen sie gar nicht wahr, dass ich im Hintergrund über ein Thema von Chopin oder Beethoven improvisiere. Wenn dann die Combo beginnt und wir ein, zwei Ragtimes gespielt haben, trennt sich die Spreu vom Weizen ...«

Bertie grinste. Auch wenn er von Jazz nicht viel hielt, die kultivierte Provokation, die Cole offenbar pflegte, gefiel ihm.

»Nun, da freue ich mich, wenn Sie mich erschrecken und eines Besseren belehren. Und wenn die Gäste auch erschreckt werden, umso besser.«

»Nun sei doch nicht so, Bertie. Dieser Strawinsky, du erinnerst dich an das Ballett, war neulich bei ihnen zu Gast. Linda hat ihn sogar gefragt, ob er Cole nicht Klavierstunden geben könnte.«

Cole schien einen Lachanfall zurückzuhalten, der ihn wegen dieser naiven Aussage in der Kehle kitzelte. »Ähm, ja, wir haben übers Komponieren gesprochen«, gluckste er. »Ich komponiere hin und wieder.«

Catherine blickte irritiert. »Wir sollten weiter. Schön, dass ihr euch versteht. Wie gesagt, hier im Salon möchte ich noch einiges dekorieren …«

Sie flötete weiter, Linda folgte ihr interessiert, Cole sah zu Bertie, zuckte entschuldigend mit den Schultern und schloss sich der Führung an.

Netter Mann, dieser Porter. Er würde sicher Unterhaltung mit Provokation vermischen. Eigentlich sollte er ihm dankbar sein.

Bertie sah auf die Uhr. Es war vier, die Hitze war vorbei. Zeit für eine Stadterkundung. Er tauschte Byron gegen den Blue Guide und nahm seinen Hut.

Er bummelte an der Accademia vorbei, überquerte die Holzbrücke, umging den Markusplatz Richtung Nordosten und ließ sich von den Gässchen lenken. Er schritt durch einen freistehenden Portikus und stand mit einem Mal vor einer Kirche, deren Fassade ihn an einen antiken Tempel erinnerte. Er setzte sich auf eine Bank am Vorplatz und blätterte in seinem Reiseführer. San Francesco della Vigna. Eine einzigartige Zusammenschau der wichtigsten venezianischen Künstler in einem Gebäude, sagte sein Buch. Die Fassade von Palladio, die

Fresken und Gemälde von Bellini, Palma il Giovane, Veronese, Tiepolo, Porta, Negroponte, Polazzo und wie sie alle hießen.

Der Innenraum war kalt und hell und verströmte für Bertie eher die Nüchternheit eines Museums, in dem die besagten Gemälde säuberlich nebeneinander hingen.

Er blieb bei einer Seitenkapelle stehen, die durch ein kunstvolles schmiedeeisernes Gitter vom Hauptschiff abgetrennt war. Auf einem Schild stand »Capella Grimani«. Fünf oder sechs Künstler hatten an ihr gearbeitet und sie mit Fresken geschmückt. Selbst das Deckengewölbe sah hier aus wie eine Galerie, dicke weiße Rahmen, die miteinander verbunden waren und laut Reiseführer Szenen aus dem Leben Johannes des Täufers umschlossen. Die Gestalten sahen anders aus als auf den anderen Fresken und erinnerten eher an griechische Götter. Der Pinselstrich war seltsam expressiv. Er blieb bei einer Gestalt hängen, die mit verdrehten Gliedmaßen durch ein Bildfeld flog. Der Reiseführer schwieg darüber. Bertie blätterte um, nur der Maler war genannt, ein gewisser Battista Franco. Er würde ihn sich merken müssen.

ZWEI

Bertie und Battista

I

1925, Malcontenta

Er versuchte, durch den breiigen Dunst etwas zu erkennen, den Umriss eines Bootes, die Kontur einer Villa, doch es war aussichtslos. Der Nebel über der Brenta sollte erst später aufgehen, hatte ihm sein Bootsmann gesagt. Soeben hatten sie von Stra abgelegt, wo er vor dem versperrten Eisentor der Villa Pisani, die sich im Nebel deutlich abzeichnete, enttäuscht umgedreht hatte. »Nicht einmal ein Kustode in der Nähe. Ich hätte ihm das Doppelte gegeben!«, warf er Catherine entgegen. »Komm her!« Sie stand auf und deutete ihm, sich wieder zu setzen. Sie schmiegte sich an ihn, wusste, wie er zu besänftigen war. Als der Bootsmann ablegte, brummelte er noch ein wenig. Die Wärme von Catherines Körper tat gut.

Was für eine Ironie, dachte er. Ich und Catherine. Sie, die keine Ahnung von Kunstgeschichte hat, nichts liest und doch mehr Bücher über Kunst besitzt als jeder andere, den ich kenne. Und ich, der ich zur Vorbereitung für diese Reise Bände über die Villeggiatura im Hinterland Venedigs verschlungen habe. Hier auf dem Boot, ein Paar, offiziell in Italien unterwegs. Vor zehn Jahren hatte man ihn und Paul als schwules Paar bezeichnet. Bertie war es einerlei, weder mit Paul noch mit Catherine hatte er jemals über Partnerschaft geredet. Und er sah keinen Widerspruch darin, sich einmal zu einem Mann hingezogen zu fühlen und Monate später, wenn das Feuer erloschen war, vielleicht zu einer Frau. Warum sollte das eine das andere ausschließen?

Ein paar Trauerweiden tauchten am Ufer auf, darunter Schilf und Seerosen. Wie von Monet gemalt, dachte Bertie. Er hatte nie Zeit gehabt, ihn in Giverny zu besuchen. Dort hatte er es sicher ruhiger als in Paris oder Auteuil.

Auch für Bertie war die Fahrt auf dem Brenta-Kanal eine

Erholung. Die Party war ein Erfolg gewesen, wider Erwarten fand er an Coles Jazz Gefallen, nachdem er sich in die Musiktheorie dieser Richtung ein wenig eingelesen hatte. Aber eine Woche Klatsch- und Partygesellschaft war genug. Sie waren am Lido gewesen und bei einer Abendgesellschaft bei den Porters. Täglich flatterten Bekannte Catherines herein. Gut, dass sie die Brenta-Fahrt geplant hatten, Catherine würde ein bisschen Kulturgeschichte auch nicht schaden. So waren sie vor drei Tagen nach Padua aufgebrochen und hatten das Boot gemietet.

Ein Reiher zog vorbei und stieg mit langen Flügelschlägen empor.

Der Nebel wollte nicht verschwinden, aber es begann heller zu werden, eine Ahnung von Sonne zeichnete sich ab.

Diesen historischen Kanal zu befahren war erhebend. Er versuchte sich vorzustellen, welche Persönlichkeiten vor fünfhundert Jahren sich auf dem Burchiello ein Stelldichein gegeben hatten, welche Madrigale dazu erklungen waren, welche Maler und Dichter hier sich um die Adeligen geschart hatten, die sich im Sommer auf die Terraferma zurückzogen hatten … Er musste endlich aufhören mit dem Herumvagabundieren! Warum nicht in Venedig einen Palazzo kaufen und jeden Sommer Salon halten? Wenn das Getriebe nur nicht so abstoßend wäre! Die wenigen Intellektuellen gingen im Trubel der Feste und Partys unter. Und wie sollte man sich der Glamour-Gesellschaft erwehren? Er versuchte sich einen Raum in einem Palazzo vorzustellen, in dem eine diskutierende Runde, die um ihn zusammensaß. Wie lächerlich. Ein brasilianischer Jude in einem venezianischen Palazzo. Er dachte an Shakespeares Shylock. Und doch. Hier könnte ein Neuanfang möglich sein. Einfach hierbleiben. Mit Catherine und vielleicht auch mit Paul.

Er rieb seinen Kopf an ihrer Schulter, sie schlief noch. Die Sonne wärmte schon stärker, dennoch spannte sich der Nebel noch wie Gaze über den Fluss. Das Leuchten des Dunstes war so grell geworden, dass es in den Augen wehtat und den Kanal und die Binsenlandschaft am Ufer in ein indirektes Licht tauchte, das überall gleich intensiv glomm. Er schloss die Augen.

Wo blieb diese Foscari-Villa, die angeblich nur noch eine Ruine war?

2

Bertie begann mit geschlossenen Augen die Ouvertüre von Verdis »I due Foscari« zu summen, da fühlte er einen Knuff an seiner Seite. »Du hast mich aufgeweckt!« Er öffnete die Augen, der Nebel war wieder dichter geworden, und blickte auf ein zerknautschtes Gesicht. »Es wird Zeit, Madame«, rezitierte er, »die zwei Foscari müssten gleich auftauchen.« Catherine kramte in ihrer Tasche, irgendwo musste der Opernführer herumliegen, in dem sie vor einer Stunde gelesen hatte. Bertie wunderte sich immer, was sie alles mitschleppte. Sie gab es auf. »Schreckliche Geschichte in dieser Oper. Bin neugierig, ob die Villa wirklich so desolat ist.«

Beide blickten jetzt nach vorn, wo der Fluss eine Biegung machte. Eine riesige Trauerweide wurde nach und nach sichtbar. Vor dem Boot tauchte eine Drehbrücke auf, die die Weiterfahrt versperrte.

Was war das? Ein riesiger Kubus schälte sich rechts vorne aus dem Nebel, gespenstisch hinter der Trauerweide aufragend, noch halb von dem ausladenden Baum verdeckt. Der Bootsmann verlangsamte die Fahrt und rief etwas zu dem eben sichtbar gewordenen Brückenwärter. Bertie und Catherine konnten den Blick von dem geisterhaften Bau nicht abwenden. Für einige Sekunden herrschte feuchtkalte Stille. Dann drehte sich die Brücke knarrend und gab den Weg frei, das Boot glitt weiter und folgte der Windung des Kanals. Ein Portikus, der an eine griechische Tempelfront erinnerte, wurde an dem Kubus sichtbar. Er ruhte auf einem hohen Sockel, an dem sich zwei Stiegenaufgänge hinaufwanden. Über dem Dach ragten Kamine auf, die irgendwie orientalisch wirkten, ohne dass Bertie sie einer Stilepoche zuordnen konnte. Das Boot glitt durch die Flusswindung. Bertie und Catherine brachten noch immer kein Wort hervor. Bertie schluckte. Er hasste es, wenn er sich selbst dabei ertappte, gerührt zu sein. Woran erinnerte ihn das … dann fiel es ihm ein: Er hatte ein Bild von Dreharbeiten zu einem Film in einer Zeitung gesehen. Es zeigte eine Kamera auf Schienen, die im Halbkreis verliefen. Wir sind wie diese Kamera, dachte er. Das Bauwerk stand da wie eine riesenhafte Kulisse, sie fuhren im Halbkreis darum. Immer mehr Details traten hervor: Das Rustika-Mauerwerk des Sockels, die ionischen Kapitelle der Säulen. Der Film war der Tod des Theaters, dachte er.

»Der Tod …«, murmelte er. Catherine sah ihn an, als wäre sie bei etwas ertappt worden.

»Der Tod? Was …?«

Bertie winkte ab. Beide wandten ihren Blick wieder der geisterhaften Erscheinung zu. Aber der Zauber war weg. Das Knarren der Drehbrücke, die sich wieder schloss, ließ beide zusammenfahren.

3

1560, Malcontenta

Leben des Giovanni Battista Franco, genannt Semolei.

Den 15ten Juni 1560 A.D.

Ich habe mich entschlossen, eine wahrhaftige Darstellung dessen zu geben, was mir widerfahren ist, da niemand sonst die

Hintergründe und Ursachen benennen kann, die zu den Bildern führten, die ich zu malen gerade im Begriffe bin und die mein irdisches Leben überdauern werden.

All die Niedertracht und den Schaden, die mir widerfahren sind, will ich aufschreiben, damit diese Dinge nicht dem Vergessen anheimfallen. Viel Zeit bleibt mir nicht mehr, vielleicht sind es nur noch wenige Tage, bis der Schmerz mich vollständig verzehrt hat und ich in diese andere Welt hinübergehe, in der es einen gerechten Richter gibt.

Während ich mit der rechten Hand schreibe, schmerzt meine linke so sehr, dass der Schmerz sich wie ein Schleier über mein Denken gelegt hat. An jener Hand fehlt der kleine Finger, der mir vor zwei Wochen bei einem Überfall abgehackt wurde und dessen Stumpf bis heute nicht verheilt ist. Die Täter wurden nicht gefasst, doch ich weiß, wer dahintersteckt, und kann es doch öffentlich nicht sagen, da es mich meinen Ruhm kosten würde, der doch das Einzige ist, wofür es sich zu leben lohnt. Es ist mir nur geblieben, die Botschaft in den Bildern, die ich male, zu verstecken, damit die Nachwelt zu einem gerechten Urteil findet und mein Ruhm die Zeiten überdauern mag.

[Zwei Blätter fehlen]

… In seiner Werkstatt konnte ich nach einem Jahr nichts mehr lernen, zumal ich beschlossen hatte, nicht anders malen zu wollen als Michelagnolo, den sie in Rom Michelangelo nennen. Als ich in die STADT kam, ausgestattet mit allen Empfehlungen des Rates der Zehn, wurde ich jedoch verlacht und fand mich daselbst mit gut drei Dutzend jungen Männern in meinem Alter wieder, die allesamt danach trachteten, Michelagnolo zu kopieren und zu übertreffen. Wenngleich wir dasselbe harte Brot kauten wie die Bettler an der Engelsbrücke, so überstrahlte die Hoffnung, vom Giganten zu lernen und ihn zu überwinden, das ganze Elend dieser Tage, das mich eine gnädige Erinnerung vergessen ließ.

Ich wohnte damals zusammen mit Marco Calavrese, der in derselben Lage waren wie ich, in einem kalten Loch nahe der Ruinen des Circus des Domitian. Die Winterabende verbrachten wir in Tavernen, um nicht heizen zu müssen.

Ich will nun berichten, was sich an jenem Tag im Mai 1530 abgespielt hat.

Ich war gerade dabei, einen Käse aus Ferentino zu verspeisen, als Calavrese ohne zu klopfen in unsere gemeinsame Küche gestürzt kam. Wir wohnten jetzt drei Monate zusammen, und diese Dörrpflaume war immer für Überraschungen gut.

»Hast du schon gehört? Sangallo hat wieder ein neues Projekt! Heute um zwei ist Versammlung. Wer da ist, kann mitmachen!« Ich fragte sogleich: »Gibt es wieder einen Kostümball? Ich habe genug von den verfluchten Dekorationen, Geld spielt keine Rolle und nach dem Fest wird unsere Arbeit einfach vernichtet. Ich mache das nicht mehr mit! Ich will endlich einen richtigen Auftrag!« Marco meinte, ich solle mich beruhigen. »Sangallo hat wieder drei Aufträge zugleich laufen und weiß nicht aus noch ein. Immerhin gibt er aufstrebenden jungen Genies wie uns eine Chance. Und bezahlt wird auch.«

Ich war nicht begeistert, erhob mich jedoch und sagte: »Dann gehen wir jetzt von mir aus. Unterwegs können wir noch einen Fladen essen.« Und so war es dann auch.

Die Dombauhütte von St. Peter erinnerte mich an einen großen Stall, aus dem jemand die Tiere verjagt und stattdessen ein Riese Steinquader in allen Größen verstreut hatte. Im hinteren Bereich gab es etwas wie einen kleinen Platz mit Sitzbänken, dahinter Tische, Holzverschläge und ein paar brennende Fackeln – offensichtlich der Arbeitsplatz des Dombaumeisters. Wir stießen zu einem Grüppchen von etwa zehn Männern, einer davon fiel mir sofort auf, da er die anderen überragte und wie ein Asket aussah. Er stellte sich mir als Giorgio Vasari vor. Damals wusste ich noch nicht, dass ich ihm noch viel verdanken würde. Ich sah mich um. Die meisten kannte ich vom Sehen oder vom gemeinsamen Trinken. Diese alle hier zu treffen war wie in einen Spiegel zu schauen, der einen selbst vervielfältigt: Wie ich hatten sie die Zwanzig eben erst überschritten und gierten nach Leben und danach, von den Besten zu lernen.

Wie ich selbst hatten die meisten wohl zu wenig zum Leben und zu viel zum Sterben und fretteten sich in der verwüsteten STADT, die sich nur langsam vom Sacco vor drei Jahren erholte, irgendwie durch. Jeder ein Zechbruder, jeder im nächsten Moment, wenn ein Adeliger ein Porträt oder gar Fresken bestellte, ein erbitterter Konkurrent. Und jeder von ihnen versuchte so wie ich verzweifelt, Buonarroti nachzuahmen, auch wenn es niemand öffentlich bekannte. Keiner von ihnen hatte es geschafft, zum Meister auch nur vorzudringen. Sie waren so elend wie ich. Auch ich hatte gehofft, mit dem Empfehlungsschreiben des Rates der Zehn sein Schüler zu werden und war abgewiesen worden.

Die Leute erzählten, dass Buonarroti mit seinen garzoni wie ein Tier in einem Kellerloch lebte und keine Schüler sehen wollte, sein Arbeitsplatz ständig durch Schweizergardisten abgeriegelt. So hatte ich mich damit begnügen müssen, die Fresken des Meisters zu skizzieren und einige Skizzen in Kupfer zu stechen, was mir ein wenig Handgeld einbrachte. Aber ich schweife ab.

Die Gespräche verstummten mit einem Mal, als Sangallo erschien, er musste schon vorher hinter einem Verschlag anwesend gewesen sein. Vasari meinte, dass er wieder etwas zugenommen habe. Er sah für mich eher aus wie ein Fleischer und war doch Dombaumeister zu St. Peter. Er schritt auf den Tisch zu und warf einen verzweifelten Blick auf die Pläne. Einige tuschelten ins Schweigen hinein. Vasari flüsterte hastig mit dem anderen Nachbarn und warf mir dann einen Blick zu, den ich nicht deuten konnte.

Ich dachte nach, was ich über ihn gehört hatte. Seine Karriere hatte unter den Medici in Florenz so vielversprechend begonnen und dann jäh mit deren Sturz geendet. Er hatte eine Anstellung bei den Olivetanern gefunden und die Leute sagten, dass er für einen Hungerlohn Landkirchen ausmalte. Daneben schrieb er angeblich an Biografien erfolgreicherer Kollegen. Niemand hatte auch nur eine Zeile dieses ominösen Werkes zu Gesicht bekommen, wahrscheinlich würde es nie erscheinen. Nun war auch er in Rom gestrandet. Er hoffte auf den Durchbruch wie die um zehn Jahre Jüngeren, um nichts besser als sie, um nichts weiter gekommen.

Ich erinnere mich noch genau, wie der Dombaumeister endlich zu sprechen begann, ich entsinne mich der Worte, die der Anfang meines ersten Unglücks waren.

4

1925, Malcontenta

Der Steuermann machte sich zum Anlegen fertig. Da es keinen Steg gab, vertäute er das Boot am Anlegepflock und legte den kleinen Holzsteg aus, den er an Bord mitführte. Bertie stand wackelig auf und zog Catherine hinter sich her. Langsam pirschten sie sich an die Villa heran, die jetzt klar vor ihnen stand. Ebenso monumental wie jämmerlich, dachte er. An vielen Stellen war der Putz abgebröckelt und Ziegel schienen durch, die Dachkante verlief unregelmäßig, kaum ein Fenster war ganz. Ein Zaun umgab die Ruine. Bertie ging zum Gartentor, das trotz des Rostes stabil wirkte, und schob es vorsichtig an. Es war nicht abgeschlossen. Kein Schild, keine Tafel, kein Mensch weit und breit. Er winkte Catherine herbei. Dieses Geheimnis wollte er nicht alleine lüften.

Als sie um den Bau gingen, bemerkte Bertie den Bauernhof, die Fattoria, die immer zu so einer Villa gehörte. Weißer Rauch kräuselte sich über dem Kamin. Wenn hier jemand wohnte, würde er bald auftauchen. Er stapfte weiter durch das faulige Laub und zog Catherine hinter sich her, die mit ihren hohen Absätzen im weichen Untergrund bei jedem Schritt einsank. Zu seiner Enttäuschung fand sich auf der Gartenseite des Kubus keine Tempelfront, sondern eine glatte Fassade voll von verwirrenden Blendornamenten. Die minarettartigen Kamine wieder ließen ihn an Arabien denken.

»Das muss wohl der Haupteingang sein«, murmelte Bertie, »hier führt auch der Weg hin.« Außer man kommt mit dem Boot, dann wirkt die Tempelfront natürlich als großartiger Empfang, dachte er.

Catherine keuchte. »Wohin willst du? Du siehst doch, dass es geschlossen ist!« Sie begann zu lachen.

»Ach Bertie, die Stimmung ist natürlich umwerfend. Der Nebel! Die Ruine! Wie im Theater! Da vergesse ich sogar meine nassen Füße! Erdgeister, ich rufe euch!«

Sie breitete ihre Arme aus und schloss die Augen. Berties Schritte knirschten auf dem Kiesweg. Er näherte sich der Tür, Catherine öffnete die Augen und folgte ihm dann. Er war überrascht, dass die Haustür sofort knarrend nachgab. Ein Duft nach … dann sah er es: Getreide. Offensichtlich wurden die Erdgeschoßzimmer als Getreidespeicher benutzt. Was für ein Banausentum! Die Sala terrena einer Palladio-Villa als Scheune! Er blickte sich um. Rechts drehte sich eine Wendeltreppe in das Obergeschoß. »Nun denn.« Er nahm die Stufen langsam. Ein Tritt ins Leere, verdammt, fast hingefallen. Eine Stufe musste ausgebrochen sein, es war zu dunkel. Er tauchte auf, in den ersten Stock hinein, der von diesigem Licht durchsetzt war. Ein großer Raum, klobige Möbel unter weißen Tüchern, von einer dicken Staubschicht bedeckt. Eine Rumpelkammer, was für ein Jammer, dachte er. Sein Blick glitt die hohen, gekalkten Wände empor, erfasste die den Raum abschließende Fensterfront, die von einem großen Thermenfenster nach oben abgeschlossen wurde, und wanderte wieder zurück – waren hier Fresken? Er kniff die Augen zusammen und blickte auf einen besser belichteten Teil des Deckengewölbes. Hier erschienen auch deutlich die Spinnweben, die wohl überall hingen. Unter der weißen Tünche schimmerte etwas, vielleicht Ornamente, da vielleicht ein Kopf, dort eine Gestalt, und da, ja, eine Figur mit wehendem Gewand. Übertünchte Fresken, wie so oft in den alten Villen. Er ließ seine Augen an den dunklen Stellen ruhen, in der Hoffnung, mehr zu sehen. Wenn es doch nur mehr Licht gäbe! Er blickte sich um. Es gab zu diesem kreuzförmigen Raum noch Nebenräume. Er trat ins erste Nebenzimmer links und erstarrte: Unter der weißen Tünche blickten ihm, von der hereinbrechenden Sonne ausgeleuchtet, zwei überlebensgroße Figuren entgegen, die kopfüber nach unten stürzten, auf den Betrachter zu.

Bertie wurde heiß und kalt. Ein verzaubertes Schloss, das darauf wartete, wieder erweckt zu werden. Fresken, vielleicht sogar von Veronese, geheimnisvoll unter der Tünche schimmernd. Ein leerer Raum. Platz für den Geist. Das dürfte man nie so vollräumen wie Pauls Haus, schoss es ihm ein. Hier sollte man es besser machen. Hier könnte ich es besser machen. Hier könnte ich endlich zeigen, dass Leben Kunst sein kann, ohne Brimborium, ohne …

»Bertie, lass uns von hier verschwinden, das ist unheimlich!« – Catherine hatte erst jetzt keuchend das Ende der Wendeltreppe erreicht. »Nein, Catherine, wir werden hierbleiben.« »Wir werden hierbleiben«, wiederholte er, als könnte er selbst nicht glauben, was er soeben gesagt hatte.

5

1530, Rom

»Wie Sie wissen, verehrte Herren«, begann Sangallo, »ist vor wenigen Tagen Karl, genannt der Fünfte, der unsere Stadt vor drei Jahren so schändlich geplündert hat, in Bologna zum Kaiser des Heiligen Römischen Reiches gekrönt worden. Ein schönes Geschenk zu seinem dreißigsten Geburtstag. Leider sind seine Soldaten ja noch immer in der Stadt. Bevor er wieder nach Norden zieht, will er unserer Stadt noch eine Aufwartung machen.«

Diese Worte überraschten mich. Der Kaiser würde kommen! Ich beobachtete die Mienen meiner Nachbarn: Calavrese blickte gespannt, Vasari eher gleichgültig, del Conte lauerte wie ein Fuchs. Ich musste auf einmal daran denken, dass keiner von ihnen es zu Buonarroti geschafft hatte, der seit einigen Tagen angeblich gar nicht mehr in der Stadt war, und so versäumte ich einige Worte des Sangallo. Er sagte ungefähr, dass wir nur eine Woche Zeit hätten für die Bemalung der Ehrenpforten.

»Zimmerleute und Tischler arbeiten bereits seit gestern in doppelten Schichten, um die drei Portale zu errichten. Nochmals: Ich brauche Sie alle! Ab morgen wird gemalt. Das Thema ist für jede Pforte festgelegt, innerhalb des Themas haben Sie völlige Freiheit. Nach einer Woche wird ohnehin alles abgerissen. Ach ja, die Porta Capena habe ich vergessen.«

Er blickte hilfesuchend nach oben, als ob er sich selbst bemitleidete, und wechselte von einem Fuß auf den anderen.

»In dieser Stunde wird auf den Resten der antiken Porta Capena eine kleine Mauer errichtet und dann verputzt. Darauf sollen echte Fresken. Chiaroscuro, es muss schnell gehen. Hier gibt es noch keinen Entwurf, Kaiser und Papst müssen jedenfalls zentral zu sehen sein.«

Er nestelte an den Kordeln seines Gürtels und verdrehte wieder die Augen. »Wann soll ich das alles schaffen … Auf den Tischen hier liegen die Entwürfe für die Pforten. Ich darf Sie hierherbitten: Schauen Sie ein wenig und verteilen Sie sich dann gleichmäßig; wenn es nicht klappt, werde ich mir erlauben, Sie einzuteilen. Am besten, Sie beginnen heute schon mit Ihren Skizzen. Ach ja: zwanzig Gulden fürs Tagwerk.«

Ein kurzes Murmeln ging durch die Reihen, bis Salviati aufstand und bedächtig zum nächstliegenden Tisch ging, auf dem sich ein großer Bogen Papier mit einer Skizze befand. Darauf erhoben sich auch die anderen und ich mit ihnen, wir schauten, flanierten und diskutierten.

Ich betrachtete die erste Skizze, ein Stammbaum offensichtlich, es sah langweilig aus, keine Handlung. Sangallo war zum hintersten Tisch gegangen, wo sich noch kein Künstler eingefunden hatte. So fasste ich mir ein Herz und ging drei Schritte auf ihn zu. Ich muss gestehen, dass ich nicht in der besten Verfassung war: Meine Augen schmerzten von den vielen Göttern und Allegorien, die ich in den letzten Wochen Tag und Nacht gezeichnet und gestochen hatte. Ich war im Cortile del Belvedere gewesen und hatte die vor Figuren wimmelnden Reliefs der altrömischen Sarkophagwände skizziert und noch am selben Abend begonnen, die skizzierten Objekte auf die Kupferplatte zu stechen. Alles nur Vorbereitung, hatte ich mir gedacht. Irgendwann kommt der Durchbruch, dann bin ich auf diese Stiche nicht mehr angewiesen. Jetzt hatte sich eine Tür aufgetan. Ich trat zu Sangallo.

»Hier wollte ich Motive für die Porta Capena entwerfen, aber ich bin nicht dazu gekommen.« Sangallo sah mir ins Gesicht. Ich sah ihn an, dünne Gliedmaßen und ein Trommelbauch, teigiges Gesicht. »Ist Er interessiert?«

Ich bejahte und wollte einwenden, dass ich noch nie al fresco gemalt hatte, aber er fuhr einfach fort: »Gut. Kaiser und Papst, wie gesagt. Was würde Er drumherum malen?«

Ich dachte an die letzten Skizzen der Sarkophage.

»Ähm … wenn Ihr mich so unmittelbar fragt, vielleicht Allegorien … Fides, Spes …«

»Unsinn«, unterbrach er mich und rollte mit den Augen. »Die Porta muss ein Programm enthalten, am besten auf andere Könige verweisen oder so. Nehme Er doch die Könige Roms, Numa Pompilius und so weiter.«

»Könige?« Daran hätte ich nie gedacht! Aber warum nicht? Wenn ich auch diese Figuren nie skizziert hatte, sah ich sofort die Szenen aus Livius vor mir aufsteigen und ich sagte wie zu mir selbst: »Numa Pompilius. Und Tullus Hostilius. Und überhaupt den ersten, Romulus, den Stadtgründer, damit spannen wir einen Bogen von Kaiser Karl bis zur Stadt Rom! Meint Ihr so etwas?«

»Na, da liest einer die Autoren aber genau«, sagte er. »Ich merke mir ja diese Geschichten nie, aber wenn Er sich das zutraut, dann mach Er es! Einen zweiten werden wir noch brauchen, es geht um jede Stunde.« Ohne seine Position zu verändern, rief er plötzlich: »He, ein zweiter noch hierher.«

Ich hoffte, dass es ein angenehmer Kollege sein würde. Meine Verzweiflung war groß, als Raffaello da Montelupo, der eigentlich mehr Bildhauer war, etwas belämmert heranschlurfte.

6

1925, Venedig

Da die Villa ein Bauwerk Palladios war, suchte Bertie in den nächsten Tagen alle echten und vermeintlichen Bauten dieses Architekten in der Lagunenstadt auf. Er verbrachte einen Halbtag auf San Giorgio Maggiore, besuchte Il Redentore und Le Zitelle, selbst nach San Franceso della Vigna ging er noch einmal. Er durchstöberte Buchhandlungen und Antiquariate und verschlang jede Zeile, die er über diesen Architekten und seine Villen finden konnte. Die Fresken in der Villa Foscari waren vielleicht von Veronese oder einem Zeitgenossen, niemand schien sich sicher zu sein. Nirgends fand er einen Hinweis auf den Umfang der Ausmalungen. Die einzig sicheren und gut sichtbaren Motive, die alle Autoren beschrieben, waren die Deckenfresken des Hauptraums, die die vier Kardinaltugenden und das mythologische Paar Philemon und Baucis darstellten. Bertie gefiel die Geschichte von der Verherrlichung der Gastfreundschaft und der Belohnung des bescheidenen Paares durch die Götter. An einem regnerischen Nachmittag saß er in der Biblioteca Marciana und las die Stelle in Ovids erstem Buch der Metamorphosen nach. Über die übrigen Fresken, die in allen Räumen durchschienen, hatte niemand ein Wort verloren.

Während Bertie sich hinter Büchern versteckte, machte Catherine den Besitzer ausfindig und begann mit ihm zu verhandeln: ein gewisser Lionello Hierschel de Minerbi, der gleich mehrere Palazzi im Angebot hatte. Catherine feilschte härter, als Bertie es je gewagt hätte, und einigte sich mit Hierschel auf den Preis, zumal sich niemand für das Bauwerk interessierte, das weit weg von den Lustbarkeiten des Lido im Sumpf vor sich hin dämmerte.

Zwei Tage später kam Paul an, der von dem Unternehmen noch nichts wusste, sich über den Entschluss der beiden aber wenig wunderte und spontan zusagte, auch einen Beitrag zu leisten. Bertie spazierte mit ihm in den Dogenpalast, um das Gemälde zu suchen, das die Erbauer der Villa zeigte: Die Brüder Foscari. »Die wissen sicher, wer die Fresken gemalt hat«, meinte Paul.

Am Tag nach Pauls Ankunft sollte das Fest bei Linda und Cole stattfinden, das Linda wochenlang vorbereitet hatte.

Bertie saß mit Catherine und Paul beim Mittagessen und sprach über Renaissancefresken, als Catherine plötzlich das Thema wechselte. »Ich glaube, es wird Zeit, dass ich euch endlich den Preis nenne. Bisher war ja keine Gelegenheit dazu. Hundertfünfzig Millionen Lire, weiter habe ich ihn nicht drücken können.«

Berties Messer klirrte in die Totenstille hinein. Catherine schien die Pause auszukosten. »Und – bleibt es dabei, Bertie übernimmt die Hälfte, wir zwei je ein Viertel?«

Bertie war es, als ob ein Gong geschlagen hätte, der ihn taub werden ließ. Er nickte stumm, während Paul ein »Selbstverständlich!« hervorstieß.

Er zog sich nach dem Essen gleich zurück. Er sprach noch immer nichts, als sie zum Palazzo Papadopoli fuhren, ihre Mäntel ablegten und von Linda empfangen wurden.

Bertie wurde von der heißen und parfumgeschwängerten Luft ein wenig benommen. Paul zupfte ihn am Ärmel und deutete ihm, mitzukommen. Die Luft am Steg tat gut.

»Was ist los mit dir? Hast du ein Gespenst gesehen? Das Geld kann es doch nicht sein?«

Bertie sah ihm ins Gesicht. »Ich sage es dir ehrlich: Ich habe nicht so viel. Ich weiß nicht einmal, ob ich das durch Kredite auftreiben kann.« Er blickte auf den Kanal. »Ich werde wohl wieder nach Brasilien fahren müssen, sonst können wir das Projekt vergessen«, sagte er noch leiser. Er blickte vom Steg, den Linda nur für das Fest hatte errichten lassen, auf den Canal Grande. Paul setzte sich neben ihn auf einen weiß überhussten Hocker und verzog seinen Mund zu einem säuerlichen Grinsen.

»Muss doch der Herr Papa einspringen …?«

Bertie fühlte, dass sein Hals trocken war. »Sei nicht ungerecht, Paul! Ich habe Geld. Nur eben nicht flüssig. Schließlich habe ich während des Krieges gearbeitet, während du dich in deinem Haus mit diesem Chilenen versteckt hast!«

»Lass bitte Arturo aus dem Spiel!« Pauls Stimme war ernst geworden.

»Schon gut«, sagte Bertie. Er versuchte ein Grinsen.

»Die Erwähnung meines Vaters erhöht jedenfalls deinen Anteil!«

Es sollte nach versöhnlichem Spaß klingen. Er blickte unsicher in Pauls Gesicht, das sich ebenfalls langsam zu einer Grimasse verzog. Beide lachten etwas verhalten und die Spannung verpuffte ein wenig. Sie wandten fast zugleich die Köpfe Richtung Palast, von wo lautes Reden herübertönte.

Bertie schüttelte den Kopf. »Unglaublich, wie in Paris. Schau, da drüben ist Sergei.«

»Wo?«

Paul stellte sich auf die Zehenspitzen und versuchte, den dicklichen Impresario auszumachen.

»Na dort, zwischen Linda und Catherine. Sogar dieser Affe von Nijinsky ist mitgekommen.«

Paul reckte sich, winkte jemandem zu und wandte sich wieder ihm zu.

»Hier sind ja mehr Schwule als in London«, flüsterte er. Wieder blickten sie einander an und lachten fast zugleich los.

Paul sog die Luft durch die Nase ein.

»Wir müssen das Ganze ja auch nicht kaufen. Catherine hat ohnehin ihren Palazzo. Und wir können uns etwas Kleineres kaufen, wenn es schon Venedig sein muss.«

»Nein. Diese Villa ist unsere Chance zu zeigen, wie wir Kultur verstehen. Dass Leben, Lebensführung Kultur sein kann. Denke doch an Bergson! Seit zehn Jahren träume ich, oder wir, davon!«

Die Begeisterung in Berties Stimme klang ab.

»Wie gesagt habe ich nicht so viel flüssig. Ich könnte in zwei Wochen fahren. Mein Vater erkundigt sich ohnehin ständig nach mir. Er wird mir das Geld geben, ich habe es mir verdient. Ich habe schließlich nichts verspekuliert, nur ausgegeben. Außerdem, wer weiß, wie lange er noch lebt. Und mir steht mein Erbteil zu.«

Am Kanal blitzte etwas auf, vermutlich wurde irgendwo fotografiert. Stimmen ertönten, Menschen sammelten sich an den Balkons und Fenstern.

»Wir werden beobachtet«, sagte Paul und nahm eine aufrechte Haltung an.

Eine Gondel bog langsam in die Wasserstraße ein. Ihr folgten weitere, eine Prozession. Bertie erinnerte sich an die Ankündigung Catherines, dass Sergei sich persönlich um die Dekoration der Boote kümmern würde. Da schwammen sie nun am Steg vorbei, in den Farben Rot und Gold, mit bizarren Aufbauten versehen.

»Sieh mal, Paul«, sagte Bertie, »an dieses Fest mit Sergeis lächerlich aufgeputzten Gondeln, an diesen Steg mit den Statuen, die Linda aus dem Museum geliehen hat, an die entzückenden Balletteusen hier – und natürlich auch die schönen Tänzer – wird sich in zwanzig Jahren niemand mehr erinnern. So viel Aufwand – und alles nur für den Moment.« Seine Stimme wurde höher. »Wir können etwas schaffen, das uns überlebt! Ich weiß, ich wiederhole mich, aber wir werden die Villa der Foscari der Vergessenheit entreißen und uns selbst auch!«

»Ja ja, beruhige dich!«, sagte Paul und holte eine Zigarre und einen Zigarrenschneider aus seinem Etui.

»Wir kaufen einmal das Haus, dann werden wir ja sehen. Und wenn wir eine Sommerresidenz für die nächsten Jahre haben, die etwas abseits vom Trubel des Lido liegt, haben wir's ja auch nicht schlecht getroffen.«

Er leckte die Zigarre ab und beschnitt sie.

»Meinetwegen bräuchtest du nicht zu deinem Vater zu fahren, ich könnte ja auch die Hälfte übernehmen. Aber dann ist es eben nicht mehr deins, und das willst du auch nicht, oder?«

»Genau, Herr Psychologe. Ich zahle die Hälfte und stehe dann im Liegenschaftsregister. Du hast ja dein Schloss, ich habe noch keines!«

»Schon gut«, sagte Paul und zündete sich die Zigarre an. »Dieser Lionello Hierschel scheint ein interessanter Mensch zu sein. Ich habe mich ein wenig erkundigt. Jude und Adeliger. Seine Familie ...«

»Bitte Paul, jetzt nicht. Ich glaube, wir müssen wieder hinauf. Da oben winkt Catherine.«

Sie drehten um, überquerten den Ponton und stiegen die Treppe in das Piano nobile hinauf, wo in der Halle des Palazzo Tribünen für die Ballettvorführung aufgebaut waren. Sie setzten sich neben Catherine und Linda, Cole war offenbar mit den Vorbereitungen für die musikalische Unterhaltung beschäftigt. Ein leichter Schwindel erfasste Bertie. Diesmal waren es nicht die Parfumwolken. *Ich halte die Masse nicht mehr aus. Diese Ansammlung von parfümierten, exaltierten Paradiesvögeln, die nicht mehr wissen, für welche Geschmacklosigkeit sie ihr Geld rauswerfen sollen. Ich hasse sie. Und doch bin ich dabei.*

In seiner Villa würde es keine Spektakel geben. Wenige, gebildete Gäste, für die er sich Zeit nehmen würde. Er würde allen zeigen, dass es auch anders ginge. Er würde nicht vergessen werden.

7

1530, Rom

Ich war sicher, dass sie mich auslachten. Ich spürte ihre verstohlenen Blicke überall, im Rücken, an der Seite. Ich stand in der dritten Reihe, vor mir Bischöfe und Kardinäle, die für den Archidiakon von St. Peter ein Spalier vor der Porta Capena bildeten. Meine Kollegen lachten über mich, kein Zweifel. Es war die Stunde der Begutachtung der Kunstwerke, die wir in wenigen Tagen auf den hölzernen Ehrenpforten zusammengeschustert hatten. Der Tross der Würdenträger war von der Engelsburg weg den Tiber entlang durch die Wiese des Circus Maximus bis zur Piazza di Porta Capena gezogen, die Maisonne brannte auf die Kleriker, die unter ihren Kaseln und Dalmatiken sichtbar schwitzten.

Auf die antiken Reste der Porta hatten die Maurer eine kleine Wand aufgemauert, auf die ich mit Raffaello da Montelupo die Fresken in Chiaroscuro aufgetragen hatte. Ich mochte nicht hinschauen, als der Archidiakon sich dem Bauwerk näherte. Mein Werk war missglückt, und alle würden es jetzt sehen.

Raffaello trat in der Reihe vor mir von einem Fuß auf den anderen und kaute Tabak. Wie konnte er so ruhig sein? Und wer hatte ihn eingeladen? Er war doch rausgeworfen worden! Ich biss die Zähne zusammen und dachte daran, wie katastrophal die Zusammenarbeit mit ihm gewesen war. Raffaello hatte nach dem Sacco Rom verlassen und nie mehr zurückkehren wollen, landete aber ein Jahr später wieder in der Stadt, wo er noch am ehesten seinen Lebensunterhalt bestreiten konnte. Als Bildhauer ohne Auftrag begann er zu malen, was er als unter seiner Würde erachtete. Jeden Tag war er völlig betrunken zur Arbeit erschienen und hatte nur den Pinsel ergriffen, wenn Sangallo sich ankündigte, der gleich merkte, was los war, und ihn rauswarf. Dies ist die Wahrheit, auch wenn sich heute niemand mehr daran erinnert.

Ich allein malte indes verbissen an dem Programm, um rechtzeitig fertig zu werden: Ich malte Papst und Kaiser, gleich darüber Romulus und Remus und die anderen sagenhaften Könige Roms. Dazu – und ich las jeden Tag meinen Livius – die beiden siegreichen Scipionen, Hannibal, den feigen Fulvius Flaccus, dann noch Faune, Satyrn, Nymphen und Pane. Wie glücklich war ich! Noch nie hatte ich so große Flächen mit ganz neuen Farbmischungen gemalt, jeden Tag probierte ich etwas Neues aus. Raffaello erschien jeden Tag, trank und beobachtete mich.

Fürchterlich sahen die Gestalten aus. Erst am Schluss hatte ich bemerkt, dass ich die Perspektive von unten nicht mitbedacht hatte. Vom Boden aus sahen meine Gestalten auf der Porta aus wie dicke, hässliche Zwerge, über die Salviati und Calavrese, die ich immer als Freunde eingeschätzt hatte, zunächst tuschelten, dann offen lachten, als die Arbeit fortschritt.

Zu allem Übel bedachte ich auch das Nachdunkeln und Aufhellen einiger neuer Farben nicht. Ich hatte ja noch nie mit diesen gearbeitet, sodass die Gestalten wie Zwerge im Karneval wirkten. Es war keine Zeit mehr für Korrekturen, der Kaiser lagerte bereits bei Orvieto. Sangallo nahm das Werk missbilligend zur Kenntnis.

Der Archidiakon ritt am Spalier vorbei zur Porta, neben ihm Sangallo. Er schien sich für die Fresken nicht zu interessieren, sondern machte einen übernächtigten Eindruck. Sangallo redete auf ihn ein, ich verstand die Worte nicht. Der Archidiakon winkte müde ab und stierte vor sich hin. Die Porta würdigte er nur eines kurzen Blickes, ehe er mit Sangallo wieder ein paar Worte wechselte – es wirkte wie Anerkennung. Ich biss mir auf die Lippen. Der Archidiakon wendete sein Pferd und ritt davon, gefolgt von einigen Bischöfen und Wachen. Das Spalier zerfiel, die Spannung war weg. Die Leute sprachen laut.

»Lust auf Florenz?« Es war Vasari, der mich in die Seite stieß,

als ich mich gerade davonstehlen wollte. Wir standen etwas abseits, nicht weit davon sprachen einige Kardinäle anerkennend mit Sangallo, der von seinem Pferd gestiegen war.

»Wie, Florenz?«

»Na, hier sieht's ja nicht besonders gut aus. Die Ignoranten haben deine Zwerge zwar nicht bemerkt, aber die lieben Kollegen werden schon dafür sorgen, dass über dich geredet wird in Rom.«

Ich sah ihn an. Er kannte die Szene, hatte vielleicht schon Ähnliches erfahren.

»Was soll ich bei den Medici?«, erwiderte ich. »Die geben mir sicher keinen Auftrag. Vom jungen Cosimo hört man auch nichts Gutes. Hat der nicht ein Blutbad unter seinen Gegnern angerichtet?«

Vasari erklärte mir, dass der Kaiser, der morgen hier vorbeireiten sollte, vor drei Tagen den siebzehnjährigen Cosimo bestätigt und deutsche Landsknechte zum Schutz der Stadt abgestellt hatte. »Der Bursche stößt sich halt die Hörner ab, hat gerade Siena den Krieg erklärt. Was am Hof passiert, bestimmt aber sein Onkel Ottaviano.« Und der habe schon vor dem Chaos, das jetzt entstanden war, von einem großen Projekt gesprochen. Dieses wäre jetzt fällig. »Ich muss aber erst schauen, ob er sich noch erinnern kann. Ich habe einen Boten hingeschickt, er müsste morgen zurück sein. Hatte gerade ein bisschen Geld.« Vasari zwinkerte. »Es geht um Porträts, angeblich auch Folgeaufträge, da ist genug für uns beide dabei.«

Als er mir so zu Herzen sprach, überlegte ich nicht lange. Wenn es etwas zu holen gäbe, dann in Florenz, in Rom war mein Ruf ohnehin fürs Erste ruiniert. Florenz … einmal war ich dort gewesen für zwei Tage, auf der Durchreise. Eine Stadt, die politisch unsicher war, wo die Leute aber sehr viel Geld für Kunst ausgaben.

Hufgeklapper ertönte. »Aus dem Weg!« Vasari zog mich zur Seite. Zwei Geharnischte, dahinter ein Bischof auf einem Schimmel mit einer bunten damastenen Schabracke trabten vorbei. Der dicke Geistliche warf uns einen verächtlichen Blick zu. Solche widerwärtigen Erscheinungen gab es in Florenz sicher nicht, dachte ich. Außerdem musste Gras über mein Missgeschick wachsen. Ich blickte in das hagere Gesicht Vasaris, der mich mit zusammengekniffenen Augen ansah.

»Wenn es klappt, sag mir Bescheid. Ich komme mit!«, sagte ich schließlich.

8

1925, Venedig

Die Musik setzte ein, wahrscheinlich Strawinsky. Die Balletttruppe lief ein, jeder stellte sich auf einen Platz und vollführte dort für sich selbst zackige Bewegungen.

Bertie hielt Djagilews Inszenierungen, die immer mehr zum Selbstzitat wurden, von Mal zu Mal schwerer aus. Er brachte nichts Neues mehr, die Provokation war dahin. Was vor zehn Jahren die Leute »Skandal!« schreien ließ, war gewöhnlich geworden. Er schloss die Augen und tauchte in seine Fantasie ab, während das kleine Orchester dreinhieb. Er saß in einem großen Raum eines Palastes an einem Tisch. Um ihn Dichter und Komponisten, Schriftsteller und Staatsmänner. Niemand sprach ein Wort, jeder hing seinen Gedanken nach, die Stille war einmütig.

»Bravo! Großartig!«

Der Ausruf Catherines und der einsetzende Applaus holten ihn wieder zurück.

»Komm, wir müssen Sergei persönlich beglückwünschen!«

Hatte er geschlafen? Er hatte keine Zeit zu überlegen, er stand auf und ließ sich willenlos mitziehen. Catherine bahnte sich den Weg durch den Pulk, der in den Nachbarraum strömte, wo Cole mit seiner Band spielen sollte.

»Sergei!«

Catherine winkte, als sie sich dem Impresario näherten, der von einigen auffällig schlicht gekleideten Damen umgeben war. Elsa Maxwell, Lindas plumpe Assistentin, die aussah wie eine Fleischersfrau, stand etwas verloren daneben. Bertie mochte sie nicht und hatte dennoch so etwas wie Respekt vor ihr. Ihr unbedarftes Äußeres verriet nicht, dass sie es gewesen war, die das Fest in wenigen Tagen organisiert hatte. Sie überblickte komplizierte Situationen in Sekundenschnelle und hatte Bertie durch ihr fotografisches Gedächtnis immer wieder erstaunt.

»Catherrrine! Berrrtie!«

Bertie drehte sich um und rammte dabei fast Elsa. Er entschuldigte sich und wusste im selben Moment, was er nicht vermisst hatte: Das gerollte R Djagilews und seine manchmal eigenwillige Syntax. Er hörte nur mit halbem Ohr hin, als Catherine ihn beglückwünschte und Sergei von seinen letzten Produktionen in Paris erzählte, schreckte aber plötzlich auf, als dieser »Philemon und Baucis« sagte.

»Philemon und Baucis?«, fragte Bertie.

»Ja, ich habe heuer gleich zwei Opern von Gounod produziert, wie ich gerade sagte. ›Philemon et Baucis‹ und ›La Colombe‹, aber sehr traditionell, auch ohne kubistische Bühnenbilder. Die Leute haben das satt, nicht wahr?«

Er zwinkerte Zustimmung heischend. Bertie lächelte höflich. Wie plump dieser Russe doch war.

»Die nächsten Projekte werden wieder Avantgarde sein! Ich habe Braque und ähm … diesen Spanier verpflichtet!«

Philemon und Baucis! Auch er war den beiden mythischen Alten vor Kurzem begegnet. »Weißt du, Sergei, dass wir uns auch eine Villa hier kaufen, Catherine, Paul und ich?«

Djagilew musterte ihn von oben bis unten, sichtlich indigniert von dem Themenwechsel.

»Oh. Schön. Dann frreue ich mich, wenn ich dort ein Projekt machen kann. Ich bin sicher, dass Sergei Lifar, du kennst ihn bestimmt schon, sich freuen wird.«

Er rückte sein Monokel zurecht und sah Bertie zufrieden an.

Bertie schüttelte den Kopf und fixierte das Monokel. Wer trägt heute so etwas noch, ging es ihm durch den Kopf, aber er fasste sich: »Nein, Sergei, die Villa wird ein Ort der Ruhe und des Gesprächs sein. Keine Party. Kein Ballett. Keine Modeschauen.«

Sergei hob eine Augenbraue.

»Als Gast wirst du immer willkommen sein, das ist klar. Wir werden sicher auch Gästezimmer haben.«

»Einen Elfenbeinturm willst du bauen, soso«, brummte Sergei. »Klingt ja interessant. Einmal etwas anderes.« Er machte eine wirbelnde Geste.

»Ich entschuldige mich, die Grroßherzogin der Toskana wartet auf mich.«

Er drehte sich für seine Statur überraschend schnell auf der Stelle um und watschelte in Richtung Ausgang.

»Du bist unmöglich«, fauchte Catherine Bertie an, dessen Blick sich gerade an einem Balletteleven gefangen hatte. »Willst du das wirklich, eine Villa voller langweiliger Philosophen, ohne Musik und ohne Feste?«

Bertie starrte auf den Eleven, schien woanders zu sein.

Catherine hakte sich unter.

»Komm jetzt, Cole wird seine Negermusik zum Besten geben. Ich möchte die Augen einiger Damen sehen, wenn er loslegt.«

9

1537, Florenz

... doch niemand hatte mit der blitzschnellen Reaktion Cosimos gerechnet. In einem nächtlichen Überraschungsangriff hatte er das kleine Heer Filippos in der Nähe des Dorfes Montemurlo geschlagen, noch ehe die französischen Soldaten sich ihre Panzer überwerfen konnten. Am nächsten Tag ließ er die aufständischen Generäle vor versammeltem Volk auf der Piazza della Signoria enthaupten. Filippo wurden unter dem Johlen des Volkes Zunge und Ohren abgeschnitten, danach wurde er in ein Verlies in der Fortezza da Basso geworfen. Am nächsten Tag war die ausgelassene Stimmung, die die Stadt in den letzten Jahren durchzogen hatte wie ein süßlicher Duft, unwiederbringlich vorbei. Es roch nach Schießpulver und Schweiß. Es war, als ob die hyänische Freude des Volkes bei den Hinrichtungen die unbeschwerte Ausgelassenheit ausgelöscht hatte wie ein Sturm ein Lagerfeuer. Den Exekutionen waren Enteignungen gefolgt, deren alleiniger Nutznießer Cosimo war. Der Umgangston in der Stadt war rauer geworden, die Gespräche kurz. Die Leute schienen einander nicht mehr zu trauen. In der Nacht lagen die Straßen und Plätze gespenstisch still. Niemand wollte mehr feiern und ich wunderte mich, als Giorgio Vasari und ich eines Abends die einzigen Gäste in unserer Schenke waren.

Ich versuchte ihn zu necken: »Wenn du nicht zum Fürsten kannst, muss er wirklich viel zu tun haben!«

Aber Giorgio zuckte nur mit den Schultern. »Ich hab's nach dem zweiten Mal gar nicht mehr versucht. Denen scheint es egal zu sein, ob wir weitermalen oder nicht. He, schlaf nicht ein!« Ich schreckte auf, war tatsächlich eingenickt. Sicher hatte ich wieder nur vier Stunden geschlafen, hatte ich doch in den letzten Tagen die Statuen Buonarrotis in San Lorenzo aus allen Blickwinkeln gezeichnet, gestochen und gedruckt. Die Kupferstiche bildeten seit zwei Jahren meine Haupteinnahmequelle in dieser Stadt.

»Mir ist es auch egal. Ich verdiene ganz gut, gestern hat ein Agent irgendeines deutschen Kaufmanns einen ganzen Packen gekauft. Die Presse steht überhaupt nicht mehr still«, sagte ich.

»Aber du solltest einmal rasten, sonst brichst du eines Tages zusammen. Was willst du mit dem Geld anfangen, wenn du keine Zeit hast, es auszugeben?« Er nahm einen Schluck Wein und ich fragte mich, wie viel er wirklich über meine Einkünfte wusste. Ich beschloss, dieses Thema nicht anzusprechen.

»Ich weiß nicht, lange bleibe ich nicht mehr hier, glaube ich. Ein paar Abgüsse antiker Statuen möchte ich noch skizzieren, dann habe ich ziemlich alles abgegrast.«

»Und wohin willst du? Wieder nach Rom?«

Er kannte mich inzwischen gut.

»Warum nicht?«, erwiderte ich. »Es ist jetzt sieben Jahre her und Aufträge gibt es dort genug.«

»Und unendlich viele Statuen zum Skizzieren, Ätzen, Drucken und Verkaufen«, ergänzte Giorgio.

»Wie du darauf kommst …« Ich gähnte, war müde. »Besser Geld verdienen als an einem Buch schreiben, von dem du nicht einmal selbst weißt, ob es jemals fertig wird«, neckte ich ihn. »Wen interessieren denn Lebensbeschreibungen von Malern, außer vielleicht die von Buonarroti und Sanzio. Wer soll das lesen? Schreib doch lieber Gedichte!«

Ehe er noch etwas erwidern konnte, flog die Tür der Schenke auf, ein Junge stürzte in die Gaststube und auf mich zu. »Herr, schnell, in die Werkstatt. Cosimo wartet.«

10

Cosimo stand mit zwei Höflingen im Atelier. Der schwarze Samt seines perlenbestickten Gewands stand in starkem Gegensatz zur papageienhaften Aufmachung seiner Begleiter.

Nach dem ersten Schreck in der Kneipe fuhr mir nun zum zweiten Mal ein Schauer durch die Glieder. Während des Weges hierher hatte ich mich ständig gefragt, ob ich die Porträts vernachlässigt hatte. Es war doch kein Nachschub von Bildern mehr gekommen. Hatte ich eine kritische Äußerung gemacht, irgendwo nach einem Krug Wein?

Doch Cosimo lachte auf, als er mich sah – »Wenig geschlafen, Battista? Ach, ich möchte mal wieder mit euch zechen. War eine schöne Zeit.«

Ich dachte an meine ersten drei Jahre hier. Wie oft hatte er mit uns Malern und Bildhauern eine Nacht durchgezecht! In den letzten drei Jahren war er erwachsener geworden, die alte Vertrautheit blitzte aber immer noch durch. Ich war erst einmal erleichtert, das flaue Gefühl im Magen ließ aber nicht nach.

Cosimo wurde förmlich. »Ich werde heiraten. Ich möchte das so machen wie die Visconti letztes Jahr in Mailand. Ganz Italien soll von dem Fest reden.« »Herzlichen Glückwunsch, mein Fürst. Das ist ja wunderbar«, stammelte ich. Aber was hatte das mit mir zu tun?

»Weniger wunderbar als dynastisch notwendig. Ich habe die Braut erst einmal gesehen. Und mit den Hofdamen wird es auch nicht mehr so leicht. Aber egal. Die Feier soll, wie gesagt, groß werden. Ich brauche ein oder zwei Portale, bemalt mit vorteilhaften Szenen, jede Menge Dekorationen und vor allem Kleidung für den Hofstaat, die mit all dem zusammenpasst. Vielleicht fällt dir ja ein mythologisches Thema ein. Ja, ich möchte dir die Leitung geben. Such dir die Leute, die du brauchst! Manzani, den Schnei-

der, und Giovanni da Polenta, den Theaterdirektor, könnte ich mir vorstellen, der kennt sich mit Bühnenbildern aus, und wen du sonst noch willst. Die Hochzeit ist in sechs Wochen, du hast also noch genug Zeit, wenn du gleich anfängst und keinen Tag vertust.«

Als ich drei Wochen später – die Zimmerleute hatten natürlich viel länger gebraucht als geplant – am Hochzeitsportal zu malen begann, ärgerte ich mich gleich von Anfang an über die Gehilfen, Bronzino und Ghirlandaio, die ich mir selbst ausgesucht hatte. Ich hatte sie angewiesen, die Seitenflächen zu bemalen, und sie hatten gleich in den ersten Tagen mit ihren Szenen aus der Geschichte von Orpheus und Eurydike, die für meinen Geschmack viel zu freizügig und übertrieben waren, bei den Vorübergehenden für Aufsehen gesorgt.

Für die Front hatte ich mir Allegorien italienischer Städte ausgedacht, die ich selbst mit vielen klugen Details malte und die für jeden Gelehrten ein Genuss sein mussten. Doch das dumme Volk sprach nur über die billigen Frivolitäten von Bronzino und Ghirlandaio und würdigte meine Darstellungen nicht in angemessenem Maße. So malte ich mit zusammengebissenen Zähnen und sagte mir: Die Wissenden werden es schätzen, mag das Volk sich an den Frivolitäten ergötzen.

[…]

Ich stand auf dem Gerüst, als mich ein Pfiff aufschreckte. Giorgio stand unten und rief mir eine Neuigkeit herauf: Er hatte Kunde aus Rom, dass Kardinal Francesco Medici wünschte, die Montemurlo-Schlacht in seinem Offizium im Vatikan aufhängen zu lassen. Er suche einen Maler, der dem Thema eine Art antiken Rahmen geben könnte. Vasari habe ihm gesagt, er kenne da wen und so sei er nun hier. Ich hätte alle Freiheiten bei der Gestaltung, der Ruhm der Medici sollte nur klar erkennbar sein.

Ich musste lachen. Giorgio wusste, wie jemand zu ködern war.

Ich sagte sogleich zu: In Rom würden sicher mehr Menschen meine gelehrten Andeutungen verstehen. Vor meinem Auge sah ich im selben Moment schon mögliche Motive: Minerva würde sich gut machen, oder Mars.

»Was glaubst du, wie ich mich entscheide?«, fragte ich Giorgio.

Er grinste. »Ich gehe mit«, sagte er. »Ich habe den Auftrag für ein kleines Altarbild und damit wieder genug Geld und Zeit zum Schreiben.«

So malte ich die Allegorie der Stadt Bologna am Portal fertig und begann, meine Sachen zusammenzusuchen. In drei Tagen wäre das Portal fertig, dann hatte ich hier nichts mehr zu tun.

Ich hatte Angst, Cosimo meine Entscheidung mitzuteilen. Immerhin war ich sechs Jahre hier gewesen und hatte mich mit meiner Werkstatt gut eingelebt. Die Stiche konnte ich allerdings überall produzieren und sie würden sich überall verkaufen.

Ich ging zu ihm und sagte es ihm. Zerstreut umarmte er mich, bevor weitere Höflinge seine Aufmerksamkeit erforderten. Wie ich erfuhr, steckte er zugleich in Hochzeits- und Kriegsvorbereitungen gegen Siena.

Ein wenig war ich enttäuscht – hatten wir doch viele gemeinsame Stunden verbracht, und dann ein so kurzer Abschied; aber zugleich war ich erleichtert.

Als ich durch das Vorzimmer gerade in das Treppenhaus treten wollte, kam mir Luigi, der Kämmerer, der mir all die Jahre die Geldbeutel in die Hand gedrückt hatte, nachgelaufen. Er streckte mir eine Dokumentenrolle hin. »Vom Fürsten. Damit du nicht schlecht über uns redest.«

Noch bevor ich antworten konnte, hatte er kehrtgemacht und eilte durch die Zimmerfluchten zurück. Ich rollte das Papier auf. Ein Wechsel. Zehntausend Gulden. Cosimo hatte doch an mich gedacht und ich hatte nun finanziell ein wenig Luft. So endete meine Zeit in Florenz.

Vierzehn Tage später stellte ich mich in Rom im Hause des Kardinals vor, wo ich mich sofort an die Arbeit machte, während Dienstboten meine neue Werkstatt in der Nähe der Via delle Botteghe Oscure einrichteten.

Als ich über den Apennin geritten war, hatte ich von Weitem mehrere Adler kreisen gesehen und beschlossen, den Raub des Ganymed als zentrales Motiv für das Bild der Schlacht von Montemurlo zu nehmen, Schlacht hin oder her. Buonarroti hatte das doch auch einmal so ähnlich gemalt. Zeus holt sich, was er will und schert sich nicht um Moral. Wer es verstünde, würde eine Anspielung auf Cosimo darin erkennen. Ich malte das Bild mit Vergnügen und erzählte allen, hier würde Cosimo in den Himmel aufgenommen.

II

1538, Rom

Nach sieben Jahren Abwesenheit von der STADT hatte ich das Gefühl, an einen fremden Ort zu kommen. Ich fand die Häuser nicht mehr, die mir vertraut gewesen waren, ganze Stadtviertel waren abgerissen und neu gebaut worden und wurden noch gebaut. Dunkle Gassen waren breiten Straßen gewichen, Kardinäle und Grafen hatten für ihre Paläste düstere Handwerkerviertel niedergewalzt. Alle paar Meter traf ich auf eine Baustelle, auf der Arbeiter aus allen Gegenden Italiens klopften, hämmerten und herumschrien. Die wenigen Kollegen, die ich noch vorfand – eigentlich waren es nur noch Francesco Salviati und Jacopino del Conte –, sprachen von einer neuen Zeit, die die Kirche endlich wieder an den Ursprung zurückführen würde.

Ich saß mit den beiden und mit Giorgio, der für einige Tage in der STADT weilte, in einer Schenke im Borgo Pio. Salviati, der, gleich nachdem der Krug gekommen war, drei Becher Wein hinuntergestürzt hatte, erging sich in politischen Reden, wie er es immer gemacht hatte.

»Der Sacco ist die Wende gewesen, ich sage es euch, die notwendige Strafe Gottes nach so viel Simonie und Unzucht.« So hob er an, wir ließen ihn. »Jetzt aber« – er machte eine Pause, die bedeutsam scheinen sollte – »jetzt aber wird die Stadt neu erstehen. Rom wird wieder das Zentrum der Welt sein! Alle sind sie abgehauen, die lieben Kollegen, aber jetzt kriechen sie wieder zurück. Und wir …« Er blickte in die Runde, die Augen schon ein wenig überkreuz, »… sind schon da!«

»Mach dir nur nicht zu viele Hoffnungen«, warf da del Conte ein. »Es wird so viel geredet und versprochen. Wo sind denn die vielen Aufträge? Wo ist denn die erneuerte Kirche, die den alten Krempel aus den Kirchenräumen entfernt und neue Sachen in Auftrag gibt? Ich merke noch nichts davon, es plätschert dahin wie eh und je. Einzig der Alte malt seit drei Jahren in der Sixtina. Alles unter Verschluss, wie immer.«

Ich musste ihm schweigend recht geben. Nach dem Auftrag für den Medici-Kardinal hatte ich auch wieder begonnen, Stiche herzustellen – von irgendetwas musste ich schließlich leben. Michelangelo war während meiner sieben Jahre in Florenz dreimal dort gewesen, aber immer abgeschirmt von der Öffentlichkeit, niemand bekam ihn zu Gesicht, er brach im Morgengrauen in die Medici-Kapelle auf und verließ sie erst wieder in der Nacht. Alle Fürsten unterstützten seine Extravaganzen, nur um ein Kunstwerk von ihm zu besitzen. Aber mit den Medici hatte er wohl endgültig gebrochen und sich nun in der Sixtina eingeschlossen.

Vasari meldete sich zu Wort: »Das Konzil wird schon kommen, genauso wie unsere Aufträge. Sicher, Paul III. ist gleich nach dem Amtsantritt eingeknickt und hat seine Enkel zu Kardinälen gemacht, obwohl er versprochen hatte, mit der Günstlingswirtschaft aufzuräumen, aber …«

»Dir kann es ja egal sein«, rief del Conte dazwischen, »du hast ja jetzt dein Haus in Arezzo und bist nur noch alle heiligen Zeiten in Rom. Dort hast du ja genug Zeit, an deinem obskuren Buch zu schreiben. Und was hast du vor?«

Ich merkte erst, dass ich angesprochen war, als ein Schweigen eintrat und ich wahrnahm, dass die Blicke aller auf mich gerichtet waren. Was sollte ich sagen?

»Ihr wisst«, versuchte ich mich davonzustehlen, »mir ist die Politik egal, solange sie meine Geschäfte nicht stört. Ich weiß gerade mal, wer jetzt Papst ist, aber fragt mich bitte nicht, wer gerade in Mailand oder Urbino regiert. Es ist mir gleich.«

»Ah, unser Battista, eines Tages wird er Michelangelo übertreffen«, ätzte Salviati schon etwas müde.

Ich hatte keine Lust, mich auf einen matten Disput einzulassen und sagte nur: »Wir müssen uns einfach Dinge suchen, die noch niemand gemacht hat, Posen, Perspektiven, Kompositionen, was weiß ich. Wie oft haben wir schon darüber gesprochen.«

Die Runde schwieg.

»Du hast es wieder mal geschafft, die Stimmung zu drücken. Warum bist du immer so ernst?«, meinte Salviati etwas gequält. »Du bist in den letzten Jahren zu wenig aus deiner Werkstatt rausgekommen.«

Ich sagte nichts mehr. Es war kalt geworden, die Runde brach auf und ich ging in die Werkstatt, wo die Kupferplatten auf mich warteten.

12

1925. Malcontenta

Bertie unterzeichnete als Letzter. Sie hatten fünf Stühle auf die Loggia unter dem Portikus gestellt, den Paul als Pronaos bezeichnete. Catherine, Paul, Lionello Hierschel und der Notar hatten bereits ihre Krakel auf das Papier gesetzt. Er betrachtete die Unterschriften und das Datum: Malcontenta, 1. April 1925. Paul entkorkte die bereitgestellte Flasche Châteauneuf und schenkte allen in die flachen Champagnergläser ein, die Catherine auf einem Flohmarkt in Padua aufgestöbert hatte. Als die Gläser zusammenklangen, verfing sich Berties Blick in der Trauerweide, durch die noch ein wenig Sonne zu sehen war. Vor drei Wochen noch hatte er ähnlich in die Sonne geblinzelt. Sie waren in Petrópolis auf der Terrasse seines Elternhauses gesessen. Sein Vater hatte seinem Ersuchen um Kredit erstaunlich wenig Widerstand entgegengesetzt und sogar Verständnis dafür gezeigt, dass Bertie ein kulturelles Erbe retten wollte, das auch in seinen Augen als schön galt. Ein Landsberg in einer venezianischen Villa!

Trotz der bemühten Altersmilde des Vaters merkte Bertie allerdings auch dessen unterschwelliges Misstrauen. Möglich, dass er es sich einbildete. Aber eine Woche im Umfeld seines Vaters hatte gereicht, um die alten Mechanismen wieder auferstehen zu lassen. Er würde ihm nie genügen, nie. Der Vater hatte resigniert, gutheißen würde er nur den Erhalt des Kulturguts, aber niemals den Lebenswandel seines Sohnes.

Bertie hatte ein Schiff nach Genua genommen und den Rest der Strecke mit der Bahn zurückgelegt.

»Was Sie mit den Möbeln machen, bleibt Ihnen überlassen. Sie haben schließlich alles gekauft, inklusive dem Korn, das noch im Parterre lagert.« Hierschels kratzige Stimme erinnerte

Bertie an einen jüdischen Hausierer seiner Kindheit, andererseits heimelte ihn die altertümliche Art an, wie dieser Kauz manche Sätze drechselte.

»Machen Sie sich keine Sorgen«, warf Paul ein, »wir haben schon genaue Vorstellungen, wie wir das Haus gestalten.«

Bertie stutzte: Sie hatten darüber noch kaum gesprochen. Aber was sollte mit Paul an seiner Seite schon schiefgehen? Einzig Catherine würde er ein wenig einbremsen müssen, damit sie mit ihrem Flohmarktkram nicht alles vollräumte wie ihr Haus am Piccadilly, wo sich auf jeder freien Fläche, sogar auf den Sesseln, Bücher, Muscheln, Schalen und Glitzertand türmten.

Bertie fragte Hierschel nach seiner Familie und erfuhr, dass diese schon im 18. Jahrhundert von Wien nach Triest gekommen war. Als er erfuhr, dass Hierschel auch Deutsch sprach, wechselten sie die Sprache, woran der alte Mann seine Freude hatte. Catherine, die kaum ein Wort verstand, schmollte daneben. Obwohl Juden, waren die Hierschels schon bald geadelt worden und hatten lange in Precenicco residiert, bevor ihnen Spekulationen an der Börse ein Vermögen brachten und Lionello sich gleich mehrere Palazzi in Venedig und Umgebung kaufte.

Hierschel wandte sich wieder auf Englisch an Catherine.

»Sie müssen mich im Rezzonico besuchen. Sie haben von Byron erzählt und seinem Haus, in dem Sie wohnen. Es wird Sie sicher interessieren, dass ich den Bau von Robert Brownings Sohn gekauft habe. Das Haus war in einem so despektierlichen Zustand, dass ich seit zwanzig Jahren in einer Baustelle wohne.«

Er lachte scheppernd. Während Catherine ihn mit Fragen löcherte, fiel Bertie ein, dass er nicht die geringste Ahnung hatte, wo im Palazzo er sein Projekt der Lebenskunst beginnen sollte.

13

1545, Urbino

An meinem fünfunddreißigsten Geburtstag empfing mich Herzog Guidobaldo della Rovere am Hofe von Urbino. Girolamo Genga, den ich noch aus meiner ersten römischen Zeit kannte, war dort Hofbaumeister geworden und hatte mich zu meinem Erstaunen empfohlen. Ich konnte das Angebot nicht ausschlagen, tausend Scudi im Monat waren mir versprochen, ein neuer Palast, der mit Bildern gefüllt werden wollte, wartete auf mich und eine neue Herausforderung: Keramik. Der neue Herzog plante riesige neue Manufakturen, die die aus Siena und Deruta in den Schatten stellen sollten. Neue Motive wären gefragt. Das kam mir recht, denn in den sieben Jahren Rom hatte ich mich wieder nur durch die Kupferstiche über Wasser gehalten. Vom einzigen großen Auftrag in dieser Zeit, der Gefangennahme und Enthauptung des Johannes im Oratorium von San Giovanni Decollato, wo ich mich gegen Salviati und del Conte durchgesetzt hatte, hatte ich gerade ein halbes Jahr leben können. Jetzt würde es endlich besser werden.

Schon als ich darauf wartete, vorgelassen zu werden, bewunderte ich den ebenmäßigen Innenhof des Palasts. So muss gebaut werden, dachte ich – die Antike als Vorbild, ohne Abstriche.

Ein Lakai erschien und geleitete mich die Marmortreppe hoch. Wir durchschritten einige Gänge.

»Was ist denn das?«, fragte ich, als wir an einer Nische mit einem Altar vorbeikamen, auf dem einige Tonfiguren standen.

»Dieses hier ist unser Lararium«, sagte der Diener, der mich in diesem Moment an einen Aal erinnerte.

Ein heidnischer Altar in einem christlichen Haus! Ich war jetzt noch mehr gespannt, was mich erwartete, als ich in einem Vorzimmer wartete, um zum Fürsten vorgelassen zu werden.

Doch die Tür ging auf und Genga trat herein. Ich erkannte ihn nicht sofort, er war um einiges dicker geworden und sein wilder Spitz- und Schnurrbart ließen ihn wie einen Soldaten aussehen. Sein noch immer muskulöser Körper steckte in einem Wams aus dunkelrotem Samt, der mit grünen Hosenbauschen in Kontrast stand, dazu trug er weiße Kniestrümpfe. War das hier so Mode? Er machte eine überschwängliche Geste.

»Alter Freund, schön, dass du gekommen bist. Der Fürst wird dich gleich empfangen. Er ist noch in einer Beratung. Vielleicht hast du schon gehört, in Trient soll es endlich eine Kirchenversammlung geben. Man wird einiges an Schutztruppen brauchen, er wittert wieder Einkünfte. Aber lassen wir die Politik. Was hast du die letzten Jahre getrieben? Deine Stiche sind ja großartig!«

Wir waren nie Freunde gewesen, daher irritierte mich seine Vertrautheit ein wenig. Ich erzählte ihm einige belanglose Dinge, bis ein Diener uns endlich zum Eintritt aufforderte.

Der Fürst war ein hagerer junger Mann, von Kopf bis Fuß in schwarzen Samt gekleidet, nur unter der Jacke blitzte ein rotes Hemd hervor. Ein säuberlich geschnittener Vollbart umrahmte das knochige Gesicht. Zu seiner Rechten standen zwei große weiße Windhunde, die von einem Diener an der Leine gehalten wurden. Die Tiere traten ungeduldig auf dem Stand und sahen aus, als würden sie auf den Befehl warten, zuzupacken. Einige Höflinge standen herum, die aussahen und wahrscheinlich intrigierten wie die Höflinge an allen Fürstenhöfen. Hinter dem Fürsten erblickte ich eine mädchenhafte Frau mit Perlenbändern im Haar.

Guidobaldo hieß mich kurz willkommen und legte mit wenigen Worten dar, was er sich vorstellte: Ausgestaltung der Chorwand des Domes, einige Porträts und schließlich Entwürfe für die Majolika-Produktion. Ich nickte bei jedem Punkt, doch bevor ich noch etwas sagen konnte, hatte er schon abgewunken. »Später, später. Ich habe jetzt wirklich zu tun. Genga wird die Person sein, die dir Anweisungen gibt.«

Als ich mich nach der Verbeugung wieder aufrichtete, verfing sich mein Blick in den Augen der jungen Frau, offenbar der Herzogin. Ich war ihr nicht vorgestellt worden. Sie schien um einiges jünger als ihr Mann. Ihre Nase zeigte an ihrer Spitze nach oben. Sie trug ein hochgeschlossenes Kleid, unter der Brust gebunden, das jedoch ein Oberteil aus so hauchzartem Gespinst hatte, dass die Brustwarzen ihrer Knospenbrüste deutlich durchschienen. Sie spannte ihre Brust, hob die Nase und sah mich aus ihren tiefschwarzen Augen an. Ich muss gestehen, dass es mich mit voller Wucht traf. Diese Frau war das schönste Wesen, das ich bisher gesehen hatte, und hatte gar nichts gemein mit den Dirnen von Florenz und Rom, mit denen ich in vielen Nächten meine Kräfte und mein Geld verschwendet hatte. Ich versuchte mich zu fassen, verbeugte mich noch einmal und torkelte hinaus. Die eine Sekunde hatte genügt, um mich völlig aus der Fassung zu bringen. Was für eine Frau, so schön wie unerreichbar! Im Treppenhaus stützte ich mich auf die Marmorbalustrade und eilte, lief hinaus. Den ganzen Tag irrte ich in den Gassen der kleinen Stadt umher und konnte an nichts anderes als an sie denken. Dabei verblasste die Erinnerung mit jedem Meter, den ich lief und am Abend konnte ich nicht einmal mehr genau sagen, wie sie ausgesehen hatte. Die Nase, dunkles Haar mit Perlen, kohlschwarze Augen, aber sonst? Ich zitterte am ganzen Leib, als ich mich schlafen legte. Ich musste sie wiedersehen.

14

1925, Malcontenta

Die nächsten Tage waren erfüllt von Geschäftigkeit. Paul und Bertie versuchten, das Gebäude leer zu bekommen. Nach einem Tag der Verzweiflung ging ihnen Michele, der Verwalter der

Fattoria, den sie mit übernommen hatten, zur Hand und ließ das Korn abtransportieren. Er half Paul, einen Spediteur aufzutreiben, der anderntags mit einem motorisierten Lastwagen anrückte. Bertie duldete kein einziges Stück der monströsen Möbel, mit denen Hierschel den Zustand der Villa zu kaschieren versucht hatte. Ein gutes Dutzend Arbeiter plagte sich mit den schweren Trümmern über die Loggia und die großen Freitreppen.

Neue Gaslampen erhellten jetzt auch den wirklichen Zustand des Gebäudes: Wasserflecken, bröselnder Putz, Feuchtigkeit auch von unten.

Bertie schien es, dass mit jedem Kubikmeter, der frei wurde, der Raum mehr und mehr auflebte. Die ausgewogenen Proportionen des kreuzförmigen Hauptraums und der symmetrisch angeordneten Nebenräume kamen allmählich in ihren ausgeklügelten Abmessungen zur Geltung. Palladio hatte wohl, wie die meisten Renaissancekünstler, ein Modulsystem benutzt, das sich in den Proportionen des Baukörpers und der architektonischen Elemente widerspiegelte.

Am Freitagabend der ersten Woche saßen sie nach einer Begehung der Villa mit dem Architekten Giovanni Ruspoli in einer Taverne in Stra zusammen, um die notwendigen Maßnahmen zu besprechen.

»Nachdem Bertie Mehrheitseigentümer ist, finde ich, er sollte seine Vorstellungen einmal darlegen.« Paul blickte Catherine streng an. »Er will hier kein zweites Byron's House.« Catherine verzog den Mund und grummelte vor sich hin.

»Bevor wir über die Einzelheiten reden«, begann Bertie und blickte zu Ruspoli, »– viele Einzelheiten haben wir ja schon besprochen –, möchte ich noch einmal klarstellen, was ich nicht will.«

Catherine schmollt schon vorauseilend, dachte er.

»Ich möchte keine Eingriffe in die Bausubstanz, auch wenn

das vielleicht dumm klingt, vor allem hinsichtlich der, hm … Hygieneräume. Wir haben schon einen Großteil freigelegt, die Möbel und anderen Plunder entfernt. Ich möchte, dass wir zuerst alles herausreißen, was nicht von Palladio stammt, vor allem die hässlichen Zwischenwände im Kornspeicher. Die Architektur soll für sich sprechen. Vielleicht sollten wir das dann einige Tage auf uns wirken lassen.«

Er blickte in die Runde: Paul interessiert, Catherine schmollend, Ruspoli offensichtlich enttäuscht.

Paul ergriff das Wort. »Und dann können wir beginnen, die Villa stilgerecht einzurichten. Nachdem die Architektur im Renaissancestil ist, hätte ich da einige …«

»Nein, Paul, ich muss dich enttäuschen.« Berties Stimme zitterte. »Ich … Ich finde dein Hôtel Rodocanachi großartig, was du da geschaffen hast, ich sage es dir immer wieder, aber hier soll das anders sein. Der Raum soll wirken. Die Architektur. Das heißt noch mal: wenig, wenig, wenig. Wenig Möbel, keinen Dekor. Ich möchte keine Bilder, keine Statuen, Tischchen, Uhren und sonstigen Klimbim, wie er in vielen Häusern herumsteht.«

Stille. Catherine schürzte die Lippen, Pauls Gesicht war starr.

Ruspoli räusperte sich.

»Wenn ich etwas einwenden darf, es wären zunächst die dringenden Reparaturen zu machen, bevor die Herrschaften einrichten.«

Die drei blickten ihn an, als wäre er von einem anderen Planeten.

»Wie schon heute einmal erwähnt: Das Dach leckt, einige Trame sind zu verstärken. Um den Bau gehört eine Drainage gelegt, wenn der Schimmel aus dem Erdgeschoß weg soll. Und die Treppenstufen gehören ausgebessert, sonst bricht sich noch jemand den Hals.«

Paul sah ausdruckslos zu Bertie und nickte langsam. »Wir sollten das zuerst angehen.«

»Auch die Löcher in der Pflasterung – ich erinnere an die Besichtigung – gehören ausgebessert.«

Bertie nickte.

»Ich habe es nicht vergessen. Sie kümmern sich um diese Dinge, dafür bezahlen wir Sie ja. Ich hatte das nicht mehr erwähnt, da es für mich schon abgehakt ist. Hier geht es um Grundsätzliches. Wir wollen …«

Ruspoli unterbrach ihn: »Verzeihung, Sie haben mich nicht verstanden: Wir brauchen Dachdecker, Zimmerleute, eine Menge Leute mit Schaufeln, einen Klempner für die Wasserleitungen und einen Steinmetz. Dazu Baumaterial, Holz, Schotter, Rohre, Kabel und so weiter. Dann wird einmal gebaut und trockengelegt. Vorher können Sie auch nicht einrichten. Oder wollen Sie, dass Ihnen alles wegschimmelt?«

Die drei sahen einander betreten an.

Ruspoli schniefte. »Wir sollten auch Strom einleiten. Wenn wir die Stromleitung nach Mestre anzapfen dürfen, brauchen wir auch jemanden, der uns die Masten baut. Dann sollten wir über die Termine reden. Wann wollen wir anfangen? Wann soll es fertig sein? Ich werde mindestens einen Tag für die Grobkalkulation und den Ablaufplan brauchen, das gehört koordiniert. Die Frage ist auch, wann wir welche Handwerker bekommen.«

»Wir brauchen keine Kalkulation.«

Bertie wunderte sich selbst über die Schärfe in seiner Stimme.

»Sie fangen gleich morgen an. Am Geld soll es nicht scheitern. Wie schon erwähnt ist Madame d'Erlanger eine ausgezeichnete Organisatorin und Kennerin jeglichen Kunsthandwerks. Sie wird sich freuen, Sie zu unterstützen.«

Catherine richtete sich auf.

»Sie kennt außerdem viele Villenbesitzer hier, die allesamt ihre Gebäude restaurieren ließen oder lassen und kann Ihnen sicher auch bezüglich des Ablaufplans behilflich sein.«

Bertie sah Catherines Überraschung und wusste, dass sie sich nicht weigern würde – ihre Eitelkeit war größer als die Empörung darüber, dass sie soeben überrumpelt worden war.

Bertie war erleichtert, als sie nicht protestierte. Sie hatte nun eine Aufgabe, die sie von ihrer Sammelwut ablenken und ihr ermöglichen würde, Kontakte zu pflegen. Nur keinen Palazzo wie Linda und Cole! Sie hatten vorgestern gerade wieder ein Dinner auf klobigen Sesseln, zwischen schweren Möbeln, Stofftapeten und überbordendem Nippes mit ihnen eingenommen. Bertie schauderte beim Gedanken daran. Wenn die Dinge nur so geistreich kombiniert wären wie in Pauls Pariser Haus! Nur Amerikaner konnten teuren Plunder so geschmacklos arrangieren und sich darin wohlfühlen. Nein, hier sollte die Form zur Geltung kommen, die reine Form.

Ruspoli erhob sich. »Dann werde ich mich an die Arbeit machen. Meine Herren. Die Dame. Wir sehen uns morgen.«

Er schlug die Hacken zusammen, deutete eine Verbeugung an und drehte sich um. Seine Stiefelsohlen klackten, er stieß fast mit dem Wirt zusammen, der gerade nach seinen Gästen sehen wollte.

Bertie blickte seine Kompagnons an. Etwas hatte sich verändert. War da so etwas wie Respekt? Hatten sie ihn als Anführer, Kopf, Visionär anerkannt?

Paul atmete hörbar und lehnte sich zurück. Er schien enttäuscht.

»Paul, versteh mich nicht falsch. Ich weiß, dass du die Villa stilsicher ausstatten könntest. Aber hier möchte ich freie Hand haben, so wie du in deinem Haus.«

Pauls Miene war noch immer unverändert.

»Ich … habe aber eine andere Idee. Du bist studierter Architekt. Schau mal, ich musste in den letzten Tagen öfter an deinen Gartenentwurf denken, der in deinem Salon hängt. In Paris ist es dir verwehrt gewesen, einen zu verwirklichen, aber … hier wäre genug Platz.«

Paul zog die Brauen hoch. Er kam aus der Reserve.

»Wir haben so viel Grünland gekauft. Glaubst du nicht, dass die Foscari einen wunderbaren Renaissancepark hatten? Gärten, Wege, vielleicht Pavillons … alles geometrisch und in mathematischen Proportionen, wie es in der Renaissance üblich war …«

Paul blickte konzentriert.

»Wer könnte es besser als du? Welcher Planer hat die Zeit, sich in die entsprechenden Werke einzulesen? Wahrscheinlich brauchst du das nicht einmal.«

Paul lächelte, als ob ihm in diesem Moment schon der erste Einfall gekommen wäre. »Ich weiß, dass du mir schmeichelst, aber es klingt tatsächlich verlockend. Verdammt, du schaffst es immer wieder. Eine geniale Idee. Und was deinen Ausbruch betrifft: Bertie, einer muss sagen, wo es langgeht. Für mich ist das zwar neu, aber von mir aus regierst hier du.«

Bertie blickte zu Catherine. »Wenn wir das wirklich wollen, dann ist das ein Neuanfang für uns alle.«

Catherine lehnte sich nach vorn und machte Kulleraugen.

»Ich habe ja noch mein Haus an der Riva zum Vollstopfen, von mir aus ist es hier eben leer.«

Paul zwirbelte seinen Bart.

»Noch etwas. Ich sage es am besten gleich. Ich werde mein Haus in Neuilly verkaufen. Arturo nimmt es mir ab. Der Chilene. Arturo López-Willshaw, ihr wisst schon. Nein, zwischen uns ist nichts mehr. Er ist ja offiziell verheiratet, mit seiner

Kusine. Ich könnte im Sommer hier einziehen, damit du nicht so allein bist, Bertie.«

15

1546-1550. Casteldurante (Urbania)

Sie stammte aus einem kleinen Nest in der Gegend, war noch keine zwanzig und hörte auf den Namen Giulia Varano. Zu meiner Verwirrung besuchte sie mich schon am zweiten Tag meiner Arbeit mit einigen Hofdamen im Dom, um sich über den Fortgang der Arbeiten zu erkundigen, wie sie sagte. Ich stotterte bei diesen Besuchen fürchterlich. Sie verdoppelte meine Qualen, als sie klagte, wie viel Zeit sie ohne ihren Mann verbringen müsse. Während sie mit ihrem eigenartigen Akzent sprach, sah sie mir unentwegt in die Augen. Nach ihren Besuchen war ich kraftlos, ging im Kreis wie ein Tier im Käfig.

Es begab sich, dass der Fürst im fernen Trient weilte und ich einige Tage lang bis in die Nacht hinein gemalt hatte, um die Heiligengeschichten im Dom endlich abzuschließen. Es dürstete mich wieder nach antiken Motiven, Göttern, Nymphen, Allegorien und arkadische Landschaften.

Es war am Ende dieser Woche, als ich einmal im Badezuber einschlief und erwachte, als das Wasser schon kalt war. Der Dienstbote, der mir in den ersten Tagen beigestellt worden war, war mir nach wenigen Tagen wieder abgezogen worden. Also hieß es: allein heraus, abtrocknen. Beim Baden war mir die Idee zu einem völlig asymmetrischen Bild gekommen, zu dem ich noch ein, zwei Skizzen machen wollte. Ich erhob mich und drehte mich in Richtung Wäscheleine, als mich ein Geräusch zusammenfahren ließ.

»Guten Abend, Meister Battista.«

Da stand sie. Mir wurde heiß und dann eiskalt. Wie war sie hereingekommen? Woher wusste sie, dass ich gerade gebadet hatte? Sie nahm das Laken von der Leine und reichte es mir.

»Wollt Ihr Euch nicht abtrocknen?«

Ich griff reflexartig nach dem Tuch, drehte mich weg und begann mich abzurubbeln. »Ihr solltet nicht hier sein«, presste ich hervor, während die Gedanken in meinem Kopf rasten. Was sollte ich tun? Am liebsten hätte ich mich auf sie gestürzt, zugleich wusste ich, dass eine solche Tat mir lebensgefährlich werden konnte.

»Wie seid Ihr hier hereingekommen?«, stieß ich hervor, noch immer abgewandt, doch noch ehe ich ausgesprochen hatte, fühlte ich, wie sich ihre Hände auf meine Hüften legten. Sie drehte mich um, ich ließ es geschehen. Ich ließ auch zu, dass sie mich anfasste, während sie mir in die Augen sah. Ich schnappte nach Luft und konnte nicht umhin, an die Geschichte des biblischen Joseph zu denken, dem Potiphars Weib zum Verhängnis wurde.

»Für Joseph ist die Sache auch nicht gut ausgegangen«, würgte ich hervor, während ich die Herrschaft über meinen Körper verlor. Ihr Gesicht näherte sich meinem. »Weil er sich widersetzt hat«, flüsterte sie.

16

Nach diesem Vorfall nahm ich wieder Zuflucht in meiner Arbeit, die mich die Ängste und Lüste wenigstens stundenweise vergessen ließ.

In Casteldurante waren schon seit Jahrzehnten Majoliken produziert worden, doch recht stümperhaft. Daher hatte Guidobaldo Order gegeben, völlig neue Anlagen zu errichten. Als ich mit Genga die Baustellen der neuen Manufakturen besichtigte, war ich abgestoßen und entsetzt. Da entstand eine Stadt aus Schlamm und Dreck, jeder Quadratfuß am gesamten Gelände war ehe-

maliger Sumpf. Die zerlumpten und lehmverschmierten Arbeiter, die in einer Wolke aus Gestank an mir vorüberzogen, erinnerten mich an antike Sklaven. Arme Teufel! Und ich sollte hier in den Sommermonaten arbeiten!

Ich durchschritt die Anlage: Neben den fertigen Hallen klopften Arbeiter an Wohnbaracken herum, einige Meter weiter mauerten Leute aus dem Süden haushohe Brennöfen. Am Ende der Anlage war eine kleine Ladenzeile entstanden. Und offenbar wurde in der Baustelle bereits produziert, denn Pferdewagen, die mit ausgestochenen Lehmblöcken beladen waren, quälten sich durch den Matsch.

In dieser Stadt im Dreck sollten also nach meinen Entwürfen die buntesten Kunstwerke entstehen. Genga erklärte mir, dass die Kampagnen von April bis Oktober gehen sollten, in der restlichen Zeit könnte ich in Urbino Stiche machen, soviel ich wollte.

Wenigstens würde sich, so dachte ich, weit weg von Giulia, unser beider Leidenschaft abkühlen und ich würde für den Sommer außer Gefahr sein, denn in die Lehmstadt würde sich die Fürstin nicht verirren.

In den nächsten Wochen regnete es so stark, dass der Tonstich erst Ende April aufgenommen werden konnte. So blieb ich in Urbino, schloss mich in meiner Werkstatt ein und produzierte meine Stiche, malte hin und wieder ein Porträt und ließ keine Besuche zu. Die paar Entwürfe für die Keramiken machte ich zwischendurch, sodass ein ganzer Packen zur Verfügung stand, als die Produktion endlich aufgenommen wurde. Ich hatte Motive entworfen für Tischplatten, Wandkacheln, Vasen, Weinmischgefäße, Trinkbecher und irgendwelche Dosen, von denen ich nicht wusste, welchem Zweck sie dienten.

Im April übersiedelte ich nach Casteldurante, ohne Giulia begegnet zu sein. Ich suchte hässliche Dirnen auf, um meine Leidenschaft abzulenken. Im August verbrachte ich zwei Wochen in

Gengas Landhaus nahe der Gola del Furlo, wo die bewaldeten Hügel ein wenig Kühle spendeten. Es verging kein Tag, an dem ich nicht an sie dachte.

Als ich im Oktober nach Urbino zurückkehrte, brach Guidobaldo ins ferne Trient auf, wo im Vorjahr das Konzil begonnen hatte und jede Menge Eskorten benötigt wurden.

Es ließ sich nicht vermeiden, dass Giulia und ich unser Spiel wieder aufnahmen. Das Feuer loderte, alle paar Wochen wechselten wir den Ort, kamen und gingen in Häuser zu unterschiedlichen Zeiten, wurden nie zusammen gesehen und wechselten bei Hof nur wenige Worte.

Als der Fürst im Frühjahr zurückkehrte, erkrankte Giulia. Wenn jemand der Höflinge ihm etwas hätte zutragen wollen, schwieg er nun angesichts der immer schwächer werdenden Fürstin. Ihre Krankheit, eine Lungenentzündung, die schnell fortschritt, stellte alles andere in den Schatten und ließ es zweitrangig erscheinen. Von Tag zu Tag zehrte das Fieber ihren Körper mehr aus, ein trockener Husten war ihr ständiger Begleiter geworden. Ich bangte im dreckigen Casteldurante um ihr Leben und versuchte, meinen Schmerz dadurch in Bahnen zu lenken, dass ich mitten in der morastigen Barackenstadt meine nächtliche Kupfersticharbeit wieder aufnahm. Während der Herzog täglich um das Leben seiner Gattin fürchtete und zudem gerade in schwierigen Verhandlungen mit Siena steckte, überlegte ich fieberhaft, wie ich dem Zorn des Herrschers, der sich nach Tod und Trauer sicher Luft machen würde, entgehen könnte. Sicher würde er von unserer Verbindung erfahren oder hatte es gar schon.

Mitten in mein Bangen hinein erschien der erhoffte Rettungsanker in Gestalt eines Gesandten aus meiner venezianischen Heimat, den ich in Casteldurante beim Kauf von Majoliken in der Verkaufsstube antraf.

»Hat Er nicht Lust, im Vestibül der Biblioteca Marciana we-

nigstens einen Teil der Decke zu machen? Zelotti ist abgesprungen, Tizian mit dem Kaiser höchstpersönlich unterwegs, außerdem zu teuer, del Piombo in Rom. Er weiß ja, was sonst für ein Pack in Venedig herumläuft, Palma da Serinalta und Konsorten.«

Der Gesandte wandte sich wieder dem Leiter der Manufaktur zu und ich stand wie erstarrt. Wie hinter einem Schleier hörte ich seine routiniert und beiläufig heruntergespulten, an den Verkäufer gerichteten Worte. »Ich nehme das Wandbild, inklusive Mosaik. Alles wie beim letzten Mal. Und nimm nicht zu wenig Holzwolle für die Kisten, sonst habe ich nur Scherben. In einer halben Stunde brechen wir auf.«

»Sehr wohl«, buckelte der Verkäufer und brüllte einige Kommandos in den dunklen Schlund hinter sich.

»Signore …« Mir war der Name entfallen. Der Venezianer wandte sich um und hob eine Braue.

»Fortin«, ergänzte er halb belustigt, halb herablassend.

Ich räusperte mich. »Wenn Ihr nicht gescherzt habt … ich würde kommen. Es ist Zeit … wenn ich jetzt nicht …«

Ich vollendete den Satz nicht und blickte Fortin fragend an, der überrascht schien.

»Nun gut, wenn Er es ernst meint. Ich werde dem Rat seine Entscheidung mitteilen. Ich denke, sie werden sich freuen, einen Sohn der Heimat wieder einfangen zu können. Seine Stiche sind ja wirklich großartig und die Porträts in Florenz, die ich selbst gesehen habe« – er spitzte süffisant die Lippen – »die Zierde des Treppenhauses im Palazzo der Medici.«

Ich zuckte zusammen … er kannte die Erzeugnisse meiner Florentiner Jahre? Zugleich hörte ich die gewohnte Erniedrigung heraus, den Stachel: ganz gut, aber nicht perfekt. Porträts fürs Treppenhaus, als Vorbereitung des Besuchers für größere Kunstwerke.

Fortin verabschiedete sich bereits und auch ich musste zurück nach Urbino, die Sonne stand schon tief. Erster Nebel kam auf, der Sommer würde bald zu Ende sein. Ich bestieg mein Pferd und ritt am Ca' la Lagia vorbei der Stadt zu. Als ihre Mauern vor mir aufstiegen, hatte ich die Gewissheit: Ich würde gehen, auch wenn ich in Venedig nicht genommen würde. Ich musste gehen.

Als ich am nächsten Morgen nach einigem Warten zu Guidobaldo vorgelassen wurde und ihm umständlich meinen Entschluss darzulegen versuchte, hielt dieser die Hand hoch und gebot mir zu schweigen. Er stand vor mir und sprach tonlos, trocken, wie rezitierend gegen den Boden gewandt: »Es ist gut, dass du endlich fragst. Du hättest schon längst gehen sollen. Nein, ich hätte dich schon längst davonjagen sollen. Zwei Zimmer weiter liegt meine Frau im Sterben. Ja, ich hatte wenig Zeit und Herz für sie. Aber du hast mich zum Narren gehalten, vor dem Hof und dem ganzen Volk. Du …« Er machte eine Pause und blickte mich an. Mir fror das Blut in den Adern, Schwindel fasste mich an.

»Du.« Der Herzog flüsterte jetzt langsam und gefasst. »Du wirst jetzt gehen, bevor ich es mir anders überlege und dich ins Gefängnis werfe. Ich will dich hier nie wieder sehen. Hau ab!« Er zog einen Schniefer durch die Nase und wandte sich ab.

Wie schon bei meiner Ankunft vor vier Jahren wankte ich hinaus und musste mich an der Balustrade des Treppenhauses abstützen.

17

1551, Romagna

Die Fahrt nach Norden war eine Qual. Ich hatte eine Kutsche gemietet, da ich Pinsel, Farben und allerlei Gerät mitnahm. Gute Farben wurden immer seltener – wer weiß, ob ich in Rom ein Lapislazuli-Ultramarin würde auftreiben können oder zyprischen Ocker – Farben, die ich gerne an bestimmten wichtigen

Stellen verwendete. Wir fuhren auf der Via Romea die Küste entlang, wobei wir den malariaverseuchten Sümpfen weit ausweichen mussten, sodass es mir nicht vergönnt war, die Abtei von Pomposa zu sehen und ihren Freskenschmuck zu studieren.

Ich grübelte viel, während meine Augen sich in den überfluteten Reisfeldern der Gegend verloren. Die eintönige Landschaft wirkte wie eine Betäubung und jagte zugleich meine Gedanken im Kreis. Wer würde in Venedig auf mich warten? Wer war ich schon? Ein Maler, der von Auftrag zu Auftrag lebte, ohne Absicherung, eigentlich nur ein Parasit ohne eigene Existenz, nur Beiwerk, immer abhängig auf Leben und Tod von dem Herrn, dem ich gerade diente. Ich fragte mich, warum ich es nie, wie Raffael oder Tizian, zu einem Vermögen gebracht, nie einen Kreis von Schülern und Nachahmern um mich geschart hatte und gab mir zugleich die Antwort: Das Geld war mir in den Kaschemmen von Florenz und Urbino unter den Fingern zerronnen.

Urbino! Sinnlose Jahre hatte ich dort verbracht, um Dinge zu malen, an die sich niemand mehr erinnern wird. Keramik! Es war ein Fehler gewesen, in die Provinz zu gehen, das sah ich jetzt deutlich. Während der Jahre des Majolikenentwerfens waren andere Namen groß geworden in Florenz, Rom und Venedig, andere hatten sich eingenistet und breitgemacht und würden keinen Zoll von ihrem Platz abrücken. Ich war ein Niemand geblieben, während ein Sanzio in Rom inzwischen einen Palast sein Eigen nannte.

Während ich von der Ferne die Türme von Padua sah, dachte ich an das neue Konzil in Trient, das vielleicht über Umwege neue Aufträge bringen würde. Neue theologische Vorstellungen würden neue Bilder brauchen. Ich würde die Gelegenheit gut nützen. Vielleicht würden mehr Heiligendarstellungen gefragt sein oder mehr Szenen im Stil der Antike. Ich würde endlich zeigen können, wie originell ich malte, welche unerhörte Posen ich mir ausgedacht hatte und welch kostbare Pigmente ich zusammenmischte. Wenn nicht von Rom, so doch von Venedig aus würde ich endlich in ganz Italien bekannt werden. So dachte ich bei mir, als wir in Abano übernachteten, wo ich ein Bad in den heißen Quellen nahm.

Nach drei Tagen Fahrt lud ich in Padua meine Sachen auf einen Kahn, der mich durch den Kanal der Brenta nach Venedig brachte, wo mich die nächste Überraschung erwartete.

18

1925, Malcontenta

»Vielleicht hätten wir Princess Jane doch einladen sollen. Sie soll ganz verschnupft gewesen sein, als sie erfuhr, dass sie nicht dabei ist.« Catherine drapierte Pralinen auf einige gläserne Etageren. Sie saßen in der Küche im Untergeschoß um einen rohen Tisch, Bertie prüfte die Etiketten einiger Weinflaschen mit zerstreuten Blicken. »Ich habe doch gesagt, diese Pseudoprinzessin kommt mir nicht ins Haus! Eine Farmerstochter!« Er atmete verächtlich aus. Er konnte die Amerikanerin, die als Jane Campbell geboren wurde und sich jetzt als Angehörige des italienischen Hochadels gebärdete, nicht ausstehen.

»Dafür hast du deinen Volpi eingeladen. Pah!«

Giuseppe Volpi war ihm wichtig. Er hatte den Grafen über Elsa Maxwell kennengelernt. Volpi hatte sich sofort für Berties Projekt interessiert und ihm so kräftig auf die Schulter geklopft, dass Bertie fast einknickte. Der Adelige war eine imposante Erscheinung, fast eins neunzig, beleibt, Henri-quatre-Bart, stets tadellos gekleidet und nie ohne Zylinder auf dem Kopf. Sie hatten tags darauf gemeinsam diniert, ein Glas Cognac nach dem anderen geleert und immer heftiger diskutiert.

Volpi hatte den modernen Film als Kunstform verteidigt. Bertie sah das Theater gefährdet, musste aber zugeben, dass er von den expressionistischen Möglichkeiten fasziniert war. Nach weiteren Gläsern hatte jeder seine Fantasien weitergesponnen: Bertie hatte versucht, ihn anhand von Langs »Dr. Mabuse« zu überzeugen, dass die Masse die Kritik an der Dekadenz und am Großbürgertum überhaupt nicht verstehe und nur durch die spannende Kriminalgeschichte hypnotisiert werde. Volpi fantasierte von einem Festival mit Filmen in Venedig als Erweiterung der Biennale, was Bertie für den Untergang der venezianischen Kultur hielt. Nach dieser Nacht war sich Bertie sicher: Der Graf war ein Mann, den er unbedingt in seinem zukünftigen Salon haben wollte: Was für ein gebildeter Querkopf!

Die Tür ging auf, Paul trat ein. »Habe ich Princess Jane gehört?«, lachte er. »Die sitzt im Excelsior am Lido und zürnt uns. Carum est quod rarum est. Die ersten Gäste sind übrigens gerade angekommen, jemand sollte sie begrüßen.«

Bertie sprang auf. »Warum sagst du das nicht gleich? Warum hat niemand geklingelt? Warte … wir lassen alle Gäste noch draußen im Garten, ich sage gleich Giuseppe, dass er den Champagner herrichten soll. Ich werde dann …« Die letzten Worte waren nicht mehr hörbar, er war schon im Flur.

Catherine sortierte weiter die Pralinen. Ihr Blick war verschlossen.

»Ärgere dich nicht, Catherine«, brummte Paul und setzte sich. »Wir haben uns auf eine Linie geeinigt und wir müssen zusammenstehen. Sieh mal, diese Jane mag zwar den Prinzen di Faustino geheiratet haben, geblieben ist sie trotzdem ein amerikanisches Landei, das glaubt, es könne fehlende Manieren durch originelle Einfälle wettmachen. Und der einzige Ort, wo sie regiert, ist der Lido. Gerade solche Leute wollen wir hier nicht haben, darauf haben wir uns ja geeinigt.« Er nahm sich eine Praline.

Catherine sah ihn an. »Es … es ist schwer für mich. Nicht einmal Cole ist eingeladen. Ich weiß nicht, wie ich diese Feste, die Bertie vorschweben, inszenieren soll. So wie er sich das vorstellt, werden das Begräbnisse. Keine Musik, keine Themen, keine Kostüme. Nur Gespräche in Tuscu…, Tux…, ach, was weiß ich!«

»Tusculum«, lachte Paul. »Aber wir sollten hinausgehen. Die ersten Gäste kommen.«

»Hilf mir!« Catherine deutete auf die Etageren. »Die müssen auf jeden der Tische draußen.«

»Bitte, erkunden Sie mit mir die Malcontenta!«

Der Champagnerempfang im Schatten der Trauerweide war vorüber, Bertie stieg feierlich die linke Freitreppe zum Portikus hoch. Graf Volpi, der als Gouverneur von Tripolitanien gerade erst drei Tage wieder zurück war, löste sich als Erster von der Traube des knappen Dutzends der Gäste und bot der Gräfin Annina Morosini den Arm. Die anderen folgten zögerlich, Catherine hängte sich bei Sergei Djagilew unter, der Pianist Rubinstein bei der Tänzerin Tilly Losch. Beide hatte Bertie im letzten Moment dazugenommen, Rubinstein war erst gestern angekommen.

Sobald Paul als Letzter den Raum betreten hatte, begann Bertie mit seinem Vortrag. Als er von Vitruv und Palladio, der reinen Form und dem Goldenen Schnitt zu sprechen begann, lauschten noch alle interessiert, da sie dachten, es sei der Auftakt zu einer Art Führung. Doch als er sein Thema, das Leben als Kunst, gefunden hatte, war er nicht mehr zu halten. Wie lange hatte er sich auf diesen Abend vorbereitet! Während Tilly Losch hilfesuchend um sich blickte, verglich

Bertie Aussagen von Kierkegaard mit denen Schopenhauers und begann dann noch Oscar Wilde zu zitieren. Die Gesichter der Besucher wurden immer länger. Sie waren auf kostbare Möbel, Ölbilder, Statuen, Tapisserien, Kronleuchter, kurz eine Art Museumskollektion mit dazugehöriger Führung und eine anschließend wenn nicht opulente, so doch spritzige Party gefasst gewesen. Doch alles, was sie sahen, waren nahezu leere, von wenigen Lampen und Kerzen schlecht ausgeleuchtete Räume, unter deren weißer Tünche die übermalten Fresken geisterhaft durchschimmerten, alles, was sie hörten, war die immer aufgeregter und wirrer quiekende Stimme eines kindlichen Mannes, alles, was sie fühlten, war eine Atmosphäre von Nüchternheit, Konzentration, Fadesse. Fest würde das keines mehr werden. Man würde sich höflich verabschieden und den dreien viel Glück wünschen. Was wollte dieser Landsberg?

19

1551, Venedig

So kehrte ich in meinem einundvierzigsten Lebensjahr in meine Heimatstadt zurück, die ich zwanzig Jahre nicht mehr betreten hatte. Und wenn auch die Palazzi und die stinkenden Kanäle dieselben geblieben waren, so hatte sich auch diese Stadt völlig verändert. Als Erstes fielen mir die verstopften Gassen auf, in denen ich ständig angerempelt und beiseitegedrängt wurde. Ich wunderte mich über die hohe Zahl an Ausländern, es gab Sarazenen, Deutsche, Niederländer, Griechen, Zyprioten, Dalmatiner, Juden aus dem Osten und vieles mehr, alle durcheinander und zusammengedrängt. Angeblich wohnten jetzt hundertachtzigtausend Menschen auf den Inseln, so viele wie noch nie, es gab mehr Menschen als Betten. In jedem Winkel rollten sich mit Einbruch der Nacht

Bettler zusammen, an Brücken, Nischen und Hausvorsprüngen, in manchen Mietskasernen schliefen bis zu zehn Leute in einem Raum auf durchgelegenen Strohsäcken, und auch im Arsenal, diesem Wunder an Schiffswerft, wo dreitausend Arbeiter immer noch täglich eine vollständige Galeere produzierten, ruhten die Arbeiter nachts auf Stapeln von Säcken und Seilen, so erzählte man mir. Angeblich sollten neue Häuser gebaut werden auf der Giudecca und in Sacca Fisola, aber von denen war nichts zu sehen.

Ich brauchte einige Tage, um mich an das Gewimmel und den damit verbundenen Lärm zu gewöhnen. Ständig sprachen mich Bettler, Fremde und Nichtsnutze an, schrien und liefen mir Händler nach, keiften mir Dirnen ihren Preis zu. Und überall Gerüche und Gestank in allen Ausprägungen. Ich ging in den ersten Tagen früh zu Bett, ermattet von dem Überschwang der Eindrücke.

Abseits von diesem Durcheinander kam mir die Arbeit in der Biblioteca Marciana als Ausgleich zu dem Treiben in der Stadt entgegen. In den Lesesälen herrschte Ruhe und eine Stimmung von Konzentration und Erhabenheit.

Es stellte sich heraus, dass Bernardino India ebenfalls an der Ausmalung beteiligt war, was mich nicht störte. Ich hatte damit gerechnet, dass noch andere mitarbeiten würden. Ich hatte ihn vor Jahren in Florenz als bescheidenen Menschen kennengelernt und dies war er auch geblieben. Ich verstand mich mit ihm vom ersten Tag an, wir erzählten einander von unseren Fährnissen. Er hatte einen eigenartigen Malstil, da er nur helle Figuren vor dunklen Hintergründen darstellte. Wie ich verdiente er sich sein tägliches Brot mit den Stichen und lebte von der Hand in den Mund, was seinen Gleichmut aber nicht trübte.

In dieser Zeit fand ein Wettbewerb um die Ausmalung der Decke von San Sebastiano statt. Bernardino und ich beschlossen, uns gemeinsam zu bewerben, das Geld konnte uns ein weiteres Jahr das Überleben sichern. Ein Jahr keine Stiche, kein Ätzen! Wir besuchten die Kirche, zeichneten zwei Tage und reichten unsere Entwürfe ein. Vierzehn Tage später saßen wir mit anderen Kollegen im Kapitelsaal des Hieronymitenklosters, zu dem die Kirche gehörte, und warteten darauf, dass der Abt eintrat.

»Wer ist der Geck da vor uns?«, fragte ich Bernardino und deutete auf einen Mann Mitte zwanzig, der eine bunte orientalische Jacke trug, über die sich seine lockigen Haare wellten.

»Veronese«, flüsterte Bernardino. »Hat bisher nur in Mantua gearbeitet, ist der Geheimtipp zur Zeit. Dort sind alle restlos begeistert. Wenn du mich fragst: Er malt mit grellen Farben, ein Blender. Er hat aber viele Anhänger hier in der Stadt, also …«

Die Stimmen erstarben, der Abt trat ein.

Umständlich begann er den Plan, den alle kannten, zu erklären. Er wiederholte die Bedingungen für die Ausführung und die Geldsummen.

»Wir haben uns entschlossen, die Ausführung der Deckenfresken Paolo Veronese zu übertragen, der uns mit seinen Entwürfen überzeugt hat.«

Ein Murmeln setzte ein, das immer lauter wurde. Einige sprangen auf und liefen hinaus, einige schimpften »Skandal!« und Ähnliches.

Ich sah Bernardino an. Auch er war nicht überrascht. »Auch hier kommt wieder einmal die Mode vor der Qualität«, knurrte er.

Ich musste an Buonarroti denken, der vor fünfunddreißig Jahren ähnlich düpiert worden war, als der junge Sanzio und nicht er die päpstlichen Gemächer ausmalen durfte. Jetzt hatten wir uns für Neuerer gehalten und waren wieder von einem Jüngeren überflügelt worden.

Aber was hatte es Sanzio genützt? Er starb drei Jahre später und Buonarroti lebte noch immer, wenn auch niemand wusste, was er jetzt noch machte. Er musste Mitte siebzig sein und hatte sich irgendwo im Vatikan verkrochen.

Ich kehrte mit Bernardino in eine Schenke am Rio San Barnaba ein. Wir redeten über die Stadt, über die nächsten Bälle und Einladungen, denen wir nicht Folge leisten würden. Ich fühlte unter seiner Friedfertigkeit denselben Vulkan wie in mir: Auch er wollte endlich den Durchbruch schaffen, endlich den Auftrag bekommen, bei dem er zeigen könnte, was in ihm steckte. Ich wusste noch nicht, dass ich in ein paar Tagen jemanden kennenlernen würde, der mir dazu die Chance anbieten würde.

20

1925, Malcontenta

»Nein, Catherine, das werde ich nicht dulden. Kein Vorhang! Auch keine Schabracken oder Kaffeegardinen.«

Catherine stampfte mit dem Fuß auf. »Warum mache ich bei dem Wahnsinn nur mit! Hast du es nicht verstanden? Wenn du willst, dass sich irgendwer hier wohlfühlt, dann können wir das nicht so lassen wie eine Bahnhofshalle! Ach!«

Sie machte kehrt, lief hinaus und ließ Bertie im großen Raum zurück.

Er ließ sich auf das Sofa fallen, das einzige Möbelstück, das er Catherine bisher zugestanden hatte.

Er blickte auf die Fresken, die unter der Tünche durchschimmerten. Wenn man nur eine Szene erkennen könnte …

Nicht genug, dass die Besucher der Villa nicht verstanden, was ihm ein Anliegen war, auch bei Catherine war er sich nicht sicher. Ständig drohte sie abzudriften. Trotzdem war sie dabei. *Das Projekt fasziniert sie, weil es so anders ist als ihre ephemeren Unternehmungen, das ist es.*

Dabei war es ja nicht so schwer zu verstehen: Er wollte hier keine Partys und Kostümfeste in großer Gesellschaft feiern, sondern sich für wenige Gäste lange Zeit nehmen, mit ihnen Gedanken austauschen, essen, spazieren, einen modernen Peripatos etablieren. War das so abartig inmitten einer Gesellschaft, die sich in exzentrischen Festen überbot?

Er nahm das Gästebuch, das neben ihm lag, und schlug es auf. Drei Besichtigungswochenenden waren nun vergangen und er musste sich eingestehen, dass er enttäuscht war. Er hatte sich mehr Zuspruch, Begeisterung und Verständnis erwartet. Das waren doch Intellektuelle! Mehr als höfliche Bekundungen von Respekt waren das nicht gewesen. Sicher, diese Runden waren noch keine eigentlichen Gesellschaften, sondern besichtigten eigentlich nur ein Bauwerk. Auch waren die Arbeiten noch nicht abgeschlossen und außen lagen noch Baumaterial und Geräte herum. Nicht wenige gaben ihm Ratschläge zu Renovierung und Ausstattung, nach denen er nie gefragt hatte. Dass Bertie die Nacktheit der Räume erhalten wollte, verwunderte und verstörte die Besucher und stieß manche ab. Viele sagten, sie seien fasziniert, könnten sich aber nicht vorstellen, selbst in solcher Kargheit zu leben.

Bertie goss sich einen Whisky ein, schwenkte ihn, roch daran und stürzte ihn hinunter.

Hatte er die Leute falsch eingeschätzt? Waren alle ignorant und oberflächlich? Vielleicht sollte er milder urteilen. Denn wenn auch niemand verstand, dass es weder auf teure Möbel noch auf Vorhänge, weder auf Kronleuchter noch auf Teppiche ankam, um einen Raum wirken zu lassen, so schienen die meisten Besucher doch Respekt zu haben vor der Radikalität, mit der er den leeren Raum verteidigte. Respekt, ja, das war es immerhin, was er bei den Besuchern erreicht hatte. Letztlich war es auch dieser Respekt, der Catherine bei der Stange hielt.

Alle fühlten, dass es hier um etwas Größeres ging, auch wenn sie aus anderem Holz geschnitzt waren.

Ende Juni wichen die Bauarbeiter und ließen eine zementschmierige Wiese zurück. Ein Klempner und ein Steinmetz werkten noch da und dort. Bertie hatte bei einem Antiquitätenhändler in San Marco vier kleine Tische erstanden, die er in die Kreuzarme der zentralen Halle stellte. Das Sofa stand noch da, sonst nichts. Er duldete keine weitere Einrichtung.

Er ließ Catherine dreißig Klappstühle und einige Tische kaufen, die für Gesellschaften hergerichtet werden konnten und bis auf eine Garnitur, die Bertie unter dem Portikus erlaubte, im Erdgeschoß lagerten.

Im Erdgeschoß war neben den Lagerräumen ein spartanisch ausgestattetes Bad aus Veroneser Marmor entstanden. Im Zwerggeschoß über dem großen Saal richteten Bertie, Catherine und Paul ihre Schlafzimmer ein, dazu standen jetzt drei Gästezimmer zur Verfügung.

Bertie staunte nicht schlecht, als er Catherines Zimmer eine Woche später in Augenschein nahm: Binnen weniger Tage hatte sie es geschafft, ihr Zimmer mit Stoffen und Nippes bis obenhin vollzustopfen – hier gab es mehr Dinge als in der gesamten weiteren Villa zusammen. Auf ihrem Schreibtisch hatte sie offenbar gerade ein Billet entworfen, die Farben lagen kreuz und quer.

»Was ist das für eine Einladung?«, fragte Bertie.

»Ich werde ein Fest machen«, stieß sie hervor. »Ein Kostümfest. Keine Angst, nicht hier. Ich werde einen Palazzo mieten.«

Bertie wusste nicht, ob er sich ärgern, sie bedauern oder lachen sollte. Er hob die Brauen.

»Sag nichts, was sollst du auch sagen? Du kennst mich doch! Ich brauche den Glitzer!« Sie verzog den Mund.

Jetzt musste er kurz auflachen. »Ich weiß schon, dass ich aus dir keine Eremitin machen werde. Das steht mir auch gar nicht zu. Du bist ja hier nicht festgenagelt.«

Sie setzte sich in ihrem Stuhl auf.

»Bertie, versteh mich nicht falsch. Ich bin hier mit Leib und Seele dabei … es ist großartig, was du hier … was wir hier machen. Ich bin da gerne dabei und bleibe es auch. Aber ich möchte auf das andere nicht verzichten … vorerst noch nicht.«

»Ich verstehe dich ja. Ich habe ja auch nicht vor, zum Mönch zu werden, das weißt du doch. Aber hier haben wir die Möglichkeit, einen Ort zu schaffen, wo es alles das nicht gibt, wo weder Modeschauen noch Kostümfeste stattfinden. Wer das will, soll auf den Lido fahren, da hat er den ganzen Zirkus.«

»Das ist das Stichwort.«

»Wie bitte?«

»Zirkus. Mir schwebt ein Kostümfest vor, und Zirkus wäre doch ein Thema. Wenn ich dich ganz lieb bitte, kämst du dann auch?«

Bertie glotzte und brach in ein Lachen aus, das Catherine sofort ansteckte.

»Für dich verkleide ich mich sogar, Catherine. Dafür machst du hier weiter die Managerin.« Er trat zu ihr und umarmte sie, während sie sitzen blieb.

»Ich gehe dann wieder hinunter. Wann soll dieses Fest sein?«

»In drei Wochen, es ist Karneval, weißt du!«

»Da wird Paul ja auch schon da sein. Bin neugierig, ob er mitmacht.«

Bertie verließ das Zimmer und stieg die Wendeltreppe in das Piano nobile hinunter. Er dachte an Paul, der in Paris in seinem Haus eine Abschlussveranstaltung inszenierte, bei der er noch ein letztes Mal durch das Haus führen wollte. Für jeden Raum hatte er sich eine andere Attraktion ausgedacht:

Schauspieler, die hinter Statuen hervorsprangen und Gedichte rezitierten, japanische Sänger, eine afrikanische Tänzerin. Sogar sein Schlafzimmer hatte er mit einem Streichquartett besetzt. »So etwas wird es hier auch nicht geben«, murmelte Bertie und überlegte sich, welche Verkleidung er für Catherines Fest wählen würde.

21

1552, Venedig

Die Arbeit in der Marciana neigte sich dem Ende zu – zwei oder drei Tagwerke noch, dann würde ich mich nach einem neuen Auftrag umsehen müssen, der nicht in Sicht war. Die Arbeit beschränkte sich nur noch auf das Gestalten des Rahmens, der die gesamte Decke begrenzte. Um die Langeweile hintanzuhalten, erfanden Bernardino und ich Ratespiele zu Ovids Metamorphosen und zu Livius. Ich war gerade dabei, mir ein Rätsel zu Arachne auszudenken, als mich ein Räuspern von unten zusammenzucken ließ.

Ich blickte hinunter, konnte im Gegenlicht, das durch die Fenster fiel, nichts erkennen. Ich sah Bernardino an. »Erwartest du jemanden?«

»Ja!«, grinste er mich an und rief hinunter: »Drei Striche noch, dann komme ich!« Wir beschlossen das Putzfeld und kletterten vom Gerüst hinunter. Während ich die Gehilfen anwies, mit dem Auftragen der nächsten Putzschicht zu warten, begrüßte Bernardino den Neuankömmling.

»Komm, ich muss dir Battista vorstellen«, vernahm ich.

Da stand ein Mann von untersetzter Gestalt, mit einem fleischigen Gesicht und buschigen Brauen. Immer wieder schürzte er die Lippen süffisant, ohne dabei herablassend zu wirken. »An-

drea Palladio, Steinmetz und Architekt – Battista Franco«, sagte Bernardino förmlich.

Ich musste mir eingestehen, dass ich diesen Namen noch nie gehört hatte und ihn auch mit keinem Bauwerk verband.

»Das macht nichts«, lachte Andrea, »ich kenne ja auch nichts von dir.«

Wir zeigten ihm unsere Fresken, die er sehr lobte.

Am Abend saßen wir bei einem Krug Wein zusammen, der unsere Zungen lockerte. Sprachen wir zuerst allgemein über die Wiedergeburt der Antike, über Ovid und über Petrarca, kamen wir schließlich in die Gegenwart und redeten über Buonarroti und Sanzio und schließlich über meine Bilder. Nach dem zweiten Krug Wein wusste Andrea, dass ich nicht gerade mit Aufträgen ausgelastet war. Die Vorlage hätte nicht besser sein können.

»Und ich komme mit den Aufträgen nicht nach! Ich müsste mich verdreifachen!«, rief er und erklärte uns, wie in den letzten Jahren die Villen auf der Terraferma nur so aus dem Boden schossen. Bisher hatte er acht Villen in Vicenza gebaut, jetzt kämen immer mehr Anfragen aus Venedig. Er plante inzwischen bis zu drei gleichzeitig und musste sich daneben auch um die Bauleitungen kümmern. Und obwohl er zuverlässige Zeichner und Aufseher hatte, musste er doch immer wieder zurück nach Vicenza, wo sich der Umbau einer Markthalle seit drei Jahren quälend dahinzog.

»Wo gebaut wird, wird auch früher oder später gemalt«, sagte Bernardino und versuchte, unschuldig zu blicken.

Ich war inzwischen etwas trübsinnig geworden vom Wein. So sagte ich nur »Das hat sich sicher schon dieser Veronese unter den Nagel gerissen.«

Andrea lachte mit tiefer Stimme und winkte ab.

»Paolo ist nicht schlecht, aber er ist noch jung. Er bekommt zur Zeit viel Aufmerksamkeit. Aber wenn der Aufschwung anhält, gibt es genug Aufträge für alle.«

»Aber wann?«, fragte ich. »Die Villen sind noch nicht gebaut.«

Andrea schüttelte den Kopf.

»Du hast ja keine Ahnung. Es geht jetzt richtig los. Schau sie dir an, die Barbaros und Pisanis und so weiter: Alle venezianischen Adeligen wollen plötzlich im Sommer aufs Land und Bauer spielen. Stell dir vor, ich muss zu jeder Villa eine Landwirtschaft dazu planen, samt Barchessa. Es ist so lächerlich. Die spielen alle auf einmal Landadel. Fehlt nur noch, dass sie sich hinter dem Pflug malen lassen.«

Bernardino lachte und verlor kurz das Gleichgewicht. Waren wir schon beim dritten Krug?

Ich dachte nach, auch wenn der Wein meinen Geist eher trübte als beflügelte.

»Das macht ja auch Sinn«, sagte ich schwerfällig. »Diese Stadt hat zu viele hungrige Mäuler. Schaut nur auf die Straßen! So viel Gesindel! Hier ist alles aus den Fugen geraten. Ja Gott sei Dank werden die Sümpfe entwässert und Felder angelegt.« Ich war laut geworden, doch die beiden schwiegen einmütig. Hatten sie noch mehr getrunken?

»Felder bedeuten Brot«, fuhr ich fort, »wir können froh sein um jeden Klafter Ackerland, der dem Sumpf abgerungen wird.« Ich holte ein wenig aus und erzählte von meinem Umweg bei der Anreise, als ich den Malariasümpfen ausgewichen war. Bernardino schien eingeschlafen zu sein.

Als ich endete, richtete sich Andrea, von dem ich auch gedacht hatte, dass er weggedöst war, auf und sprach mich klar an.

»Mein lieber Battista, wie es aussieht, werde ich in Vicenza nicht mehr viel machen. Die Villenprojekte hier sind interessanter.« Er rieb Daumen und Zeigefinger gegeneinander und zwinkerte, es sollte wohl vertraulich wirken. »Ich vergesse dich nicht. Und den da auch nicht. Dieses Jahr wird es sicher nichts mehr werden, aber wenn ich recht behalte und der Trend so weitergeht,

hast du in einem, zwei Jahren viel zu tun. Falls du noch hier bist. *Er stand langsam auf. »Ich werde jetzt gehen. Meine Herberge werde ich noch finden.«*

Wir vereinbarten das nächste Treffen für den nächsten Tag, danach musste er schon wieder in Vicenza sein. »Ich möchte mir die Abendmesse in San Marco anhören, Willaert, der Kapellmeister, du weißt schon, der aussieht wie der Heilige Paulus, hat einen Landsmann angeschleppt, der phänomenal komponiert. De Rore heißt er. Kommst du mit?«

22

1559. Venedig

Am Tag des Heiligen Georg im Jahr des Herrn 1559 trat Andrea nach kurzem Pochen an die Tür meiner Werkstatt in meine Höhle. Ich erkannte ihn zunächst nicht im Gegenlicht, außerdem hatte ich ihn ein Jahr nicht mehr gesehen. Er war etwas beleibter geworden, das Doppelkinn war deutlich ausgeprägt und die linke Braue blieb, so fiel es mir später auf, fast ständig hochgezogen, während sie früher nur manchmal hochgeschnellt war. Ich schloss die Tür, die er zu schließen vergessen hatte, und wir umarmten einander. Ich trug noch meinen Hausmantel und hatte noch keine Morgentoilette gemacht, aber das schien ihn nicht zu stören.

»Es ist endlich so weit«, sagte er.

»Soll ich das wirklich glauben?«

»Ich lüge dich nicht an. Ich habe dich nie angelogen.«

Während ich mich von ihm abwandte, um mich nach Wein und etwas Essbarem umzusehen, dachte ich an die sechs letzten Jahre, in denen ich auf diese Mitteilung gewartet hatte. Sechs Jahre lang hatte er mich vertröstet, immer kamen Projekte dazwischen. Er hatte jedes Jahr eine Villa gebaut, und immer hatten die Bauherren schon einen Maler aufgetrieben. Ich gab nach einigen Monaten auf und begann wieder Kupferstiche anzufertigen. Ganze zwei große Aufträge hatte ich in diesen sechs Jahren gehabt: Für die deutschen Händler im Fondaco dei Tedeschi malte ich ein großes Fresko mit antiken Göttern in einer Alpenlandschaft, für den Kaufmann Daniele Mocenigo einen kreuztragenden Christus in Öl, wie ich ihn einmal in einer Kirche in Urbino gesehen hatte – aber das wusste hier niemand. Mocenigo, der offenbar alle Höllenstrafen fürchtete, schenkte das Bild sofort der Frari-Kirche weiter. Die Kupferstiche, die ich nach wie vor produzierte und die vor allem bei den Venedigbesuchern großen Absatz fanden, sicherten mir das Überleben. Alle paar Monate besuchten mich Bernardino, der nach Verona gezogen war und mittlerweile so grell wie Veronese malte, und Andrea, der immer beteuerte, dass er unschuldig daran sei, dass der Auftrag an mich nicht vergeben wurde.

Ich hatte vor einigen Wochen von seinem letzten Projekt gehört, einer riesigen Villa für die Familie Barbaro in der Nähe von Treviso, die auf Veronese bestanden hatte. Das war für mich das Zeichen, dass ich nie drankommen würde. Und jetzt tatsächlich ein Auftrag?

»Wie man hört, rückst du Venedig immer näher. Aber in die Stadt traust du dich nicht«, sagte ich und versuchte skeptisch zu blicken.

Andrea machte einen Schritt in die Mitte des Raumes und drehte sich zu mir um. Er schüttelte den Kopf und sah mich an. »Ich hab doch außerhalb genug zu tun, du hast ja keine Ahnung, wie das jetzt zugeht. Jede Woche muss ich Projekte absagen. Jeder will einen noch prächtigeren Palazzo auf dem Festland. Was ist mit dieser Stadt eigentlich los, dass hier im Sommer niemand mehr bleiben will?«

»Was soll los sein?«, versetzte ich. Er hatte wirklich keine Ah-

nung. »Hast du je einen Sommer in der Stadt verbracht? Hast du nicht. Die Schuhsohlen kleben auf dem Pflaster, du bekommst kaum Luft. Die Fische verfaulen noch schneller, der Gestank ist unerträglich. Manche Kanäle stinken nur noch nach Kacke. Aber egal. Die Reichen haben immer mehr Geld hier und am Land ist's eben kühler.« Ich setzte mich und goss Wein in zwei meiner irdenen Becher. »Schön für dich, weniger schön für mich. Schön jedenfalls, dass du vorbeikommst. Ich dachte, du hättest mich vergessen. Nachdem jetzt Veronese auch bei den Barbaros malt.«

Andrea stand noch immer. »Darf ich mich setzen?«

»Sicher, frag nicht so dumm. Seit wann so förmlich? Ich habe dir schon eingeschenkt.«

Andrea setzte sich. Er wirkte fahrig. »Nein … nein … ich habe dich nicht vergessen. Es sind nur diese ständigen Verzögerungen. Ich hätte gerne eine Baustelle, auf der alles glattgeht. Wo alles wie vereinbart geliefert wird. Wo die Arbeiter wie vereinbart auftauchen und keine Epidemie dazwischenkommt. Ich arbeite auch nach wie vor für den Rat von Vicenza, die lassen mich nicht los.« Er machte eine Pause. »Wie läuft es bei dir? Gerade interessanten Auftrag?«

Ich überlegte. Sollte ich die Wahrheit sagen? Aber was konnte in dieser Stadt verborgen bleiben? »Du weißt sicher, dass ich momentan keinen habe. Die Leute reden über alles und jeden hier. Ich habe aber Pläne, da gibt es diese neuen Bibelausgaben …«

Die Nachricht, dass es in Genf einem Buchdrucker eingefallen war, alle Bibelverse durchzunummerieren, hatte vor einem Jahr eine große Aufregung in den venezianischen Offizinen hervorgerufen. Mit einiger Verspätung hatten die Buchdrucker auch hier bemerkt, dass es neue Ausgaben der Bibel geben musste. Sie hatten die Nachfrage völlig verschlafen. Einige Neuausgaben sollten zumindest mit erlesenen Kupferstichen eines Meisters seines Faches versehen sein. Und so hatte ich gestern ein erstes Gespräch mit den

Erben von Aldus Manutius geführt, das zu meiner Enttäuschung sehr im Ungefähren geblieben war.

»Du kannst alles machen«, meldete sich Andrea, »aber ziemlich genau in einem Jahr brauche ich dich. Für eine Villa. Nein, ich will nicht Veronese. Es ist nicht der übliche mythologische Kram. Arkadische Landschaften, ja, aber die Auftraggeber wollen ein exquisites Programm. Seltene Motive. Entlegene Geschichten. Es sind die Foscari übrigens, die zwei Brüder, nicht der Vater. Sie haben einige Ideen, aber sonst hast du große Freiheiten. Wenn das einer kann, dann du.«

»Wenn du das sagst«, versuchte ich zu verbergen, dass ich Blut geleckt hatte – natürlich wollte ich den Auftrag! Als Andrea den Standort der Villa direkt am Brenta-Kanal erwähnte, wurde ich stutzig: »Mitten im Malariasumpf? Dort kann man doch nicht leben!«

Andrea machte eine abschätzige Geste. »Was soll ich sagen? Dort, wo die Villa gebaut wird, standen vor einem halben Jahr nur ein paar Hütten. Im Umkreis haben die Foscari mehrere tausend Joch Land erworben. Seit zwei Monaten schuften dort Hunderte Tagelöhner, um den verdammten Sumpf zu entwässern. Jeden Tag hat es ein paar erwischt, aber sie haben trotzdem Schlange gestanden für diese Arbeit, die armen Teufel. Die Flächen sind wirklich riesig, aber du wirst sehen, wenn du mit deiner Arbeit anfangen wirst, gibt es dort keine Malaria mehr. Wir haben jetzt die Fundamente gegossen, ein fürchterlich schlammiger Untergrund. Der verschlingt Wagenladungen von Kies. Wenn die Marmorblöcke aus Istrien rechtzeitig eintreffen, steht der Rohbau im Herbst. Mit einkalkulierten Verzögerungen sind wir dann im März mit Deckung und Putzarbeiten fertig. Du hättest etwa noch ein Jahr, wie ich schon gesagt habe. Inzwischen kannst du ja noch einige Heiligenbilder malen.«

Er nahm den Becher und trank einen Schluck.

»Pass auf, dass ich dir nicht an die Gurgel springe!«, stieß ich hervor, war ihm aber schon nicht mehr böse.

Andrea grinste breit.

Er setzte den Becher an und trank aus. »Ich hoffe, du bist nicht abergläubisch. Der Ort heißt Malcontenta.«

23

1925, Venedig

Bertie schwitzte. Wie lange dauerte das noch? Die Jazzband, alle Musiker verkleidet als Harlekine, war schon vor mindestens zehn Minuten abgezogen. Ihr war die Schar der lästigen Damen gefolgt, die Annina Morosini umschwärmten, jede als Colombina gekleidet, als wären sie aus verschiedenen Commedia-dell'arte-Stücken zusammengekommen, wo es doch immer nur je eine Colombina gab. Seine Maske, ein Klotz aus Pappmaché und Stoff, machte ihm immer mehr zu schaffen. Wieso brauchten die so lange, wieso hieß ihn der Herold immer noch warten? Er seufzte. Er ärgerte sich, dass er sich bereit erklärt hatte, mitzumachen.

Drei Wochen hatten die Vorbereitungen für dieses idiotische Kostümfest gedauert, und in wenigen Stunden würde alles vorüber sein. Ihn schauderte trotz der Hitze in dem kleinen Kabuff. Catherine hatte tatsächlich das gesamte Opernhaus La Fenice gemietet für ihren großen Ball, und er, der Besitzer der Malcontenta, wartete jetzt in einer Abstellkammer auf seinen Auftritt in der Parade der Kostümierten. »Catherines Rache«, dachte er, kein schlechter Titel.

Drei Wochen war sie im Piano nobile des Palazzo Barnaba bei Lady Colebrooke gesessen, wo sie ihr Festvorbereitungsbüro eingerichtet hatte, das mit der Zeit immer mehr einer großen Schneider- und Bühnenbildnerwerkstatt glich, in der Freundinnen und Schneider ein und aus gingen. Die Motive der Kostüme mussten aus der Zeit vor 1850 stammen. Ihre »Notte a Venezia« sollte alle Feste der letzten Jahre in den Schatten stellen. Wenn ihr Bertie schon verbat, in der Villa Salon zu halten, dann wollte sie es den Colebrookes, Volpis, Morosinis und wie sie alle hießen, zeigen, wie Feste gefeiert werden. Sogar Luisa Casatis legendäre Veranstaltungen, die Venedig über ein Jahrzehnt in Erstaunen versetzt hatten, wollte sie in den Schatten stellen.

Was machte die Gruppe vor ihm so lange? Der Zeremonienmeister gab ihm noch immer keinen Hinweis zum Aufbruch. Die stickige Hitze unter dem Kostüm wurde immer unerträglicher. Warum hatte er sich auch ein Nilpferd aussuchen müssen?

Es war Paul gewesen, der über irgendeine Reminiszenz an eine Djagilew-Aufführung auf diesen Dickhäuter gekommen war. Na ja, besser als ein Affe, dachte sich Bertie.

Vielleicht war die Verkleidung ja angemessen.

Er hatte in den letzten Wochen zugenommen. Er hatte einen Koch in der Villa angestellt, der die drei täglich bekochte. Das schlechte Wetter hatte dazu das Spazierengehen unterbunden, er hatte sich kaum bewegt. Bertie dachte an die Handbücher, in denen er nachgeschlagen hatte, wofür das Nilpferd stand – Souveränität, Beharrlichkeit und, wie er bei den Tiefenpsychologen gefunden hatte, auch für ungestüme sexuelle Energie. Die war, so konstatierte er mit einem Lächeln, seit dem Bezug der Villa ziemlich verdampft.

»Sir, Sie sind dran!« Der Herold schreckte ihn aus seinen Gedanken auf. Er nahm die Kopfmaske und setzte sie auf. Langsam schleppte er sich in seinem Kostüm in Richtung Zuschauerraum.

»Höhepunkt und Abschluss der Maskenparade: ein junger Villenbesitzer, der ein paar Kilo zugelegt hat.«

Das war Cecil Beatons Stimme. Hatte der junge Fotograf sich doch noch von Catherine breitschlagen lassen, die Masken anzukündigen! Wie machte sie das bloß?

»Sehen Sie hier das Tier, das auch auf der Einladung prangt, ein Symbol der Beharrlichkeit und des Dickhäutertums – das Nilpferd!«

Bertie stapfte langsam durch die Gasse, die durch bunte Bänder beschränkt war. Er fühlte die Leute links und rechts mehr als er sie sah. Täuschte er sich, oder war der Applaus bloß höflich, das Lachen verhalten, so als hätte er dem Publikum, das eben noch prächtige Masken bestaunte, den Spaß verdorben? Er trottete weiter, während sich die Aufmerksamkeit verstreute und die Gespräche immer lauter wurden. Nach ihm räumten Diener die Absperrungsbänder weg, Laufsteg und Publikumsbereich waren nicht mehr getrennt. Im Hintergrund setzte eine Klarinette ein, Coles Kapelle begann ihr Programm. Dazu also der ganze Aufwand.

»Warte, ich helfe dir!« Eine Stimme im Gewirr, dumpf. »Du wirst ja nicht den ganzen Abend diesen Kopf tragen wollen!« Catherine, Gott sei Dank! Sie half ihm, das Ungetüm aus Pappmaché abzunehmen. Bertie sah im Wandspiegel ein rot angelaufenes, verschwitztes Gesicht auf einem fetten grauen Rumpf. Catherine gewährte ihm keine Verschnaufpause.

»Bertie, du hast Baba ja noch gar nicht gesehen. Wo hast du gesteckt? Komm jetzt!«

Natürlich, Baba war auch hier. Bertie schnaubte. Er war noch immer schweißbedeckt, allmählich wurde ihm kalt. »Ich ziehe mir das noch aus, ich kann nicht mit diesem Nilpferdkörper den ganzen Abend herumlaufen. Ich komme dann gleich zu euch.«

Er riss sich von Catherine los und humpelte zurück ins Vestibül, den Gang längs dem Saal entlang und hinter die Bühne zu den Garderoben, wo er sich aus seiner Kostümierung strampelte. Baba … zuletzt hatte er sie nach ihrer Hochzeit vor dem Krieg gesehen, ein halbes Kind noch, wie ihr Mann, Prinz Faucigny-Lucinge. Die beiden lebten in London und hatten von seinem Vater ein Haus geschenkt bekommen, in dem die kaum Zwanzigjährige bald damit begonnen hatte, ihre Mutter zu überbieten, so redete man. Themenfest reihte sich an Musikabend, Vernissage an Fotografensitzung. Verrückte Künstler, über die Catherine die Nase rümpfte, gingen ein und aus. Bertie musste lächeln, als er es zum ersten Mal hörte.

Aber Baba hatte offenbar einen guten Riecher, besser als die Mutter. Sie kaufte großzügig Bilder junger Künstler wie dieses irren Spaniers Dalí, der in Paris gestrandet war. Seine Bilder waren mittlerweile das Fünffache wert. Und auch mit den Fotografen hatte sie auf die richtige Karte gesetzt. Schließlich war sie selbst Modell gesessen, Fotos von ihr waren in Journalen und Revuen erschienen. Die letzte Notiz, die er über sie hatte, war der Kauf eines wertvollen Drucks der Ilias-Übersetzung von Pope, den er selbst gerne erworben hätte, er hatte jedoch zu spät davon erfahren.

Er richtete sich die Fliege, erblickte eine Dose Talkum, zog sich Schuhe und Socken aus und puderte seine verschwitzten Füße. Als er sich die Socken wieder überstreifte, öffnete sich die Tür und Cecil platzte herein, fast unkenntlich in einem venezianischen Harlekinkostüm.

»Catherine macht sich schon Sorgen. Wo bleibst du denn? – Ich leg die Narrenkappe auch ab. Jetzt wird wieder fotografiert! Unglaublich, wer alles hier ist!«

»Cecil …« Bertie überlegte kurz, aber es schien der falsche Moment. Sie waren einander vor einer Woche in der Malcontenta fast nähergekommen, aber Paul hatte sie unterbrochen. Cecil begann seine Kleider abzulegen.

»Ich gehe dann mal«, murmelte Bertie und stahl sich aus der Umkleide. Fast widerwillig ging er den Weg zurück ins Vestibül.

Er musste hier weg. Was sollte er mit den Leuten reden? Er hatte Catherine den Gefallen getan und war aufgetreten. Weg, weg, nichts wie weg! Jetzt war die Gelegenheit günstig. Von Ferne sah er Linda als Pierrot, ein Zwilling des im großen Saal musizierenden Cole, umringt von einer Schar Commedia-dell'arte-Gestalten. Ein dicklicher Mann, zur Hälfte noch Pinguin, stapfte auf ihn zu. Oben sah ein bärtiger Monokelträger heraus.

»Bertie Landsberg!«

Bertie seufzte. Entkommen dürfte jetzt nicht mehr leicht sein.

»Graf Volpi, ich erwartete nicht, Sie hier anzutreffen. Sind Sie nicht wieder in Tripolitanien oder einem anderen sagenhaften Reich?«

»Bertie, das Nilpferd, also wirklich – die anderen mögen ja schon nach dem Buffet gelechzt haben, aber ich finde, dein Auftritt war großartig! Ich bin bis zum Schluss geblieben. Diese Symbolik, die gezähmte animalische Kraft als Schlusspunkt …«

Bertie konnte sich nicht erinnern, dass sie sich jemals geduzt hatten und befürchtete das Schlimmste. Wenn Volpi einmal vertraulich zu tun und zu reden begonnen hatte, war er nicht zu bremsen oder abzuschütteln. Er musste ihn schnell loswerden, obwohl er ihn sonst schätzte. Aber auf diesem Fest waren sie beide deplatziert.

»Haben … hast du Catherine und Baba irgendwo gesehen?«

»Aber ja, sie haben sich gerade eine Ladung Canapés vom Buffet bringen lassen und langweilen ihre Umgebung mit dem neuesten Klatsch. Ich bin übrigens das fürchterliche Amt in

Tripolitanien los; man will mich in Rom … aber erzähl mal! Was gibt es Neues von der Villa? Noch immer keine Möbel und kein Fest?«

Er stoppte einen Kellner, nahm zwei Flöten mit Sekt und reichte Bertie eine.

Bertie wusste nicht, was er sagen sollte. Das letzte Mal hatten sie einen Disput über Kinofilme gehabt. Am besten wieder mit seinem Lieblingsthema beginnen. Er nuckelte an dem Sekt, dann sprach er langsam.

»Schau einmal in die Runde, mein verehrter Graf, wen siehst du? Ist das nicht der *gratin révolté*, wie sie in Paris sagen, die Kruste der Gesellschaft, die sich für aufsässig und revolutionär hält? Ich sehe einige, die hier einen Palazzo gekauft haben, andere residieren in einem Haus in Paris oder London: Alle, wie sie hier sind, stopfen ihre Häuser und Palazzi voll mit nachgemachten Stilmöbeln und irgendwelchem Nazarener-Ramsch. Ich sage das Ihn… dir, weil ich weiß, dass du dich da schon einmal kritisch geäußert hast, als die Morosini diese Verlassenschaft aufkaufte. Egal. Diese Anhäufer vergessen die Geschichten, die die Gebäude selbst erzählen. Sie raffen und raffen und stopfen voll. Sie hassen leere Räume, weil sie nicht verstehen, was der Raum ist, wie wichtig er ist, wie er wirkt. Ich weiß nicht, ob du mir folgen kannst, du wohnst ja auch in einem Palazzo.«

Volpi schien amüsiert und nickte mit hochgezogenen Augenbrauen.

»Ich verstehe dich gut. Du weißt, dass ich ein Sammler bin. Ich wünschte, ich hätte die Kraft, mehr Leere zuzulassen. Ich gebe dir ja prinzipiell recht. Und was du machst, finde ich gut und wichtig, das habe ich dir ja schon gesagt. Eine wichtige Alternative zu dem da.«

Volpi blickte in Richtung der Musikkapelle.

»Und weißt du, Bertie, was das Schlimmste ist? Die meisten stopfen ihre Häuser eher mit Drittklassigem aus der Vergangenheit voll statt mit Erstklassigem aus der Gegenwart. Sie können mit moderner Kunst nichts anfangen, außer vielleicht als Kapitalanlage.«

Bertie erinnerte sich, dass sie das letzte Mal auch über Picasso und Braque diskutiert hatten.

»Ja, das ist das Einzige, was ich mir vorstellen könnte in den leeren Hallen: Abstrakte Gemälde. Die würden den Raum nicht erschlagen, sondern vielleicht, wie soll ich sagen, einen neuen Raum erschaffen. Ich weiß nicht, ob du mich verstehst …«

Volpi nickte abwesend. »Doch, doch.«

Kurzes Schweigen. Jetzt könnte ich mich losmachen, dachte Bertie. Aber Volpi fixierte ihn wieder.

»Hast du deine Meinung zum Film eigentlich geändert?«

Bertie erinnerte sich an seine abfälligen Bemerkungen vor zwei Monaten.

»Eine gute Frage. Nein, ich bin mir noch immer nicht sicher, ob das eine dauerhafte Kunst ist oder eine Art modische Massenhypnose. Wer weiß, ob das Bestand hat. Aber gut, es ist innovativ, und vielleicht wird es einmal als große Kunst gelten, daher hat es mehr Berechtigung als irgendein Pseudobarock. Du wirst es nicht glauben: Ich war sogar letzte Woche im Kino!«

Bertie dachte an die Vorstellung, in die Catherine ihn gezerrt hatte.

»Herr Landsberg im Kino, es ist nicht möglich! Gut hypnotisiert worden?«

»›Forbidden Paradise‹ hieß der Film, von diesem Lubitsch.« Ein deutscher Jude in Amerika, dachte Bertie, sagte aber: »Liebe und Intrigen, Herz und Schmerz, das hätte ich auf einer billigen Bühne hier auch haben können.«

Volpi begann scheppernd zu lachen, fasste sich dann und begann zuerst langsam, dann immer bewegter über den künstlerischen Wert der neuesten Filme zu dozieren. Natürlich gebe es viel Schund. Aber daneben sei Klamauk wie Chaplins »Goldrausch«, der soeben erst herausgekommen war, voll von subversivem Humor. Und die Russen würden großartige Dinge machen! Eisenstein drehe derzeit ein Werk über ein Kriegsschiff, das im Herbst präsentiert würde und eine Sensation zu werden versprach. Während Volpi weiter über den russischen Filmemacher sprach, schielte Bertie zu Catherine und Baba, die von einer Schar Colombinen umringt waren. Der Graf brummelte unentwegt weiter und war wieder bei seinem Lieblingsthema, einem zukünftigen Fest der Filme in Venedig, angekommen. Bertie schielte durch die Tür des Vestibüls in den großen Saal, aus dem jetzt viele Leute strömten; offenbar machte die Band eine Pause.

»Und wie geht es jetzt weiter?«

»Bitte?«

Bertie hatte nicht mehr zugehört, aber offenbar hatte es Volpi geschafft, das Thema wieder auf die Malcontenta zu bringen.

»Ja, ähm, das ist schwer zu sagen … ich möchte bald mit den Gesellschaften starten. Ich denke, alle zwei, drei Wochen einige Leute zu beherbergen. In den Nebengebäuden machen wir auch Gästezimmer. Ich könnte es dir vor Ort erklären … Hast du nicht Lust … darf ich dich einladen, in den nächsten Tagen zum Souper zu kommen?«

Volpi grinste, offenbar hatte er sich gerade das erhofft. Er schien zufrieden, Bertie entschuldigte sich umständlich, Baba würde auf ihn warten, er habe sie noch gar nicht gesprochen. Er ließ den korpulenten Grafen, der gerade eine Zigarre gezückt hatte, stehen und stürzte vorbei an Catherine und ihrem Gefolge hinaus aus dem Fenice in das Hotel nebenan, wo er fünfzehn Minuten später in tiefen Schlaf fiel.

24

1560, Malcontenta

Am Tag nach Peter und Paul im Jahr des Herrn 1560 bestieg ich das Gerüst, das meine Helfer während zweier Tage in dem großen kreuzförmigen Hauptraum der Villa errichtet hatten, um die Gewölbe auszumessen.

Ich hatte das Jahr mit einem weiteren Auftrag der deutschen Händler überlebt, die sich noch einmal gemeldet hatten. Sie waren mit meinen Arbeiten zufrieden gewesen und wollten ein weiteres Fresko. So malte ich ihnen in der Sala d'Estate im Fondaco dei Tedeschi die Gewölbe abermals die seltsame Mischung von nördlichen Landschaften und antiken Figuren. Die Nürnberger, die die Finanzierung übernommen hatten, zahlten nicht schlecht.

Und nun stand ich auf dem Gerüst in der Villa, die Andrea so wundervoll ebenmäßig errichtet hatte, maß dort und da die Radien der parabolischen Gewölbe und übertrug die Proportionen in mein Skizzenbuch. Es würde genug Arbeit sein für mindestens drei Monate. Neben der kreuzförmigen Halle gab es sechs weitere Räume, die vollständig freskiert werden sollten.

Ich hatte für das Projekt zwei Gehilfen angeheuert, Beppe und Girolamo. Nach Einbruch der Dunkelheit setzte ich sie beide in verschiedenen Posen auf Gerüste. Ich stellte eine Kerze in die Mitte des Raumes und studierte den Schattenwurf der beiden im Gewölbe – Buonarroti hatte so angeblich seine Deckenfresken in der Sixtina entworfen. Ich wollte diesmal mit den Proportionen nichts falsch machen.

»Ah, Battista! Noch immer am Werk?«

Alvise, dünn wie ein Steher des Gerüstes, stand am Eingang und verdrehte seinen Kopf. Die Kerze, die ihn von unten beleuchtete, ließ ihn wie ein Gespenst erscheinen.

»Ich mache jetzt Schluss. Girolamo, Beppe, danke!«

Die beiden verließen ihre Position sichtlich erleichtert, fassten ihre Umhänge und verabschiedeten sich mit einem Nicken.

»Niccolò ist soeben eingetroffen. Wir übernachten in der Fattoria. Wenn Er dann Zeit hätte.«

Ich hatte den Termin fast vergessen, besser gesagt: Ich dachte, er wäre erst am nächsten Tag. Zwei Wochen zuvor hatte ich mit den Brüdern zum ersten Mal über das Programm gesprochen. Ich hatte mir alles notiert und dann einen Plan gezeichnet. Da sie ständig beschäftigt waren, hatte sich kein Treffen ergeben. Vor einigen Tagen hatte mir ein Bote den Termin mitgeteilt, ich hatte seitdem pausenlos gearbeitet.

»Ich komme schon. Ich habe mir einiges überlegt. Ihr werdet nicht enttäuscht sein.« Ich wusste nicht, ob er meine letzten Worte noch hörte, er hatte kehrtgemacht und war durch den dunklen Schlund der Wendeltreppe entschwunden. Ich nahm die Kerze und folgte ihm in das Nebengebäude.

Ich holte die Rollen aus meinem Zimmer und legte sie auf dem Esstisch der Fattoria auf. Die Brüder erwarteten mich bereits. Alvise, lang und dünn, mit einer Hakennase und einem ständig misstrauischen Gesichtsausdruck. Niccolò war untersetzt und wirkte auf mich wie ein Fleischer, der sich aus Versehen in Samt gekleidet hatte. Er schien leutselig zu sein, aber diese Haltung war nicht echt. Ich musste vorsichtig sein.

Die Brüder wünschten sich für jeden Raum ein Motiv, das einen Bezug zur Funktion dieses Raumes hatte. Für das Gemach, in dem die Geldtruhe lagern sollte, wollten sie die Darstellung einer abschreckende Strafe: Was lag näher, als ihnen die Diebe Prometheus und Cacus vorzuschlagen? Den einen mit offener Leber, den anderen, wie Hercules ihn erwürgt. Die Foscari waren begeistert.

Im Arbeitsraum, in dem Klienten und Abhängige empfangen würden, sollte ein drohendes Bild diesen klarmachen, was sie im

Falle eines Widerspruchs oder gar eines Aufstands erwartete. Ich dachte mir die Szene aus der Gigantomachie aus, in der Zeus mit seinem Blitzbündel die Giganten vom Olymp stößt, was die Begeisterung der Brüder noch steigerte. Niccolò schlug sich auf den Oberschenkel und rief: »Er ist ein Pfundskerl!«

Die Festgäste, die nur zu den Gesellschaften kommen würden, sollten diese Bilder nicht sehen. Für sie wünschten sich die Brüder gleich am Eingang ein Lob der Gastfreundschaft, wofür ich das mythische Paar Philemon und Baucis vorschlug, die unerkannt Zeus und Hermes beherbergten.

Für die anderen Räume hatte ich freie Hand. Ich entwarf zunächst einige allegorische Figuren, die Astronomie, die Musik, die vier Tugenden, bis mir eine Idee kam. Diese Villa würde mein Meisterwerk werden, hier konnte nichts schiefgehen, ich hatte alles bedacht. Wie, wenn ich hier alles das darstellte, was mich zu dem gemacht hatte, der ich bin? Meine Erlebnisse, aber auch meine Träume? Ein wahnwitziges Unterfangen, sicher. Ich würde es geschickt verpacken. Ich müsste eine Schrift publizieren, in der ich die Deutung preisgäbe, dachte ich. Sicher könnte mir Vasari dabei helfen.

Der Gedanke, mein Leben hier metaphorisch abzubilden, erregte mich, während ich mir weitere Motive ausdachte. So zeigte ich mit zitternder Hand den Brüdern, was ich entworfen hatte:

Das Arbeitszimmer Alvises würde ich mit der Gestalt der Fama schmücken. Sollte dieser eitle Bock nur denken, die Allegorie des Ruhms gelte ihm – ich würde es besser wissen.

Für den nächsten Raum plante ich die Werkstatt des Vulcanus. Hier würde ich mich selbst darstellen, bei Kerzenschein in einer Höhle arbeitend, wie ich so viele Jahre vor den Kupferplatten zugebracht hatte.

Für das Zimmer, in dem das Essen bereitet werden sollte, entwarf ich ein Fresko, das Bacchus, Amor und Venus darstellte. Es sollte meine Zeit in Florenz und Urbino versinnbildlichen, die im Zeichen dieser Götter stand. Bacchus sollte aussehen wie Cosimo, Venus wie Giulia.

Das nächste Zimmer – die Brüder stellten sich so etwas wie einen Musiksalon vor – sollte ich auf Wunsch der Brüder mit der Figur der Venus und der Allegorie der Musik schmücken. Auch hier würde ich Giulia darstellen. Mag es noch so abgeschmackt klingen, sie würde immer meine Venus sein. Und sollte diese Göttin nicht dieselben Züge haben wie im anderen Raum?

Niccolò hatte sich für sein Studierzimmer Tempus gewünscht. Die Allegorie der Zeit erinnerte mich an meine letzten sieben Jahre des Wartens in Venedig. Ich entwarf weitere Motive der Zeit für diesen Raum: einen Wagen, der von den Horae, den Stunden, gezogen wird, daneben Aurora, die Morgenröte, und die Allegorie der Dämmerung, die ich einfach erfand.

Doch nicht genug: Im großen kreuzförmigen Saal wünschten sich die Brüder die vier Kardinaltugenden und Allegorien der Wissenschaften, eine einfallslose Sache, die sich in jeder Villa fand. Den Rest konnte ich frei gestalten – und hier beschloss ich, ein Programm zu verwirklichen, das so raffiniert sein sollte, dass es sich nur dem erschließen sollte, der mehr als Ovids Metamorphosen gelesen hatte.

Ich erinnerte mich, dass ich bei einem spätantiken Kommentar zu Ovids vier Weltaltern gelesen hatte, dass es eine Variante des Mythos gab, in der die Virgo Astraea, die laut Ovid als letzte der Götter die Erde verließ, im Gegenteil bei den Menschen ausharrte und eine Art Fremdenführerin für Jupiter spielte. Das wollte ich malen! Sollten die Leute rätseln, meine Schrift würde erst die Auflösung bringen! Zugleich reizte es mich, die Foscari, die mir unsympathisch waren, ein wenig vorzuführen – nur für die Wissenden, versteht sich. Ich entwarf ein Bildnis des zweigesichtigen Gottes Janus, das die Züge von Niccolò und Alvise tragen sollte, und zwei

Frauen, die ihm auf den ersten Blick zu opfern schienen, aber sich, wenn man genau hinsah, in Wirklichkeit über ihn lustig machten.

In die Bogenfelder der Vierung würde ich den gesamten olympischen Götterhimmel malen, in Posen, die noch nie dagewesen waren.

Soweit meine Entwürfe, die ich den Brüdern an diesem Abend präsentierte. Ihre überschwängliche Begeisterung, die mir nach meinem Vortrag entgegenschlug, war so affektiert, dass sie mir wie eingeübt vorkam, so, als wollten sie sich gebildet geben, indem sie Kennerschaft vortäuschten, um sich keine Blöße zu geben. Alvise klopfte mir auf die Schulter und meckerte ein »Gut, gut, wir sind sehr zufrieden mit ihm«. Niccolò grunzte zustimmend und war in Gedanken offenbar schon woanders.

Ich packte meine Sachen und begab mich in meine Kammer. Irgendetwas fehlte noch. Ich musste mein Leben deutlicher einbringen, musste mir Unsterblichkeit sichern durch ein Kunstwerk, das die Zeiten überdauern würde. Ich ahnte noch nicht, auf wie grauenvolle Weise ich zu diesem Motiv kommen würde.

25

Ich brachte noch einige Tage mit Vermessen und Skizzieren zu und entschloss mich bald, alle Motive in eine gemalte Architektur einzubinden, so als ob man die Szenen, die ich an den Wänden malen würde, durch offene Gartenfenster und Portale sähe. Ich wollte diese aber nicht in den dunklen Farben der antiken römischen Wandmalereien und auch nicht so luftig-zerrissen wie die Grotesken in der Domus Aurea malen, sondern einfach, hell und großzügig. Während ich zeichnete und wieder verwarf, versuchten Beppe und Girolamo, in der Umgebung Modelle zu suchen, die ich in den nächsten Tagen skizzieren könnte.

Die beiden schleppten dralle Bauernmädchen und hagere Burschen an, die ich so nicht malen würde, aber für die Skizzen reichten sie. In den Nächten übertrug ich die Skizzen im Maßstab auf die mit Rastern versehenen Kartons. Girolamo und Beppe stachen anderntags die Konturen nach und ordneten die Blätter nach Räumen.

In diesen Tagen merkte ich, dass ich schnell müde wurde und nicht mehr so weit in die Nacht hinein arbeiten konnte. Auch tagsüber musste ich immer wieder Pausen einlegen – jeder Zug mit dem Rötelstift, jedes Aufstehen nach langem Sitzen, ja sogar das Essen war mir beschwerlich. War es das Alter? Ich war keine vierzig mehr, wer weiß, wie viel Zeit mir noch blieb. Wie viele starben täglich in den Malariasümpfen zwischen Mestre und Rimini, wie viele bei irgendwelchen Straßenkämpfen! Umso wichtiger würde dieses Werk sein, das mir Unsterblichkeit verleihen würde. Diesmal würde ich es schaffen! Ich würde zwar Buonarroti nicht in der Kunstfertigkeit übertreffen, menschliche Körper abzubilden, aber zeigen, dass ich um vieles gelehrter war und die Mythologie kannte wie kaum ein Kollege. Die Gelehrten würden meine Bilder loben, die Raffinesse, die verrätselte Gelehrsamkeit goutieren und so würde mir ewiger Ruhm beschieden sein.

Ich begann mit dem Undankbarsten und Großartigsten, dem Vierungsgewölbe des kreuzförmigen Hauptraums: die Allegorien der Tugenden, Astraea und das Janusopfer. Die beiden Helfer hatten während meiner Skizzentätigkeit das Gerüst aufgebaut, sodass der große Raum wie ein Wald aus Pfeilern aussah. Von draußen tönte das Klopfen des Steinmetzes, der noch einige Stufen vor Ort behaute, bevor er sie einbaute.

Am besten wäre es, so dachte ich, als ich mit den Pinseln auf das Gerüst kletterte, nach dieser Arbeit Schluss zu machen. Einfach aufhören, mich zur Ruhe setzen, bescheidener leben, warum nicht in Abano an den warmen Quellen. Wenn ich das Geld einmal vernünftig anlegte und nicht gleich umsetzte, könnte es sicher Ertrag bringen, ich könnte mir ein Häuschen kaufen und nur noch malen, wenn ich Lust dazu hatte.

Die Helfer kamen mit Eimern und Kellen bewehrt nachgekrochen. Girolamo tauchte die Kelle in den Mörtel, um die erste Schicht für die Sinopia aufzutragen. Beppe legte die ersten gelochten Kartons auf der obersten Gerüstebene ab und kletterte gleich wieder hinunter, um die weiteren zu holen. Ich hatte einen guten Griff gemacht mit diesen beiden, sie wussten, was zu tun war und antizipierten oft einen Handgriff, den ich gerade befehlen wollte. Die Brüder hatten beiden ebenfalls Vorschüsse gezahlt.

Ich beobachtete den ersten Mörtelauftrag genau. Die Brüder waren angeblich im Auftrag des Rates nach Mailand gereist, diplomatische Angelegenheiten. Vielleicht besser so, ich konnte in Ruhe arbeiten. Bei den wenigen Begegnungen hatte ich es beim besten Willen nicht geschafft, Sympathien für die beiden zu entwickeln. Sicher, sie waren ehrgeizig und rücksichtslos wie alle Adeligen, höflich und aalglatt. Aber sie gingen sicher über Leichen, wenn es sein musste. Ich fragte mich auch, ob sie eine innere Bindung an ihre Kunstwerke hatten, wie ich es bei meinen Auftraggebern in Rom und Florenz oft erlebt hatte. Zweifellos, sie förderten Künstler, sammelten erlesene Dinge. Oder sammelten sie lediglich, um andere zu übertreffen und damit zu protzen? Sicher, sie traten kultiviert auf, sie waren offensichtlich belesen, doch entsprach der höflichen Fassade so etwas wie moralische Integrität? War die Bibliothek nur Dekor? Andererseits – waren denn die Cornaro oder die Barbaro besser?

Girolamo starrte mich an, er schien auf eine Antwort zu warten. Ich sah den mörtelfeuchten Fleck. »Das reicht, danke! Für den Anfang ist das genug! Hinauf mit den Kartons und dann stäuben!«

Am dritten Tag – ich hatte die Allegorien der Tugenden viel zu schnell gemalt – besuchte mich Antonella, Alvises Frau. Hager und rothaarig, aber nicht ohne Anmut war sie das erste weibliche Wesen, das ich seit einer Woche zu Gesicht bekommen hatte. Sie erkundigte sich nach dem Fortgang der Arbeiten. Sie klagte gekünstelt über die lange Abwesenheit ihres Mannes und verdrehte die Augen. Was für ein dummes Spiel sie mit einem alten Mann treibt, dachte ich mir. Und zugleich: Wenn ich jünger wäre, würde ich es riskieren. Sie entschwand und hinterließ eine Wolke von Parfum.

Ich brauchte einen Tag Pause und ließ meine Gehilfen die Rahmen malen und die Felder nachvermessen, um sie mit dem Plan abzugleichen. Ich zog mich in mein Zimmer zurück und saß an meinem aus Brettern und Kisten improvisierten Tisch, wo ich an dem Plan herumskizzierte und zugleich neue Varianten zu Papier brachte. Ich würde es schaffen, ich müsste es nur etwas langsamer angehen.

Ich betrachtete die letzte Skizze. Wie viele römische Plastiken und Sarkophage hatte ich skizziert? Wie viele Rötelzeichnungen für Ölbilder gemacht? Über hundert Bilder hatte ich gemalt, die Kupferstiche gingen wohl gegen tausend. Heuer würde ich fünfzig werden und war noch immer auf solche Aufträge angewiesen. Aber jetzt würde mir der Durchbruch gelingen.

Ich fuhr aus meinem Grübeln auf, als ich plötzlich ein Geräusch hörte. Vor mir stand Antonella Foscari, Alvises Frau, mit einem Kleid nach der letzten Mode, das ihre kleinen Brüste nicht verhüllte.

26

1926. Malcontenta

Das ist es, sagte sich Bertie, mein Tusculum, meine Akademie, mein Peripatos. Kein Tanzen auf den Tischen im Hôtel des Bains zu den Klängen einer Jazzkapelle, kein johlendes Champagnerspritzen im Palazzo Ruspoli bei einem verrückten Kostümfest, kein Geldvernichten im Casinò am Canal Grande, den man hinter den schweren Samtvorhängen nur vermuten konnte. Hier, hier lasse ich das Leben als Kunst auferstehen. Hier ist das Modell, das sich andere zum Beispiel nehmen mögen, indem sie es erfahren.

Es war Mai, die drei hatten in Paris überwintert, nachdem Bertie im September draufgekommen war, dass die Villa noch keine Heizung hatte. Catherine trieb Arbeiter auf, die Michele, der Verwalter, zu beaufsichtigen versprach. Im April waren sie zurückgekehrt, das war nun der erste Salon der Saison 1926.

Er blickte in die dahinschwatzende Runde, die unter dem Portikus an diesem warmen Mainachmittag zum Tee zusammengekommen war. An der mit einem Berg Obst dekorierten Tafel waren Cole und Sergei einander über die Frage in die Haare geraten, ob Jazz Kunst oder minderwertige Negermusik sei. Dem Russen entschlüpften einige Verwünschungen, seine Augen funkelten, als er sich zum Gaudium aller immer mehr in Rage brachte. Cole lächelte stets und parierte die Attacken elegant. Sergei hatte seinen Assistenten und Geliebten Boris Kochno mitgebracht, der zu Berties Irritation ungeniert mit Catherine flirtete. Francesco Ruspoli, Fürst von Cerveteri und Verwandter des Architekten, tauschte mit Annina Morosini die letzten Neuigkeiten aus Rom aus, wo Mussolini jetzt ordentlich aufräumte, wie er es ausdrückte. Romaine Brooks, eine Malerin, die Catherine am Lido aufgegabelt hatte, saß still und starrte vor sich hin. Volpi, Paul und Catherine redeten überall gleichzeitig mit.

Bertie gefiel der Kontrast der lebendigen Gespräche und des ruhigen Hintergrunds mit dem Portikus, dem Fluss, der stillzustehen schien, und der Trauerweide, die vor neugierigen Blicken von der Straße schützte.

Paul stand mit einem Ruck auf. »Ich muss mir ein wenig die Beine vertreten.«

»Ich komme mit«, sagte Bertie. Niemand wandte den Kopf, alle sprachen weiter. Offensichtlich hatte auch nur Bertie Pauls Ankündigung gehört. Sie schritten die Freitreppe zum Fluss hinunter.

»Und? Hast du es dir so vorgestellt?«, begann Paul vorsichtig.

»Hm. Ein Anfang ist zumindest gemacht. Und ich finde, er ist nicht so schlecht. Was meinst du?«

»Es könnte etwas werden. Wir brauchen aber auch andere Leute.«

»Ich glaube, das ist uns beiden klar. Du weißt, dass Rubinstein heute nicht konnte. Er hätte sicher mitdiskutiert.«

Paul gluckste. »Der hatte letztens doch nur Augen für diese Tänzerin und war an musikalischen Gesprächen völlig uninteressiert.«

Bertie lachte ebenfalls. »Wenn der eine schöne Frau im Publikum sieht, vergisst er ja oft die Noten, habe ich gehört.«

»Ja, aber so genial, wie er ist, kaschiert er das meisterhaft. Deswegen ist er für mich ja mehr Musiker als so mancher andere Virtuose.«

Sie schritten den Fluss entlang.

»Ich finde es trotzdem bemerkenswert, dass bisher noch niemand richtig gestritten hat. Obwohl Cole und Sergei sich derart befetzen.«

»Ach, Bertie, die nehmen einander ja nicht ernst. Jeder kennt die Argumente des anderen so gut, das ist ja nur ein Schaukampf, ein sehr unterhaltsamer Schaukampf.«

»Ja, es ist alles nicht so ernst ... aber gerade das macht das Niveau hier aus oder kann es ausmachen, meinst du nicht? Plumpe Leute haben nie diese Distanz zu sich selbst.«

»Mag sein, ja. Das klingt jetzt aber auch plump.«

Sie blickten auf den Fluss. Vom Portikus drang Gläserklimpern herüber und Wortfetzen, Ruspolis Stimme.

Bertie lauschte, konnte aber kein Wort verstehen. »Wir sollten zurückgehen.«

Täuschte er sich, oder war der Ton außerhalb seines Refugiums in den letzten Wochen rauer geworden? In die Ausführungen Ruspolis über das Aufräumen des Duce hatte sich ein Ton gemischt, der Bertie nicht behagte. Er hatte etwas Forderndes, Unnachgiebiges, Unbedingtes. Immer mehr Leute sprachen jetzt so. Bertie fiel auf, dass Ruspoli wenigstens eine ironische Distanz behielt, dass er den Duce bewunderte, konnte er aber nicht verhehlen.

Ruspoli hatte von der Größe Roms geschwärmt und dass der Duce diese Größe wieder zurückbringen werde. Völlig verrückt und gefährlich, dachte Bertie. Aber vielleicht ließe sich diesem Faschismus ja eine kulturelle Seite abgewinnen – das verstärkte Studium der Antike, vor allem der antiken Kunst, das jetzt von diesen Politikern so gefördert wurde, die Ausgrabungen in Rom und Pompeji. Vielleicht würde es ja zu einer Renaissance der klassischen Werte, zu einem zweiten Humanismus kommen? Hatte es nicht gerade in der Antike Denker gegeben, die über die Ars Vivendi nachgedacht hatten? Er würde mit anderen Anhängern der Fascisti darüber reden müssen.

Bertie und Paul gesellten sich wieder zu den Gästen. Alle Männer pafften jetzt Zigarren, die Damen schienen es schon eilig zu haben.

Eine Viertelstunde später verliefen sich die Gäste, zum Schluss saßen nur noch Bertie, Sergei und Boris mit einer Flasche Whisky da. Schließlich entschuldigte sich Bertie, das russische Paar blieb sitzen und versprach, die Flasche zu leeren.

27

Bertie verschluckte sich fast am Frühstückskaffee, den er im Portikus einnahm, als rechts unter ihm eine laute Hupe ertönte. Paul winkte aus einem blitzblauen Automobil, ein Bugatti wahrscheinlich. »Hab ich in Fusina ausgeliehen, dreiunddreißig Pferdestärken! Bist du fertig?«

»Komme!«, rief Bertie lachend. Paul war immer für Überraschungen gut. Er hatte gedacht, Paul würde einen Fahrer kommen lassen und sie würden auf der Rückbank sitzen und aus dem Fenster sehen. Und nun war Paul mit diesem zweisitzigen Cabriolet aufgetaucht! Er tupfte seinen Mund mit der Stoffserviette ab und schob sie zurück in den Serviettenring. »Bin gleich bei dir!« Er schnappte sich seinen Stock und trippelte die Treppe hinunter. An dem Gartenwasserhahn ließ er kurz Wasser über seine Hände laufen. »Wenigstens ein bisschen Kinderstube noch.«

Er zwängte sich in den Sitz neben Paul und der Wagen setzte sich scheppernd in Bewegung. Sie hatten vor, sich den Garten der Villa Emo anzusehen. Paul hatte schon lange darauf gedrängt, er brauchte ein paar letzte Anregungen für seine Gartenplanung.

Während die beiden eine Stunde später an Treviso vorbeibrausten, saßen Sergei und Boris, die in der Villa übernachtet hatten, mit einem Brummschädel auf den beiden Couches in der großen Halle und hörten Catherine zu. Sie erzählte ihnen, dass die schemenhaft sichtbaren Fresken ziemlich sicher von

Paolo Veronese stammten. Das Lamento, dass sie noch niemanden gefunden hatten, der sie restaurieren könne, ging jetzt schon minutenlang. Boris hielt es schließlich nicht mehr aus.

»Ob du es glaubst oder nicht, ich habe meinem Onkel, der Maler ist, einmal geholfen, genau das zu machen. Fresken unter der Tünche rausholen. Im Prinzip brauchst du dazu feines Sandpapier und ein paar Dinge zum Fixieren. Aber du musst höllisch aufpassen, dass du nicht zu viel wegschmirgelst. Du brauchst verdammt viel Geduld, aber wenn du es richtig machst, ist es sehr gut ... ach was, ich kann nicht mehr reden. Ich gehe wieder ins Bett.«

»Du kannst das?«

Catherine musste erst erfassen, was sie da gehört hatte.

Boris winkte ab. »Hm? Ja, kann ich. Sergei war damals auch dabei. Nein, nicht der da.« Er deutete mit dem Kopf zu Djagilew. »Sergei Lifar, du weißt schon, von unserer Truppe. Der hat damals auch geholfen. Verdammte Arbeit, wir haben eine Menge Staub geschluckt.«

Er räkelte sich.

Catherine klatschte in die Hände. »Das ist doch wunderbar ... könntet ihr nicht ein kleine, eine klitzekleine Figur da rausholen? Ich werde es Bertie vorschlagen, er wird sicher begeistert sein!«

Boris fixierte sie, offenbar unsicher, ob sie das ernst meinte oder nicht. »Heuer wird das nicht mehr klappen. Vorschlag: Wir quartieren uns nächsten Sommer bei dir ein und versuchen's mal. Dafür ... garantierst du uns ein Leben wie die Maden im Speck.«

Er lachte hüstelnd, seine Hand, die schwach gestikulierte, platschte wieder auf die Couch. Er grinste Catherine breit an, nahm eine Praline von einer Etagere und schob sie sich in den Mund. Djagilew runzelte die Stirn und wollte etwas sagen, aber Catherine kam ihm zuvor:

»Abgemacht. Bertie hat ohnehin noch niemanden gefunden. Und bevor irgendein Maurer aus Mestre die Wände ruiniert, macht ihr das. Eure Gesellschaft ist mir angenehmer.«

Boris verschluckte sich an einem Stückchen Nuss, das in der Praline gewesen war, und begann zu husten. Als der Anfall abgeklungen war, starrte er Catherine an, seine Augen tränten noch ein wenig.

»Ist das dein Ernst? Würdest du das wirklich tun? Du traust uns das zu?«

»Ich muss noch mit Bertie sprechen, aber ich denke, er wird nichts dagegen haben. Wir legen die Fresken frei!«

Sie klingelte nach Giuseppe.

»Champagner!«

Später gingen sie durch die Zimmer und langten wieder im Hauptraum an.

»Die Fresken in den Nebenräumen sind ja klar ... Giganten, Janus und so weiter ... aber hier wartet viel Arbeit auf euch ... keine Szene ist eindeutig. Da oben zum Beispiel: Sind es Allegorien von irgendwas? Oder Göttinnen? Oh, ich finde das so spannend! Und nächstes Jahr werden wir davon etwas enthüllen!«

Sergei deutete auf ein Bogenfeld. »Das dort sieht aus wie ein Raubüberfall, haha ...« Sein Lachen ging in einen schleimigen Husten über.

»Wir legen es frei, wer weiß, was da noch rauskommt«, meinte Boris trocken. »Jetzt husten wir alle schon. Wir sollten ins Warme.«

Sergei wandte sich an Catherine. »Wir sollten zusehen, dass wir aufbrechen. Du wolltest doch noch an den Lido?«

Catherine schaute überrascht.

»Sergei, du bist ein Schatz.«

DREI

Said und Battista

I

2012, Rosarno, Kalabrien

Wie Kakerlaken, die aus allen Ritzen zu einem Speiserest zusammenströmen, krochen sie vor Tagesanbruch aus allen Gassen Richtung Hauptplatz von Rosarno. Fünftausend Saisonarbeiter sollten es angeblich sein in der Fünfzehntausend-Einwohner-Gemeinde. Wie schon in seiner ersten Woche stellte sich Said in der Schlange der Olivenarbeiter an. Er hatte die Geschichten von den Hautkrankheiten auf der Orangenplantage gehört und von Anfang an einen niedrigeren Lohn in Kauf genommen. Die Angst hatte wieder ein neues Gesicht bekommen, eine weitere Verästelung. Es lohnte sich nicht, sich die Haut für ein paar Cent mehr zu verätzen. Außerdem musste er dann weniger Schutzgeld abliefern – etwas, womit er gleich am ersten Tag Bekanntschaft machte.

Er blickte um sich. Einige kannte er vom Sehen, mehr als ein paar Worte hatte er mit niemandem gewechselt. Fast ganz Afrika war hier vertreten. Said hatte Leute aus Ghana, Nigeria, der Elfenbeinküste, Burkina Faso, Togo, Eritrea und dem Sudan kennengelernt. Die meisten kamen aus Marokko. Auf seiner ganzen Flucht hatte er bis auf Nala keinen einzigen Angehörigen seines Stammes getroffen.

Jemand erzählte einen Witz auf Italienisch, einige lachten. Said lernte nur langsam, bei der Arbeit. Wenn man lange genug hier war und genug verstand, hatte man die Chance, aufzurücken. Dann konnte man sich in die Reihe der Tagesarbeiter für die Saftfabriken anstellen, wo Orangensaftkonzentrat hergestellt wurde. Dort waren Sprachkenntnisse gefragt. Die fingen später an und verdienten besser.

Er blickte in den Himmel. Die Sterne verschwanden langsam, er dachte an die Nacht auf See.

In der Früh wirkten alle Arbeiter trotz der Hautfarbe blass und übernächtigt. Said hatte sich hinten angestellt, wo die Reihe etwas ausfranste. Es ging schnell weiter. Er hatte gelernt, dass die anderen sofort bemerkten, wenn sich jemand vordrängte. Mit solchen Leuten wurde nicht lange gefackelt. An seinem zweiten Tag hatten die Ordner eines ihrer Exempel statuiert und einem Unbelehrbaren einige Zähne ausgeschlagen, im Wissen, dass er kaum eine medizinische Versorgung bekommen und tagelang leiden würde. Die Ordner arbeiteten im Auftrag der Caporali, und das hieß im Dienste der 'Ndrangheta, die hier alles zu kontrollieren schien. Said hatte viel gelernt in dieser ersten Woche, auch wenn er noch nicht alles verstand.

An der Querseite des Platzes, vor dem Café, formierte sich wie jeden Tag die Gruppe der rumänischen Roma-Frauen, die dann in Busse gepfercht und über ganz Kalabrien, bis hinauf nach Neapel, verteilt wurden.

Eine Ahnung von Sonne am Himmel. Ein leises Rauschen, das immer lauter wurde und sich zum Motorenröhren erweiterte, kündigte die Caporali an. Jeder chauffierte einen Pick-up, auf einigen Ladeflächen saßen bereits einzelne Leute. Heute waren auch einige Kleinbusse dabei. Noch bevor das erste Auto zum Stillstand kam, liefen schon die ersten Leute hin. Said lief zu dem nächsten. Der Caporale stieg aus und hob energisch die Hand. Die Schar wich zurück. »Du, du, du auch …!« Nacheinander nahmen die Ausgewählten auf der Ladefläche Platz. Said war in eine Traube von Marokkanern geraten. »Du!« Das galt ihm. Er zwängte sich mit neun anderen in den Siebensitzer-Bus hinein. Doch die Schiebetür blieb offen, der Caporale schaute auf die andere Straßenseite, wo es laut wurde. Ein Arbeiter drosch wütend auf das Dach einer Pick-up-Kabine ein. Er brüllte aus Leibeskräften, doch der Fahrer schlug die Tür zu und gab Gas. Der Wagen hinterließ eine riesige Staubwolke. »Eine Woche Ordnerdienst gemacht und dann einmal blöd zurückgemault – und schon zahlt der Caporale nicht«, sagte einer neben Said. »Jetzt kann er sich das Geld in den Arsch schieben.«

Wieder Geschrei. Ein anderer Pick-up, der eben angefahren war, hatte angehalten. Said sah, wie ein Helfer aus der Fahrerkabine kletterte. Er zerrte zwei Leute von der Ladefläche herunter, die er nicht angeheuert hatte und die während der ersten Meter Fahrt einfach hinaufgesprungen waren. Er warf sie auf den Boden und behandelte sie mit Tritten. Niemand half ihnen oder erhob Einspruch. Jeder war Konkurrent. Dieses Gefühl war mit einer Übermacht zurückgekehrt, als sie hier angekommen waren.

Said war froh, als dieser Sklavenmarkt endlich im Heckfenster verschwand. Nach zwei Stunden würden sich die Menschen verlaufen haben und nichts mehr an ihn erinnern, ein gewöhnlicher Hauptplatz einer süditalienischen Kleinstadt.

Der Bus rumpelte durch die heruntergekommene Siedlung zu einer Olivenplantage. Alles war hier hässlicher und baufälliger als auf Lampedusa. Er dachte an das Geld, zwanzig Euro am Tag sollten da herausschauen. Vielleicht konnte er nächste Woche Nala endlich ein Tuch kaufen, das sie sich so sehr wünschte.

Einen Bey kannte hier niemand.

2

Malcontenta, 1560

»Vier Wochen noch«, sagte Antonella. Sie kniete über mir auf allen vieren. Ihr borstiges Haar stach in meine Augen. Ich spürte ihren Atem am Kinn, hielt die Augen geschlossen, während meine

Erregung in Wellen abebbte. »Dann bist du wieder weg.« Sie schwang sich hinunter von mir, ich spürte sie an meiner linken Seite.

»Ich werde wieder gehen. Du weißt, es ist gerade die Kürze der Besuche, die sie so unverdächtig macht.« Sie stand schon. Ich hörte, wie sie sich den Rock richtete. »Bis morgen, ja?« Die Tür fiel zu. Ich öffnete die Augen erst jetzt.

Ich wälzte mich aus den Laken, saß ein paar Augenblicke am Bettrand, stand auf und zog meine Beinkleider an.

Seit zwei Wochen schlief ich mit der Frau meines Auftraggebers. Nach der Gesandtschaft in Mailand mussten die Brüder gleich wieder nach Verona, sie waren also wieder mindestens eine Woche weg.

Antonella hatte beschlossen, in der Fattoria zu residieren, da sie, wie sie bei jeder Gelegenheit wiederholte, im Sommer die stinkenden Kanäle der Stadt hasste. Offenbar hatte sie viel nachzuholen. Der knochige Alvise, der zwischen den Gesandtschaften kurz hier gewesen war und sich ein mürrisches Lob zu den Fresken abgerungen hatte, hatte ihr nur kurz die Hand geküsst und sie mechanisch an sich gedrückt. Dann wurde er von einem Lohnkutscher abgeholt.

Antonella hatte sich auf mich gestürzt wie eine ausgehungerte Wölfin und ich Idiot wusste nichts Besseres, als in den Furor einzufallen. Ich war um nichts klüger geworden, wenngleich mir die Geschichte aus Urbino doch eine Warnung hätte sein sollen. Doch töricht wird der Mann, dem ein schönes Weib die Sinne verwirrt.

In der Fattoria sahen wir uns jeden Tag; jeden zweiten besuchte sie mich und forderte meine Dienste ein. Ich stopfte ihr ausgekochte Lumpen in den Mund, die ich sonst für die Kupfersticharbeit verwendete, weil sie es liebte, vor Wollust zu schreien.

Ich musste der Sache ein Ende setzen, bevor ich mich in Gefahr brächte. Ich stand auf und blickte in den halb blinden Spiegel. Ein alter Mann sah mich fragend an. Wer würde seinen Namen in hundert Jahren noch kennen? »Iamque opus exegi« … würde er diese Worte Ovids jemals sagen können?

Ich goss mir Wasser in die Waschschüssel. Die Kälte tat gut und würde mich hoffentlich entschlussfreudiger machen.

Warum war sie auf mich gekommen? Hatte sie von meiner Affäre in Urbino gehört? Hatte sich das Verhältnis bis Venedig herumgesprochen? Aber das war Jahre her, damals war sie noch ein Kind gewesen. Ich beutelte den Kopf, um das Wasser abzuschütteln. Ein Hund. Ich war nichts weiter als ein Haustier, wie schon in Urbino. Ein Haustier, mit dem eine verwöhnte Dame eine Zeit lang ihren Spaß hat und das sie dann fallen lässt, sobald die nächste Ablenkung auftaucht.

Ich musste die Sache beenden, bevor ihre Dienerinnen zu klatschen begännen. Ich hasste meine Schwäche. Ich nahm den Krug und goss mir seinen gesamten kalten Inhalt über den Kopf.

3

2012, Rosarno, Kalabrien

Said blinzelte noch dreimal, es nützte nichts. Der Schweiß rann ihm in die Augen und vernebelte ihm die Sicht. Er steckte in einem weißen Schutzanzug, der die Hitze vervielfachte. Nach fünfzehn Minuten war der Anzug innen schweißnass, das Wasser begann sich in den Socken zu sammeln. Es war erst Juni, aber die Sonne brannte wie im Hochsommer auf die Arbeiter nieder. Im Juni mussten die Arbeiter die Schädlingsfallen ausbringen und das betreiben, was offiziell Pflanzenschutz genannt wurde. Tonnen von Gift auf Oliven, Orangen, Zitronen. Er stand zusammen mit Maurice, einem Nigerianer, auf der Ladekiste eines Kleintraktors, mit der einen Hand hielten sie sich an der Aufhängung fest, mit der anderen duschten sie mit der Düsenlanze des Spritzgeräts die Kronen der Olivenbäume. Der Plantagenbesitzer warb auf Schildern an der Autobahn mit naturnahem Anbau. Sicher, es gab weniger Verlust der teuren Spritzbrühe, da nur das Notwendigste ausgebracht wurde. Und zwei Afrikaner, die jeden Baum in Handarbeit duschten, arbeiteten sparsamer als ein sensorgesteuertes Doppelaxialgebläse, das einen Giftschleier in die Landschaft sprühte, und waren obendrein billiger.

Eine halbe Stunde Mittagspause, endlich raus aus dem Anzug, herunter mit der Schutzmaske. Seine Nase war verlegt, er schnappte nach Luft. Er wischte den Schweiß ab und setzte sich zu den anderen auf die Picknickgarnitur, die unter einer großen Olive stand. Sechs Arbeiter hatten sich dort niedergelassen, alle machten heute dasselbe. Ein Junge auf einem Zweiradtraktor mit einem Anhänger voll Spritzbrühe hatte Essen gebracht. Weißbrot, Oliven, alter Käse, dazu Wasser und, wer wollte, auch Wein, ein billiger Fusel. Die meisten waren zu fertig, um eine Unterhaltung zu führen, nach drei Tagen war alles gesagt gewesen. Alle saßen im selben Boot.

Der Aufseher kam und sah auf die Uhr. Sie standen wieder auf. Said schlüpfte wieder in den nassen, stinkenden Overall. Er dachte an Nala, die jetzt mit den anderen kochte und genug Zeit zum Essen hatte. Sie hatte noch keine Beschäftigung gefunden. Sie war auf November vertröstet worden, wenn die Ernten beginnen würden.

Sie fuhren zwischen zwei Reihen Olivenbäumen, als der Traktor plötzlich stoppte. Der Fahrer wandte sich um, er hatte das Handy in seiner Linken. »Kontrolle. Sie sind gerade bei der Farm. Wir fahren in die Maschinenhütte da drüben und warten, bis sie weg sind. Festhalten!« Said schnappte gerade noch rechtzeitig nach der Aufhängung der Kippmulde, auf der sie standen. Der Traktor rumpelte hastig bis zum Ende der Reihe, vollführte eine scharfe Wendung nach links und fuhr in eine Hütte, deren Tor offenstand. Der Fahrer sprang herunter und schloss das Tor. Als Said und Maurice von der Kippmulde stiegen und sich ihrer Overalls entledigten, bemerkten sie, dass in der Hütte noch zwei Kleintraktore parkten und etwa zwanzig Arbeiter auf Mähbalken, Schlegelmulchern und anderen verrosteten Geräten herumsaßen. »Hierher kommen sie nicht«, sagte der Fahrer. Er lehnte sich an den Traktor und zündete sich eine Zigarette an.

Said setze sich neben Maurice, von dem er kaum etwas wusste, sie waren meistens zu müde gewesen, um zu reden.

»Wie lange bist du eigentlich schon hier?«

»Seit März, aber da gab's hier noch keine Arbeit. Du kannst von Glück reden, dass du jetzt da bist. Im November kommen dann die Massen.«

»Was ist mit dem Asylantrag? Hast du einen gestellt?«

»Klar, sofort, du Idiot. Ich gehe doch nie wieder zurück nach Nigeria und lasse mich abknallen. Die Mafia gibt's nicht nur hier, weißt du. Und wenn du die falschen Leute kennst, Pech.«

»Ich weiß nicht, ob ich einen stellen soll. Andererseits ...«

»Sag bloß, du hast keinen gestellt ...?«

Maurice blickte ihn an, als sähe er ihn erst jetzt.

»Bist du verrückt? Nur so hast du überhaupt eine Chance. Ich versteh die Typen nicht, die glauben, sie könnten ewig illegal bleiben.«

»Ich weiß nicht, ob es nicht so besser ist. Oder, keine Ahnung. In Lampedusa haben sie mich jedenfalls registriert, aber unter einem anderen Namen. Jeder von unserem Boot hat das so gemacht. Dann bin ich abgehauen, aber das habe ich dir schon erzählt. Hier bin ich Said, ich selbst.«

»Aber du scheinst nirgends auf. Das ist ein ganz großer Fehler, glaub mir. Und der andere, den's gar nicht gibt, der ist verschwunden. Du hast Nerven.«

Motorenlärm tönte von draußen, ein Auto, und verzog sich wieder.

Maurice schüttelte den Kopf. »Ich würde den Antrag stellen. Mehr als ablehnen können sie nicht, und wenn, dann tauchst du eben weiter unter und arbeitest dann woanders weiter, Mann ...«

»Ich wollte kein Risiko eingehen, und es geht doch irgendwie ...«

»Mann, deine Braut, wie heißt sie doch, hat dich wohl total verwirrt. Aber du musst selbst wissen, was du tust.«

»Nala ist nicht meine Braut ... sie ist ... eine Freundin. Ich werde sehen. Ich hatte einfach noch keinen klaren Kopf, und bevor ich was Falsches mache, ach, keine Ahnung ...« Said machte eine wegwerfende Handbewegung und schwieg.

»Und erledige das für deine Kleine gleich mit, glaub mir.«

Said wollte etwas sagen, aber der Traktorfahrer bellte durch den Raum. »Es geht weiter! Sie haben vierzehn Arbeiter mitgenommen, ihr wisst, was das heißt. Sonderschicht heute, die Traktoren haben ja Scheinwerfer.«

Er verzog den Mund. »Morgen sind sie eh wieder da, festhalten können sie sie nicht. Es gibt übrigens zehn Euro drauf für jeden heute, aber es muss fertig gespritzt sein. Also los! Ihr da drüben auch! Geht wieder zu Antonio!«

Maurice stand auf und klopfte Said auf die Schulter.

Said tastete nach seinem Overall, den er von innen nach außen gewendet hatte, er war noch immer nass. Er schlüpfte hinein, putzte sich die Nase und band sich die Atemmaske um. Dann eben Sonderschicht, er brauchte jeden Cent.

4

1560, Malcontenta

Da Beppe und Girolamo den ganzen Tag mit den Rahmen zu tun haben würden, beschloss ich, Bernardino India aufzusuchen. Er weilte ganz in der Nähe in Mira und hatte mir durch Boten kundtun lassen, dass er sich freuen würde, mich zu sehen. Wir hatten uns seit unserer Zusammenarbeit in der Marciana immer wieder verfehlt. Ich hatte gehört, dass er in den letzten Jahren nur noch solche Villen ausmalte wie ich zur Zeit, die auch in der Umgebung von Verona aus dem Boden wuchsen wie Pilze nach einem warmen Regen. Außerdem weilten die Brüder hier und ich wollte ihnen nicht über den Weg laufen. Ich hieß gerade den Stallburschen mein Pferd herzurichten, als Niccolò in der Tür der Fattoria erschien und mich herbeiwinkte.

»Ich kann heute nichts tun …«, begann ich.

»Auf ein Wort, Battista. Es geht um etwas anderes!«

Als ich in die Stube trat und Alvise vor der ausgebreiteten Abschrift meines Planes sitzen sah, war ich zugleich erleichtert und wütend. Und wirklich:

Sie teilten mir mit, dass sie eine Änderung der Entwürfe wünschten.

Was bildeten sich diese aufgeblasenen Wichtigtuer ein? Ich sah zu Alvise und versuchte einen Einwand, während ich um dessen Vergeblichkeit wusste:

»Aber mit Verlaub, das Konzept, das ich erstellt habe …«

»Er glaubt doch nicht, dass wir Dummköpfe sind? Höre er einmal zu!«

Alvise erläuterte mir die Änderungen, die sie sich wohl auf ihren Reisen ausgedacht hatten.

Es betraf vor allem das Philemon-und-Baucis-Motiv, das für den Eingangsbereich vorgesehen war. Zeus und Hermes besuchen unerkannt das Greisenpaar, das sie dann für ihre Gastfreundschaft, die sie den beiden Göttern gegenüber unwissend erweisen, belohnen. Sie wollten es nun im zentralen Raum haben. Die Motive sollten nun in den Bogenfeldern erscheinen, wo ich die einzigartigen olympischen Götter geplant hatte.

Ich hätte ihnen den Hals umdrehen können, da es mein Konzept, das nur Götter und Allegorien vorgesehen hatte, empfindlich abänderte. Die Brüder hatten keine Ahnung von den Motiven, die ich mir so anspielungsreich ausgedacht hatte. Aber ich willigte ein – eine andere Möglichkeit hatte ich nicht – und machte in meiner feigen Unterwürfigkeit gleich Vorschläge, wie die Bilder aufgebaut sein könnten.

Alvise erläuterte zu allem Übel noch den profanen Grund für die Änderung: Die Brüder hätten sich in der letzten Woche einen Spaß daraus gemacht, wie Zeus und Hermes als Wanderer verkleidet Dorfschenken in ihren Ländereien zu besuchen, abfällige Bemerkungen über die strengen Foscaris zu machen und die Reaktion ihrer Leibeigenen abzuwarten. Alvise hatte das letzte Mal einen Bauern, als dieser Abgaben in die Fattoria brachte, zur Rede gestellt und ihn vor den anderen wartenden Bauern abführen und im Hof mit einem Stock verprügeln lassen.

Das wollten sie also dargestellt wissen. »Wir sehen mehr, als das Volk glaubt. Das soll jeder Besucher hier merken«, lachte Niccolò. Sein Doppelkinn wackelte. »Wir haben auch auf dich ein Auge, Maler«, fügte Alvise hinzu. »Nichts entgeht uns, und jeder bekommt seine gerechte Strafe.«

Mit weichen Knien stolperte ich zum Pferdestall. Der Ärger war wie weggeblasen, dafür nagte der Zweifel an mir wie eine hungrige Ratte. Wusste Alvise etwas? Hatte er mich gewarnt? Hatte irgendjemand geplaudert? Ich musste die Alliance beenden, mochte dieses lüsterne Weib tun, was es wollte.

5

2012, Rosarno, Kalabrien

Der Kleinbus spuckte sie aus und brauste davon, noch ehe die restlichen Insassen die Tür ganz geschlossen hatten. Said verabschiedete sich von den anderen und trottete dann mit Maurice durch die Gassen in Richtung alte Papierfabrik. Wie eine Kopie der Stadt Lampedusa, nur jedes Haus eine Ruine, dachte er wieder. Sie liefen an Müllbergen vorüber, dort, wo die Stadt ausfranste. Drei Wochen wohnten sie jetzt in der alten Fabrik, ohne dass sich viel verändert hätte. Die Hallen, in denen einst große Maschinen rund um die Uhr ratterten, ließen ihren ursprünglichen Verwendungszweck nur mehr erahnen. Vom Dach war nur noch etwa ein Drittel übrig, an allen möglichen Bruchstellen ragten Träger in den Himmel. Immer wieder fielen Teile von den Rändern der Löcher herunter. Die meisten Fenster bestanden nur noch aus Kränzen von spitzen Scherben, die am Rahmen klebten. In der großen Halle, wo Überreste einer Walzstraße vor sich hin rosteten und ein großes Loch im Dach klaffte, hatte sich eine Art Campingplatz ausgebreitet. Grellbunte Supermarktzelte, manche geflickt mit Tüchern oder Kartons, gruppierten sich um den Metallkoloss. Am Abend belebte sich die Halle, ganz leer wurde sie nie, da vor allem Neuankömmlinge den ganzen Tag hier herumdösten. Nachts konnte es trotz der täglichen Schwüle empfindlich kalt werden.

Said trennte sich von Maurice und ging in eine kleinere Halle, an deren Ende früher Bürokabinen gewesen sein mussten, die inzwischen von zwei pakistanischen Familien bewohnt wurden. Ein scharfer Gestank wehte ihn an. Hier wohnten die, die zum Schluss gekommen waren. Sein Zelt stand mit einigen anderen ein paar Meter vor dem Glaskoben. In der Mitte des Raumes brannten die Reste eines Feuers, daneben einige unförmige

Holzstücke, die jemand gesammelt hatte. Said sollte nächste Woche drankommen. Nala saß dort mit zwei anderen jungen Frauen, wahrscheinlich besprachen sie, was sie morgen kochen wollten. Er trat hinzu und umarmte sie linkisch, er halb stehend, sie halb sitzend, unbeholfen wie ihre ganze Beziehung bisher. Seit sie in der Wäscherei aushalf, sah sie abgekämpft aus.

»Wir haben heute einen Eintopf mit Reis, Tomaten und dem Gemüse von gestern gemacht«, erzählte sie. »Dzevan und Baba kommen auch, sie bringen auch etwas mit, dann sind wir zu sechst. Alles gut gegangen heute?«

»Alles gut«, antwortete Said. Er erzählte von der Kontrolle, aber Nala hatte es schon gehört. Der ganze Ort war in Alarmbereitschaft gewesen.

Er ging zu einem Wasserbecken und wusch sich die Hände. Wieder wehte Gestank an seine Nase. Als er sich setzte, hatte eine Frau schon damit begonnen, Plastikteller auf dem Boden zu verteilen.

»Der Müll stinkt jeden Tag stärker. Verdammt, das geht nicht so weiter.«

Der Müllberg hinter der Fabrik wuchs jeden Tag. Dort wurde praktisch alles entsorgt, was in der Fabrik anfiel: Speisereste, Stofffetzen in allen Farben, Berge von Plastikverpackungen und jede Menge tote Tiere, manchmal auch gerade noch lebende, die dann dort verendeten.

Nala schlug plötzlich rechts auf den Boden. Said erschrak. Eine Ratte. Es hieß, auf einen Fabriksbewohner kämen zwei Ratten. Letzte Woche war ein Bewohner gestorben, in seinen letzten Stunden hatten freche Ratten versucht, ihn anzunagen. Nur nicht krank werden, dachte Said.

Ein Arzt war unerschwinglich, er dachte daran, wie ein Arbeiter auf der Plantage tagelang an einem unversorgten Bruch gelitten hatte.

Nala stand auf, um den anderen Frauen zu helfen. Said lehnte sich zurück auf einen schwarzen Müllsack, der mit Altkleidern gefüllt war. Wann würde Nala ihren Widerstand aufgeben? Kam der Widerstand von ihr, mochte sie ihn einfach nicht und war ihm lediglich dankbar? Oder saß die Angst vor der Intimität mit einem Mann noch immer so tief? Sollte er sich von ihr trennen?

Dzevan und Baba brachten schlechte Nachrichten. Während sich alle über den Eintopf hermachten, der allgemeinen Beifall fand, berichteten sie, dass eine Gruppe von Sudanesen angekommen sei, die auf Gang mache und versuche, von den anderen Schutzgeld zu erpressen. Dzevan beruhigte: »Wenn die blöd kommen, prügeln wir sie aus der Fabrik hinaus, da sind wir uns alle einig.« Dzevan, der irgendwo aus Zentralasien kam, ballte die Faust. »Diese Sudanesen werden täglich mehr. Ich werde weggehen!«

Prügel. Gewalt. Jeden Tag hörte Said irgendwo auf dem Gelände Schreie. Immer dachte er daran, was Nala wohl zugestoßen war. Wieso konnte er das nicht einmal, einmal ausblenden? Er würde noch irre werden.

»Bist du dabei, habe ich gefragt?«

Baba sah ihn an. Was war die Frage gewesen? Wahrscheinlich ging es um die Sudanesen. Vertreibung mit Gewalt. Baba sah ihn streng an. »Ja, ja sicher …«, murmelte Said. »Ich bin dabei.«

6

Eine Brise wehte über die Geröllhalde. Said stand auf einem Kiesel und blickte in die Richtung, wo er den Gipfel des Aspromonte vermutete. Wie viel schöner war die Gegend hier als sein Zuhause, wo alles gelb gewesen war: Boden, Häuser, Wasser. Hier war alles grün, Plantagen so weit das Auge reichte, ein Baum neben dem anderen, es mussten Zehntausende sein. Said schien es, dass er mit der Geröllhalde den einzigen Fleck in der Umgebung gefunden hatte, der nicht landwirtschaftlich genutzt war. Im Hintergrund glitzerte das Meer, danach brummte der riesige Containerhafen, den ein grüner Streifen von Rosarno trennte. Von hier sah die Stadt im abendlichen Licht sauber und adrett aus, nichts erinnerte daran, dass die Siedlung ein einziger Slum war. Said wandte den Blick wieder landeinwärts. Ein fahler Himmel spannte sich über das Gebirgsmassiv, das die tief stehende Sonne mattblau färbte. Darunter wucherte eine grüne Macchia-Landschaft bis zu den Plantagen. Er hatte sich entschlossen, an diesem Sonntagabend hinauszugehen aus der Fabrik, aus der Stadt, obwohl er wusste, dass es gefährlich werden konnte, wenn man allein unterwegs war. Nala war müde, sie wollte mit den anderen Frauen zusammensitzen und reden. Sie hatte in den letzten Tagen wieder von Frankreich gesprochen, nachdem sie mit einem Verwandten telefoniert hatte, der in Paris lebte. Sonntag war auch auf den Plantagen Ruhe. Die Süditaliener waren offenbar sehr christlich.

Er blickte wieder auf die Bergkette, die ihn an versteinerte Wellen erinnerte. In zwei Monaten würde es kälter werden und da oben sollte sogar Schnee fallen, hatte er gehört. Schnee! Noch nie hatte er dieses weiße Ding in natura gesehen. Eine weitere Brise ließ ihn schaudern. Er musste zusehen, dass er wieder zu einer Winterjacke kam, die alte lag im Caritas-Laden in Catania.

Er trabte langsam zurück an den Plantagen vorbei Richtung Stadt, als er am Anfang der Einfallstraße etwa einen Kilometer vor der ersten Siedlung eine Schar Libyer traf, die er flüchtig aus der Fabrik kannte. Landsleute aus verschiedenen Stämmen. Er bekam einen Kloß im Hals – sie wussten, dass er ein Toubou war. Was, wenn sie ihn überwältigten? Aber sie winkten ihn herbei und begannen ein Gespräch auf Englisch, unverbindliche Dinge. Said hob die Hand vor die Augen. Die untergehende Sonne lag vor ihnen und blendete ihn.

»Hört mal!«, sagte einer. Jetzt hörte auch Said das Summen, das sich zu einem lauten Schnarren auswuchs: Mofas, eine ganze Horde Jugendlicher auf ihren plärrenden Zweitaktern. Das bedeutete nichts Gutes. Said hatte es schon ein paar Mal davon gehört, jetzt war es da, es war Wirklichkeit, seine Wirklichkeit. »Marokkanerjagd« nannten sie es. Das Vergnügen für die arbeitslosen Halbstarken bestand darin, die verschreckten Afrikaner zu jagen, die rechte Hand am Gashebel des Rollers, in der Linken ein Baseballschläger oder einfach ein Stecken. Wochenendunterhaltung für frustrierte Jugendliche. Sie suchten sich immer Gruppen aus, die weit weg von den anderen waren. Bis die Polizei kam, war alles vorbei. Manchmal schaute sie sogar zu, erzählten die Leute, bestraft wurde niemand. Die Opfer waren oft fürchterlich zugerichtet und bluteten aus allen Körperöffnungen. Wenn der Baseballschläger Knochen splittern ließ, wurde er oft tagelang nicht behandelt. Es war ein Fehler gewesen, sich so weit von der Stadt zu entfernen.

Verdammt! Said sah die anderen an, Blicke genügten. Der Trupp war Freiwild für eine Abreibung, völlig schutzlos, kein Versteck weit und breit. Vielleicht noch ein Kilometer bis zum ersten Haus.

Die Gruppe von etwa fünfzehn Jugendlichen auf Enduros und Rollern tauchte hinter einem Transformator auf. Sie kamen nicht von hinten, sondern von links auf die Gruppe zu, die Richtung Stadt lief. Einer der Libyer deutete: Auseinander! Nicht zusammenbleiben!

Sie liefen schneller, doch alle in dieselbe Richtung. Sechshundert Meter. »Auseinander, verdammt!« Der Erste scherte aus, dann stoben alle wie ein Fächer auseinander. Das Brummen wurde energischer, auf den meisten Motorrädern saßen zwei, die Beifahrer streckten die Baseballschläger zur Seite.

Said lief, so schnell er konnte, die ersten Häuser waren nicht mehr weit, mit jedem Meter war er sicherer. Hinter sich hörte er Geschrei und einige Kracher. Ein paar Keulen hatten ihr Ziel getroffen, doch das Kreischen von Metall auf Asphalt ließ auch darauf schließen, dass einige Mofas umgefallen waren. Als er hinter sich blickte, merkte er, dass sich die Verfolger schon wieder zu zerstreuen begannen, aber einer noch beschlossen hatte, ihm nachzusetzen. Er lief weiter mit halbem Blick nach hinten, und als der herannahende Fahrer ausholte, duckte er sich rechts weg. Er kam zu Fall und versuchte noch, sich abzurollen, was ihm mehr schlecht als recht gelang. Ein stechender Schmerz zuckte in seinem rechten Oberarm hoch, als er auf dem steinigen Boden aufschlug. Der Beifahrer, der keinen Helm hatte, schrie etwas. Wie eine Hornisse zog das Bike vorüber, das Geräusch entfernte sich. Said erhob sich keuchend, sein Oberarm schmerzte, ein paar Kratzer und Abschürfungen, aber sonst war alles heil. Langsam setzte er sich in Bewegung. Er blickte zurück, hinter ihm sammelten sich die anderen, einer konnte nicht mehr gehen und wurde von zweien gestützt. Sie waren noch einmal davongekommen, Gott sei Dank waren sie in der Nähe der Stadt gewesen. Verdammtes Nest. Nala hatte von Paris gesprochen. Und Bey, der sich wieder nicht meldete, war offenbar in den Norden weitergezogen, wo es mehr Arbeit und mehr Geld geben sollte. Sie mussten weg von hier.

7

1560. Ca' Ghedin

Der Weg nach Mira führte großteils über offenes Feld. Zwischen Ca' Ghedin und Gambarare lag ein sumpfiges Stück. So musste das ganze Land hier vor der großen Entwässerung ausgesehen haben, dachte ich mir. Erlen, Weiden und verschiedene Büsche bildeten ein Dickicht, fast einen kleinen Wald. Nur langsam konnte ich hier mein Pferd über die sumpfigen Grashorste führen. Ich war schon ein paar Mal hier vorbeigekommen und hatte mich immer wieder unwohl gefühlt, und ähnlich ging es auch anderen, wie ich in Gesprächen herausfand. Jeder Durchreitende war froh, wenn dieses Wäldchen hinter ihm lag. Ein langer Reisigstapel tauchte jetzt rechts auf, jemand hatte wohl schon für Brennholz vorgesorgt. Ich glaubte zunächst an einen Scherz, als hinter dem Stapel zwei Männer hervorsprangen und sich mir wortlos in den Weg stellten. Sie trugen Kapuzen, ich konnte ihre Gesichter nicht erkennen. Verdammt, hier gibt es noch Räuber, war mein erster Gedanke. Noch ehe ich etwas sagen konnte, griff der eine in die Zügel und hielt das Pferd an, der andere fasste mich an der Hand und riss mich mit einem Ruck vom Pferd. Ich war noch nicht völlig unten, als mich der erste Schlag in die Magengrube traf. »Was …«, konnte ich gerade noch sagen, bis mir der nächste Schlag die Luft raubte. Ich verstand nicht, was vorging. Wenn es Räuber waren, warum die Prügel? »Verdammt, nehmt mein Geld!«, presste ich zwischen den Zähnen hervor. Der nächste Hieb traf mich am Kopf. Ich landete im Dreck. Ich spürte etwas Warmes.

Endlich hörten sie auf. Was kam jetzt noch? Ich versuchte die Augen zu öffnen, die von Schlamm verklebt waren, und sah, wie einer der beiden sich an einem Sack zu schaffen machte, aus dem er eine Hacke hervorholte. Was hatten sie damit vor? Wenn sie mich töten wollten, würde ein Messer genügen. Alles ergab kei-

nen Sinn. Sie ergriffen mich an den Armen und schleiften mich zu dem Reisigstoß, neben dem ein Baumstumpf als Hackstock aufragte. Ich spürte, wie mein schlaffer linker Arm gestreckt und meine Hand auf den Stock gepresst wurde.

Ich konnte nicht glauben, was passierte. Wieso? Warum wollten sie kein Geld? Nicht die Hand! Sie wollten doch nicht …

Einen Moment lang war es totenstill. Dann ein Sausen, ein Zack, und nach einem weiteren Moment, in dem die Zeit stillzustehen schien, fuhr plötzlich ein fürchterlicher Schmerz in die linke Hand. Dann wurde alles schwarz.

8

2012, Rosarno, Kalabrien

Als er zur Fabrik zurückkehrte, saß am Schutthaufen vor dem Eingang eine neue Gruppe, die alle Hineingehenden anbettelte – welch ein Hohn, dachte er: betteln bei denen, die ohnehin nichts haben. Es würde nicht lange dauern, bis sie durch irgendwelche Schläger vertrieben würden.

Als er um die Ecke bog, erblickte er eine weitere Neuigkeit: Fremde Männer waren am Gelände und bauten Zelte auf. Er erkannte das Caritas-Logo. Wochenlang hatte man von diesen Zelten gesprochen, jetzt kamen sie endlich. Angeblich sollte es Essen und medizinische Versorgung geben. Vielleicht wäre es doch besser, hierzubleiben? Er würde sich registrieren und einen Asylantrag abgeben, vielleicht könnte er dann Vorarbeiter werden.

»He, Said!« Maurice rief ihn zu einer Gruppe von Männern, die um eine Kochplatte standen, auf dem sie Tee in einem Topf bereiteten.

»Was gibt's?«

Maurice blickte ihn an.

»Wie siehst denn du aus? Haben diese Schweine wieder Jagd gespielt?«

»Ja, ein paar hat's erwischt, sie sind schon zum Notdienst unterwegs. Bis morgen werden sie wohl behandelt werden. Ich weiß nicht, ob es gut ist, hierzubleiben.«

»Du kommst gerade recht.« Maurice erzählte, dass die Gruppe vorhatte, gemeinsam weiterzuziehen. Einer von ihnen, Ibrahim, habe einen Verwandten in Mestre, oben im Norden, wo es mehr Reichtum und Wohlstand gebe und die Leute genug zu essen hätten, sogar dunkles Brot gebe es da. Mestre sei ein riesiger Hafen mit Ölraffinerien und Industrie, da gebe es immer Arbeit, schönere Unterkünfte und bessere Bezahlung als auf den Plantagen.

Und vielleicht ist auch Bey dort irgendwo, ergänzte Said in Gedanken.

Maurice fuhr fort: »Und im Sommer ist alles voll mit Touristen. Da werden Verkäufer für den ganzen China-Ramsch gebraucht. Handtücher, Taschen, Schnitzereien. Ibrahim verdient nicht schlecht.«

Die anderen meldeten sich zu Wort, jeder kannte eine Geschichte, die belegte, dass es im Norden besser war.

Said bezweifelte, dass alles stimmte. Rassismus würde ihnen überall begegnen, und überall würden sie als billige Arbeitskräfte ausgenutzt werden. Aber vielleicht war da oben wirklich mehr zu holen. Eines wusste er: Er würde nicht ohne Nala gehen. Schließlich hatte auch sie schon einmal von Mestre gesprochen, irgendjemand aus ihrer Familie war auch dort. Freilich war auch dieser Kontakt abgerissen wie der von Said zu Bey.

Maurice hatte den Transport schon organisiert: Morgen Abend

ging ein Lkw, mit dem sie mitfahren könnten. Es würde in einem gehen, Sonderpreis zwanzig Euro, maximal zehn Personen. Zwölf Stunden im verschlossenen Laderaum, ein Kübel mit Wasser als Klo, Fresspakete und Wasser selbst besorgen. Nala könne mit, kein Problem. Meldung noch heute vor Mitternacht.

Said bedankte sich und sagte, er müsste mit Nala reden.

Als er die Halle betrat, lief sie ihm entgegen. Sie hatte von der Marokkanerjagd gehört und umarmte ihn. Sie trug weite Jeans, ein gelbes T-Shirt und ein buntes Kopftuch.

»Ich habe mir solche Sorgen gemacht.«

»Nur blaue Flecken«, sagte Said. »Aber komm, wir müssen etwas bereden.«

Sie setzen sich vor ihr Zelt. Er erzählte ihr von dem Transfer morgen.

»So billig kommen wir nie nach Mestre. Das Bahnticket kostet das Dreifache, und in den Zügen gibt es immer Kontrollen.«

Nala zögerte. »Es ist ja richtig, hier wegzugehen. In der Wäscherei wird das ohnehin nichts mit der Fixanstellung. Sie holen mich nur, wenn es ihnen einfällt. Ich meine, ich finde es richtig. Aber vielleicht nicht so schnell, so Hals über Kopf. Ist das eine sichere Sache mit dem Transfer?«

»Dann bleib hier, wenn du nicht willst!«, rutschte es Said heraus, im selben Moment tat es ihm leid.

Nala senkte den Kopf und sprach leise. »Ich meine ja nur, weil wir – weil ich Freunde gefunden habe. Dort müssen wir neu anfangen.« Sie blickte auf und versuchte, entschlossen zu wirken. Hatte sie feuchte Augen? Sie rückte zu Said und umarmte ihn zaghaft. »Ich komme mit. Was soll ich denn ohne dich tun?« Sie gluckste, war es weinen?

Said atmete tief durch. »Gut … gut … ich möchte ja auch bei dir bleiben.«

Said erwiderte die Umarmung, und da war wieder dieses Zusammenzucken. Aber sie ließ es geschehen. Er spürte ihre linke Brust. »Wollen wir heute …?« Nala versteifte sich sofort und versuchte zu lächeln. »Noch nicht … Bald.«

Said atmete wieder tief durch und stand auf.

»Wir müssen noch Fresspakete besorgen. Ich geh dann in die Stadt. Was magst du …?«

Sie stand auf und fasste ihn am Arm.

»Said … Bitte gib mir noch ein wenig Zeit. Bitte. Ich weiß, du bist ein Mann, das ist schlimm für dich. Es ist nicht so, dass ich dich nicht mag. Ich mag dich sehr. Aber ich kann nicht. Noch nicht. Bitte versteh das.«

Er umarmte sie wiederum.

»Okay.«

Sie verharrten einige Sekunden in dieser Stellung, bis Wortfetzen das Kommen anderer Bewohner ankündigten.

»Ich kann morgen einkaufen gehen. Sonntagabend hat ja nur der kleine Laden offen. Ich gehe in den COOP, der öffnet schon um sieben, da komme ich zum Dienst noch zurecht. Gehst du morgen noch auf die Plantage?«

»Ja, ich gehe noch. Es wird mein letzter Tag dort sein.«

Er küsste sie auf die Wange und kroch ins Zelt, um das Gewand zu wechseln. Er blickte auf sein Handy. Eine SMS von Bey. »Bin in Rimini.« Dazu eine neue Telefonnummer. Said wählte.

9

1560, Malcontenta

Der erste Moment, an den ich mich wieder klar erinnern kann, war, als ich in meinem vertrauten Zimmer in der Fattoria auf-

wachte und merkte, dass die höllischen Schmerzen, die ich für einen Albtraum gehalten hatte, Wirklichkeit waren. Auf einer Bank gegenüber meinem Bett saß eine junge Nonne, die an die Wand gelehnt offensichtlich eingeschlummert war. War es doch ein Traum?

Langsam versuchte ich, durch den Schmerz hindurch, die Bilder meines Deliriums von der Wirklichkeit zu trennen – Kupferstichfiguren, Freskenfragmente, Gesichter von Frauen, der Ritt nach Mira, der Sumpf … Mit einem Male war alles wieder da: Ich war überfallen worden. Das Beil. Wenn mich je in meinem Leben ein Schock anpackte, dann jetzt: Ich sah, wie jemand einen kleinen Finger abhackte. Es war meine Hand, mein Finger. Ich sah an mir hinunter und versuchte meine linke Hand zu bewegen, ich konnte es nicht, der Schmerz machte alles taub. Ich fing wohl leise zu schluchzen an, denn der Nonnengeist bewegte sich. »Ihr habt Wundfieber, Meister«, sagte eine dünne Mädchenstimme, »Ihr habt fantasiert.« Ich fühlte noch, wie ein nasskaltes Tuch auf meine Stirn gelegt wurde, ehe ich wieder zu meinen Bildern versank.

Als ich das nächste Mal erwachte, hatte sich die Nonne in Beppe verwandelt. Wie lange saß er schon hier?

»Ihr liegt seit zwei Tagen, Meister. Ein Bauer hat euch gefunden. Ihr wart übel zugerichtet, an einer Hand fehlte ein Finger, aber die Wunde war abgebunden. Zuerst dachte der Bauer, ihr hättet Holz hacken wollen und euch verletzt. Aber dann …«

Mehr hörte ich nicht, ich schlief wieder ein. Bilder von Verputzen, Schablonen, Stichen, Antonella. Mit einem Male war ich hellwach, der Schmerz pulste ungehemmt weiter und Frage auf Frage prasselte auf mich ein. Wer hatte das getan? War es eine Racheaktion gewesen? Von wem? Wer wollte mich verstümmeln? Ein Konkurrent? Hätte er nicht die ganze Hand nehmen sollen, und wenn, die rechte? War es eine Warnung gewesen? Aber von wem? Wovor? Hatte die Anspielung Alvises, sie würden mich beobachten, damit zu tun? Steckten gar die Foscari dahinter? Aber warum sollten sie ihren Günstling verstümmeln? Als Warnung? Wusste jemand von dem Verhältnis zu Antonella?

Stunden des Grübelns können ewig dauern und ich haderte die ganze Nacht. Es ergab keinen Sinn und noch mal keinen Sinn, und doch gab es keine andere Möglichkeit: Es konnten nur die Foscari dahinterstecken. Sie hatten die Häscher geschickt, um mir eine Lektion zu erteilen. Zeus, der die Giganten bestraft. So wie sie es gemalt haben wollten.

Und dann: Lächerlich, das würden sie doch nie tun! Es waren ehrenwerte Männer! Aber sie konnten grausam sein, das wusste ich auch.

Aber wie könnte ich es beweisen? Wenn ich sie beschuldigte, würden sie es nicht nur leugnen, sondern würden sich entrüsten und mich der Verleumdung zeihen.

Aber offensichtlich hatten sie mich auch hierhergebracht und sorgten für mein Wohl. Sie konnten es nicht sein.

Wenn sie mich aber so warnen wollten? Wenn Alvise sich rächen wollte?

Das viele Nachdenken erzeugte mir zusätzlichen Schwindel und Kopfschmerzen. Erschöpft schlief ich ein, als der dritte Morgen dämmerte.

10

2012, Rosarno, Kalabrien

Es lief wie vereinbart, sie saßen zu fünft auf der leeren Pritsche im Kastenwagen, ein sechster war kurz zuvor ausgefallen, Nala war die einzige Frau. Die anderen waren Maurice, Eli und Moussad, der zwei Decken mitgebracht hatte, auf denen sie lagerten. Gott sei Dank musste niemand auf den Kübel. Maurice hatte das Geld noch um Mitternacht abkassiert und dem Fahrer gebracht. Dieser hatte gesagt, er wisse offiziell nicht Bescheid, was sich auf der Ladefläche abspiele, sei nicht seine Angelegenheit.

Nach der Abfahrt verfielen alle ins Dösen.

Said dachte an das kurze Telefonat mit Bey. Nach so vielen Wochen hatte er mit ihm gesprochen! Das Gespräch hatte ihn verwirrt, sein Onkel musste etwas getrunken haben, oder was Said eher befürchtete: Er nahm Drogen. Zumal er von sagenhaften Geschäften erzählte, die sich in Rimini machen ließen, Said solle unbedingt nachkommen, hier würden immer wieder neue Leute gebraucht werden. Es solle sich melden, wenn er da wäre.

Said wusste nicht, was er davon halten sollte. Steckte Bey in Schwierigkeiten? War er kriminell geworden? Er würde erst einmal schauen, wie es in Mestre war.

Irgendjemand redete, Said öffnete die Augen. Er sah niemanden, aber wahrscheinlich saßen alle an die Außenwände gelehnt, zusammengesackt zwischen ihren Taschen. Maurice machte einen Witz, die anderen lachten. Hin und wieder glomm ein Handy auf. Das Licht machte Said ihre elende Lage bewusst. Sie sprachen abgenutzte Sätze: Wohin sie gehen würden. Welche Jobs lukrativ wären. Dann erzählte Moussad von einem Bekannten, der sich die Fingerkuppen auf die Herdplatte gehalten hatte, um seine Fingerabdrücke auszulöschen. Es war unmöglich, ihn zu identifizieren und er lebte unter einer neuen Identität in Marseille. Said hatte die Geschichte schon einige Male in verschiedenen Varianten gehört und fragte sich, ob sie jemals passiert war. Oder wie oft sie wirklich passiert war. Nala zitterte und drückte sich im Dunkeln eng an ihn. Die Zeit dehnte sich, sie dösten in der Dunkelheit.

Gegen Mitternacht stoppte der Lkw an einer Autobahnraststätte. Der Fahrer entriegelte die Hecktür, dann war es still.

»Vorgeschriebene Ruhepause«, sagte Maurice und stieß die Tür auf. Sie kletterten aus dem Auto und verrichteten ihre Notdurft im Freien. An einem Trinkwasserbrunnen tranken sie und wuschen sich.

Bei allen Tätigkeiten blieben sie außerhalb des Lichtkegels der Parkplatzleuchten. Nach fünfundzwanzig Minuten mahnte Maurice zum Aufbruch. Sie hatten sich kaum auf ihre Decken gesetzt, als der Fahrer die Tür wieder verriegelte.

Said erwachte durch den Verkehrslärm, der durch die Wand dröhnte. An Schlaf war nicht mehr zu denken. Durch Ritzen und Löcher drang Tageslicht in den Raum. Die anderen waren schon wach. Eli las am Handy die Uhrzeit ab und meinte, sie müssten jetzt in der Gegend von Rom sein. Said taten alle Knochen weh. Er setzte sich mit Nala an die Stirnwand nahe dem Fahrerhaus, sie lehnte sich an ihn. Irgendwann hielt der Lkw wieder, die Tür blieb aber geschlossen.

Gegen fünf Uhr telefonierte Eli mit einem Bekannten in Mestre. Sie wurden erwartet. Nach vierzehn endlosen Stunden erstarb der Motor des Lkw. Sie hörten die Fahrertür, Schritte, Entriegeln des Türschlosses, Stille.

Eli gebot zu warten. Dann öffnete er die Hecktür.

Langsam krochen sie aus ihrem Gelass. Said schmerzte das Kreuz, sein Hintern war taub geworden. Er hatte sein Handy bis vor der Abfahrt geladen, es zeigte noch fünfzig Prozent, das Geld war noch da.

Der Wagen stand in einer halbdunklen Lagerhalle neben drei weiteren, die in einer Linie nebeneinander parkten. Kälte schlug ihnen entgegen.

»Wir müssen raus und unseren Kontakt finden«, zischte Eli, obwohl niemand sonst in der Halle war. Er versuchte, sicher zu wirken, aber schien auch nicht zu wissen, wohin es gehen sollte. Es musste gegen acht Uhr vormittags sein. Said nahm Nalas Hand, sie war eiskalt. Sie gelangten zum offenen Tor. Container, Müll, Mauern. Im Hintergrund ragten Kräne auf, die Lagerhalle schien zu einem verlassenen Teil eines Hafens zu gehören. Die Truppe schreckte zusammen, als ein Lkw um die Ecke bog und an ihnen vorbeilärmte. Er fuhr in die Halle und verschwand hinter den anderen Lkws, ohne dass sich der Fahrer um sie kümmerte.

Maurice wurde ungeduldig. »Verdammt, Eli, wo müssen wir hin? Wenn uns der jetzt meldet, haben wir die Polizei am Hals.«

Eli murmelte irgendetwas von einem Sektor D. Was hatten sie für eine Wahl? Sie folgten ihm wie orientierungslose Schafe, eng an den Mauern der Hallen entlang. Said hatte den Eindruck, dass Eli überhaupt keine Ahnung hatte.

Doch auf einmal schien er so etwas wie Witterung aufgenommen zu haben, seine Schritte wurden entschlossener, als er nach einem haushohen Containerblock scharf rechts abbog und auf ein kleineres Nebengebäude aus roten Backsteinen zusteuerte.

II

2012, Mestre

»Sie haben mich vergewaltigt, es waren vier.« Said hatte schon fast geschlafen, als ihn Nalas Stimme hochschreckte. Sie lagen nebeneinander in dem neuen Quartier und hatten lange geredet und das Thema, warum sie so abweisend war, wieder behutsam ausgespart. Und jetzt diese Worte, die Said die Kehle zuschnürten. Ihre Stimme klang brüchig, aber klar. »Sie haben nicht aufgehört. Als ich schon ganz trocken war, haben sie irgendeine Creme genommen, sich eingerieben und immer weitergemacht. Ich weiß nicht, wie lange es gedauert hat, irgendwann war ich weg. Bewusstlos. Ich weiß nicht mehr, was passiert ist.« Nala sah ihn nicht an, versuchte trotzdem zu lächeln, blickte auf das Milchglasfenster des Zimmers, in dem sie gelandet waren. Wenigstens zu zweit in einem Raum, die anderen teilten sich den anderen, Matratzen auf dem Boden. Ihre Züge erschlafften. »Das Blut kam noch nach zwei Tagen.« Sie stieß Luft aus ihrem Mund, als ob sie eine Kerze ausblasen wollte. »Es hat so wehgetan.« Sie schluckte und begann mit geschlossenem Mund zu weinen. Wie Schluckauf, dachte Said, verdammt, sie weint. Was soll ich sagen?

Er sah zum Fenster mit der Milchglasscheibe. Dreck von Generationen von Spinnen war darauf.

»Aber ich konnte zu niemandem gehen. Was habe ich als Frau für eine Chance? Du wirst nur ausgelacht.«

»Wo ist das passiert? Wann?«, fragte Said, weil er noch immer nicht wusste, was er sagen sollte.

»Im Lager in Ras Ajdir, wo wir auf den Grenzübertritt nach Tunesien warteten. Ich war zusammen mit einer Freundin, die ich seit damals nicht mehr gesehen habe. Ich wäre fast zurückgeblieben, weil ich einen ganzen Tag nicht aufstehen konnte. Ach, egal. Jetzt weißt du, warum ich so … bin.« Sie versuchte zu lächeln, aber presste nur die Lippen aufeinander. Sie zitterten. Dann weinte sie los.

Said nahm sie in den Arm. Er wollte etwas sagen, wusste aber nichts.

Das Glucksen hörte auf. Sie wischte sich die Tränen ab und berührte seine Wange.

»Du kannst nichts dafür, dass ich so abweisend bin. Wenn du das denkst, bist du ein Dummkopf. Ich habe mir schwergetan … mich überhaupt einem Mann anzunähern. Du bist nicht so wie die anderen aus Libyen. Bei dir sieht man, wenn du Angst hast.« Sie lachte unter Tränen. Said schluckte.

»Ich habe bis jetzt niemandem davon erzählt.«

Sie wischte sich die Tränen mit der Decke ab und versuchte wieder zu lächeln.

»Wenn du willst, können wir morgen miteinander schlafen. Jetzt bin ich müde.« Sie drückte seine Hand und drehte sich um. Said umfing sie und legte seine Nase in ihren Nacken, der immer nach Kakao roch. Er sagte noch immer nichts, jeder Anfang, den er in Gedanken versuchte, schien falsch zu sein. Er dachte an die Vergewaltigungen, die er akustisch mitbekommen hatte, in Al-Dschauf hinter einem Lokal, er war schnell weitergegangen, dann in einem abgelegenen Teil der Fabrik in Rosarno. Er hatte jedes Mal Augen und Ohren zugemacht, wie ihm sein Vater immer eingeschärft hatte: Nichts sehen, nicht dabei gewesen sein, nicht zum Zeugen aufgerufen werden können – alles nur Schwierigkeiten, am Ende war man mitschuldig. Said hasste sich für diese Feigheit. Er hörte Nalas Atem. Als ob sie diese Last losgeworden wäre und darum sofort tief schlief. Er blickte auf die Decke, seine Gedanken gingen im Kreis. Erst als der Tau sich auf dem Milchglasfenster abzeichnete und die Kälte durch die Ritzen kroch, schlief er ein.

12

Doch in den nächsten Tagen blieb wenig Zeit für Nähe. Über einen Bekannten Elis fanden sie eine Unterkunft in einem abbruchreifen Gebäude in der Nähe des Ölhafens. Eli hatte einen Chairman aufgetrieben, der versprach, gegen Provision allen eine Arbeit und eine Bleibe zu vermitteln. Maurice fand

Arbeit auf einer Baustelle, Nala hatte wieder Aussicht auf eine Wäscherei. Said heuerte bei einer chinesischen Import-Export-Firma an, in der fast nur Asiaten arbeiteten. Die Arbeit begann oft erst nach Mitternacht und bestand meistens darin, Kisten und Pakete, die mitten in der Nacht auf etwas größeren Booten ankamen, im Hafen oder manchmal auf offener See auf andere Boote umzuladen. Es erinnerte ihn an die Tätigkeiten in der Wüste, nur dass es hier auf dem Wasser passierte. Die Lieferanten tuckerten so leise weg, wie sie gekommen waren. Said wusste nicht, was in den Paketen und Kisten war und wollte auch gar nicht wissen, ob es Handtücher für die Touristen in Jesolo, Kokain oder Gewehre waren. Die Chinesen zahlten sofort nach getaner Arbeit und er brauchte das Geld dringend, um seine Schulden für die Vermittlungen abzuzahlen und um nicht zu sehr zu hungern. Seine eiserne Reserve wollte er nicht antasten. Saids Kapo, ein dicker Chinese, der immer Anzug und weiße Hemden trug, war mit ihm zufrieden. Angeblich besaß er riesige Lagerhäuser, die Said jedoch nicht zu Gesicht bekam.

Nala, die auf der Suche nach Gelegenheitsjobs war, da die Wäscherei noch nicht zugesagt hatte, schloss sich während seiner Abwesenheit ein, denn schon mehrmals hatten Zuhälter, die die schwarzen Nutten im Hafenviertel kontrollierten, ihr gegenüber die Bemerkung gemacht, ob sie nicht viel Geld verdienen und daneben Spaß haben wolle.

Nach acht Tagen im Gemeinschaftsquartier vermittelte ihnen Saids Kapo eine Garçonnière in einem der Wohnblocks in der Nähe des Bahnhofs. Eine eigene Wohnung! Und das in Italien! Endlich ein eigenes Bett, die Möglichkeit, sich täglich zu duschen und seine Wäsche zu waschen. Die Wohnung war zwar heruntergekommen und laut, die Badezimmerfliesen abgescherbt, aber Said und Nala tanzten vor Freude und machten sich am nächsten Tag daran, Möbel aufzutreiben.

Nala fand Arbeit bei einem Zeitungsvertrieb, wo sie Packungen von Zeitungen an die Ausführer ausgeben musste. Ihre Arbeit begann um Mitternacht und endete gegen fünf, sodass sich für beide der Lebensrhythmus verschob. Sie arbeiteten nachts, schliefen bis in den Nachmittag hinein und gingen gegen Mitternacht außer Haus, Nala wurde von Milly, einer Arbeitskollegin, abgeholt, gemeinsam war es sicherer.

Nach einem seiner Nachtdienste öffneten Saids Kollegen ein paar Flaschen Champagner aus einer der Kisten im Lager, spritzten damit herum und gossen sich die schäumende Flüssigkeit in den offenen Mund, wie sie es im Fernsehen gesehen hatten. Said verabscheute Alkohol noch immer, obwohl er kein Moslem war. Ein Geräusch. Charlie, ein krausköpfiger Halbchinese und die rechte Hand des Kapos, tauchte hinter einem Berg Paletten auf. Er achtete nicht auf die Betrunkenen, sondern deutete Said mitzukommen. Said hob fragend die Augenbrauen, doch Charlie winkte nur. Sie verließen die Halle und gingen schweigend nebeneinander. Hatte er etwas falsch gemacht? Würde ihn der Kapo rauswerfen oder bestrafen? Wofür?

Sie stiegen die Treppe zum Büro hinauf. Von irgendwoher stank es nach Erbrochenem. Der Geruch ließ Said würgen. Charlie klopfte, sie traten ein. Der Kapo hing in seinem Sessel wie eine fallengelassene Marionette. Er wirkte unausgeschlafen wie immer. Said roch Schweiß, vermischt mit billigem Parfum.

»Blöder Job gewesen gestern.« Said dachte nach. Was war gestern gewesen? »Ich schätze es, wenn jemand einen klaren Kopf behält.« Ach ja, der Streit beim Umladen der Päckchen gestern, wahrscheinlich Drogen, Kokain. »Und nicht gierig wird. Ich schätze das, wirklich.« Er zog seinen Rotz hoch. »Ich brauche jemanden, auf den ich mich verlassen kann. Aber ich weiß nicht, bist du es?« Seine Stimme klang singend. »Natürlich«, sagte Said unsicher und machte instinktiv einen Bückling. »Ich habe da einen Spezialauftrag für jemanden, auf den ich mich verlassen muss. Wenn du nicht willst, dann sag es gleich. Es wäre ein schöner Zuverdienst.« Said versicherte ihm, dass er sich auf ihn verlassen könne. Der Kapo führte aus, dass es um einen Gefallen für einen Freund und um ziemlich viel Geld gehe.

»Also, pass auf, es ist eigentlich sehr einfach. Du bekommst einen Schlüssel, gehst zum Bahnhof zu einem Schließfach, entnimmst daraus einen Umschlag und bringst ihn mir.« Er räusperte den Schleim aus seinem Hals hoch und schluckte ihn wieder hinunter. »Es gibt aber zwei Probleme.« Er hob den Kopf. Das wäre zu einfach gewesen, dachte Said.

»Es gibt nämlich noch jemanden, der auf diesen Umschlag scharf ist. Seine Freunde werden am Bahnhof warten. Das ist Problem Nummer eins.« Said wollte etwas sagen, aber der Kapo hob die Hand. »Dieses kann ich für dich lösen. Ich kann dafür sorgen, dass niemand von den Männern dieses … anderen am Bahnhof ist, wenn du das Geld holst, hörst du? Ich halte sie dir vom Leib und schicke dir ein paar Leute mit, die sie ablenken. Die schaffen das, glaub mir, aber das funktioniert maximal ein paar Minuten. Du musst schnell sein.«

Said überlegte. »Woher wissen die, wen sie ablenken müssen? Kennen sie die Leute?«

Nun überlegte der Kapo. »Egal, du kannst es ohnehin wissen. Es sind Totòs Männer, und, glaub mir, da kennen wir jeden Einzelnen.« Totò. Er hatte den Namen schon öfter im Zusammenhang mit Drogen gehört, hatte aber keine Ahnung, ob dieser Totò ein Dealer oder ein Boss war, der das Geschäft kontrollierte. Jedenfalls auch ein Chinese, der einen italienischen Namen angenommen hatte.

»Und das zweite Problem?«

»Das zweite Problem musst du allein lösen.« Die Stimme des Kapos wurde leiser. »Mit Totòs Männern werden wir fertig. Aber es kann sein, dass noch jemand Wind bekommen hat. Viele sind scharf auf den Umschlag, er ist für einige Leute sehr wertvoll, oder gefährlich, je nachdem.« Er zuckte mit den Schultern und räusperte sich wieder. »Mit denen musst du fertig werden. Schau dir die Gegend vorher an. Fluchtwege. Verstecke. Ein Teil des Bahnhofs ist Baustelle. Es springen für dich fünfhundert Euro raus.« Der Kapo sah zum Fenster hinaus, hinter der Silhouette der Kräne dämmerte der Morgen. Said dachte nach. Mit fünfhundert Euro würde er sich und Nala endlich neue Sachen kaufen, einmal essen gehen wie die Italiener und die Miete für nächsten Monat vorauszahlen können. Er hatte es satt, tagelang in derselben stinkenden Kleidung herumzulaufen, vor allem bei der Unterwäsche war es schon unerträglich geworden. Er sicherte dem Kapo zu, dass er den Job machen würde. Er nahm die Angaben zu Ort und Zeit entgegen, wankte nach Hause und legte sich zu Nala.

VIER

Bertie und Said

I

1929. Malcontenta

»Sergei ist tot! Herzschlag, heute am Lido. Im des Bains!«

Bertie hatte die Worte mehr gestottert als gesprochen. Er war die Wendeltreppe hochgelaufen und stand vor Catherine, die gerade vom Portikus kam, um eine Limonade aus dem Eisschrank zu holen.

Er sah, wie Catherine einknickte und nach dem Tisch neben sich griff. »Ich … ich muss mich setzen.«

»Warte …« Bertie bot ihr den Arm, sie schritten zur Couch und setzten sich. Der Sommer war bisher brennend heiß gewesen, den ganzen Juli glühte die Sonne gnadenlos nieder und versengte Getreide und Gras, bis kein Grün mehr übrig war. »Ich bringe dir Limonade«, sagte Bertie und ging Richtung Küche. Sergei tot. Sein Blick streifte das Telefon, das neben dem Kücheneingang hing. Giuseppe war im Garten, also mussten sie selbst Hand anlegen. Bertie nahm die Flasche aus dem Eisschrank, in dem das Eis schon völlig zerschmolzen war. Er würde das Wasser ablassen und neues Eis bestellen müssen. Die Limonade war wenigstens noch kalt. Verdammte Hitze! Und im Winter war es hier so kalt! Bertie und Catherine hatten diesmal in London am Piccadilly überwintert, da sie die Villa auch im dritten Winter nicht warm bekamen, Paul bei Arturo in seinem alten Haus in Paris, zwischendurch war er auch in London gewesen. Nachdem Arturo immer öfter mit seiner Frau auftrat, um das Gerede über seine Homosexualität zu zerstreuen, war seine Beziehung zu Paul abgekühlt.

Ich verstehe trotzdem nicht, was er für einen Narren an ihm gefressen hat, dachte Bertie. Er schloss den Eisschrank. Sergei war tot. Er lief durch die Halle zum Portikus und schenkte Catherine ein.

»Danke!«

»Das wird dir guttun.«

Alle drei hatten sie sich auf ihre vierte Saison in der Villa gefreut. Und nun dieser Todesfall, mitten in den aufregendsten Salons!

Der Tod war in den letzten Jahren oft theoretisch zu Gast gewesen, dachte Bertie. Vor zwei Jahren war der ständig paffende Winston Churchill auf der Durchreise hier gewesen. Er brachte diesen deutschen Chemiker – oder war es ein Physiker? – mit, Frederick Lindemann. Es hieß, er arbeite an der Weiterentwicklung der Bombe, denn der nächste Krieg komme bestimmt. Ein Deutscher, wer sonst. Bertie hatte ihm die Frage gestellt, wie Humanismus und Barbarei sich vertrügen. Lindemann nannte als Beispiel Leonardo, der die verrücktesten Kriegsmaschinen entworfen habe und doch sicher dem Humanismus zuzurechnen sei.

Bertie hatte zu bedenken gegeben, dass nach allem, was die Zeitungen schrieben, ein neuer Krieg noch schrecklicher sein würde als der Große, der kaum elf Jahre zurücklag. Dabei waren die Schrecken desselben noch allen gegenwärtig. Im Vorjahr philosophierten sie einen ganzen Abend über die materialistische Sicht des Todes, gemäß der es keine Seele gab.

»Wo ist Paul eigentlich?«, fragte Bertie, als er das Tablett mit der Limonade abstellte. Catherine blickte auf. Bertie merkte, dass sie geweint hatte. Es rührte ihn an.

»Am Lido, wo sonst. Seitdem er London nicht mehr als Ausgleich für unsere Asketenhöhle hat, ist er nicht mehr aus dem Excelsior wegzubekommen. Ich denke, er wird jetzt wohl versuchen, Angehörige von Sergei zu verständigen, er kennt ja seine familiären Verhältnisse näher. Aber ich glaube, seine nächsten Angehörigen sind wir.«

Catherine stand auf. »Wir müssen auf den Lido. Schnell,

vielleicht kann Giuseppe uns fahren und wir erwischen noch das Schiff ab Fusina um vier.« Bertie klingelte, der Domestik erschien, der Wagen war fahrbereit.

Sie erreichten das Vaporetto ab Fusina um fünf vor vier. Diese Automobile waren verdammt schnell. Wann waren sie das letzte Mal an diesem Pier gewesen? Bertie dachte nach. Im letzten Sommer hatte er Le Corbusier von hier abgeholt. Es waren wundervolle drei Tage, die Bertie mit dem Architekten, der gerade aus Brasilien kam, diskutieren durfte. Catherine beschwatzte ihn so lange mit ihrer Idee eines Aquariums für den Lido, bis er versprach, eines zu planen. Sie hatten einander noch ein paar Briefe geschrieben, dann war der Kontakt eingeschlafen. Keine Ahnung, ob er dieses Jahr kommen würde.

»Wir werden für Sergei ein Begräbnis ausrichten.«

»Bitte?«

Bertie glaubte sich verhört zu haben. Das Dampfboot grummelte ohrenbetäubend, als es Fahrt aufnahm, er konnte Catherine kaum verstehen.

»Wenn er keine Angehörigen hat, werden wir uns darum kümmern. Wir machen einen *convoi funèbre* mit Gondeln, wir begraben ihn auf San Michele. Nun komm schon, wir kennen genug Leute, die uns dort ein Grab verschaffen können. Er hat niemanden, Bertie!«

Bertie schüttelte den Kopf. Unglaublich. In Situationen, wo andere erst dabei waren, sich zu orientieren, nahm Catherine die Zügel in die Hand und war plötzlich die Leiterin einer Unternehmung. »Schau nicht so. Wir werden einen künstlerischen Leichenzug machen. Das sind wir ihm schuldig. Annina Morosini und ich könnten uns um die Ausstattung kümmern.«

Der Molino Stucky kam in Sicht.

»Vielleicht hast du recht … nicht nur Savoir-vivre …«, murmelte Bertie.

»Hast du etwas gesagt?«

»Weißt du, Catherine, die Lebensform, die wir hier ausprobieren, ist ein Versuch der Stilisierung. Wir sind Prototypen. Ich weiß nicht, ob ich mich verständlich machen kann.«

»Nein, kannst du nicht. Rede doch klar!«

»Ich habe gerade gestern wieder Schopenhauer gelesen, über die Lebenskunst. Wenn diese darin besteht, jeden Schicksalsschlag, egal ob gut oder schlecht, zu veredeln, dann müssen wir das auch mit den Trauerfeierlichkeiten machen. Schopenhauer schreibt an einer Stelle …«

»Das meine ich ja, aber ich kann das nicht mit irgendwelchen Philosophen belegen. Verstehst du nicht, ich will einfach nicht, dass Sergei einfach so verscharrt wird. Sein ganzes Leben war Theater, Inszenierung, Provokation, warum soll nicht sein Tod ebenso prächtig begangen werden wie seine Inszenierungen?«

Das Vaporetto legte in Sacca Fisola an. Einige nach Öl stinkende Arbeiter stiegen ein. Bertie winkte Catherine, sie gingen an den Bug, der nicht überdacht war.

Bertie setzte sich seinen Borsalino auf, die Sonne stach mit einem Mal unbarmherzig nieder.

Sie gelangten an den Lido, wo sich bereits einige Freunde Djagilews eingefunden hatten und der Arzt gerade den Totenschein ausfüllte. Sergei war an einem Herzinfarkt gestorben, ein Gefäß war verengt, eine Folge seines Diabetes.

Catherine stellte ungerührt ein Komitee zusammen und hatte bis zum Abend das gesamte Begräbnis in groben Zügen organisiert.

Drei Tage später fuhren drei schwarze Gondeln, begleitet von zwei Taxibooten, nach San Michele.

Trotz des Todesfalls kam es in der Saison noch zu zwei glänzenden Gesellschaftswochenenden. Cecil Beaton und Misia Sert nisteten sich in der Villa ein und zogen so viele Freunde an, dass Bertie für zwei Tage die Flucht ergriff und sich in die Biblioteca Marciana zurückzog.

Zwei Monate später war es zwanzig Grad kälter. An dem Donnerstag, der als Black Thursday bekannt werden sollte, fielen die Kurse an der Wall Street ins Bodenlose, als der Bankrott des Spekulanten Clarence Hatry eine Lawine von Kursstürzen ins Rollen brachte. Paul und Catherine, die in Paris und London überwinterten, erreichte die Nachricht am Nachmittag. Erst einen Tag später erfuhr Bertie, der alleine in der Villa fror, dass er drei Viertel seines Vermögens verloren hatte.

2

2012, Mestre

»Pack alles zusammen, schnell! Nimm die großen Taschen.«

Nala starrte in das Gesicht des Mannes, der gerade die Tür aufgerissen hatte. Said. Wie ein Fremder. Sie begriff nicht. »Verdammt noch mal, es ist schiefgelaufen. Sie haben mich umzingelt, ich habe den Umschlag einfach fallen gelassen und bin gerannt, einfach nur gerannt – der Kapo wird mich umbringen.« Er stürzte an ihr, die immer noch verständnislos starrte, vorbei und riss den Schrank auf.

»Aber wir haben doch beide Arbeit und endlich eine Wohnung. Der Kapo wird das sicher verstehen, wenn du es erklärst. Warum?«

»Verstehst du nicht? Sie werden mich suchen. Wenn du da bist, werden sie dich ausquetschen. Das kann verdammt wehtun.«

Er riss die Schranktür auf und stopfte seine Kleidung in die Sporttasche. »Komm jetzt!« Nala setzte sich langsam, dann immer schneller in Bewegung und begann ihre Sachen in die zweite Tasche zu räumen. Aus der Küche die Mappe mit den wenigen Dokumenten, das Ladegerät fürs Handy und das Feuerzeug, aus dem Bad das Zahnputzzeug und ein Stück Seife, alles in die Tasche.

Die Aktion schien zunächst wie geplant abzulaufen. Seine Beschützer hatten es geschafft, Totòs Männer abzulenken. Die Schließfächer lagen im schon renovierten Teil des Bahnhofs, er musste zwischen Plastikplanen hindurchgehen. Keine Menschen. In diesem Teil des Bahnhofs würden die Geschäfte erst eröffnen. Er sah niemanden, der ihn beim Aufsperren des Schließfachs beobachtete. Er nahm den Umschlag, eigentlich ein Papierbeutel, der schwerer war als erwartet, gab ihn in eine Einkaufstüte und ging zurück in die Haupthalle. Er würde zum zweiten Ausgang gehen, dort war ein kleiner Supermarkt. Kaum hatte er das Gebäude verlassen, merkte er, wie sich links und rechts einige Typen auf ihn zu bewegten. Eine Schlinge, die sich zusammenzog. Er ging schneller, sie zogen den Kreis enger. Dann stand ein Langer mit einem Hoodie wie zufällig neben ihm und flüsterte ihm ins Ohr: »Lass fallen, oder wir reißen dir die Eier aus.«

Er lächelte ihn an. Said schoss der Schweiß aus den Poren, er spielte in Sekundenbruchteilen durch, was er jetzt alles tun könnte. Er hatte keine Alternative. Wo waren bloß die Männer des Kapos, verdammt! Der Lange legte seinen Arm um ihn wie ein alter Bekannter. »Ich kann auch zählen, wenn du willst.« Said merkte, wie seine Knie nachgaben. Seine Hand wurde schwächer. Der Lange packte ihn plötzlich so fest an der Stelle zwischen Schulter und Hals, dass er glaubte, er wäre in einen Schraubstock gespannt. Blitzschnell griff der andere zu und hielt den Umschlag in der Hand. Said japste nach Luft und wollte sich wehren. »Danke sehr«, hauchte der Lange, sein Atem säuerlich, und stieß Said von sich, dass er strauchelte und auf den Boden fiel. Ein Auto hielt neben ihnen, der Lange sprang hinein und war weg. Als Said sich umblickte, waren auch die anderen Männer verschwunden, wie aufgesogen von jedem Winkel des Bahnhofvorplatzes.

Nala hatte fertig gepackt, Said steckte die Registrierungsdokumente ein und ging noch einmal hastig durch die Zimmer, warf sich auf den Boden, um unter dem Bett nachzusehen und stieg auf den Sessel, um die Oberseite des Kleiderschranks zu kontrollieren. Das Geld trug er wieder um den Hals. »Gehen wir!«

Sie verließen das Haus durch den Vordereingang, den sie sonst nie benutzten, weil er zur vierspurigen Straße hin lag. Sofort fiel sie der Lärm der Autos an. Sie warteten auf eine Gelegenheit, stürzten über die Straße und liefen die Mauer entlang. Links von ihnen erhob sich die Fahrbahn kontinuierlich über einem Säulenwald und wurde zur Überführung. Rechts war eine Graffitiwand. »Via della Pila«, las Nala. Said lief voraus.

»Wohin willst du?«

»Güterbahnhof«, keuchte er, »da vorne.«

Sie hasteten weiter an einer Mauer, Said bog um die Ecke. Links tauchten Abstellgleise mit Tankwaggons und gelben Bahnbaumaschinen auf, dazwischen Gras und Müll. Dahinter Kräne, ein Hafenbecken vermutlich. Kein Zaun. Said verlangsamte seinen Schritt und blickte umher. Eine Ape plärrte vorüber. Auf den Geleisen bewegte sich nichts. Eine grüne Garnitur stand auf dem ersten Gleis wie ein Geisterzug, »Rail Grinding Train«, las Nala. Sie fasste Said an einer Gürtelschlaufe. »Jetzt warte doch einmal! Was willst du hier? Da fährt kein Zug! Da ist alles tot! Und wohin willst du überhaupt?«

»Ich dachte, wir könnten auf einen Güterzug. Die rollen hier immer ganz langsam durch. Und wenigstens ein paar Kilometer weg von hier. Weg vom Hafen, von den Kriminellen.«

»Und was willst du arbeiten? Wie soll das weitergehen? Verdammt, denkst du überhaupt nicht nach?«

Ein schrilles Quietschen ließ sie beide herumfahren. Eine Lok bog vom Bahnhof her auf das Gelände. Ein Güterzug.

»Schnell, dort, zum Schuppen!«

Sie liefen zu dem kleinen Hangar am Rand des Geländes. Der Zug musste hier vorbeikommen. Er bewegte sich so langsam, dass es noch ein wenig dauern würde. Sie lugten hinaus.

Tankwaggon auf Tankwaggon im Schritttempo. Der Wurm schien kein Ende zu haben.

»Nicht auf die Ersten!«, brüllte Said, als sich die Lok mit ohrenbetäubendem Lärm an ihnen vorbeischob. Der Zug musste fast einen Kilometer lang sein. Die Lok war außer Sicht.

Said gab ein Zeichen. Sie sprangen auf, es war leichter als gedacht. Sie stellten sich auf die schmale Seitenplattform eines Tankwaggons. Die Räder und Kupplungen quietschten so laut, dass sich Nala die Ohren zuhielt. Said war sich sicher, dass sie von niemandem gesehen worden waren. Seit der vermasselten Übergabe war keine Dreiviertelstunde vergangen, der Kapo würde vermutlich zuerst Jagd auf die Diebe machen, denn seine Männer hatten die Szene sicher beobachtet. Dann aber würden sie sich um ihn kümmern. Der Zug beschrieb eine lang gezogene Kurve, der Waggon rüttelte und quietschte.

»Verdammt, der geht nicht Richtung Padua, der fährt nur zu den Raffinerien!«, schrie Said. Er blickte angestrengt nach vorne, vielleicht gab es ja noch eine Weiche, dann zu Nala. Ihre Blicke trafen sich. Said las Verzweiflung gemischt mit Resignation, so als wollte sie sagen: Nicht einmal bei der Flucht hast du einen Plan.

Die Geleise verliefen parallel zu einer leeren Straße, links und rechts wechselten sich Lagerhallen und Brachflächen ab. Der Zug rollte immer noch im Schritttempo. Sie passierten einen Kanal. »Da hinten arbeitet Eli!«, schrie Said. Nala nickte, sah aber nicht hin. Was nützte es, der Zug würde nur ins Industriegelände fahren. Said setzte sich zu ihr, stellte die Sporttasche ab und nahm sie in den Arm. Der Zug durchquerte ein Containerlager, links und rechts waren die Container haushoch gestapelt. Dann wieder verwahrloste Asphaltflächen, in die die Schienen wie die einer Straßenbahn eingelassen waren. Ein Rumpeln, der Zug passierte eine Weiche. Vielleicht würde er doch noch irgendwohin abbiegen? Said stand auf und ging an den Rand der Plattform. Eine Wiese links, gigantische Öltanks rechts. »San Marco Petroli«, las Said, »ein Öllager.« Der Zug ruckelte kräftig und ächzte. Er schien langsam zum Stillstand zu kommen. »Verdammt noch einmal, warum geht das nicht weiter!« »Wir sind noch nicht mal richtig aus Mestre draußen. Aber hier kenne ich mich trotzdem nicht mehr aus. Wir sind irgendwo in Marghera.« Ein Ruck, der Zug stand. Sie sprangen von der Plattform und blickten sich um. Keine Menschenseele irgendwo. Der Zug stand am Ende des Öllagers, das aus einem Dutzend Rundtanks bestand. Rundherum Zaun mit Stacheldraht ganz oben.

»Schnell raus!«

Sie liefen den Zug entlang, der über das Ausfahrtstor hinausreichte. Rechts hinter dem Lager lag eine große Wiese, auf der fünf riesige Hochspannungsmasten nebeneinander standen, quer zu den Kabeln, die sie trugen. Sie glänzten wie metallene Riesen im Licht der tief stehenden Sonne. Dahinter schien eine andere Welt zu beginnen: kleine Häuser, Bäume, richtige Straßen, ein Dorf.

Sie überquerten die Wiese unter den summenden Leitungen. Diese grüne Fläche! Said hatte noch nie eine so große Wiese gesehen, die Farbe machte ihn leicht. Sie hüpften über das Gerinne, das sie fast übersehen hatten, und standen unvermittelt auf einem Sportplatz.

»Wo sind wir hier?«, fragte Nala. »Ist das ein anderes Land?«

»Sicher nicht«, murmelte Said. »Aber hier leben andere Leute als in Mestre. Sieht nicht so aus, als ob sie irgendetwas mit denen zu tun hätten.«

Sie betraten den Weg, der vom Sportplatz in die Siedlung führte. »Via Jacopo del Cassero«, entzifferte Nala.

Das erste Haus der Gasse sah aus der Nähe doch wieder verwahrlost aus. Aber nachdem sie einige Meter den bröckelnden Asphalt, auf dem sie lange Schatten warfen, entlanggegangen waren, merkte Said bald, dass die Häuser gepflegter wurden. Sie liefen an streng geschnittenen Kirschlorbeerhecken vorbei. Nala blieb mehrmals stehen und lugte in die Vorgärten mit den ordentlich aufgereihten Blumenbeeten. »Ich habe so etwas noch nie gesehen. Es ist wunderschön«, sagte Nala. Weiter vorne hörten sie Stimmen hinter einer Hecke. Said blieb sofort stehen und fasste Nala fest am Oberarm.

»Lass uns zurückgehen. Vielleicht ist es besser, wenn uns niemand sieht. Gehen wir zurück auf den Sportplatz. War da nicht ein Gebäude mit Umkleidekabinen?«

Nala wand sich aus seinem Griff. »Ich weiß es nicht. Lass mich! Du tust mir weh.«

Said zuckte zusammen. »Das wollte ich nicht. Es tut mir leid. Gehen wir!«

Die Tür zu den Kabinen war unverschlossen.

3

1931, Malcontenta

»Es ist ein Paolo!«

»Ist es nicht.«

Bertie konnte Catherines Ausrufe nicht mehr hören. Boris Kochno und Sergei Lifar schmirgelten schon eine Woche an den Wänden herum und bei jeder Kontur, die unter der Leimfarbenschicht erschien, diagnostizierte Catherine ein Werk von Veronese. Vor fünf Jahren hatten sie die Idee geboren und Jahr für Jahr hinausgeschoben. Keiner hatte geglaubt, dass sie die Arbeit je angehen würden. Doch nach Sergeis Tod war es mit den Ballets Russes bergab gegangen. Die beiden hatten sich in Monte Carlo niedergelassen und weniger Glück beim Auftreiben von Sponsorengeldern als Sergei. Sie brauchten jeden Cent, und so war ihnen der alte Auftrag eingefallen.

Bertie stieg gerade die Wendeltreppe hinauf, als er Catherines Ausruf und Boris' Antwort vernahm.

»Wann wirst du es endlich verstehen. Veronese hat nie hier gearbeitet, das ist verbürgt.«

»Oh Bertie, du kommst gerade recht. Sieh dir das an!«

Bertie trat näher an die Chaiselongue, auf der Catherine saß. Die beiden Tänzer standen auf zwei Stehleitern und arbeiteten mit nacktem Oberkörper. Sie hatten einen Teil der Lunette über der Allegorie der Astronomie freigelegt.

Berties Blick blieb zunächst an den glänzenden Rücken der beiden hängen. Nie würde er die Szene vergessen, die sich bei Djagilews Begräbnis vor zwei Jahren abgespielt hatte. Sergei wollte sich ins Grab stürzen, Boris reagierte blitzschnell und packte ihn am Kragen seines Jacketts. Sergei glitt aus und kam am offenen Grab zu sitzen, die Beine baumelten über dem Sarg. Er heulte laut auf, Boris half ihm aufzustehen und schleppte ihn weg.

»Brutale Szene hier, was?«

Sergei zeigte auf die linke Hälfte der Lunette.

Berties Augen brauchten wieder eine Weile, bis sie sich an das Licht angepasst hatten.

»Wie könnt ihr bei diesem Licht arbeiten … Was ist das?«

»Hm, keine Ahnung«, sagte Sergei. »Irgendein Kampf. Jedenfalls sehr dramatisch.«

»Der Gigantensturz kann es nicht sein, den hätte der Maler nicht doppelt dargestellt.«

Bertie versuchte, den Rest zu erkennen, doch die Tünche war zu dominant.

»Ihr macht gute Arbeit! Wenn das Feld fertig ist, bekommt ihr einen Extrazuschlag!«

Wenn Paul noch Geld schickt. Paul muss noch Geld schicken, dachte Bertie.

Im Vorjahr hatte er zum wiederholten Male Catherine die Kosten für eine Restaurierung berechnen lassen und festgestellt, dass sein Geld nicht reichte. In der Krise, die jetzt schon zwei Jahre dauerte, hatte er Mühe, die Vermögensverluste gering zu halten, von Substanzerhalt war keine Rede. Da waren ihm die zwei Tänzer, die Mühe hatten, ihr tägliches Brot zu finanzieren, gerade recht gekommen.

Boris nahm ein Tuch und wischte sich den Schweiß aus dem Gesicht.

»Was ist, steht der Fototermin noch?«, fragte er Bertie von der Leiter herunter.

»Natürlich. Die besten Fotografen kommen, um euch abzulichten.«

Bertie lachte, Boris verzog den Mund.

»Wer kommt denn jetzt alles?«

»Cecil hat sich angekündigt und dieser Rudnitzky. Er ist gestern am Lido eingetroffen. Er ist übrigens der Meinung, dass die Malerei aussterben wird, ja schon ausgestorben ist. Ich freue mich schon auf die Diskussion.«

»Dann schaben wir hier an Leichen rum«, meinte Sergei und spuckte in den Kübel, der neben ihm stand. »Verdammter Staub. Du musst morgen wieder jemanden zum Putzen auftreiben, sonst können wir nicht weitermachen.«

Bertie sah Sergei entgeistert an. Das Spucken störte ihn mehr als die kumpelhafte Anrede. Er räusperte sich. »Schon gut, aber jetzt gibt es einmal Essen. Ich soll euch holen. Ich glaube, die anderen warten schon.«

Am Nachmittag fotografierten Cecil Beaton und Emmanuel Rudnitzky, der partout Man Ray genannt werden wollte, was Bertie lächerlich fand, die beiden Tänzer. Sergei und Boris wechselten schweißglänzend und halb nackt in alle möglichen Posen. Das Publikum bestand aus Bertie, Catherine, Paul und dem überraschend hereingeschneiten Beverley Nichols, einem Gartenschriftsteller, den Paul eingeladen hatte. Sie johlten und klatschten bei jeder Pose. Irgendwie hatten alle begonnen, Sekt gegen den Durst zu trinken, Giuseppe brachte eine Flasche nach der anderen. Catherine lachte pausenlos und steckte die Männer an. Endlich konnte auch Boris, gerade in der Pose des Diskobol, sich nicht mehr halten und bog sich vor Lachen. Paul nahm Cecil die Kamera aus der Hand, Catherine schnappte sich Rudnitzkys Apparat. Schließlich fotografierte jeder jeden, bis alle Filme belichtet waren.

Am Abend saß Bertie mit Cecil und Beverley Nichols unter dem Portikus. Die anderen hatten sich Richtung Lido verabschiedet, wo Graf Volpi endlich sein Filmfest veranstaltete, sie würden dort übernachten und morgen wollten sie im Meer baden.

Bertie war von dem vielen Sekt ziemlich benommen.

»Warum badest du eigentlich nie?«, fragte Beverley, »bist du so wasserscheu?«

Bertie sagte nichts und stand auf. Die Stille war drückend.

»Habe ich etwas Falsches gefragt?«, flüsterte Beverley. »Ich weiß ja nicht …«

»Kommt mit!« Bertie deutete ins Innere der Villa.

»Wohin? Was wird das?«, fragte Cecil. Er kratzte sich am Kopf.

»Komm! Vergiss die Kamera nicht!«, sagte Bertie bestimmt. Er schritt in die Halle hinein und stieg die Wendeltreppe ins Untergeschoß hinunter, gefolgt von den zwei schweigenden Besuchern. Im Badezimmer angelangt stellte er sich vor die Wanne und begann sich langsam auszuziehen. Jacke, Weste, Hose, Hemd.

Die beiden Besucher sahen sich zunächst amüsiert an, stutzten aber, als Bertie das Hemd auszog.

Cecil fiel fast die Kamera aus der Hand, als er realisierte, dass Bertie an Brust und Rücken vollständig tätowiert war. Er erkannte zwei Negerinnen mit gespreizten Beinen, die einander in Neunundsechziger-Position oral befriedigten. Bertie drehte sich langsam um. Auf dem Rücken jagten nackte Satyrn mit erigierten Penissen vollbusige Nymphen und umgekehrt.

»Was …«, sagte Rudnitzky, »ich habe gedacht, du bist …« Seine Stimme klang trocken wie Sand.

»Das Gegenteil von dem da?«, sagte Bertie. »Sprich es ruhig aus, Emmanuel: Der Wahrer der Etikette, der sich wie ein alter Adeliger gebärdet, sieht aus wie ein Wüstling aus der Gosse? Ist es das, was du sagen willst? Ein tätowierter Stricher, der sich für kultiviert ausgibt?«

Sie schwiegen, Bertie drehte sich langsam. Er schien fast stolz, dass er es geschafft hatte, sie zu verblüffen.

Er konnte ihre Gedanken lesen. Irgendetwas passt hier fürchterlich nicht zusammen, ein Spalt, so groß, dass es keine Verbindung gibt, keine Anknüpfung. Unser Meister, unser Fürst, der fast adelige Gastgeber – doch nur ein Emporkömmling aus der Gosse Rio de Janeiros. Das Ganze mit Villa und Gesprächen über Kunst nur eine Schimäre. Die Kultiviertheit, der Luxus – nur eine dünne Tünche, wie die im großen Saal über den Fresken.

Cecil fand die Fassung wieder und zückte seinen Apparat, um den Bertie, so erinnerte er sich jetzt, gebeten hatte.

Er brauchte also nicht zu fragen, tat es aber trotzdem.

»Darf ich …?«

Bertie sagte nichts, schloss die Augen, breitete die Arme aus und drehte sich langsam weiter. Cecil knipste, immer schneller, legte einen zweiten Film ein, einen dritten.

Bertie zog sich wieder an.

»Ihr kennt jetzt mein Geheimnis. Cecil, du kannst so viele Abzüge machen, wie du willst.« Berties Stimme war trocken. »Die Negative gehören mir.«

4

2012, Malcontenta

Schon wieder ein Bus. Was war da hinten so interessant? Said saß schon seit über einer Stunde im Schatten der Trauerweide an dem kleinen Park am Fluss, der sich träge durch die Siedlung wand. Irgendeine Sehenswürdigkeit, die Touristen anzog, wenn die Busse auch nicht so häufig kamen wie auf den Tronchetto. Es waren zudem eher kleinere Busse und ältere Leute, die sich hierher verirrten. Er würde dem später nachgehen, wenn die Hitze nachgelassen hätte. Hier am Fluss war es angenehm kühl, hinter ihm brauste hin und wieder ein Auto vorbei, zu Fuß schien bei den Temperaturen niemand zu gehen.

Er dachte an den gestrigen Abend zurück. Nachdem sie sich im Umkleideraum notdürftig eingerichtet hatten – Nala hatte in einem Schrank ein paar alte Fußballdressen gefunden, die ihnen als Unterlage dienten –, waren sie erst spät draufgekommen, dass sie ziemlich hungrig waren. Er machte sich auf und lief ins Zentrum der Siedlung, wo er in der Mülltonne neben dem kleinen Supermarkt abgelaufenen Mozzarella und ein paar harte Panini fand. Sie öffneten die Packung mit dem Taschenmesser, aßen die Käseklumpen mit den Händen und tranken dazu das gechlorte Wasser aus dem Hahn. Nala schmiegte sich an ihn, sie küssten sich lange. Seine Hände wanderten immer weiter, Nala wehrte sich nicht. Langsam zogen sie sich aus. Nala hielt inne und blockte leise ab, als ob sie einen Schmerz verspürt hätte. Als Said wieder aufgeben wollte, spürte er ihre Hand, die seine Hose langsam öffnete und etwas unsicher sein Glied umschloss. Er stöhnte, doch sie hörte nicht auf, ihn zu küssen, während sie ihn massierte. Er kam heftig und spritzte auf die stinkenden Dressen. Hatte er geschrien? »Nala«, hörte er sich wiederholen, er wusste nicht, wie oft. Sie stand auf und wischte die Flecken mit Klopapier ab, das sie zusammengeknüllt in eine Ecke warf. Sie küsste ihn und er spürte, dass sie offenbar nicht mehr wollte. Sie kauerten sich zusammen, er in ihrem Rücken, und versuchten einzuschlafen. Keiner sprach mehr ein Wort. Gegen Mittag hatten sie einen Zwist. Nala wollte, dass Said endlich was unternähme, um weiterzukommen. Sie konnten doch auf Dauer nicht in einem Kabinentrakt eines Sportplatzes hausen. Sie hatte Verwandte in Paris, das Ziel hatte sie nicht aus den Augen verloren. Sie aßen schweigend miteinander, dann brach Said auf.

Und wieder ein Bus. Er richtete sich auf. Was besichtigten diese Touristen hier in der größten Augusthitze? Er stand auf und ging am Flussufer das hölzerne Geländer entlang. Er überquerte die kleine Brücke, die Sonne brannte auf ihn. Niemand war hier in der Mittagshitze auf der Straße, auch der Lebensmittelladen, an dem er jetzt vorüberging, hatte geschlossen. Er folgte dem Weg, den die Busse genommen hatten, und fand den Parkplatz, den er erwartet hatte. Er bewegte sich am Rande der Büsche und achtete darauf, immer in Deckung zu bleiben. Er spähte. Die Touristen, die ausstiegen, gingen an einigen Häusern vorbei zu einem Park, in dem ein Schloss oder etwas Ähnliches zu stehen schien. Said drückte sich von Ecke zu Ecke und dann von Baum zu Baum weiter. Das war es. Ein großes Bauwerk inmitten des Parks, das irgendwie nicht in diese abgelegene Siedlung in der Industriewüste passte. Ein großer Kasten, der wie ein Schloss oder eine Festung aussah, jedenfalls alt. Vielleicht gab es hier etwas zu holen. Aber das war garantiert abgesichert. Was machte er überhaupt hier? Die Touristen besichtigten das Schloss, na und. Ganz Venedig war ein Museum, überall in der Gegend wimmelte es von Touristen. Er sollte sich lieber um Nala kümmern. Vielleicht noch nachsehen, wann die Öffnungszeiten sind, er würde später kommen, vielleicht würde sich irgendetwas ergeben, vielleicht hatte jemand der Touristen etwas verloren, vielleicht gäbe es hier am Abend, wenn die Touristen weg waren, einen ruhigen Unterschlupf. Da war das Schild. Geöffnet Montag, Mittwoch und Freitag, zehn bis achtzehn Uhr. Okay.

Er lief zurück durch die Siedlung zum Fußballplatz. Er würde Nala von dem Schloss erzählen. Sie konnten nicht in den Umkleidekabinen bleiben. Vielleicht sollten sie versuchen, nach Rimini zu kommen, aber Said wollte mit Drogen nichts zu tun haben. Er betrat das Kabinenhaus. »Nala?«

5

1933, Malcontenta

Bertie drückte den Ausschaltknopf des Radios. Am Opernplatz in Berlin brannten zwanzigtausend Bücher. Die Barbarei hatte begonnen. Er war vorigen Winter in Berlin gewesen und hatte eine Aufführung in der Oper Unter den Linden besucht. Er war dann nach Hamburg weitergereist, um in Aby Warburgs Bibliothek etwas über die Renaissancekunst im Umfeld von Michelangelo zu erfahren. Er war aufs Geratewohl hingereist und hatte nicht gewusst, dass Warburg vor drei Jahren gestorben war. Der Besuch gestaltete sich anfangs peinlich. Edgar Wind, der Leiter der Bibliothek, sah ihm den Fauxpas nach und sie sprachen über die angespannte Stimmung in Deutschland. Wind sprach offen von Emigration und dass er daran denke, alle Bücher mitzunehmen. Bertie studierte in der Bibliothek fast den ganzen Vasari, verlor sich in den Anekdoten um Michelangelo und Raffael und kehrte nach drei Tagen in sein nicht weniger kaltes Refugium im Veneto zurück.

Und jetzt brannten in diesem Land der Buchkultur Tausende Bücher. Wohin würde das führen? Er fröstelte und zog seinen Morgenmantel zu, es war noch immer kalt für Mai. Er schlurfte zum Grammofon. Beniamino Gigli, »Nessun dorma«. Die Nadel kratzte auf dem Schellack. Die Stimme Giglis erfüllte den im Halbdunkel liegenden Saal. Wenn er allein war, wollte er keine Festbeleuchtung. Die Arie des Prinzen, der von seinem Geheimnis sang, das niemand würde lösen können. Bertie hatte es sich zur Angewohnheit gemacht, zu diesen Klängen seine Blicke über die Fresken schweifen zu lassen, die noch immer unkenntlich unter der Tünche verborgen waren. Beim letzten »Vincerò!« rann ihm eine Träne herunter. Er schämte sich. Gott sei Dank war niemand da.

Wie lange würden Paul und Catherine noch mitmachen? Im letzten Sommer 1932 war er meistens allein als Gastgeber. Sergei Lifar und eine Schar Engländer hatten die Saison beherrscht. Der Kreis verengte sich. Er dachte an Cole und Linda, die seit fünf Jahren in den USA lebten. Der Kokainfund war damals gut vertuscht worden, Cole musste versprechen, nie wieder nach Italien zurückzukehren. Alle Welt dachte, er sei wegen der Musik in die

Staaten gegangen. Volpi hatte sich letztes Jahr auch nicht mehr blicken lassen. Politik. Und sein Filmfestival im Hotel Excelsior, das mittlerweile ihm gehörte und wo er unabkömmlich war. Selbst Paul war nur noch einen Monat hier gewesen. Er hatte eine Wohnung und einen neuen Kreis in Paris und interessierte sich neuerdings für verrückte Möbel, die seine Freunde entwarfen, Giacometti, Frank, Chanaux und wie sie alle hießen. Bertie kannte keinen davon. Und Catherine hatte sich im Herbst ein neues Haus an der Riva degli Schiavoni gekauft. Sie gestand es Bertie erst eine Woche später. Bis Weihnachten stopfte sie es mit Bildern, Tischchen und Spiegeln voll und rauschte dann nach Paris ab. Sie hatte zwar versprochen, sich weiter um das Management der Villa zu kümmern und sogar die Hühner zu versorgen, die sie sich letztes Jahr eingebildet hatte, aber die Botschaft war für Bertie eindeutig: Sie glaubte nicht mehr daran, dass es möglich war, das Leben zur Kunst zu machen, ohne das Haus mit Objekten vollzurammeln und rauschende Feste zu geben.

Es klingelte. Giuseppe erschien in der Tür. Er schien gealtert zu sein. »Ja?« »Mit Verlaub, Mrs. Lindsay wäre um vierzehn Uhr dreißig in Fusina abzuholen. Soll ich …?«

»Norah!« Bertie hatte total vergessen. »Vielen Dank, ich mache das selbst! Ist der T41 getankt?«

»Sehr wohl, Sir.«

Zehn Minuten später saß er am Volant des blauen Bugatti und freute sich wie ein Kind am Schnurren des Achtzylinders, der angeblich dreihundert Pferdestärken besaß. Norah Lindsay hatte sich für mehrere Wochen angekündigt und gleich klargestellt, dass sie Bertie eine Art Miete zahlen wolle. Bertie hatte noch keines ihrer Gartenbücher gelesen. Nach ihrer Scheidung war sie pleite und verdingte sich zuerst als Hauslehrerin, bevor sie als absolute Nicht-Botanikerin Gartenbücher zu schreiben begann, die reißenden Absatz fanden. Ob sie ähnlich denken würde wie Beverley Nichols? Bertie hatte keine Ahnung, was Nichols jetzt machte. So viele kamen nur eine Saison, so sehr Bertie hoffte, sie würden wiederkommen. Zu den meisten war auch der Kontakt abgerissen. Zumindest würde Norah für ihre Unterkunft in der Villa zahlen, sie hatte darauf bestanden. Bertie konnte jede Lira brauchen.

Er stellte den T41 vor dem Wartehäuschen ab. Der Dampfer war schon in Sichtweite.

Er erkannte sie auf den ersten Blick. Anfang fünfzig, die blondierten Haare zu einem Helm geschnitten, an den Spitzen schwarz gefärbt. Sie trug ein englisches Kostüm, wie es vielleicht vor zwanzig Jahren in Mode gewesen war. Bertie stellte sich vor und geleitete sie zum Wagen.

Als Bertie nichts weiter sagte, ergriff sie das Wort: »Ich weiß, was Sie mich gleich fragen werden, französischer oder englischer Garten. Heute scheint man ja die Menschen danach einzuteilen, welche Art sie bevorzugen. Ich sage es Ihnen gleich, obwohl Sie es sicher aus meinen Büchern wissen: Ich halte nichts von den geometrischen Barockgärten mit gekringelten Blumenbeeten und Buchsbaumhecken, und ich finde die Leute widerlich, die heutzutage so etwas anlegen lassen!«

Bertie startete und fuhr los.

»Dann ist es wohl klar und wir können über anderes reden.«

»Nein, ich bin eigentlich noch nicht fertig.«

Bertie staunte über die Resolutheit seines Gastes. Es dürfte anstrengend werden.

»Ich bin schon sehr gespannt auf Ihre Villa.«

»Es ist mir ein Vergnügen, Sie endlich hier zu haben und Ihren Rat einzuholen«, schmeichelte Bertie.

»Es gibt ja Leute, die mit einer Renaissancevilla, die die strengsten Formen aufweist, die man sich vorstellen kann, barocke Schnörkselbeete kombinieren.«

»Die gibt es wohl«, murmelte Bertie.

»Aber, und das wird Sie vielleicht überraschen, ich denke, dass eine englische Wildnis noch weniger passt. Der Veneto ist nicht Sussex. Suum cuique.«

Bertie grinste. »Dann wird es mir eine Freude sein, Ihnen unser Gesamtkunstwerk zu zeigen. Sie wissen, den Garten hat Rodocanachi entworfen und mittlerweile sieht man ja auch schon etwas. Ich bin schon gespannt, was Sie dazu sagen.«

Sie erreichten die Villa und Bertie führte Norah um das Gebäude herum und die Fattoria entlang. Er zeigte ihr die Wege, die Paul entworfen hatte, die spärlichen Büsche und die großen Rasenflächen.

»Was soll da noch kommen? Was ist hier noch geplant?«, fragte Norah, die immer ratloser schien.

»Das reicht mir so«, erwiderte Bertie, und »Ich will hier nichts mehr.«

Am Ende des Rundgangs schüttelte Norah den Kopf. »Verzeihen Sie, aber so einen minimalen Garten habe ich noch nie gesehen. Die kleine Allee an der Einfahrt ist ganz nett, aber sonst ist das ein großer Rasen mit einigen Wegen. Und wenn ich Sie richtig verstanden habe, wollen Sie gar nicht mehr.«

»Nun, ist Ihnen die Geometrie der Wege aufgefallen? Die Proportionen und Verhältnisse der Bahnen, die sich kreuzen und schneiden? Das ist doch für den Kenner ein Genuss!«

Norah schüttelte den Kopf. »Mein lieber Herr Landsberg, ich fürchte, Sie veranstalten hier etwas, was niemand nachvollziehen kann. Es mag ja sein, dass der Eingeweihte hier irgendwelche Systeme und Proportionen erkennt – für einen normalen Besucher ist hier schlichtweg alles kahl. Zeigen Sie mir die Villa?«

»Ich fürchte«, sagte Bertie, »der Eindruck wird sich drinnen fortsetzen.«

6

1933-1938, Malcontenta

Wann hatte es begonnen? Ab wann hatte sich in die fröhlichen Gesellschaften ein bedrohlicher Ton eingeschlichen? Ab wann waren die Gespräche immer öfter unvermittelt verstummt? Wann hatte er die ersten abfälligen Bemerkungen über Juden aufgeschnappt, die seine Gäste hinter seinem Rücken flüsterten?

Im Dezember 1933 hatte ihn die Nachricht, dass Aby Warburgs Bibliothek von Hamburg nach London übersiedelte, tief getroffen. Edgar Wind hatte sich entschlossen, den Schatz von sechzigtausend Büchern vor den Hitler-Barbaren in Sicherheit zu bringen. Dabei war der Neubau gerade erst fertiggestellt worden! Zwei bis zum Rand beladene Frachter voller Bücher löschten ihre Ladung eine Woche vor Weihnachten in London.

Zum ersten Mal hatte er das Gefühl, dass es der jüdischen Kultur an den Kragen ging. Die Berichte über Restriktionen gegenüber den Juden hatten ihn nicht so bewegt wie diese Flucht der Bücher. Er beruhigte sich: In Italien, wo Mussolini sagte, Antisemitismus sei nur etwas für Blonde, würde so etwas nie passieren. Und doch: Etwas war faul. Kamen viele Gäste nicht mehr, weil die Villa jüdische Gastgeber hatte? Weil im Saal der Aurora auch eine Menorah stand?

Anderseits: Hatte er nicht zahlreiche Bekannte unter den Faschisten? Volpi war Minister. Scaffati war die Geliebte des Duce gewesen! Was sollte ihm passieren?

Immer mehr deutsche Juden kamen nach Venedig, um sich einzuschiffen. Angeblich war auch der Hafen von Triest völlig überfüllt mit Flüchtlingen aus Deutschland.

Den Winter verbrachte er mit Paul und Catherine in Paris.

In der Saison 1934 residierten die drei wieder in der Villa. Le Corbusier kam wieder, sie spannen Pläne für eine neue Villa, die ein Gesamtkunstwerk verwirklichen sollte, das Malerei, Plastik und Musik vereinen sollte. Der Architekt versprach Bertie, in Paris mit Künstlern zu sprechen, die für das Projekt sicher zu gewinnen wären.

Im Sommer darauf diskutierte Bertie wochenlang mit Rudolf Wittkower über die Fresken, die noch immer nicht freigelegt waren. Der Kunsthistoriker hatte als Jude seinen Posten in Köln verloren und war jetzt bei Wind in London. Er äußerte die Vermutung, dass die Fresken von Battista Franco und Giambattista Zelotti stammen könnten, zwei Malern aus dem Umfeld Michelangelos.

Im nächsten Jahr kam Paul nicht mehr. Der Garten verwilderte zusehends, Catherine kam nach Venedig und wohnte zunächst am Lido. Ein paar Engländer verirrten sich zur Villa. Im August nistete Catherine sich für drei Wochen ein und malte verzweifelt, indem sie Sand, Erde und Quark in die Farben mischte und auf die Leinwände klatschte. Es kamen keine Gäste. Mitte September brachen sie die Zelte ab. Sie überwinterten in London.

Dass im Jahr darauf in Berlin die Olympischen Sommerspiele abgehalten wurden, registrierte Bertie nicht. Er hockte den ganzen Sommer allein in der Villa und hoffte, dass der Komponist Prokofjew, der gerade sein »Peter und der Wolf« herausgebracht hatte, ihm seine Aufwartung machen würde. Doch der Russe blieb am Lido, stattdessen besuchten den Einsiedler lediglich einige Frauen faschistischer Politiker wie Margherita Sarfatti oder Virginia Agnelli, die ihren verstorbenen Mann betrauerte und derer Bertie bald leid war. Catherine fehlte.

Im Sommer 1937 hing er tagelang allein vor seinem Radioapparat. Zehntausende erschossen in Spanien, Zehntausende hingerichtet in Russland. Ende Juli packte er seine Sachen und fuhr nach Paris zu Paul und Catherine, wo er sich eine Woche auf der Weltausstellung abzulenken versuchte.

Er vergrub sich in die Bibliothèque Nationale, ohne zu wissen, wonach er suchte.

Dann wieder allein in der Villa. Er beschloss, hier zu überwintern und zu lesen. Er konnte sich später nicht mehr erinnern, wie er den Winter überstanden hatte. Ein Fotograf von »Country Life« riss ihn Anfang März aus dem Winterschlaf. Paul hatte in London eine Homestory vermittelt. Widerwillig ließ Bertie den Reporter herein und erzählte von seiner Vision einer Lebenskunst, die dem Reporter wie ein Hirngespinst scheinen musste. Als der Besucher nach den Gästen des letzten Jahres fragte, musste Bertie lange nachdenken. Viele waren es nicht mehr gewesen. Er verabschiedete sich zerstreut von dem Reporter und setzte sich wieder ans Radio.

Woche um Woche verstrich und Bertie war hin- und hergerissen zwischen Bleiben und Gehen. Er bestellte neue Vorhangstoffe, sicher würde es endlich wieder eine prächtige Saison werden: Bleiben! Dann hatte Hitler Österreich überfallen, keine dreihundert Kilometer entfernt: Gehen! Prinzessin Victoria Eugénie von Battenberg, die ziellos durch Europa streunte, war für einige Tage gekommen. Sie wohnte in der Villa und wurde von venezianischen Gräfinnen besucht. Bertie genoss die Atmosphäre der Kultiviertheit, auch wenn sie nur eine Erinnerung an vergangene Saisonen war: Bleiben! Im Mai hörte er zum ersten Mal Leute im Dorf von einer italienischen Rasse sprechen, die von der jüdischen zu unterscheiden sei: Gehen!

Die Saison 1938 begann verheißungsvoll. Eine illustre Runde hatte sich für das erste Juniwochenende angekündigt, aber wieder erschienen nur Damen, die Herren hatten abgesagt.

Bertie brachte sie in den Gästezimmern und in den Zimmern von Paul und Catherine unter. Er würde andere Zimmer adaptieren müssen, in der Fattoria, dachte er. Nach drei Tagen war er ihrer leid, auch die Neugier der Gäste schien befriedigt zu sein. Catherine fehlte so sehr. Sie hatte zwar wenig Ahnung von Kunst und keine von Politik, verstand es aber immer, die Gäste zu unterhalten, sie managte den Haushalt und wusste haarklein um jeden wirtschaftlichen Vorgang. Am vierten Tag stieß Lord Claud Phillimore zu der Gesellschaft, der Freya Stark, eine Archäologin und Schriftstellerin, mitbrachte. Sofort bekamen die Gespräche einen anderen Drall. Sie saßen abends auf der Terrasse unter dem Portikus. Stark erzählte anfangs nur beiläufig über das antike Mesopotamien. Bertie stellte irgendwann bestürzt fest, dass diese Frau alles aus eigener Anschauung kannte und fing Feuer. Sie erzählte drei Abende lang von ihren Reisen durch die Gebiete des ehemaligen Osmanischen Reichs. Sie war als erste Frau in den Tälern der Assassinen gewesen und hatte den Jemen bereist. Bertie konnte nicht genug bekommen. Der Glanz der früheren Gespräche, er leuchtete in diesem Monolog wieder auf. Als sie endlich auf die Tagespolitik zu sprechen kam, schloss sie drohend wie ein alttestamentlicher Prophet: »Europa droht ein Krieg, der noch fürchterlicher werden wird als der Große, den wir hatten. Bringt euch in Sicherheit, wenn ihr nicht ausgelöscht werden wollt.« Bertie gab es einen Stich ins Herz, sie hatte ihn angeblickt. Er sah zu Virginia Agnelli, die nur überheblich den Kopf schüttelte. »Italien fürchtet sich nicht. Wieso sollte es hier Krieg geben? Mussolini und Hitler sind beste Freunde!«, sagt sie bestimmt.

Er bestritt diese Woche allein, Paul war in London und Catherine entweder in ihrem Haus in Venedig oder unterwegs, er hatte keine Ahnung. Als die Gesellschaft abreiste, schlief er einen Tag durch. Zwei Tage später vereinbarte er einen Termin bei seinem Anwalt.

»Herr Battisti wird gleich Zeit für Sie haben. Wenn Sie ein wenig Platz nehmen, bitte.« Bertie wandte sich mit gemischten Gefühlen ab. Er war indigniert und amüsiert zugleich. Einerseits war es lächerlich, dass er, der Minister und Wirtschaftskapitäne kannte, im Vorzimmer eines Anwalts zu warten hatte, andererseits genoss er die Überraschung, die ihn auf eine Stufe mit denen stellte, für die eine solche Schikane normal war. Er setzte sich der Dame gegenüber, die ebenfalls wartete, nicht ohne vorher ein »Gestatten?« von sich zu geben.

»Tun Sie sich keinen Zwang an«, antwortete die Frau auf Englisch. »Ich könnte die ganze Kanzlei hier aufkaufen, aber glauben Sie, ich komme gleich dran? Ha!«

Bertie war überrascht und betrachtete sie genauer: Blumentopfhut, sportliches Kostüm, eine etwas geschmacklose weiße Jacke. Aus einem hageren Gesicht blitzten zwei dunkle Augen, Nase und Mund verrieten Energie. Trotz des schmalen Gesichts nicht mehr ganz schlank, etwa in seinem Alter. Sicher Amerikanerin.

»Gestatten Sie mir die Freiheit, mich vorstellen zu dürfen. Mein Name ist Albert Clinton Landsberg, aber nennen …«

»Lassen wir die Förmlichkeiten«, unterbrach sie ihn. »Dorothea. Und ja, ich bin Amerikanerin, wie Sie sicher gleich fragen werden. Und nein, ich kaufe keinen Palazzo.«

»Nun, dann darf ich Sie vielleicht in meinen Palazzo einladen, solange er noch steht. Genau genommen ist es eine Villa, falls es Ihnen nicht zu minder ist.«

Die Frau nannte die Dinge beim Namen. Diese Direktheit, die ihm so fern war, gefiel ihm, erinnerte ein wenig an Catherine, die dennoch distinguierter war. Dorothea versprach, gleich morgen vorbeizuschauen, was Bertie nicht ernst nahm.

Beide wurden aufgerufen, Dorothea in das Büro nebenan.

Battisti begrüßte ihn freundlich. »Sie haben sich also auch entschlossen, unser Land zu verlassen.« War da eine Anklage im Unterton oder nur Bedauern?

Der Anwalt riet Bertie, einen Verein zu gründen, dem er die Villa treuhänderisch überlassen sollte, falls er länger ins Ausland ginge. Er versprach ihm, die notwendigen Papiere vorzubereiten. »Die Italiener sind keine Rassisten und falls sich die Deutschen hier durchsetzen, ist das sicher nur vorübergehend«, meinte er. Der Vorstand des Vereins sollte jedenfalls ein Nichtjude sein, man wisse ja nie.

Am nächsten Tag stand Dorothea mit einer Reisetasche am Gartenportal der Malcontenta. Der Fahrer hatte sie abgesetzt, sie trug die Tasche selbst. Sie stakste auf die Villa zu, Bertie lachte schallend, als Giuseppe die Ankunft einer fluchenden Amerikanerin meldete.

Beim Tee unter dem Portikus merkte er, dass unter der rauen Schale der abgebrühten Geschäftsfrau ein kunstsinniger und gebildeter Mensch steckte. Sie kannte halb Europa, hatte in Paris mit Braque, Leger und Lipchitz Kontakt gehabt, war in London anderen alten Bekannten über den Weg gelaufen, hatte in Rumänien bei der Inspektion von Erdölfeldern – sie besaß eine Menge Shell-Aktien – Prinzessin Soutzo getroffen, die Catherine zu ihren Bekannten zählte.

»Und was ist hier los? Wo sind die Gäste, für die dieses Haus berühmt ist? Ich dachte, hier ist volles Haus und ich werde einige Bekannte treffen! Oder beginnt die Saison erst?« Wieder ganz direkt. Bertie gefiel das, er kam sich in diesem Moment etwas eingerostet vor.

»Wir ... wir hatten schon einen Durchgang, wenn man das so sagen will. Die Gesellschaft ist vor einer Woche abgereist. Keine Ahnung, wer dieses Jahr noch kommt. Schauen Sie den

Lido an: Die Hotels sind leer. Die Leute sind anderswo. Auch ich sollte gehen.«

Dorothea beschloss, eine Woche zu bleiben, und Bertie gab ihr eines der Gästezimmer. Es waren drückend heiße Tage. In der dritten Nacht irrte Bertie, von Mücken geplagt, um zwei Uhr früh durch die Villa. Er hatte nicht eine Minute geschlafen. Gab es hier nirgends ein Moskitonetz in Reserve, verdammt noch mal? Er öffnete einen Schrank im Flur, Decken und Kissen flogen ihm entgegen. Er rempelte sich das Knie an der Schranktür an und stieß einen Schrei aus. Dorotheas Tür öffnete sich.

»Was ist denn los? Schläfst du nicht?«

»Mein Netz hat Löcher. Diese verdammten Mücken …«

»Komm rein, ich rück rüber. Mein Netz ist ganz. Und vielleicht kommst du ja auch auf dumme Gedanken. Zeit wär's.«

7

1938, Malcontenta

Ein dicker Brief, Catherines Handschrift. Er hatte seit drei Wochen nichts mehr von ihr gehört. Wahrscheinlich war sie weg von Italien, endgültig wieder in London. Er faltete die Blätter auseinander. »Ich schreibe diese Zeilen aus New York …«

Wie? New York? Amerika? Er hatte sie in Venedig gewähnt und vielleicht seit zwei Wochen in London! Wieso Amerika? Er wurde schwach, musste sich setzen. Sie hatte kein Wort gesagt. Was zum Teufel machte sie in New York?

Sie schrieb, dass sie von Venedig aus alle Vorbereitungen getroffen habe. Sie habe am neuen Flughafen am Lido das Flugzeug nach München bestiegen, sei mit der Bahn nach London gefahren. Sie folge endlich, so schrieb sie, Lindas Einladung, die seit Jahren in Los Angeles lebte. Sie wolle mit Europa abschließen. Sie verstehe zwar nichts von Politik, aber spüre einfach, wann das sinkende Schiff verlassen werden müsse. Europa habe keine Zukunft, in Amerika aber würde man sie verstehen. »Sie wiederholt sich«, dachte Bertie und suchte den nächsten Absatz, wo sie schrieb, dass sie auf der Überfahrt einen jungen australischen Sänger kennengelernt und sich in ihn verliebt habe. Während sie auf See war, habe Linda eine Villa am Sunset Boulevard in Hollywood ausfindig gemacht, sie würde dort einige Leute treffen, die sie aus Venedig kannte. Er solle doch auch nachkommen! Die Möbel aus ihrem Haus an der Riva degli Schiavoni könne er übrigens haben, was immer er damit mache.

Sie schrieb noch vier Seiten über das angenehme Klima, die Partys, die sie veranstalten wollte, und über ihre Pläne, ein exklusives Restaurant zu eröffnen.

Berties Hand zitterte, er konnte nicht mehr weiterlesen. War es Wut? Enttäuschung? Paul war in London, Catherine in Amerika. Sie hatte nicht den Mut gehabt, sich zu verabschieden. Er spürte, dass beide nicht wiederkommen würden, nicht in dieses Italien. Ihre Angst war größer als die gemeinsame Vision, beide hatten sich in Sicherheit gebracht.

Aber sie hatten wahrscheinlich recht. Er war es, der das Falsche tat, der zögerte, fahrlässig seinen Aufbruch Tag um Tag hinausschob.

»Was ist los mit dir? Hast du einen Geist gesehen? Schau mal, was diese Schmierer schreiben. Warum sitzt du nicht am Frühstückstisch?«

Dorothea erschien im Morgenmantel und legte Bertie die Hand auf die Schulter wie einem kleinen Buben.

»Catherine … kommt nicht mehr.«

»Ist sie tot?«

So taktlos kann nur eine Amerikanerin sein, dachte Bertie.

»Nein, sie ist weg. In den Staaten. Ausgewandert.«

»Na toll, das Beste, was sie tun konnte, nicht? Ich gehe auch bald wieder zurück. Was ist eigentlich mit deinem Verein? Sag bloß, du hast noch nichts gemacht.«

Bertie zuckte mit den Mundwinkeln. Dorothea entging nichts, sie forderte Fristen und verbindliche Zusagen, was Bertie zugleich faszinierte und abstieß.

»Du bist ein verdammter Feigling. Komm her.«

Sie umarmte ihn und puffte ihn in die Rippen, dass er unwillkürlich lachen musste.

Die Zeitung brachte ihn wieder auf den Boden der Tatsachen. 14. Juli 1938. Die Rede Mussolinis in Triest prangte auf der Titelseite: Übernahme der Nürnberger Rassengesetze. Im Leitartikel beschäftigte sich ein Journalist, dessen Name Bertie nichts sagte, mit dem Begriff der italienischen Rasse. Jetzt wurde dieser Unsinn sogar schon geschrieben! Bertie las den gesamten Artikel. Weiter unten definierte der Autor, dass Juden zu dieser Rasse nie dazugehören würden, sie wären nicht assimilierbar. Bertie konnte nicht glauben, dass irgendjemand in Italien diesen Unsinn glauben würde. Oder doch?

Er verbrachte den Vormittag damit, Volpi anzurufen. Vergeblich.

Am Nachmittag rief er seine Bank in Venedig an.

Er nahm Dorothea mit, als er am nächsten Tag mit seinem Berater die Modalitäten besprach, wie sein italienisches Vermögen in kleinen Tranchen auf Konten in London zu transferieren sei. Seine letzten Wertpapiere notierten ohnehin dort an der Börse. Nach wenigen Minuten erbat sich Dorothea eine Pause und nahm Bertie zur Seite.

»Hör mal, du willst wirklich nach London? Wenn es in Europa wirklich Krieg geben sollte, bis du dort auch nicht sicher.

Denk an die Bomben, die die Zeppeline im Großen Krieg auf London abwarfen! Denk an die Bomben, die dein Freund Lindemann in den letzten Jahren für die Engländer entwickelt hat! Deutschland und England werden sich gegenseitig niederbomben, der Ärmelkanal ist für die neuen Flugzeuge kein Hindernis mehr. Du weißt, ich gehe zurück in die Staaten. Newport ist ein schöner Ort und Juden passiert dort sicher nichts. Ich glaube, die haben die Stadt sogar gegründet. Komm doch mit.«

Bertie blickte in stahlgraue Augen. Sie gingen wieder ins Büro. Der Berater meinte, das Vermögen in die Staaten zu transferieren werde länger brauchen. Er könne bis zur nächsten Woche alles Nötige vorbereiten.

Ende Juli tuckerte eine Wagenkolonne Richtung Fusina an der Villa vorbei. Giuseppe wusste zu sagen, dass der Führer sich geheim mit Mussolini in Venedig treffe. Bertie spähte vom Portikus über den Kanal, konnte aber nicht ausmachen, in welchem Automobil Hitler saß.

Der Sommer verging ohne einen einzigen Salon. Hin und wieder machte ein Reisender Station, der von Bertie gehört hatte. Sergei Lifar kam für ein paar Tage und tanzte jeden Abend bei Kerzenschein im großen Saal zu den Klängen des Grammofons. Dorothea organisierte einen Putztrupp für drinnen und einen Gärtner für draußen, der die wuchernden Büsche schnitt und die welken Blumen goss.

Im September verabschiedete sich Dorothea. Ihr war es zu kalt, sie wollte in London überwintern. Bertie blieb.

Im Oktober erschien das »Manifesto della Razza«. Alle Juden hatten sich zu registrieren. Bertie ignorierte die Weisung, und wider Erwarten tauchte niemand auf, um ihn zu behelligen. Er verließ die Villa kaum mehr und schaltete das Radio nur noch jeden zweiten Tag ein.

Er begann zu den Fresken zu sprechen. Stundenlang saß er vor der Gigantomachie, Zeus schleudert seine Blitze auf die Giganten hinunter. Er konnte nicht glauben, was passierte. Wie konnte diese Barbarei sogar Intellektuelle mitreißen? Wie konnte sich ein feinsinniger Geist wie Volpi für Gleichschritt und Rassismus begeistern? Im Radio klangen Soldatenlieder, immer öfter hörte man den Duce sprechen.

Im November besuchte er wieder die Bank. Die Transaktionen zogen sich unerklärlich in die Länge. Warum waren diese Dinge so schwierig geworden? Pariser Banken brauchten plötzlich Sicherstellungen, die ihm völlig unbekannt waren. Nach Weihnachten, so versicherte man ihm, würde alles unter Dach und Fach sein.

Er feierte allein Chanukka, nach vielen Jahren wieder.

Zu Weihnachten kamen Briefe aus Paris, London, Hollywood und Rio, immer dasselbe: Warum er noch in Italien sei. Ob er in der Villa zugrunde gehen wolle.

Am Silvesterabend 1938 erklang im Gewölbe des großen Saales wieder »Nessun dorma«. Bertie drehte sich mit dem Kopf zur Wand. Beim letzten »Vincerò« schlug er seine Stirn immer wieder gegen die kühle Tünche. Es war aus, aus, aus!

8

2012, Malcontenta

Nala kam erst hinter ihrem Versteck, einem großen Karton, in den eine lange Stoffbahn hineingestopft war, hervor, als sie merkte, dass es Said war, der in den Umkleideraum schlich. »Da ist ein großes Haus mit vielen Touristen.« Nala machte einen vorsichtigen Schritt auf ihn zu. Erst jetzt fiel ihm auf, dass sie nur ihr T-Shirt und Unterwäsche trug. »Vielleicht gibt es da etwas zu holen, vielleicht finden wir auch in einem Nebengebäude einen Unterschlupf.« Sie schritt auf ihn zu und berührte mit ihrer Rechten seinen Nacken.

»Nachts steht dort alles leer. Ich möchte am Abend noch mal hin, auskundschaften.«

Sie umarmte ihn und zog ihn fest an sich. Said fühlte ihre Hand an seinem Geschlecht. »Nala, was ...« Sie erstickte seine Worte in einem langen Kuss und begann ihn langsam auszuziehen. »Du wolltest es doch immer.« Er war peinlich berührt und spürte zugleich seine Erregung einschießen.« »Du bist ein Mann. Ich habe dir schon so viel zugemutet. Hab keine Angst, mir wehzutun.«

Und doch, als er kurze Zeit später in sie eindrang, glaubte er zu spüren, wie sie die Zähne zusammenbiss, als ob sie den Schwall an negativen Erinnerungen, der sich plötzlich einstellte, zwischen ihren Kiefern zermalmen könnte. War ihr Schrei Befreiung, Lust oder doch Schmerz? Sie lagen noch eine Zeit lang beieinander, wie in Trance flüsterte er unablässig und hilflos ihren Namen.

Sie wollte sich nicht abhalten lassen mitzukommen. Sie hatte Angst, allein im dunklen Sporthaus zu bleiben. Es war erst sechs und die Sonne hatte wohl noch einige Zeit, aber trotzdem. Ein paar Einheimische waren auf der Straße, Said fühlte ihre abweisenden Blicke. Sie duckten sich die Häuser entlang, über die Brücke, durch den Park. Ein Bus mit laufendem Motor wartete auf die letzten Besucher, die sich noch im Souvenirladen im Erdgeschoß Andenken kauften. Es waren ältere Leute, die meisten in beiger Kleidung. Sie kletterten umständlich in den Bus, der nach dem letzten Ankömmling die Tür schloss und anfuhr. Said und Nala beobachteten, wie der Mann aus dem Laden sich von der Frau, die offenbar die Führung gemacht hatte, verabschiedete. Sie drehte sich noch einmal um und blickte zu den Fenstern im erhöhten Erdgeschoß, verschloss die schmiedeeiserne Gittertür zum Aufgang, verschloss den Kiosk und verschwand hinter dem Nebengebäude. Eine Minute später schnarrte der Motor einer Vespa auf und sie bog um die Ecke in einen Seitenweg, den Said erst jetzt sah. Sie warteten einige Minuten. Die Sonne verschwand hinter den Bäumen. Beiden knurrte der Magen, doch keiner sagte ein Wort. Said zeigte aufs Nebengebäude, vor dessen Eingang kleine Obelisken standen. Sie warteten, dass sich etwas rührte. Es wurde schnell dunkel. Entweder wohnte niemand hier oder es war niemand zu Hause. Said probierte an der Tür. Abgeschlossen. »Komm!«, flüsterte er zu Nala und sie näherten sich der riesigen Villa.

»Was willst du denn da?«

»Vielleicht können wir hier über Nacht bleiben. Dieses Schloss hat nur Montag, Mittwoch und Freitag offen. Es ist eine Art Museum. Morgen ist Dienstag, also kommen keine Touristen. Vielleicht gibt es hier richtige Betten. Morgen schauen wir dann, dass wir irgendwie weiterkommen.«

Said wusste, dass Nala wusste, dass er damit Rimini meinte. Rimini und die Drogen.

Sie waren an dem Haus angelangt, das als ein einziger großer Block da stand. Die Fenster zum Kellergeschoß waren fest verschlossen. Sie schlichen die Front entlang bis zur Treppe, die zum Portikus hinaufführte. Auf halber Höhe, auf dem Podest, wo sich die Treppe nach rechts wendete, war ein Fenster mit Läden eingelassen. Said rüttelte an ihnen. Zu seinem Erstaunen gab der eine Laden nach und er deutete Nala, sie solle die Treppe heraufkommen. Er langte hinein und fand den Griff. Das Fenster sprang auf. Sie zwängten sich hinein und fanden sich im Souvenirladen wieder. »Du bist eingebrochen! Wenn sie uns erwischen, sind wir entdeckt und kommen ins Gefängnis! Lass uns verschwinden! Wir sind doch keine Verbrecher!«

Said deutete auf eine halb offene Tür, hinter der eine Wendeltreppe lag. Mit dem Display seines Handys, das er Gott sei Dank am Nachmittag aufgeladen hatte, beleuchtete er den Weg. Sie zwängten sich durch den schneckenartigen Schluf, der an einer altertümlichen Tür mit einem kompliziert aussehenden Schloss endete. Said drückte auf verschiedene Teile, bis er den beweglichen identifiziert hatte und sich die Tür knarzend öffnete. Sie traten in einen dunklen Raum, der offenbar sehr hoch war. Said schwenkte den Lichtkegel nach oben. Nala stieß einen leisen Schrei aus.

»Wir sind in der Hölle gelandet, das sind böse Geister!«, flüsterte sie. »Es ist aus!« Sie starrte auf die Wand, die vor ihr lag.

Said führte sein Handy an die Wand. »Es ist doch bloß Malerei!«, sagte er.

Sie wären fast in einen Tisch aus Stein gerannt, der vor dem riesigen Wandfresko stand.

»Es sieht so lebendig aus, als würden sie auf uns herunterfallen. Ich habe Angst.«

»Du brauchst keine Angst zu haben. Es ist so etwas wie ein Schloss, und da hat jemand eine Geschichte gemalt, keine Ahnung.«

Said war sicher, dass Nala das auch aus dem Fernsehen kannte. In natura sah alles schrecklicher aus.

Sie tappten weiter. Der nächste Raum war noch größer, eine Halle mit weniger furchterregenden Wandbildern. Durch die großen Fenster fiel etwas Licht von der fernen Straßenbeleuchtung herein. Saids Augen gewöhnten sich immer besser an das Dunkel. »Schau, da vorne ist eine Couch. Hier könnten wir schlafen. Das ist vermutlich der sicherste Platz in der Gegend.

Ich stell den Wecker am Handy auf sechs.« Nala musste zugeben, dass das stimmte.

»Trotzdem ist es hier sehr unheimlich. Meinst du wirklich, dass wir hier schlafen können? In einem Schloss?«

Sie setzten sich auf die karierte Couch, deren Weichheit Said sofort müde machte.

»Ich will hier nicht bleiben. Ich gehe zurück. Unsere Taschen sind auch noch dort. Das ist doch keine Lösung!«

»Vertrau mir!«, sagte Said und küsste sie. Sie hatte sich so verändert. War er zu schwach? Aber er gab doch die Richtung vor!

Nala rückte weg und legte sich nieder, sie schien unzufrieden. Said legte sich neben sie. Sein Blick fiel auf das Fresko über der gegenüberliegenden Tür, eine Frau mit einem Spiegel zeichnete sich ab. Er drückte aufs Handydisplay, beide blickten wortlos hinauf. Ihr Blick schweifte weiter nach oben. Über der Frau verfing sich ihr Blick in einer beunruhigenden Szene, die in einen Bogen hineingemalt war: Jemand wurde brutal zu Boden gestreckt. Was mochte das bedeuten? Er machte sein Handy aus. Er streichelte Nala und schob seine Hand unter ihr T-Shirt. »Bitte nicht!«, murmelte sie. Er war ohnehin schon müde. Eine seltsame Situation. Sie lagen in der großen Halle ganz allein, übermorgen würden wieder Massen an Touristen durchtrotten. Er spürte die Wärme von Nalas Körper. Mit ihr in einem Schloss wohnen, dachte er und schlief ein.

Als der Wecker ums sechs Uhr läutete, war Nala weg.

9

»He, wach auf!«

Said blinzelte durch seine verklebten Wimpern. Wer war das?

»Wie heißt du? Was machst du hier?«

Er blickte in das Gesicht eines Afrikaners, den er noch nie gesehen hatte. Er schüttelte die Zeitungen ab, mit denen er sich am Abend zugedeckt hatte. Der Fremde blieb in seiner gebeugten Haltung über ihm. »Woher kommst du?« Said richtete sich langsam auf. »Said. Ich … ich weiß nicht …« Sein Kopf brummte. Langsam stand er auf, sein Hinterkopf schmerzte. Es war die zweite Nacht, die er auf diesem Gelände verbracht hatte, zuerst im Schuppen neben der Villa, dann, nach einem Tag des Umherirrens hatte er sich auf eine Bank am Fluss gelegt, wo jemand eine Zeitung vergessen hatte. Seit Nala weg war, hatte er keinen klaren Gedanken mehr fassen können, kaum ein Wort gesprochen und nur wenig gegessen.

»Hab keine Angst«, sagte der Fremde, »ich verpfeife dich nicht. Hast du einen Pass?« Said schüttelte den Kopf. »Ich habe nichts mehr. Die Sporttasche da, ein paar Klamotten. Das Asylansuchen.« Es war ihm egal, wenn ihm der Fremde das auch noch wegnehmen würde. Welchen Sinn hatte sein Leben noch, wozu hatte er die Strapazen der Flucht auf sich genommen, wenn es hier nichts für ihn gab? Keine Arbeit, keinen Menschen, den er kannte, keine Frau. Niemand brauchte ihn. Niemand hatte auf ihn gewartet. Warum hatte er das nicht eher gesehen? Er nahm seine Sporttasche. Wer weiß, was dieser Typ von ihm wollte.

Er nickte dem Fremden zu und versuchte ein höfliches Lächeln. Nur weg hier! Vielleicht sollte er auch nach Paris gehen. Nala war sicher dorthin unterwegs. Er hatte erst in den letzten Tagen gemerkt, wie sehr er seine Träume von einer Zukunft mit ihr verknüpft hatte. Verdammt! Die Frage, warum sie weg war, bohrte nun seit achtundvierzig Stunden in ihm. Am schlimmsten war die Gewissheit, dass sie freiwillig gegangen war. Hatte er ihr wehgetan? War ihr die Nähe zu viel gewesen?

Der Fremde starrte ihn noch immer an. Said wandte sich zum Gehen.

»He, warte. Ich tu dir nichts. Ich … ich hab vielleicht sogar etwas für dich. Wenn du arbeiten willst. Aber ich muss mich auf dich verlassen können.«

Said schüttelte den Kopf. »Ich mache keinen krummen Dinger mehr, such dir einen anderen.«

Sein Gegenüber starrte ihn an. »Nein, Mann, ich bin nicht so einer … Der Verwalter der Fattoria da hinten braucht einen zweiten Arbeiter für den Garten dieser Villa da. Einfache Sachen. Ich arbeite auch dort. Ich bin Antoine. Mein Kollege ist vor zwei Wochen abgehauen, ich schaffe das nicht alleine. Der Herbst kommt und es gibt verdammt viel zu tun.«

FÜNF

Bertie, Battista und Said

I

1939

Am 3. März 1939 kehrte Dorothea zurück. Sie fand einen verwahrlosten Bertie, der sich allein durch die eiskalte Villa schleppte.

»Du haust hier wie ein Gefangener bei Wasser und Brot.« Sie schalt ihn, warum er nicht nach London gekommen war. Er hatte auf keine ihrer Briefe geantwortet, das Telefon war tot gewesen.

Sie ließ die Spinnweben entfernen, die Räume kehren und lüftete drei Tage durch. Sie schickte Bertie zum Barbier und neue Sachen kaufen, da viele Kleidungsstücke muffig rochen.

Bertie war es, als erwachte er aus einer Winterstarre. Tag für Tag war er dieselben Wege im Park abgegangen, hatte dieselben Gedanken gedacht und wieder verworfen. Was wäre, wenn Mussolini und Hitler morgen einem Attentat zum Opfer fallen würden? Wenn alle wieder zur Vernunft kämen?

Er saß mit Dorothea beim Tee in der kleinen Küche, die das Herdfeuer wärmte. »Und ich sage es wieder und wieder: Wenn sich doch alles ändert?«

»Und wenn, dann kommen andere Verrückte. Glaubst du, ich will eine kommunistische Revolution erleben? Du weißt, was in Russland los war. Ich gehe in jedem Fall zurück in die Staaten. Ich verstehe nicht, was dich noch hier hält.«

»Die Saison beginnt in einem Monat. Die Gäste …«

»Es kommen keine Gäste mehr, Bertie, es ist aus. Zwischen Deutschland und England wird es Krieg geben, verstehst du das nicht? Außerdem – wer ist noch hier? Catherine, von der du mir erzählt hast, ist in Los Angeles. Die Porters ebenso. Du könntest alle besuchen, meinetwegen tingeln wir in den

Staaten herum, bis hier wieder alle zur Vernunft gekommen sind.«

Eine Woche später begann Bertie die Einladungen auszuschicken. Er plante den ersten Salon Mitte Mai. Er hatte noch nicht die letzte versandt, als die ersten Absagen eintrudelten. Ihnen folgten weitere, einige Briefe kamen als unzustellbar zurück.

Dorothea behielt recht, Bertie musste den drei venezianischen Adeligen, die Zeit gehabt hätten, absagen.

Sie nahmen das Vaporetto auf den Lido. Der Strand, sonst voll um diese Jahreszeit, war wie verwaist, die Hotels kaum belebt. Das Casino hatte geschlossen. Wo waren die Menschen? Wie ein Schwarm Vögel, der vor einem Unwetter flieht, dachte Bertie. Aber kommt überhaupt ein Unwetter?

Er feierte seinen fünfzigsten Geburtstag mit Dorothea allein in der Villa mit einem Festmenü, das Beppe, ein Koch aus dem Dorf, zubereitet hatte. Nach dem Digestif sah ihn Dorothea an. »Verdammt Bertie, ich bin fünfzig, du bist fünfzig, zusammen sind wir hundert. Worauf warten wir noch? Tun wir uns doch endlich zusammen, komm mit! Wenn du willst, können wir auch heiraten. Das mit den Männern ist mir egal, aber verdammt noch mal, entscheide dich!«

Am nächsten Tag suchte Bertie eine Reiseagentur auf. Unmöglich, vor September einen Platz auf einem Transatlantikliner nach New York zu bekommen. Und wenn sie zuerst nach Brasilien führen? Er könnte ihr Rio, Petrópolis und das barocke Ouro Preto zeigen, von dem sie einmal gesprochen hatten. Dorothea war es egal. Sie ließen sich auf eine Warteliste setzen.

Ende Juni fuhren sie wieder auf den menschenleeren Lido. Jeden Tag sprach der Duce aus dem Radio. Schließlich riss Dorothea die Geduld.

»Wenn du glaubst, ich kapsle mich hier ab, bis irgendein Idiot einen Krieg beginnt, hast du dich getäuscht. Meine Freundin Francis hat mich nach Biarritz eingeladen. Dorthin werden die Deutschen ja nicht kommen. Und wenn, werden sie wohl auch nur baden.«

Am nächsten Tag reiste sie ab, nachdem sie vergeblich versucht hatte, Bertie zum Mitkommen zu überreden. Wieder blieb er allein in der Villa zurück.

2

Es musste doch möglich sein, einen kleinen Salon zu organisieren! Es war Juli, und Bertie hatte einen weiteren Stapel Einladungen zur Post gebracht.

Doch niemand hatte Zeit. Virginia Agnelli antwortete nicht einmal mehr, Margherita Sarfatti, die als Jüdin vor Jahren die Geliebte des Duce gewesen war, befand sich auf dem Weg nach Argentinien. Graf Volpi war unabkömmlich, er bereitete die Filmfestspiele in seinem Hotel vor, die vielleicht gar nicht stattfinden würden. Bertie wusste, dass Volpi nicht protestiert hatte, als vor einigen Wochen der jüdische Friedhof am Lido, der nur einen Steinwurf von seinem Hotel entfernt war, plattgemacht wurde, um eine Schießstätte für Mussolinis Jäger zu errichten.

Bertie brütete gerade über Volpis Nachricht, als es klopfte.

Giuseppe streckte seinen Kopf zur Tür herein. »Ein Signor Bardelli ist hier.«

Bertie konnte sich weder an den Namen erinnern noch an irgendeinen Termin, aber er ließ bitten. Vielleicht ein Flüchtling?

Ein schlicht gekleideter Mann trat ein, der mehr breit als groß aussah, ohne dick zu sein. Er hatte seine Schiebermütze abgenommen und war sichtbar verlegen.

»Entschuldigen Sie … Signore … hier bin ich … es hat lange

gedauert. Sie haben gemeint, ich solle mich bei Ihnen melden, wenn ich Zeit habe.«

Bertie sah ihn an und erinnerte sich mit einem Male: Er hatte im Winter mit einem Maurer gesprochen, als es um die Renovierung der Fattoria ging. Das Nebengebäude der Villa sollte wenigstens entrümpelt und entkernt werden, um in der Folge dann adaptiert zu werden. Bertie und Paul hatten von einem Studio für Maler oder Bildhauer geträumt, die hier zu Gast sein könnten. Er hatte das Projekt völlig verdrängt.

»Ah, ich erinnere mich. Schön, dass Sie Zeit haben. Wir können uns den Bau gleich ansehen.«

Es wäre absurd, dachte er, jetzt noch etwas herzurichten. Aber ansehen könnten sie die Sache ja. Sie stiegen die Treppe hinunter und schlugen den Weg zur Fattoria ein. Als er aus dem kühlen Haus in das Sommergrün hinaustrat, hörte Bertie sich sagen: »Ich zeige Ihnen, was ich mir vorstelle. Sie können morgen anfangen.«

Als Bardelli am nächsten Tag auftauchte, bat ihn Bertie, sich zuerst in der Villa ein loses Sockelgesims anzusehen, das repariert werden müsste. Bardelli schob das Marmorstück weg, um frischen Mörtel in das Loch zu schmieren, als er etwas in der Dunkelheit erblickte. Da lag ein Buch, es musste sehr alt sein. Er zog es vorsichtig heraus und verschloss die Öffnung. Fünf Minuten später stand er vor Bertie. »Herr Landsberg, ich habe etwas gefunden.«

3

2012

Er stellte seine Sporttasche auf den Tisch. Eine Staubwolke wirbelte im schräg einfallenden Sonnenstrahl auf. Er schwitzte, die Arbeit war anstrengend gewesen.

»Herrichten musst du es dir selbst. Decke, Polster und Leintuch bringe ich dir noch.« Antoine machte sich davon, er watschelte leicht.

Said blickte sich um. Ausgeschlagene Terracottafliesen auf dem Boden, schnell gealterte Möbel vom Diskonter und – er fuhr mit dem Finger über die Tischplatte – eine schmierige Staubschicht auf allen Oberflächen, egal wo. Auch wenn jemand hier gewohnt hatte, um Sauberkeit hatte er sich nicht gekümmert. Said öffnete die Tasche – Unterwäsche, zwei Hosen, ein paar T-Shirts, die Papiere. Er hielt den Reißverschluss und hatte ein Déjà-vu: In derselben Haltung hatte er die Tasche zu Hause vor sich gehabt, als er packte. Das war jetzt drei Monate her, sie schienen ihm wie Jahre. Zuletzt hatte er die Tasche mit Nala gepackt. Verdammt, wo war sie?

Es klopfte, Antoine trat herein, die Bettwäsche auf dem Arm. Er warf sie auf den Tisch. »Und vergiss nicht, die Villa selbst ist für uns tabu. Salvatore, der Verwalter, macht dich einen Kopf kürzer. Morgen reicht es, wenn du um acht im Garten bist. Das Gras ist vorher zu nass.«

Said nickte. Antoine schritt hinaus und schloss die Tür unerwartet sachte.

Sie hatten den ganzen Nachmittag mit den Motorsensen die Ränder des Rasens geschnitten, um Steine, Bäume und Blumenstöcke herum. Danach ärgerte sich Antoine mit dem Mähtraktor, bei dem eine Strebe der Aufhängung gebrochen war. »Ich kann schweißen«, sagte Said und suchte sich in der Werkstatt Schweißbrenner, Elektroden und Helm zusammen. Er montierte das Mähwerk ab und lehnte es an den Traktor.

»Ich kann das nicht«, murmelte Antoine und sah Said durch seine Sonnenbrille genau auf die Finger, wie er die Flamme regulierte und mit dem Elektrodendraht herumtupfte.

Antoine brummte irgendetwas, aber er war offenbar zufrieden.

Said sah, dass der Treibriemen locker war, und spannte ihn nach. Dann schraubte er das Mähwerk wieder an.

Antoine spuckte aus. »Okay, du kannst das. Aber bilde dir jetzt bloß nichts ein.«

Er starrte noch immer auf seine Tasche. Ganz unten sah er einen Notizblock und einige Stifte. Er setzte sich aufs Bett und versuchte, Nala zu zeichnen. Er kombinierte Kugelschreiber mit Bleistift und schummerte eine Zeit lang, um die Schattierungen hinzubekommen. Sein Blick fiel auf die Staubmäuse und auf unbekannte schwarze Partikel auf dem Boden. Er legte den Block zur Seite, nahm den Besen, den er beim Eintreten aus den Augenwinkeln wahrgenommen hatte, und fegte den groben Dreck zusammen. Er kehrte ihn auf eine Zeitung und schüttete ihn aus dem Fenster. Er würde morgen richtig sauber machen, alles putzen. Aber jetzt sollte er endlich zu Bett gehen, die letzte Nacht hing ihm noch nach. Vielleicht würde er wirklich hierbleiben, bis er wusste, was er wollte und wo er hingehen konnte.

Said war fast eingeschlafen, als jemand auf die Tür drosch. Er sprang auf die Beine. Sie haben mich gefunden. Die Männer des Kapo sind da. Die Tür war offen. Unsinn. Er machte Licht. »Wer ist da?«

»Ich bin's.« Das war Antoine. Die Tür sprang auf, Antoine trat herein, hinter ihm eine Frau, deutlich dünner, als er sie zuletzt gesehen hatte.

»Sie hat gesagt, sie gehört zu dir.«

4

1939

»Vita di Giovanni Battista Franco, detto Il Semolei.«

Er schlug das Konvolut auf. Es war eigentlich kein Buch,

sondern eine Mappe von Pergamentblättern, die handbeschrieben waren. Hatte da ein Landadeliger seine Autobiografie verfasst? Battista Franco. Bertie hatte den Namen schon irgendwo gehört, doch er konnte sich nicht erinnern. Er versuchte die krakelige Renaissancekursive zu entziffern. Der erste Satz war offenbar ein Datum. Vielleicht stammte es ja aus der Bauzeit der Villa und gab Auskunft über die Vorbesitzer! Vielleicht hatte er etwas Wichtiges gefunden! Er würde gleich morgen nach Venedig fahren und die Biblioteca Marciana aufsuchen. Vielleicht könnte man ihm dort sagen, was das sein könnte. Er legte die Mappe weg und ließ sich aufs Sofa fallen. Sein Blick fiel auf das Bogenfeld ihm gegenüber. Er wusste noch immer nicht, was es darstellte. Wittkower und all die anderen Kunsthistoriker, die hier gewesen waren, hatten es auch nicht gewusst. Es war ein Kampf, jemand wurde niedergerungen, er wehrte sich und würgte den Angreifer. Im Hintergrund zwei Zuschauer. Ein Überfall mit Publikum. Darunter, wie zum Hohn, die Allegorie der Astrologie, ein Astrolabium in der Hand. Was mochte sich der Maler gedacht haben? Die Sterne, die ein unglückliches Schicksal bestimmt haben? Unsinn. Er sprang auf. Er musste draußen nach dem Rechten sehen. Wer weiß, was der Maurer sonst aufführte.

5

1560

Immer wieder musste ich die Augen zusammenkneifen, die Farben verschwammen, hinter geschlossenen Augen tanzten bunte Punkte. Putz auftragen, Kartons hinauf, durchtupfen, malen, korrigieren, rasten. Immer langsamer wurde der Rhythmus, immer öfter brauchte ich eine Pause. Die Kreuzschmerzen waren stärker geworden, der verstümmelte Finger pulste immer wieder schmerzhaft, wenn ich die Hand zu sehr belastete.

Ich hatte die Arbeit nach vier Tagen wieder aufgenommen und meine Helfer angewiesen, in allen Räumen parallel Gerüste zu errichten, um schneller voranzukommen. Das bisschen Holz mehr tat den Foscari nicht weh. Der wahre Grund für mich war aber, dass ich nicht wusste, wie lange ich mit dieser Hand noch würde arbeiten können. Es war inzwischen Ende Mai geworden, die Hitze wurde immer größer, in der Stadt musste sie schon unerträglich sein.

Beppe und Girolamo hatten die Arbeit in Windeseile erledigt und die Gerüste mit genügend Kreuzverstrebungen verankert. Sie waren es auch, die die Lücken meiner Erinnerung füllten: Die Übeltäter hatten mir den kleinen Finger der linken Hand abgehackt, den Stumpf aber abgebunden und mich ohnmächtig liegen gelassen. Der Bauer, der mich fand, brachte mich in seine Kate. Seine Frau versorgte mich und offensichtlich konnte ich mich verständlich machen. Am Abend wurde ich mit einer Kutsche geholt und in die Fattoria gebracht.

Für mich und für alle, die davon erfuhren und tratschten, war es klar: Es war eine Warnung der Foscari. Die Brüder hätten mich zweimal besucht, so wusste Beppe zu sagen, und ihren Leibarzt geholt, der die Nonne bei mir abstellte. Angeblich hatten sie sogar eine Belohnung auf die Ergreifung der Räuberbande ausgesetzt. Ehe ich erwachte, waren sie zu einer weiteren diplomatischen Mission nach Mantua oder Verona abgereist und waren erst in vierzehn Tagen zu erwarten.

Ich blickte ins Gewölbe. »Genug!« Meine Stimme klang etwas heiser, nachdem ich mir nach den Tagen des Geschwächtseins noch eine Erkältung eingefangen hatte. Beppe blickte hinunter.

»Genug! Die Fläche ist groß genug, ich muss … ich kann ja nicht so schnell …« Ich musste absetzen und Luft holen. »Der

Putz trocknet bei der Wärme viel schneller, ach, warum muss ich euch das noch erklären.«

Ich schnappte mir drei Pinsel unterschiedlicher Stärken und versuchte auf die nächste Etage des Gerüstes zu kommen, was mit der einbandagierten Hand nicht leichtfiel. Der Schmerz war noch immer da, aber inzwischen fühlte sich der ganze linke Unterarm taub an. Jede Sprosse war zum Hindernis geworden.

Sie wollten mir eine Lektion erteilen, ich solle die Finger von Antonella lassen. Antonella – wo blieb sie? Kein einziges Mal hatte ich sie seit dem Anschlag gesehen. Sie residierte wohl in der Stadt, obwohl es ihr dort angeblich zu heiß war.

Ich blickte hinauf. Girolamo legte bereits die erste perforierte Pappe an den feuchten Putz und Beppe tupfte mit dem Kohlestaubsäckchen die Löcher ab. Ich kontrollierte die Farbtöpfe und die Pigmente, die sie mir heraufgebracht hatten. Ich würde mehr Schwarz für die Konturen brauchen, dachte ich, aber das konnte ich mir auch später bringen lassen.

Die beiden waren fertig und wuchteten den nächsten Karton auf die Fläche daneben. Ich hatte auf diesen Moment gewartet und tauchte den feinen Pinsel in den Topf mit der schwarzen Farbe. Heute würde das erste Bogenfeld mit Philemon und Baucis dran sein, Gott sei Dank keine Decke mehr in diesem Raum. Die Decken waren immer eine Zumutung. Ich dachte an Buonarroti, der sich fast zugrunde gerichtet hatte mit der Sixtina, die die neue Attraktion am päpstlichen Hof war. Er war jetzt endgültig unsterblich.

Verdammter Buonarroti! Er führte sich immer auf wie ein Märtyrer, gequält vom Papst, dabei verdiente er das Fünffache des Üblichen. Ich dachte daran, dass er in den letzten Tagen vor Vollendung der jeweiligen Fresken immer seine garzoni aussperrte, damit er sagen konnte, er habe alles allein und ohne Helfer gemacht. Was für ein selbstsüchtiger Mensch!

Heute also Zeus und Hermes als Wanderer, einfach so, auf dem Weg, bevor sie bei Philemon und Baucis erscheinen. Ich hielt inne, es fuhr heiß und kalt durch mich.

Nicolò und Alvise. Zeus und Hermes. Auf dem Weg. Zwei Verkleidete. Ich zitterte. Sicher, sie waren es nicht gewesen, sie hatten nicht selbst Hand an mich gelegt. Ich blickte auf die Konturpunkte auf dem feuchten Putz. Sah meinen Pinsel an. Sah auf die eingebundene Hand.

»Eh, Maestro, der Putz trocknet! Was ist los?«

Girolamos Stimme riss mich aus meiner Starre.

Ich hatte einen Entschluss gefasst. Ich fasste den Pinsel fester und begann zu malen. Ich ignorierte die Punkte, den Entwurf, den ich ausgewogen konstruiert hatte. Ein anderes Bild stieg vor mir auf. Ich würde auch hier meine Geschichte malen: Nicht Zeus und Hermes auf dem Weg, sondern Räuber, die einen arglosen Wanderer brutal überfallen, und die beiden Götter sehen zu. Sie greifen nicht ein, sondern billigen es. Vielleicht haben sie ja den Auftrag dazu gegeben. Dieses Bild sah ich vor mir, ich würde es malen. Niemand würde es verstehen, bis er diese Zeilen gelesen hätte.

6

2012

»Wir können hierbleiben, zumindest bis zum Herbst, solange Arbeit im Garten ist, hat Antoine gemeint. Vielleicht findest du im Ort Arbeit.«

Nala sagte nichts und schaufelte den letzten Löffel Reis in ihren Mund.

»Salvatore, dem Verwalter, ist es egal, ob du auch hier wohnst oder nicht. Meine Arbeit muss gemacht sein.«

Es war Mittagspause, Said hatte den ganzen Vormittag gemäht. Sie saßen in der Wohnküche des Nebengebäudes, in dem Saids Zimmer war.

Nala war eine Nacht und einen Tag herumgelaufen und hatte ihr ganzes Guthaben vertelefoniert. In Paris hatte es Unruhen gegeben, in dem Viertel, in dem ihre Verwandten lebten, hatten die Mülltonnen gebrannt.

Sie stand auf und trug ihre Schüssel zur Spüle. »Ich werde weiter putzen«, sagte sie.

Said stand auf, ging ihr nach und umarmte sie von hinten. »Danke.«

»Schon gut, es ist ja wirklich schmutzig hier.«

»Danke, dass du zurückgekommen bist.«

Sie drehte sich um und umarmte ihn. »Schon gut, das hast du jetzt oft genug gesagt.« Sie flüsterte. »Wohin sollte ich denn gehen? Ich will bei dir bleiben. Ich werde mir Mühe geben. Ich …«

Wieder dieses Dreschen auf die Tür. Antoine. Er löste sich von Nala.

»Ich komme schon, verdammt, musst du immer so fest draufhauen?«, rief er hinaus. »Ich muss dann.«

»Ach ja, ich wollte dich fragen – was ist mit dem Schrank, da sind alte Fetzen drin und so Zeug, ich weiß nicht, ob wir das wegwerfen dürfen.«

»Lass es, leg dich lieber hin. Du siehst noch etwas mitgenommen aus. Wir sehen uns das am Abend gemeinsam an. Antoine weiß sicher Bescheid, sonst fragen wir Salvatore.«

Er nahm die Arbeitshandschuhe, die er auf den einzigen Sessel gelegt hatte, und ging zur Tür. Heute wieder Rasenkanten schneiden. Das Grundstück war viel größer, als er gedacht hatte.

Während der Arbeit ärgerte sich Said über den Mähfaden, der beim Auftippen des Sensenkopfes immer wieder stecken blieb, statt sich in der Länge nachzustellen. Falscher Faden, er musste es Antoine sagen. Während er den Kopf zum dritten Mal zerlegte und den verhakten Mähfaden löste, überlegte er wieder, ob die Leute in Mestre noch nach ihm suchten. Oder hatten sie eingesehen, dass er keine Chance gehabt hatte und es jedem passiert wäre? Hat sich der Chef den Umschlag vielleicht beschaffen können? War er so wichtig, dass noch jemand nach ihm suchte? Sicher nicht, antwortete er sich, als er den Deckel auf den Mähkopf steckte und die Sense umdrehte. Er dürfte sich nur nicht in Mestre blicken lassen. Man würde ihn vergessen. Er startete die Motorsense wieder und hakte sie in den Trägergurt.

Nach dem Abendessen stand er mit Nala vor dem Schrank. »Alles raus«, sagte er. Nala reichte ihm die Dinge, er hatte einen Müllsack besorgt. Lumpen, vergilbte Kleider, alte Zeitungen, Tassen mit Münzen, Schachteln mit Fotografien, ledergebundene Bücher, ein Packen schwarz-weiße Postkarten, eine Mappe aus marmoriertem Karton, ein Skizzenblock. Said war ratlos. Die Textilien und die Zeitungen würde er wegwerfen, das andere gehörte vielleicht dem Besitzer der Villa oder seinen Vorfahren. Er holte eine Obstkiste aus dem Vorraum und schlichtete die Papiersachen hinein. Er blätterte den Skizzenblock auf, es waren handgezeichnete Pläne, aber nicht für ein Haus, vielleicht für einen Garten. Die marmorierte Mappe war mit einem Bändchen verschnürt, aber oben und unten offen. Der Blätterstapel darin war lose. Said ließ die Blätter herausgleiten. Das Papier schien sehr alt zu sein, die Schrift konnte er nicht entziffern. War das erste Wort »Vita«?

»Was ist das?«, fragte Nala.

»Ich weiß nicht, aber das scheint wertvoll zu sein, ein altes Buch oder so etwas. Keine Angst, ich werde die Bücher Salvatore geben. Ich weiß ohnehin nicht, ob es hier einen Schwarzmarkt gibt, wo ich so etwas verkaufen könnte. In Mestre hat man geredet, dass manche Leute viel für so alte Sachen zahlen. Vielleicht hat ja der Besitzer der Villa eine Verwendung dafür. Das gehört vielleicht einem seiner Vorfahren.«

Er steckte den Packen wieder zurück zwischen die Mappendeckel und merkte erst jetzt, dass Nala bereits mit dem Staubsauger wartete.

Er nahm die Obstkiste mit den Fotos und Büchern und machte sich auf den Weg zu Salvatore, Antoine würde ihn ja doch nur zu ihm schicken. Er ging die paar Schritte zur Fattoria, sah Licht im Flur und klopfte an. »Entschuldigen Sie die Störung. Das hab ich beim Ausräumen gefunden, ich denke, es ist vielleicht wertvoll.«

Salvatore, ein untersetzter Süditaliener, der Said an Super Mario erinnerte, schaute verständnislos, rollte mit den Augen und machte dann eine Handbewegung. Said solle den Karton im Flur abstellen. »Ich bringe es morgen zum Chef. Ach ja … habe gehört, du hast gestern die Aufhängung geschweißt. Guter Junge. Eh …« Er wollte noch etwas sagen, brach aber ab. »Gute Nacht«, sagte Said. Salvatore brummte etwas.

Said erinnerte sich, dass Antoine ihm gesagt hatte, dass Salvatore aus Kalabrien stamme und sich seit Jahren um alles kümmere, was mit Haus und Garten zu tun hatte. Contadini, der Besitzer, verlasse sich völlig auf ihn.

Nala zuckte zusammen, als Said eintrat. »Ach, du bist es. Ich dachte, Antoine wäre gekommen. Schon da?«

Er umarmte sie. »Alles okay. Er wird es dem Besitzer geben.«

Sie räumten gemeinsam den Schrank ein, dessen Türen wie neu glänzten.

»Ich weiß nicht, ob ich nach Paris gehen soll. Es gibt dort Ausschreitungen. Andererseits sind dort viele Toubous. Das wäre doch auch für dich gut. Ich muss wieder anrufen.«

»Ich habe noch Guthaben, du kannst von meinem Handy aus telefonieren. Das mit Bey ist sowieso eine Sackgasse.«

Sie setzten sich aufs Bett, Said nahm sie in seinen Arm.

»Ich weiß nicht, wohin ich soll. Hier sind die Leute freundlich zu uns.«

»Aber mich hält nichts hier. Sicher, ich habe Arbeit.« Er blickte Nala an. »Aber ich würde mit dir gehen.«

Nala drückte ihn kurz an sich. »Ich würde mit dir hierbleiben.«

Said strich über ihr Gesicht. »Dort gibt es mehr Landsleute. Andererseits würden wir wieder eine neue Sprache lernen müssen. Und die Asylanträge haben wir hier gestellt. Früher oder später müssen wir uns in Mestre melden.«

Nala zuckte mit den Schultern und gähnte. »Ich gehe schlafen.«

»Ich komme gleich.«

Nala stand auf, Said warf einen Blick in seine Tasche und nahm Notizheft und Kugelschreiber zur Hand. Vorne waren die Porträts von Nala. Er drehte den Block um und merkte, dass die Blätter auf der anderen Seite auch benutzt waren. Skizzen, noch in Al-Dschauf angefertigt. Alle diese Graffitis waren nie gesprüht worden. Vielleicht könnte er ja hier wieder anfangen, in der Werkstatt hatte er zwei alte Spraydosen gesehen.

7

1560

Ich malte die drei Lünetten in zwei Tagen: die Götter, die den Überfall beobachten, dann dieselben als Gäste bei dem Greisenpaar, schließlich die Verwandlung der beiden Alten.

Wie im Halbschlaf setzte ich das vereinbarte Programm fort, nur unter die Allegorien der Astronomie, Musik, Arithmetik und Poesie, die in Gelbtönen lebensgroß über den Portalen standen, mogelte ich eine Allegorie des Zorns hinein. Irgendetwas würde ich den Brüdern dazu schon erzählen.

Als virgo Astraea, die Göttin, die als Letzte bei den Menschen bleibt, malte ich Antonella, die verschwunden blieb. Ich malte jeden Tag gegen den Schmerz und den Eiter an, die nicht und nicht nachlassen wollten.

Girolamo ergänzte die Rahmen, worin er eine Geschicklichkeit entwickelt hatte, während Beppe die kleineren Räume vorbereitete.

Ich malte die übrigen Räume wie im Rausch, legte abends den Pinsel aus der Hand und schlief gleich an Ort und Stelle, um am nächsten Tag weiterzumachen. Raum für Raum, Motiv für Motiv.

Allein im Zimmer der Aurora, wo ich an der Decke den von den Horen gezogenen Wagen der Morgenröte ohne Liebe gemalt hatte, leistete ich mir wieder eine Abweichung: An die Wand malte ich eine traurige Giulia, an die ich immer öfter denken musste. Niemand hier würde sie erkennen. Den Brüdern könnte ich ja erzählen, es sei die Allegorie der Unzufriedenheit, die dem Ort hier den Namen gab.

Als ich nach zwei Wochen malen das Gerüst besteigen wollte, um den zornigen Zeus und die Giganten zu beginnen, brach ich zusammen.

8

1939

Er setzte die Feder ab. Seine Augen brannten. Er setzte sich auf, das Kreuz schmerzte auch. Nur noch wenige Seiten, und er würde die Übersetzung fertiggestellt haben.

Es war der erste September. Gestern hatte Michele Bardelli seine Arbeit beendet. Den ganzen Sommer hatte er vor sich hin gearbeitet und Bertie hatte es nicht übers Herz gebracht, ihm zu kündigen. Die ersten vierzehn Tage entrümpelte er das Haus, organisierte den Abtransport der Sachen. Dann machte er sich an den Abriss einiger Zwischenwände und des Kamins. Da er sich auch auf Zimmermannsarbeiten verstand, besserte er den Dachstuhl aus und ersetzte brüchige Ziegel. Er klopfte losen Putz von den Wänden und schmierte neuen drauf, kalkte die Wände, kieste und stampfte die Erdböden in einigen Räumen neu. »Die Böden und Fenster dann nächstes Jahr. Wenn Sie mir jemanden vermitteln können …«, sagte Bertie zum Abschied.

Während der Maurer werkte, war Bertie in das aufgetauchte Buch eingetaucht. Er hatte herausgefunden, wer Battista Franco war und dass es sich hier um ein Autograf handeln musste. Bis auf einen Bibliothekar an der Marciana wusste niemand von diesem Fund. Bertie entschloss sich, die Biografie zu übersetzen und zu publizieren – es würde ihm Zuspruch und Anerkennung in der Fachwelt bringen – endlich würde er auch als Kunstverständiger ernst genommen werden. Wittkower kannte sicher eine Möglichkeit, das Werk zu veröffentlichen.

Er drehte das Radio auf, jetzt müsste eine Sendung mit klassischen Melodien kommen. Irgendetwas stimmte jedoch nicht, ein Sprecher redete pausenlos und hektisch von Polen und irgendwelchen Schießereien. Bertie saß wie gebannt. Der Krieg, auf den sich alle vorbereitet hatten, hatte begonnen. Zu seiner Genugtuung hörte er, dass Italien sich nicht einmischen werde. Was aber, wenn die Deutschen hier einmarschierten?

Er schlief schlecht. Als er sich am nächsten Tag wieder ans Übersetzen machen wollte, unterbrach ihn ein Telegrammbote. Dorothea kam zurück. In Biarritz waren alle geflüchtet,

Frankreich ließ seine Truppen mobil machen. Sie kündigte an, dass sie ihn morgen Mittag anrufen werde. Bertie fand keine Ruhe, er ließ auch die Übersetzung liegen. Stündlich hörte er Radio, das über die Blitzaktion der Deutschen berichtete, er schlief nur kurz und begann wieder, seine Runden durch das Haus zu ziehen.

Um Punkt zwölf klingelte der Fernsprecher. Dorothea rief aus Marseille an. Sie hatte für den 29. September eine Kabine auf der RMS Queen Mary ab Southampton nach Rio ergattert. Bertie sollte sich um Zugtickets umsehen.

Am nächsten Tag schreckten ihn zwei Journalisten auf. Anna Toniolo, die für *Il Gazzettino* schrieb, hatte William Hickey vom *Daily Express* im Schlepptau. Bertie konnte es nicht glauben: In Spanien war gerade ein Krieg zu Ende gegangen und in Polen hatte ein neuer begonnen – und zwei Kulturreporter streiften durch Oberitalien und machten Geschichten über renovierte Villen.

Sie sind ähnlich aus der Zeit gefallen wie ich, dachte Bertie und plauderte mit ihnen höflich über die noch immer nicht freigelegten Fresken und seine Renovierungspläne, als wollte er sie morgen beginnen.

Am Abend drehte er das Radio auf. In Rom, so sagte der Sprecher, feile man gerade an der Formulierung der Rassengesetze.

9

Am 4. September besuchte Bertie ein letztes Mal Bankberater und Anwalt. Die Transaktionen waren abgeschlossen, der Verein gegründet, der Anwalt Battisti würde als Obmann fungieren.

Die Schlüssel der Villa würde Antonio Deodato, der die Fattoria bewirtschaftete, verwahren. Bertie kannte ihn kaum, den Kontakt hatte Catherine gepflegt.

Am Abend hörte er im Radio, dass Frankreich und England dem Deutschen Reich den Krieg erklärt hatten. Ein deutsches Passagierschiff sei schon versenkt worden. Es ging also los. Oder doch nicht?

Nach vierzehn Tagen schien der Krieg nämlich vorbei zu sein. Deutschland hatte den Westen Polens erobert, Russland den Osten. Mit Russland sollte es sogar einen Freundschaftsvertrag geben. Italien erklärte abermals, dass es nicht Krieg führend sei.

Sollte er doch bleiben? Alles wieder rückgängig machen?

Bertie verbrachte jeden Abend vor dem Radio. Ein paar Kämpfe in Finnland, ein paar Scharmützel noch in Polen, ein versenkter Flugzeugträger. Vierzehn Tage vielleicht noch.

Er packte die wenigen Sachen. Betrachtete die Koffer. Hörte Beniamino Gigli. Sicher, er würde gehen. Er durchschritt die Villa, die Nebengebäude, die zuletzt ansatzweise renovierte Fattoria.

Dorothea war plötzlich da, einen Tag vor der Abreise. Ihre Koffer warteten in Mestre.

Bertie nahm sein Gästebuch zur Hand. Er überflog die Seiten: die erste Seite mit Pauls Zeichnung der Villa, die zweite mit der Reproduktion seines von Picasso gezeichneten Porträts, die vielen Unterschriften. Romaine Brooks stand da als erster Name, 1926. Romaine, die Bildhauerin, die Frauen liebte. Er hatte nie wieder etwas von ihr gehört. Überhaupt waren die meisten nur einmal da gewesen, fiel ihm jetzt auf. War die Villa wie ein Käfig im Zoo, wo man einmal vorbeikam, um ein seltenes Tier zu bestaunen? Eine Attraktion, wie ein Missgestalteter auf dem Jahrmarkt? War er das für die meisten gewesen?

»Na los, was tust du mit dem Buch herum?«, fragte Dorothea. Sie schritt durch die Räume, wie um zu kontrollieren, ob wirklich alles ausgeräumt war. »Die Möbel?«

»Alles in der Scheune, unter Tüchern. Es wird schon nichts passieren. Im Frühjahr sind wir wieder da. Der Krieg ist ja schon wieder vorbei.«

Dorothea grunzte eine unverständliche Antwort.

Bertie schlug die nächste freie Seite im Buch auf und schrieb: »26. September 1939 ACL sailed for Rio de Janeiro, Brazil.«

Er betrachtete das Konvolut des Battista Franco, das daneben lag. Er hatte eine komplette Abschrift angefertigt, die Übersetzung war zu zwei Dritteln fertig. Das Original sollte hierbleiben.

Er trug die beiden Bücher und Schlüssel zu Antonio Deodato, dem Pächter, und bat ihn, diese Dinge zu verwahren.

Fünf Tage später stand er mit Dorothea an Bord der RMS Queen Elizabeth in Southampton und beobachtete von der Reling aus, wie Hafenarbeiter die Taue des Kolosses lösten.

10

1560

Wiederum war ich einen Tag außer Gefecht.

Nachdem ich von meinem Schwächeanfall erwacht war – es war wieder ein halber Tag vergangen –, teilte mir Girolamo mit, dass Alvise, den ich noch immer nicht zu Gesicht bekommen hatte, zu Giambattista Zelotti Verbindung aufgenommen hatte. Meine Arbeit dauere zu lange, Zelotti solle die Gigantomachie abschließen. Ich solle noch eine Abfindung bekommen und bald meine Sachen packen. Ich musste mich nach dieser Nachricht wieder hinlegen.

Zelotti … Ich war ihm noch nie begegnet. Ich wusste, dass er wie Veronese gut fünfzehn Jahre jünger war als ich. Es hieß, er war durchaus begabt, doch was sein Auftreten betraf noch schamloser als Veronese. Beide malten inzwischen nur noch Villen aus und verdienten sich einen goldenen Daumen. Ich wusste, dass Zelotti gerade in der Villa Emo bei Treviso malte, die Andrea geplant hatte, und dort für großes Aufsehen sorgte. Angeblich hatte er wie ich eine Vorliebe für seltene mythologische Szenen.

***

Da ich diese Zeilen schreibe, tragen meine treuen Helfer den Putz an der Wand des Gigantenzimmers auf. Niemals werde ich zulassen, dass jemand anders als ich diese Fresken fertigstellt!

In den letzten Tagen habe ich in jeder freien Minute geschrieben und versucht, die wichtigsten Fahrnisse aus meinem Leben darzulegen.

Ich habe Beppe gebeten, diese Blätter hinter dem Sockelgesims des rechten Pilasters, bevor man in den Portikus hinaustritt, einzumauern. Dieser muss ohnehin noch erneuert werden, da ein Stück abgebrochen ist, der Steinmetz soll morgen kommen.

Die stürzenden Giganten warten.

Es ist der letzte Raum, ich will ihn würdevoll abschließen und so meinen Ruhm begründen, zumal ich nicht weiß, wie lange ich noch lebe.

Dies ist das Vermächtnis des Giovanni Battista Franco, größter Maler nach Michelagnolo.

Gott allein Ehre.

II

2012

»Sofort mitkommen!«

Salvatore war außer Atem, er musste gelaufen sein. »Zum Chef persönlich! Auf die Terrasse der Villa!«

»Was ist?« Said ließ den Schraubenzieher sinken, mit dem er kniend die Grasreste innen von der Plastikabdeckung des Mähers schabte, und stand auf, wackelig. Der Schreck war ihm in die Glieder gefahren. Hatte er etwas falsch gemacht? Er hatte eine Wiese gemäht, es war alles glattgegangen. Heiß war es gewesen, einmal musste er nachtanken, aber sonst?

»Los, los!«

»Was ist?«

»Das wird er dir schon selber erklären. Komm jetzt!«

Sie trabten den Kiesweg entlang, der auf die andere Seite der Villa führte, stiegen die Freitreppe hinauf, wo Said in der Nacht den Einlass gefunden hatte. Die Treppe führte zu einer Terrasse unter einem mächtigen Portikus. Klappstühle und Sessel standen da, an einem saß ein Mann mit Halbglatze, die wenigen Haare weiß. Das musste Contadini sein. Der Mann stand auf.

»Ah, unser Finder. Freut mich, dich kennenzulernen. Danke, Antoine.« Er machte ein Zeichen, Antoine entfernte sich. Der Mann wirkte entspannt und freundlich.

»Verstehen Sie mich überhaupt?«

Said nickte. »Ich denke schon, ich habe die Sprache gelernt. Aber wenn ich rede, fallen mir viele Wörter nicht ein.«

Contadini lachte. »Das geht mir nicht anders. Bitte, setz dich.«

Said blieb stehen und bückte sich ein wenig. »Entschuldigen Sie, habe ich etwas falsch gemacht? Ich bin noch nicht so lange hier …«

Contadini winkte ab. »Nein, nein, ganz im Gegenteil. Du hast etwas Wichtiges gefunden. Setz dich doch. Dieses Buch … Ich hatte von diesem Buch gehört, aber es war verschwunden. Landsberg, der frühere Besitzer der Villa, erwähnt es einmal in einem Brief, doch ich dachte, es sei im Krieg verloren gegangen.«

Said fragte sich, welches Buch Contadini meinte, dann sah er, dass er die Mappe mit den losen Blättern vor sich ausgebreitet hatte.

»Ist es diese Mappe?«

»Ja, genau, es war wohl einmal zusammengeheftet, ich weiß nicht, ob es je ein Buch war, der Faden hat sich wahrscheinlich aufgelöst.«

Er blätterte vorsichtig in dem Konvolut.

Said fühlte sich unwohl. Contadini lächelte wieder.

»Ich wollte dir nur danken. Ich habe erst begonnen zu lesen, aber wenn das echt ist, ist es eine Sensation. Das muss publiziert werden. Nimmst du einen Tee?«

»Bitte, gerne. Aber … bitte zeigen Sie mich nicht an, ich verschwinde im Herbst. Ich mache keinen Ärger.«

»Armer Teufel«, murmelte Contadini. »Nein, nein, du verstehst mich falsch. Ich beschäftige schon seit Jahren Leute wie dich. Ich weiß, was ihr durchmacht, ich zeige euch nicht an. Ich habe gehört, du hast deinen Asylantrag gestellt. Salvatore wird dir auch nichts tun. Er hat gesagt, du bist sehr geschickt. Du willst im Herbst gehen?«

Said war verwirrt. War das eine Falle? Oder war Contadini wirklich so ein Menschenfreund?

»Ja … nein … ich weiß nicht. Mal sehen«, stammelte Said. »Ich muss mich wieder beim Asylgericht melden.« Ablenken. Er blickte auf die Blätter. »Wovon handelt dieses Buch?«

Contadini lächelte, er hatte die Ablenkung wohl bemerkt. Er

lehnte sich zurück. »Es erzählt offenbar das Leben des Malers, der da drin die Bilder an der Wand gemalt hat. Er hat das selbst niedergeschrieben. Und er weicht von dem ab, was Vasari über ihn geschrieben hat, aber was rede ich, du weißt ja nicht, wer Vasari ist.«

Said blickte verständnislos.

Contadini erhob sich. »Komm mit!«

Said folgte ihm in den großen Raum, den er nachts so gespenstisch erlebt hatte. Contadini ging weiter in die Mitte des Raumes, Said wurde langsamer und blieb stehen.

Der Raum war hell, Licht quoll aus den großen Fenstern. Said erschrak leicht. So viele Farben! Der riesige Raum! Und überall waren farbige Gestalten und Ornamente gemalt, im Gewölbe, an den Wänden, Menschen in langen Gewändern, Girlanden, Säulen, die Farben schrien ihn richtig an. In der Nacht waren es nur blasse Schatten gewesen, auch hatte er kaum noch eine Erinnerung an einzelne Bilder, jetzt war er überwältigt von der Fülle der Figuren, die über ihm ausgegossen war. Er kniff die Augen zusammen und sah genauer hin. Auf den zweiten Blick erschienen ihm die Farben nicht mehr kräftig, sondern leicht ausgebleicht, wie unter einem weißlichen Schleier.

Es fiel ihm auf, dass alle Motive eingerahmt waren, es waren gemalte, breite Rahmen, die ein Motiv vom anderen abgrenzten. Ganz anders als die Felsmalereien und meine Graffitis, dachte er, dort gibt es keine Grenzen.

Natürlich hatte er schon das eine oder andere Gemälde in Schulbüchern gesehen, aber noch nie so große Bilder, an die Wand gemalt – Wandmalereien, wie in der Wüste und doch so völlig anders. Hier war nichts abstrahiert, nichts stilisiert wie in der Felskunst, sondern das Körperliche betont und sogar übertrieben. Irgendwie fand er diese Kunst abstoßend, zu dick aufgetragen, und doch ging von diesen Bildern, nein, eigentlich war es der Raum, ein Sog aus, ein Strudel, der den Betrachter verschlang.

»Battista Franco ist einer der Maler dieser Fresken. Von ihm stammt die Schrift, die du gefunden hast. Anscheinend hat er doch viel mehr gemalt als Zelotti. Du scheinst beeindruckt zu sein.«

»Ich habe so etwas noch nie gesehen«, stammelte Said. »Diese Figuren, wer sind sie? Menschen, die einmal gelebt haben? Haben sie Heldentaten vollbracht?«

Contadini hob die Augenbrauen und lächelte. »Es ist nicht so einfach zu erklären … Wenn es dich wirklich interessiert, kann ich dir dazu was erzählen, aber das wird länger brauchen. Willst du das wirklich wissen?«

»Ja«, sagte Said, »es interessiert mich.« Er war selbst erstaunt über die Festigkeit in seiner Stimme.

»Ein Asylant, der sich für Kunst interessiert«, murmelte Contadini.

»Ich … ich habe selbst auch gemalt«, sagte Said leise, »mit Spraydosen. Graffiti.« Er schämte sich ein wenig für seine Sprühereien, die ihm auf einmal hässlich vorkamen.

Said wäre fast in einen der alten Globen gerannt, die in der Mitte des Raumes standen.

»Komm mit«, sagte Contadini. »Ich habe eine Idee.«

12

»Basquiat heißt der«, sagte Contadini.

»Es sieht so aus, als hätte er unsere Felsmalereien gekannt.«

Said und der Hausherr standen im Hauptraum des Wirtschaftsgebäudes, in dem jener eine Sammlung von Kunstwerken zusammengetragen hatte.

»Ich habe dir schon gesagt, du kannst Antoine die Spraydosen kaufen lassen. Hab keine Angst, ich fordere das Geld nicht zurück.«

Said nickte und schluckte. Gab es da nicht einen Haken? War dieser Contadini wirklich so großzügig oder würde das böse Erwachen noch kommen? Vor drei Tagen war er das erste Mal bei ihm gewesen, inzwischen waren ihm die zwei Besuche seitdem peinlich. Er war mit Nala gestern Abend im Internetcafé gewesen, sie hatten über Facebook mit ihren Verwandten gechattet. Paris war eine Alternative, es gab dort wirklich viele Toubous.

»Dann gehen wir wieder in den Salon. Du hast doch noch Zeit?«

Said folgte dem grauhaarigen Mann, dessen Hemd über der kurzen Hose wehte. Dass dieser ihm jetzt schon zweimal aus der Vita des Malers vorgelesen hatte! »Nur um zu sehen, ob es verständlich ist«, hatte er gesagt.

Said hatte weder den Text noch das Ansinnen Contadinis ganz verstanden, aber Contadini schien jetzt jeden Tag einen Abschnitt in heutige Sprache zu übertragen. Und er genoss es offensichtlich, in Said einen Zuhörer zu haben. Contadini hatte ihm erzählt, dass er Frau und bereits erwachsene Kinder habe, die aber nur selten in die Villa kämen. Auch er sei nur im Sommer zeitweise hier und werde im Oktober wieder ganz nach Venedig ziehen.

Sie setzten sich wieder in den großen Raum unter die Fresken. Hier war es angenehm kühl. Contadini klappte sein Notebook auf.

»Mal sehen, wie weit ich gekommen bin … verdammt, das braucht wieder länger …«

Said dachte kurz nach, was er bisher gehört hatte. Er fand das Leben dieses Malers bisher eher langweilig. Außerdem hatte der Text schon am Anfang Lücken und auch zwischendrin fehlte einiges.

Contadini bemühte sich zwar, ihm zwischendurch Sachen zu erklären, aber Said konnte sich unter Florenz oder Rom nichts vorstellen. Er wusste lediglich, dass viele seiner Landsleute dort zu überleben versuchten. Er fühlte sich unwohl während der Vorlesestunden, er passte hier nicht her.

»Der braucht wieder ewig, bis er aus dem Standby-Modus zurückkehrt«, murmelte Contadini.

Said fixierte eine Figur an der Wand, die in Gelbtönen gehalten und deren genaue Züge kaum zu erkennen waren. Ein Gespenst, ein Trugbild in weiten Gewändern. Davor stand ein Globus, ebenfalls in Gelbtönen. Die Kontinente. Die ganze Welt. Eigentlich hatte er sich entschlossen zu gehen. Sobald Contadini sich in sein Winterdomizil zurückgezogen hätte, würde er mit Nala nach Paris aufbrechen. Aber der Besitzer war freundlich zu ihm, hier hatte er Arbeit, der Asylantrag lief.

»Hörst du zu?« Die Stimme hinter dem Notebook klang mehr besorgt als streng.

»Natürlich. Ich glaube, wir waren dort stehen geblieben, wo der Maler sich verliebt hat.«

Contadini begann vorzulesen, Said versuchte sich zu konzentrieren. Er dachte an den Maler, der das alles erlebt hatte, dachte an die beiden Männer, die dieses Buch zweimal in verschiedenen Jahrhunderten versteckt hatten, er dachte an Paris und die Villa hier. Er würde sich entscheiden müssen.